스승 만우 박영준을 기리며

박기동
이덕화
전인초
정현기
최기준
외

동연

황소걸음
스승 만우 박영준을 기리며

초판 인쇄 2008년 7월 10일
초판 발행 2008년 7월 14일

엮은이 박기동 이덕화 전인초 정현기 최기준 외
펴낸이 김영호
펴낸곳 도서출판 동연

기획편집 백규서
교정교열 조영균
편 집 김광택
관 리 이영주

등 록 제2-1383호(1992. 6. 12)
주 소 서울시 마포구 망원동 472-11 2층
전 화 (02)335-2630
전 송 (02)335-2640

멀어도 빛은 늘 빛난다고 말씀하시더니!

다시 우리는 박영준 선생님을 그리워하는 마음으로 만난다. 힘겨운 시대를 온몸에 받은 한 생애를 묵묵히 글쓰기와 제자 가르치기, 그리고 자아, 나를 찾아 고심하시던 선생님께서 돌아가신 지 벌써 서른 두 해를 맞는 해와 달수이다. 그동안 박영준 선생님을 기리는 문학전집 출간을 핑계로 그를 그리워하는 이들이 두어 번쯤 모였다. 2002년에 『만우 박영준 전집』 1차분 6권을 묶어내면서 그의 달콤한 인연의 끄나풀들은 모여 떠들썩했고, 그가 가신 지 서른 해가 되던 2006년에는, 『전집』 2차분 7권을 더해, 전 13권의 『만우 박영준 전집』 완간을 기념하며 즐겁고 보람 있는 만남을 가졌다.

이때 우리는 벌써 나이가 많이 들어서 늙었거나 좀은 쪼그라든 모습이었지만, 옛 시절로 돌아가 만우 박영준 스승을 그리워하는 말들로 밤을 팼다. '멀어도 빛은 언제나 빛난다.' 고 가르치셨던 선생님의 말씀이 다시 살아나는 순간이었다. 선생님은 우리에겐 늘 젊음으로 꿈틀대게 하는 빛이었고 스승이었음을 확인하는 자리였던 것이다.

그리고 얼마가 지난 어느 날인가? 전인초 교수를 비롯하여 박기동·문영순 부부, 최유찬, 이영섭 교수, 작가 박영애, 이덕화, 정현기, 출판사 사장 백규서 등이 인사동의 한 주막에 모인 자리에서 만우 선생님을 기리는 책을 또 하나 엮자는 발론이 있었다. 그렇게 해서 우리는 만우 박영준 선생님을 기리는 책을 한 번 더 묶어내게 되었다. 글들을 받아보니 한결같이 스승 사랑으로 가득 찬 말씀들이었는데 이게 전부 같은 말이었다는 점이 더욱 기쁘기 그지없다. 우리 모두 자신이 만우 선생님에게 받은 사랑이 가장 깊었다고 굳게 믿고 있었지만 막상 펼쳐보니 그 사랑이야말로 스승님이 우리 모두에게 공평하게 나눠 준 사랑이었던 것이다.

이제 우리는 스승님의 동료이셨던 큰 어른들(예컨대 이미 고인이 되신 박두진 선생님, 유주현 선생님, 이범선 선생님, 박목월 선생님 등)이 우리 스승님께 보내 주셨던 따뜻한 마음의 빛들은 물론이고, 스승에게서 배운 여러 제자들이 마음을 모아 두툼한 그리움의 말글 책 한 권을 묶어낸다. 우리는 만우 박영준을 스승으로 모시는 행운을 누린 후생 제자들이다. 해와 달이 바뀌면 저절로 이 제자들도 나이가 더 들어 이런 그리움을 드러낼 기회가 사라진다.

이 책을 만드는 데도 벌써 시간이 상당히 흘렀다. 자발적이고도 셈속이 아예 없는 이런 책을 만든다는 것은 뜻 깊은 일에 속한다. 이익이나 이해관계가 없는 마음 열기란 눈을 씻고 봐도 보이지 않는 시대에, 그나마 스승님의 고통스런 빛을 찾던 길 위에서 이런 조출한 책이 만들어져, 우리들은 기쁘기 그지없다. 이 일을 시작하면서 우리 스승님의 마지막 조교였던 이덕화 교수가 원고 모으는 일을 맡아 무척 고생이 많았던 것을 우리는 다 안다. 게다가 스승님 사랑을 독차지하였던 문영순 화백은 조건 없이 그림들을 여럿 펼쳐 주었다. 그래서 더욱 우리들은 마음이 홍겹다. 그저 미쁜 마음들로 일에 임했으니까!

우리들의 스승님!

만우 박영준 선생님!

늘 부끄럽기 짝이 없는 제자들이 조출한 이 책을 묶어 바치오니 평안히 계신 그곳에서 독특하고 따뜻했던 웃음 띤 얼굴로 지켜보시고 즐거워하십시오. 그렇게 우리는 여기 다시 엎드려 빌 뿐이다.

2008년 6월 10일

『황소걸음』 편집위원

차례

❷ 만우 박영준 문학과 사랑

❸ 스승 20년 추모 30년

1 그립고 그리운 선생님

72.7×72.7, 2000

소를 닮으셨던 '만우' 선생님

김 용 운

나의 서울중 · 고등학교 시절, 중1 때의 작문 담당은 황순원(소설가), 고1 때의 국어 담당은 김광식(소설가), 작문 담당은 조병화(시인) 선생님이었다. 한창 감수성이 예민하던 시절에 그분들로부터 받은 영향은 컸다.

연세대 국문과로 진학을 하자, 장덕순 교수(후에 서울대 국문과로 옮김)가 여러분 중에서 앞으로 현대문학을 하겠다는 사람은 손을 들어보라고 했다. 주위를 살펴보자, 40명의 국문과 1학년 학생들 중에서 손을 든 사람은 나(소설)와 김대규(시)뿐이었다.

1년이 지나자, 예나 오늘날이나 한국의 젊은이들에게 자나깨나 부담을 주는 것은 군대 복무였다. 당시 대학생들에게는 '학보병'이라는 명목으로 1년 6개월의 군 복무 단축 혜택을 주는 대신에 최전방으로 배속을 했는데, 나는 용단을 내려 군에 입대, 최전방에서 군대 생활을 했다. 정량

---

*1960년 연세대학교 국어국문과 입학. 소설가.

미달로 인한 배고픔과 고된 작업과 훈련, 혹한의 추위 속에서 야간 보초를 서며, 나는 어떤 야릇한 보상심리가 그때마다 꿈틀거렸다. 앞으로 소설가가 되겠다는 결심을 굳혔다.

당시 문단에 진출하는 길은 크게 나눠 각 신문사에서 시행하는 '신춘문예'가, 문예지 《현대문학》지를 통한 추천 제도가 있었다. 《현대문학》지에서는 시는 3회, 소설은 2회 추천을 받아야 기성작가로 인정을 했고, 소설의 경우에, '신춘문예' 당선을 1회 추천으로 간주할 정도로 권위(?)가 드높았다. 그런 만큼, 2회 추천 완료까지 몇 년씩 걸리기가 일쑤였고, 지루하다 못해 중도에서 포기하는 사람들도 많았다. 《현대문학》지 소설 추천위원은 김동리, 박영준, 안수길, 오영수, 임옥인, 최정희, 황순원(가나다 순) 선생님들이었다.

군대 복무를 마치고 1963년 신학기에 국문과 2학년에 복교를 한 나는 '신춘문예'와 《현대문학》 추천 중 어느 쪽을 택할 것인가 얼른 결론을 내리지 못했다. 연세대 국문과에는 작년에 박영준 선생님이 교수로 취임해 있었음을 뒤늦게 알았다.

1964년 1월에 나는 단편소설을 들고 오영수 선생님을 찾아갔다. 추천의 길을 택한 것이다. 그해 8월호에 단편소설 「토정비결」이 초회 추천이 되어 《현대문학》지에 실렸다. 2학기가 시작되자마자 박영준 선생님이 조교를 보내 나를 부르셨다. 이미 《현대문학》지에 실린 나의 1회 추천작품을 읽으셨던 것이다. 나는 무슨 죄(?)나 지은 사람처럼 불려 갔다.

선생님은 인상이 황소를 닮으셨다. 웃음도 빙긋이 황소처럼 웃으셨다.

"자네가 김 군인가? 등잔 밑이 어둡다더니, 소문도 없이 《현대문학》 1회 추천을 받았어?"

선생님께서는 의외라고 생각한 듯싶었다. 내가 그 동안의 과정을 말씀드리자,

"오영수 선생, 깐깐한 분이야. 추천 완료 꼭 해내야 돼!"

빙긋이 웃으며 격려를 주셨다.

1965년, 4학년 때에 단편소설 「계단」으로 《현대문학》지 2회 추천 완료가 되어 문단에 정식으로 등단을 했다. 그 사실이 《연세춘추》에 기사로 실리자, 당시로서는 현대문학이 발을 못 붙이던 연대 국문과에서 큰 화제가 되었고, 현대문학을 지망하려는 국문과 후배들에게 큰 격려가 되었다.

졸업식 날, 박영준 선생님은 내게,

"김 군! 이제부터 시작이야. 무슨 뜻인지 알아?"

빙긋이 황소 웃음을 보이셨다.

소공동에 자리한 '가화'라는 다방에 가면 박영준 선생님을 만날 수 있었다. 그곳은 박목월(시인), 유주현(소설가) 선생님 등 여러분의 단골 다방이었기 때문이다.

1976년 어느 날, 소설가 박연희 선생님으로부터 전화가 걸려 왔다. 박영준 선생님이 신촌 세브란스병원에 입원을 하셨다는 것이다. 그래서 《현대문학》지 편집장인 김수명 씨와 함께 문병을 가려고 하니 동행을 하자고 했다. 부랴부랴 그분들과 만나 신촌으로 향했다. 선생님은 병실에 누워 계셨다. 그것이 선생님과의 마지막이 되었다. 곧 퇴원하실 줄 알았는데, 선생님은 그해 여름에 작고하셨다.

졸업 후에 본격적으로 창작생활을 시작했다. 1980년에 현대문학상, 1982년에 한국문학상, 1986년에 월탄문학상, 1987년에 동서문학상, 1991년에 한국소설문학상을 수상했다. 1982년에 출간된 장편소설 『안개꽃』은

이후 10년을 넘게 전국 서점가에서 스테디셀러가 되었다.

1989년에 2개월 동안이나 입원을 하는 큰 교통사고를 당했다. 두 번이나 큰 수술을 받았다. 그 신체적인 후유증은 컸다. 이로 인해 창작생활도 그만큼 크게 위축이 되어 10년도 넘게 시간을 낭비했다.

이렇게 문학을 끝내고 싶지 않았다. 2004년부터 새로운 각오로 다시 시작했다. 내가 2006년도 만우 박영준문학상 수상자로 결정되었다는 연락을 받았을 때, 나는 야릇한 감회를 느꼈다. 선생님을 다시 뵙는 기쁨이 었고, 나의 창작 의욕에 힘을 실어 준 상이었기 때문이다.

다음은 2006년 10월 28일, 제3회 만우 박영준문학상 시상식장에서 말한 나의 수상 소감이다.

나도 느린 소처럼

1965년 《현대문학》 소설 추천으로 문단에 등단한 후 지금까지 30여 권의 저서를 출간, 1980년 현대문학상 수상 이후 이번의 상은 여섯 번째 문학상입니다.

올해에도 열심히 살았습니다. 수상작품인 『짧지만 행복했던 날들』 등 장편소설 2권을 출간, 문예지에 3편의 단편소설을 발표, 장편소설 3권이 개작되어 출간 또는 출간을 기다리고 있으며, 소년도서도 1권을 출간했습니다.

문득 학창 시절이 머릿속에 떠오릅니다. 비가 오나 눈이 오나 하루도 빠지지 않고 거리가 먼 학교에 다녔습니다. 지나온 나의 문학도 그런 것 같습니다.

금년은 만우 박영준 선생님의 작고 30주기입니다. 1934년 조선일보 신춘문예에 단편소설 「모범 경작생」이, 같은 해에 《신동아》 현상 소설 모집에 장편소설 『일년』이, 역시 《신동아》에 콩트 「새우젓」이 당선됨으로써, 장편소설에서 단편소설, 콩트에 이르기까지 산문문학이란 이런 것이라는 것을 보이며 우리 문단에 화려하게 등단하신 당신입니다. 이후로 작고하기까지 연세대 국문과 교수로 봉직하셨습니다. 그리고 보면 문학으로나 인격으로나 당신은 초창기 우리 문단의 큰어른이셨습니다.

일찍이 시인 박목월 선생님은 「그분」이란 추도시에서 '흙처럼 겸손하고 흙처럼 소박하고 대지처럼 훈훈한' 이라고 당신을 묘사하셨습니다. '늦을 만, 소 우' 의 만우晩牛라는 아호는 6·25 동란 중 대구 피난 시절에, 한국화의 대가이신 청전 이상범 선생님이 "너는 소 같다. 부지런하나 빠르지 않고 느릿느릿 일을 한다. 소 가운데서도 느린 소다."라며 그렇게 지어주셨다고 들었습니다.

나도 소처럼 남은 문학을 하렵니다. 부지런하지만 빠르지 않고, 느리지만 지치지 않는 소처럼 말입니다. 이제부터 시작입니다.

선생님의 문학을 기리기 위해 이렇듯 뜻 깊은 문학상을 마련해 주신 유가족, 그리고 심사위원들과 이 자리에 함께 하신 하객 여러분께 감사드립니다.

만우 선생님에 대한 추억

김 윤 식

1966년 내가 입학했을 당시 만우 선생님은 우리 학과 과장이셨다. 지하 강의실로 내려가는 계단 바로 앞방이 연구실이었다. 입학 때 면접시험도 바로 선생님 방에서 치렀던 것 같다. 면접 날 나는 그 유명한 우리나라 소설가 박영준 선생님을 처음 뵌 것이다. 첫 면접관은 김동욱 교수님이셨다. 김 선생님은 크신 체구와 환한 안색이 지금도 인상 깊게 생각된다. 김 선생님은,

"어 제물포고등학교라, 성적도 좋았군." 하시더니 왜 국문과에 지원했느냐고 물으셨다. 이 질문에 나는 언뜻 작가가 되려 한다는 말씀을 드렸다. 사실 이때 이 말은 나의 실수였다. 나는 시인이 되려 한다는 말씀을 드린다는 것이 그만 작가라고 말해 버린 것이었다. 그러나 선생님은 재차,

---

*1966년 연세대학교 국어국문과 입학. 시인, 학산문학 주간.

"그렇다면 서라벌예대에 가지, 왜 연세대학에 왔는고?"

이렇게 물으셨다. 이에 대해 나는 연세대학에서는 글 쓰는 기량뿐만이 아니라 국문학의 깊은 전통과 지식을 배울 수 있어서 지망했다고 대답했던 것 같다. 그러자 김 선생님은 큰 소리로, "박 선생, 여기 수제자 들어왔어요." 하시며 나를 박영준 선생님 앞으로 가라고 하셨다. 그렇게 해서 이 인천 촌뜨기가 감히 한국 소설계의 영원한 거봉, 만우 선생님 앞에 가서게 된 것이다.

'이분이 바로 고등학교 때 학교 도서관에서 빌려다 본 소설「모범 경작생」과「빨치산」같은 작품을 쓰신 분이란 말이지. 소설집『그늘진 꽃밭』도 읽은 것 같다. 그 소설집들 앞에 실린 작가 사진과 같은 그 얼굴이시구나.' 아주 짧은 동안이지만 이런 생각을 하고 있는데 선생님은 내 성적표 등 입학 서류를 훑어보시며 다짜고짜,

"공산주의 어떻게 생각해?" 하시는 것이었다.

나는 얼떨결에,

"나쁘다고 생각합니다." 했다.

"이런……."

"아, 예. 공산주의는……."

면접시험은 이렇게 다소 진땀을 빼며 마쳤다. 그리고 선생님은 이 애송이에게 소설을 쓸 것이냐 아니냐 하는 질문은 하지 않으셨다. 글을 쓰는 일은 학교에 입학해서 묵묵히 '제 자신'이 스스로 할 일 아닌가. 이것이 내가 우리 선생님을 뵌 첫 순간이었다. 결코 미남이나 호남형은 아니셨지만, 겉으로는 사뭇 무뚝뚝한 듯, 또 럭비 애호가로서 와일드해 보이기는 해도 마음만은 봄바람처럼 다정하시고 훈풍이셨던 선생님.

그러나 3학년을 마치고 군대에 갈 때까지 선생님의 연구실에 들어가 본 것은 불과 두 번밖에는 안 된다. 면접 때 잘못 말씀드린 대로 소설에 관심을 두었다면 자주 선생님을 뵈러 갈 수 있었을 텐데 그렇지가 않았다. 그래서 한동안은 강의 시간 같은 때 선생님을 뵐 경우 여간 조마조마한 것이 아니었다.

아무튼 이쯤에서 그 사건으로 죽으러 가듯 선생님 방에 두 번 들어갔던 일을 이야기해야 할 것 같다. 그 사건이라고 표현했지만 사실 사건은 사건이었다. 대학생이 어쩌자고 그런 철없는 짓을 했었는지.

2학년 2학기가 거의 끝나갈 무렵이었을 것이다. 그때 나는 우리 국문과가 주축이 된 '국문학회'의 부회장으로 있었다. 때문에 거의 자동적으로 학회장이 될 것으로 주위에서는 보고 있었다. 선생님께서도 아마 그렇게 생각하셨을 것이다. 내년 임기 시작을 위해 형식적이지만 선거가 임박해 있었다.

그런데 하루는 같은 과의 J군이 신촌시장 안에 있는 한 막걸리 집으로 우리 몇몇을 초청했다. 그것이 그의 작전이었던 것이다. 몇 주전자 째 술이 돌고 점점 목소리가 커질 무렵 J가 말을 꺼냈다. 국문학회장직을 양보해 달라는 것이었다. 나는 말도 안 된다는 투로 그를 쳐다보았다.

그러자 동석했던 다른 녀석들이 나서서 나에게 양보할 것을 권하는 것이었다. 그들은 한결같이 내가 시를 잘 쓰는 것은 연세대학생 전체가 알고 있으며, 공부도 잘하고, 여학생들에게 인기도 있으니까 그까짓 회장직을 구태여 가질 것이 무엇인가, 아무것도 없는 J에게 주라는 것이었다.

이상한 논리였지만 술이 몹시 취한 데다 친한 과 친구들까지 이구동성으로 주장하는 바람에 나는 떠밀리듯 포기를 선언하고 말았다. 더구나

J는 그런 내용을 적어 각서를 꾸미고 마늘쪽이 박혀 있는 된장으로 내 무인까지 찍게 했다. 술자리는 통금이 다 될 때까지 계속되었을 것이다. 결국 회장에는 J가 내 대신 당선되었다.

나는 선생님께 가서 일단 거짓말을 했다. 기차 통학을 해야 하는 신분으로 국문학회 회장직 수행이 어려워 출마를 하지 않았다고 거짓 보고를 드렸다. J가 사귀고 있는 여학생을 위해 이런 직책이 필요했다고, 그래서 내가 양보했다고는 말씀드릴 수가 없었다. 선생님은 아무 말씀이 없으신 채 나를 건너다만 보셨다.

하지만 사건은 그것으로 끝나지 않았다. 며칠 후 당연히 내가 국문학회 회장이 될 것으로 생각했던 K 등 여러 여학생들과 한 해 밑 국문과생들이 이번에는 '연세문학회' 회장이라도 맡아야 한다며 우르르 합세해 나를 미는 통에 당선되고 말았다. '말았다'는 말투가 의아할지 모르지만 바로 그것이 문제였기 때문이다. 연세문학회는 또 다른 부회장이 이미 내정되다시피 되어 있었는데 내가 끼어들어 빼앗은 꼴이 된 것이다. 국문학회장 사건이 이렇게 꼬리를 물었다.

이번에는 나는 당선을 포기해야 했다. 며칠 고민 끝에 그야말로 죽으러 들어가듯 역시 지도교수이신 만우 선생님을 찾아가 뵈었다. 꾸벅 절을 올리자 선생님께서 먼저 말씀하셨다.

"회장이 되었다지?"

"네, 헌데……."

사퇴 의사를 들으시고 선생님께서는 학회장이나 연세문학회장이나 다 대학 안의 공공 단체를 이끄는 공인인데 어찌 그렇게 철없는 행위를 연속해 하는가 하시며 톡톡히 야단을 치셨다. 선생님은 우리들 사이의 그 사건을 알고 계셨었는지……. 지금도 그 못마땅해 하시던 선생님의 모습, 주름지신 얼굴 모습이 선하다.

그리고는 다시는 선생님 방에 가지 못했다. 군대에 갈 때도 인사를 드리지 못하고 떠났다. 제대를 하고서도 한 해를 더 쉬고 복학을 했을 때 비로소 선생님을 다시 뵈었다. 문과대학장으로 계셨지만 당뇨 때문에 안색이 더 검어지시고 상당히 여위셨던 것으로 기억된다. '현대소설연습'을 강의하셨는데 앞에 나가 발표할 때 잘했다고 하시며 칭찬해 주셨다.

명동 쪽 다방, 이름은 잊었는데 가끔 소설가 최정희 여사와 다정하게 앉으셔서 말씀을 나누시던 모습이 영 잊히지 않는다. 선생님은 내가 10년에 걸친 그 오랜 대학 생활을 끝낸 이듬해인 1976년에 돌아가셨다. 옛날을 생각하면 목이 멘다.

친구, 형님, 아버지 같던 우리 스승님

김 춘 석

만우 기념 문집을 내는데 선생님과 얽힌 얘기를 써 보내 달라는 전화를 받은 다음 날 도봉산에 올랐다. 한 주일에 한두 번 기분 내키는 대로 오르내리는 산행이지만, 언제나 여러 생각들이 끊임없이 동행해 주어서 종일 혼자라도 외롭지 않았다. 그러나 이 날은, 열흘 안으로 글을 보내야 한다는 기념문집 특무대장 정현기 교수의 윽박지름이 전화를 끊는 순간부터 가슴 한쪽을 압박하는 가운데 오르는 산길이었고, 또 선생님의 가쁜 숨소리를 가깝게 느끼면서 가장 자주 오른 산길이었기에, 선생님과 얽힌 여러 상념들이 구름처럼 피어오른다. 저기 어디쯤이 선생님과 쉬면서 커피를 끓여 마시던 곳 같다. 뜨거운 햇볕을 피해 찾던 그늘이 저 바위 밑인가? 선생님과 함께 딛지 않았던 곳이 없다고 할 만큼 자주 찾았던 도봉산, 가슴이 저리고 옛날이 사무친다. 박영준 선생님…….

---

*1959년 연세대학교 국어국문과 입학. 시인.

박영준 선생님. 나에게는 '만우'라는 아호보다 그냥 '박영준' 선생님이 더 가깝게 느껴진다. 아호란 함자를 함부로 부르는 무례를 희석시켜 주고, 스스럼없이 호칭할 수 있는 방편도 된다지만, 애초에 내가 선생님을 박영준 선생님으로 알고 불렀기에, 만우란 호칭에 오히려 거리감이 느껴진다. 선생님 제가 무례한가요?

작년 선생님의 문집 완결을 기념하는 자리였다. 선생님의 후진인 옛날의 스승들과 제자들이 모인 따뜻한 시간에, 모인 사람들이 돌아가며 선생님과 함께 했던 날들을 회상하는 차례였다. 그런데 입을 여는 사람들이 하나같이 자기야말로 선생님의 사랑을 가장 많이 받았을 것이라고 주장한다. 권세가나 재력가를 가운데 두고, 이해에 좇아 관계를 밝히는 자리라면 '아하, 저 친구들 낯 두껍게 아부를 하는구나!' 하고 못마땅해 할 수도 있겠지만, 돌아가신 당신 생존해 계실 때나 돌아가신 후에나 그런 것과는 아무 상관이 없던 분이시고, 입을 열어 발설하는 사람들도 생색을 내봤자 무슨 득 될 것 없는 자리였으니, 선생님 사랑받은 자랑 퍼레이드야말로 선생님 넓은 품과 포근함을 드러내는 증언들이 아니었겠는가. 선생님의 홍복洪福이 부럽다. 생전에 당신 면전에서 혹 이런 말들을 들으셨다면 선생님이 무어라고 하셨을까. "쓸데없는 말을……." 하시며 혀를 찼을 것이다. 고백하건데 내가 이 글을 염두에 두고 제목을 정할 때, 감히 '나의 스승님'이라 못 하고 '우리 스승님'이라고 한 것도 그런 연유에서다.

내가 대학에 입학했을 때 선생님은 연세대학교에 계시지 않았다. 2학년을 마치고 들어간 군대에서 제대해 복교해 보니 소설가 박영준 선생님이 학과장 자리에 앉아 계셨다. 장르야 다르지만 현대문학이 약했던 우리

국문과에 선배 유명 소설가 선생을 가깝게 모시게 되었으니 말할 수 없이 반가웠다. 그러나 시 공부를 하고 있던 내게는 소설가 박영준 학과장 선생님은 먼발치에서 바라만 보는 존재였고, 평범한(?) 사제 간의 관계에 머무를 수밖에 없었다.

무슨 일로 학과장실에 들르게 되었다. 선생님이 무심한 척하면서 입을 여셨다. 나를 조금 알고 계시는 것 같았다. 아마 당시 박두진 선생님 대신 시 강의를 하고 계시던 조병화 선생님이 내 얘기를 해 주신 모양이다. 기분이 괜찮았다. 몇 마디 말씀 끝에 느닷없이 물으셨다.

"자네 집이 인천인가?"

"네, 인천입니다."

나는 의아해 하면서 떨리는 목소리로 대답했다. 학과장 선생님이 내게 관심을 가지고 있다는 것에 조금 긴장해 있었다.

"낚시질 많이 다녀 봤어?"

뜬금없는 말씀에 어리둥절하면서도 큰 소리로 대답했다.

"네, 그럼요."

나로 말하면 인천 짠물에 뼈가 굳고, 물때가 좋으면—바닷물이 들고 빠지는 조수 시간이 바다낚시에 절대적이니까—강의를 빼먹을 정도였다. 비록 하찮은 망둥어 낚시였지만.

"그럼, 이번 일요일에 같이 가 볼까."

무뚝뚝한 것 같았지만 은근한 음성이었다. 그렇게 해서 선생님과 나는 단박에 낚시 친구가 돼 버렸다. 이후로 여러 번 낚시를 갔다. 인천 앞바다, 지금은 소래 어시장으로 유명해진 소래 포구, 시가지가 돼 버린 고잔 염전 저수지에서 선생님과 나는 어부와 그 아들처럼 정겹게 나란히 앉아 망둥어를 낚아 올렸다.

그 해 늦은 가을, 추석을 낀 어느 일요일 일은 잊을 수가 없다. 자그마한 풍선 낚싯배를 전세 내어 지금은 인천국제공항이 된 영종도 앞 바다로 나갔다. 가을 햇볕은 알맞게 따끈따끈했고, 바람 한 점 없는 가을 날씨였다. 이 날은 망둥어가 미친 듯이—폭풍 전야! 뒤에 생각해 보니, 미물 망둥어가 날씨의 급변을 예감하고 그렇게 날뛰었던 것 같다—낚여 올라왔다. 정신 차릴 수 없을 지경이었다.

오후에 물길이 바뀌어 장비를 거두고 귀로에 올랐다. 썰물을 타고 먼 바다로 나갔다가 귀환할 때는 들물을 타고, 돛의 방향을 적절히 조절해 바람만 받으면 한 시간 정도면 돌아올 수 있는 뱃길이었다. 그런데 역풍인 바람이 점점 세차지면서 배는 조금도 앞으로 나가지 못한다. 당황한 사공이 돛을 내리고 필사적으로 노를 저어 육지 쪽으로 다가가려 하지만, 배는 육지를 저만치 두고 오히려 뒤로 밀린다. 태풍을 만난 것이다. 급기야 우지끈 돛대가 부러지고 선생님과 우리는 배에 들어오는 바닷물을 쉴 새 없이 퍼내며 악전고투했다. 공포니 절망감을 느낄 겨를도 없었던 것 같다. 바다는 그새 한 치 앞도 안 보이는 어둠으로 덮이기 시작했다. 사공은 지척의 인천 쪽을 포기하고 결사적으로 뱃머리를 돌려 작약도 뒤편 바람막이 쪽으로 해서 간신히 섬 바위에 대어 놓았다. 철이 지나 무인도가 돼 버린 섬에서 여름철에 쓰다 남긴 매트리스와 종이 상자 들을 주워서 간신히 이부자리를 삼고 창고 같은 데서 가을비에 젖은 채 밤을 지새웠다. 글자 그대로 죽음의 고비를 넘은 것이다.

끔찍한 해난 사고를 당한 후 또 몇 번이나 낚시질을 나갔는지 잘 기억이 나지 않는다. 내가 학교를 졸업하고, 직장 따라 서울로 이사하고는 낚시질과 거리가 멀어졌고 이어 산에 빠졌기 때문이었을 것이다.

플라자 호텔 뒤쪽 지금 신동아화재가 들어서 있는 태평로 큰길 2층 건물에 주식회사 출판사 신태양이 있었다. 돌아가신 소설가 유주현 선생님이 주간으로 계셨는데, 내가 알기로는 선생님과 가장 가까운 친구 사이였다. 선생님이 그 신태양사에 내 일자리를 얻어 주셨다. 그 유명한 가화嘉禾다방은 바로 그 신태양사 뒷골목 100미터도 안 되는 거리에 있었다.

쾌적하달 순 없지만 아늑한 실내, 낡았지만 세상에서 가장 편한 소파 의자, 수더분한 외모로 있는 듯 없는 듯 차나 나르던 미스 리, 값나가는 것은 아니지만 귀 익은 고전 음악을 들려주던 축음기, 그리고 주인아주머니가 남대문 길거리에서 엿장수한테 몇 푼 안 주고 샀다고 노상 자랑하던 백자 항아리들—아마 요새는 그 하나하나가 웬만한 아파트 한 채 값 되리라—이 알맞고 기품 있게 진열되어 있던 찻집. 지금도 많은 사람들이 마음의 고향으로 간직하고 있는 찻집이다. 그 가화다방 문 입구 오른 쪽 카운터에 붙은 첫 번째 자리가 선점한 사람이 없었다면 선생님 자리였다. 선생님은 학교나 댁에 계시거나 특별한 외출이 아닌 대부분 시간을 여기서 보내셨다.

지정학(?)적이나 정서적으로, 이 가화다방은 선생님의 기지로서 적격이었다. 야단스러운 것을 질색하시던 선생님에게 당시로서는 시내 초입에 해당하는 이곳이 번잡스럽다 느끼셨을 명동이나 충무로 등 중심에 들어가지 않고도 사람들을 만나는 등의 약속을 할 수 있고, 또 가장 친한 친구 사무실이 가깝고, 이름은 잊었지만 선생님이 즐기시던 당구를 마음 편히 칠 수 있는 단골 당구장이 가까이 있었고, 거기다가 물론 버스를 많이 이용하시기는 하셨지만, 북아현동 산중턱 댁까지 걸어서 다닐 수 있는 적당한(?) 한 시간쯤 걸릴 거리에 자리하고 있었으니 말이다.

"아, 어젠 걸어서 집에 갔어."

눈이 많이 내린 어떤 날, 선생님은 내의를 안 입은 것을 과시하시느라 여학생 제자들도 있는 자리에서 바지 아랫단을 올려 맨 종아리를 보이시며 우리들을 경악시키시기도 했다. 보온 시설이 형편없던, 너나없이 두툼한 내의를 껴입던 시절이었으나, 만주에서 생활하신 선생님은 "이건 추위도 아니야." 하시며 젊은 제자들의 기를 은근히 죽이셨다. 신태양사에 근무하게 된 나는 선생님과 더 가까워졌다.

서울로 이사해서 경기 도민증을 버리고 서울특별시 시민이 되고 나서, 나는 선생님을 따라 산에 다니는 새 생활을 즐기게 되었다. 바다만 보고 살았던 내게 산은 여태껏 모르고 지냈던 신선한 경이의 새 세계였다. 기회만 생기면 선생님과 산을 올랐다. 그때는 산에서 꼭 밥을 해 먹었다. 번거롭고 힘들었지만 정겨운 추억으로 남아 있다. 산엘 가려면 우선 쌀, 찌갯거리 등 음식 만들 재료와 코펠, 식기, 버너 심지어 수저까지도 각자 준비를 했다. 선생님이야 거의 제자들과 함께 하는 산행이니 웬만한 잡일은 제자들에게 맡기셔도 되었지만, 결코 당신 몫을 남에게 떠넘기시지 않으셨다. 부담을 덜어 드리려고 우리가 알아서 준비하겠다고 하면 오히려 역정을 내셨다. 때때로 그때 연대 영문과에 다니던, 선생님이 정말 예뻐하시던 딸이나 아들들이 함께 갈 때도 있었다. 선생님과 가깝게 지내시던 돌아가신 교육과 성내운 교수님, 늘 불의를 견디시지 못하시던 그분과 만장봉 아래 너럭바위에서 불에 달군 돌에 고기를 구워 먹던 옛일이 문득 그립다. 선생님의 삽화를 그렸던 인연이었겠지, 김세종 화백과도 몇 번 함께 산행했는데, 그분은 식기류에서 코펠 하다못해 수저에까지 등산 장비 일체에 일일이 이름을 새겨 놓았던 세심한 분이셨다.

가장 많이 오른 산은 도봉산이었고, 수락산 북한산 관악산 그리고 가평의 삼악산을 많이 다녔다. 한라산에는 선생님이 제주에 문학 강연 연사로 가신 기회를 타 제주에 살고 있던 국문과 학생의 안내로 당일치기로 다녀왔다. 그 전날, 같은 연사로 왔던 모 시인이 한라산에 올라갔다 기진해서 조난당하는 바람에 횃불을 든 구조대가 동원되는 법석을 부렸다. 다음 날 산을 올랐다가 거뜬히 내려오셔서 으스대시던 선생님이 생각난다. 정상 밑 용진각 대피소 주변 절벽에 고산 꽃들도 화려했던 여름 한라산 추억이다.

잔비殘匪가 섬멸되었다고는 했지만, 그때까지도 입산 통제를 받고 있던 지리산 노고단을 힘들여 올랐다. 옛날 미국 선교사가 사용하던 건물들은 폐허로 변해 버려 마음이 스산한데, 토굴 같은 임시 산장에 있던 산장지기가 우리더러 신분증을 내 놓고 인적 사항을 적어 놓으란다. 기분 나빠진 선생님께서 그냥 내려가자고 해서 10분 거리의 노고단 정상에 발도 못 디뎌보고 내려와 버렸다. 종군 작가로 크게 활약하시고 또 「빨치산」 등의 소설을 쓰신 선생님이셨지만, 군부대가 주둔해 있는 곳이나 조금 눈치를 보아야 하는 산은 멀리하셨다. 간섭받기를 유달리 싫어하셨던 자유인 선생님의 성정 때문이었을 것이다.

이제 나도 나이를 먹고 건강을 생각하면서, 당뇨병이나 성인병을 무섭게 알게 됐지만, 천방지축 젊은 그 시절에 선생님이 당뇨 때문에 설탕 대신 당원 같은 것으로 커피 맛을 내는 것 같은 일에도 무심했을 만큼 선생님 건강에 신경 쓸 줄을 몰랐다. 오히려 우리는 선생님이 우리보다 더 건강하다고 부러워했을 만큼 철딱서니가 없었다. 그건 사실 선생님이 제자들에게 한사코 약하게 보이지 않으시려 했기 때문이기도 하다. 산행할 때도 그랬다. 젊은 제자들 앞에서 체력이 달리는 내색을 절대 나타내지 않으셨으니, 한마디로 젊은이들한테 늙었음을 인정하고 싶지 않았던 것이다. 그래도 산행 중 "선생님, 힘드시지요? 좀 쉬었다 가지요." 하거나, "선생님 배낭 저 주세요." 하고 물색없이 나섰다가는 "됐어, 됐어 그냥 가! 뭐가 힘들어." 하시면서 들어내 놓고 기분 나빠 하셨다. 생각해 보면 어린애 같은 순진함이 그대로 묻어나는 대목이다. 그래서 기분 좋게 쉬는 방법으로 생각해 낸 것이 커피 타임이었다. 선생님께서 지친 기색이 보이면, 물이 좋으니, 경치가 좋으니…… 하는 핑계를 대면서 "선생님, 여기서 커피나 끓여 마시고 가지요." 하면, 선생님은 "그래, 커피 좋지." 하시면서 반기셨다. 물을 끓이고 커피를 마시면서 충분히 쉴 수 있는 시간을 벌었다. 커피를 예닐곱 잔 마시고 내려올 때도 있었다.

선택의 폭도 좁았지만, 선생님은 안 가 본 산을 찾는 개척자적 산행보다는, 마음에 드는 산을 아끼듯 즐기듯 다니시는 보수적 산행 스타일이셨다. 자주 간 산 중 충남 계룡산을 들 수 있겠는데, 그때는 당일로는 다녀올 수 없어서 여관에서 1박의 고역을 해야 다녀올 수 있는 산이었다. 적당한 산행 거리에 적당한 높이, 삼불봉에 올라 이어진 산세들을 보면 웅장함도 느껴지지만 단아한 산. 어느 토요일, 늦은 저녁 갑사 여관 촌을 그대로 지나 산을 올랐다. 산을 넘기에는 늦은 시간이었지만, 치악산에서 터득한 '돈을 주면 잘 수 있는 산사에서 잠자기'를 실행해 보려는 속셈으로 시도한 산행이었다. 선생님은 의아해 하시면서도, 산사에서 멋지게 주무시게 해 드릴 수 있는 방법이 있다는 내 말을 믿으셨다. 암자에 이르러 스님께 하룻밤 머무를 수 있게 해 달라고 공손히 부탁했다.

"여기는 숙박하는 데가 아닙니다. 조금 내려가시면 여관이 많지 않습니까?"

스님은 딱 잘라 거절했다. 사실이었다. 그 산사는 여관 촌에서 불과 30분도 안 되는 거리에 있었으니까.

"그렇긴 하지만, 조용한 데서 우리 선생님 모시고…… 그리고 그냥 자겠단 얘기가 아니고…… 지금 돈을 드리고……."

좀 야비한 것 같았지만, '지금 돈'에 힘을 주어 말했다. 그 얼마 전에 소설 쓰는 동기 친구 정건영이와 한겨울 거의 한밤중에 치악산에 올랐던 일을 염두에 둔 것이다. 치악산 암자에 가면 잘 수 있다고 해서 올랐는데, 주지 스님과 살림하는 보살이 번갈아 나서서 절대로 안 된다고 한다. 그냥 자자는 게 아니라 돈 주고 자겠다는 거라고 얘기하자 보살이 말을 흐린다. "돈을 준다고 해 놓곤 새벽에 다 도망가더라." 얼른 돈을 건넸다. 그리고 선금의 효과로 영하 15도가 넘는 그 밤을 너무 뜨거워 찜질하느라고 잠을 못 자는 호사(?)를 누릴 수 있었다. 그 경험을 살려 '지금 돈'을 강조한 것이었다. 계룡산 스님도 '돈'이라는 말에 머리를 굴린다. "여기는 수도하는 곳이라 돈을 받을 순 없습니다. 그러나 불전에 시주하신다면……." 참으로 가난하던 슬픈 시절 얘기다. 두 말 않고 시주 비슷한 걸 하고 방을 안내받아 개울물 소리 새소리 밤새 들리는 산사에서 계룡산 정감 넘치는 밤을 지냈다. 아침 일찍 개울에 가서 세수하고 오니 아침 공양까지 방으로 들여온다. 이후에 몇 번 단골 공양주 대접받는 암자 숙박 호사를 누리며 계룡산엘 다녔다.

여행도 많이 다녔다. 여름에는 바다를 찾았다. 그때 한창 새로 개발되어 인기 있던 대천에도 가 보았고, 만리포 천리포 위로 올라가면 백리포 십리포라는 더 작은 모래 백사장이 있는 것도 가서 보고 알았다. 완도 앞바다 신지도 백사장은 우리나라 대륙 가장 남쪽 해수욕장이니까 가 본다는 이유 때문에 찾았다. 방을 정하고 논두렁길을 가는데 발을 뗄 때마다 뱀들이 우글거렸다. 막대기로 땅바닥을 두드리며 "뱀아, 뱀아" 노래하듯—그러나 무서워 떠는 소리를 내면서 두렁길을 도망쳐 나오던 함께 간 박기동, 그때는 청년도 아닌 홍안의 소년이었지. 뱀이 무섭고, 두부 한 모 사 먹을 수 없는 곳이라는 것을 알고 방 값도 되받지 못하고 그날로 돌아왔다.

어느 여름, 홍도 간다고 목포까진 갔지만, 태풍 때문에 여관에서 며칠 뒹굴면서 아침마다 부두에 가서 뱃길을 확인하며 유달산도 오르고 해남 대흥사도 갔다. 길이 열려 11시간이나 배 타고 고생하며 갔지만, 일정 때문에 고작 하룻밤 자고 다음 날 아침에 떠나 와야 했던 절경의 홍도. 30여 년이 지나 다시 찾아가 갯바위 위를 거닐면서 선생님을 생각했다.

선생님과 인연을 맺고부터 10여 년 간 낚시, 등산, 여행을 거의 언제나 함께 했고, 내 직장 또한 선생님이 알선해 주시고 추천해 주셨으며, 내 생활 대소사를 함께 걱정하고 도와 주셨다. 제자로서 한없는 사랑을 받고, 친구처럼 스스럼없이 대해 주시며, 형님같이 자상히 보살펴 주시고 부모처럼 챙겨 주시던 선생님. 사사로운 얘기를 어찌 다 말할 수 있을까.

그러나 내가 어쩌다 수석水石에 몰입하고부터 선생님과 관계가 소원해지기 시작했다. 새로운 취미에 빠진 나는 선생님을 모시고 몇 번 함께 탐석探石도 갔지만, 선생님은 별 흥미를 느끼지 않으셨다. 수석에 미친 나는, 땀 흘리며 산에 올라 맛보는 쾌미도, 신선한 기대의 여행의 설렘도 수석에서 더 보상받는다는 기분에 빠져 살았다. 오래 그렇게 살았다. 선생님을 뵙는 기회도 줄어들었다. 그렇게 세월이 흐르고 그러다가 어느 날 아, 선생님의 부음을 듣는다. 정신을 차리고 보니 나는 선생님 곁을 다시 찾아갈 수 없게 되었고, 선생님은 내 곁에 계시지 않았다.

"김 군은 내 제자이지만, 친구입니다."

결혼식 주례사에서 나를 두고 하신 선생님 말씀이다.

감히 허락받을 수 있다면 나는 이 말을 덧붙이겠다.

"선생님은 제자들 모두에게 좋은 스승이고 친구이시지만, 제게는 그 이상으로 언제나 좋은 형님, 아버지 같은 분이십니다."

그러나 끝까지 아버지를 잘 모시지 못한 탕자를 면할 길 없어 선생님을 떠올리면 언제나 가슴 아프다.

사부師父 만우 선생님을 그리워하며

민 병 삼

만우 선생님은 모든 제자에게 각별한 분일 것이다. 나 역시 그 대열에서 빠질 생각이 조금도 없다. 지금 이 시간에도 선생님을 그리워하고, 앞으로도 그럴 것이다.

1961년도에 국문과에 입학한 나는 1962년도 9월에 학보병으로 입대하여, 1964년 9월에 복학했다. 그때부터 만우 선생님의 강의를 들었다.

이듬해인 1965년도에 마침 연세춘추사에서 연세문학상을 공모했고, 내 졸작 「트기」가 가작으로 입선됐다. 그로부터 며칠 후에 선생님이 나를 부르시더니, 소설을 써보지 않겠느냐고 물으셨다.

솔직하게 말해서, 그때 나는 언감생심 작가가 된다는 생각을 가질 수가 없었다. 그래서 대답을 유보한 채 며칠을 고민했다. 그 당시, 문학지다운 문학지는 고작 《현대문학》과 《자유문학》 두 개뿐인 것으로 기억한다.

---

*1961년 연세대학교 국어국문과 입학. 소설가.

그 즈음에, 문학 지망생들 사이에 괴이한 소문이 나돌았다. 작가가 되려면, 추천자에게 적어도 쌀 한 가마 정도를 상납해야 된다는 것이다. 그게 결국 헛소문이었음을 나중에 알았다.

내가 선생님을 다시 찾아뵙고는 바로 이 뜬소문을 말씀드리면서, 나는 그럴 형편이 못됨을 고백하였다. 그러자 선생님께서 그 특유의 미소를 지으시면서, 내 어깨를 툭 치셨다. 가당찮다는 뜻이었다. 지금도 그때를 생각하면, 부끄러워서 얼굴이 뜨겁다.

그때부터 선생님한테 나의 사사師事가 시작되었고, 깜냥 없이 돼먹지 않은 습작품을 들고 선생님을 찾아갔던 것이다. 돌이켜 생각하면, 그것 또한 부끄러운 일이었다.

졸업하고 교사가 되려 했으나, 결코 쉬운 일이 아니었다. 그때 선생님께서 나를 데리고 다니시며, 이 학교 저 학교 문을 두드리셨다. 주로 기독교 재단의 학교였다. 그러나 일이 안 되려고 그랬던지, 나는 그 전날에 이미 억병으로 취해 있었고, 교장 앞에서 술 냄새를 팍팍 풍겼던 것이다. 물론 내 옆에 선생님이 계셨다.

그때 교장이 술 냄새를 풀풀 날리고 있는 나한테 짓궂게도 술을 얼마나 마시느냐고 묻는 것이었다. 나도 내 자신을 알아, 곧이곧대로 실토할 수밖에 없었다. 그러니 그 학교에서 나를 교사로 받아주겠는가.

그날 그 학교 교문을 빠져나오면서 선생님께서 눈을 흘기시며, 융통성 없다고 핀잔을 주셨다. 술을 못 마신다고 했어야 되는 것 아니냐는 말씀이셨다. 그러나 나 스스로도 술 냄새가 역겨운 마당에, 어찌 거짓을 말하겠는가.

결국 나는 선생님만 난처한 입장에 빠뜨린 못된 제자가 돼 버렸다. 그러던 어느 날, 선생님께서 나를 또 부르셨다. 경남 거제도의 한 학교에서 국어교사가 필요하다는데, 내 친구 중에 한 사람을 천거하라는 것이었다. 차마 나를 낙도로 보내고 싶지 않으셨던 것이다.

그 말씀이 떨어지는 순간에, 내 생각이 환히 트이는 것이었다. 그래서 내가 가겠다고 말씀드렸다. 선생님께서 내 생각을 믿지 못하셨는지, 고개를 갸웃거리시는 것이었다. 그래서 소설을 쓰자면 농어촌에서의 경험이 필요할 것 같다고 말씀드렸다. 거기에서 선생님이 나를 기특하게 생각하신 것 같았다.

내가 서울역으로 나가자, 뜻밖에 선생님께서 배웅하러 나오셨다. 그러고는 딱 일 년만 있다가 올라오라고 말씀하시면서, 민망하게도 담배를 한 보루 건네시는 것이었다. 만우 선생님이 그런 분이셨다. 요즘에도 모교에 그분 같은 교수가 있는지 잘 모르겠다. 부디 많기를 바란다.

그렇게 해서, 나의 낙도 생활이 시작됐다. 그게 1967년도였다. 그때 서울역에서 '딱 일 년만'을 말씀하셨지만, 어찌어찌 하다 보니 2년을 있게 됐다. 그러는 동안, 나는 선생님께 한 달 혹은 두 달에 단편 하나씩을 송고했다. 그래서 이듬해인 1968년도에 《현대문학》에 초회 추천을 겨우 받게 된 것이다.

이제 와서 고백하지만, 내 습작의 수준은 생각 안 하고 너무 늦게 추천하신다 싶어 서운하기도 했었다. 그것 또한 부끄럽고 죄송한 마음이다.

내가 거제도에 있는 동안, 여름방학에 선생님께서 따님과 함께 내려오셨다. 그때의 감사하고 기쁜 마음이란 이루 형언할 수가 없었다. 하룻밤을 묵으시면서, 잠깐 낚시만 하시고는 이튿날 바로 충무로 떠나셨다.

그때 대접을 변변히 못 한 것이 지금도 마음에 걸린다. 내가 그토록 융통성이 없었다.

그때의 송구스런 마음이 그것뿐이 아니었다. 내가 방학을 이용해, 인사차 선생님 댁에 잠깐 들른 적이 있었다. 그날, 뜻밖에도 나한테 성찬을 차려 주셨다. 글자 그대로 상다리가 휘어질 정도였다. 밑이 빠지게 가난했던 나한테는 처음 먹어 보는 진귀한 음식들이었다.

어디 그뿐인가. 선생님 댁에서 나오려고 하는데, 선물까지 주시는 것이었다. 그걸 집에 와서 열어 보니, 양복감을 주신 것이다. 그분이 그토록 자상하시고 사랑이 많으신 스승이셨다.

1969년도에 다시 서울로 오자, 선생님께서 또 교사 자리를 천거해 주셨다. 서울에 와서도 나는 한 달 혹은 두 달에 한 번씩 단편을 선생님께 보여 드렸다. 그래서 1970년도에 2회 추천이 완료된 것이다. 지금 그때의 추천 작품을 읽어 보면, 낯이 뜨겁다. 선생님은 내 작품이 괜찮아서 추천하신 것이 아니라, 아마도 내 끈기에 굴복(?)하신 게 아닌가 싶기도 했다. 그건 추천하신 분을 욕되게 하는 생각인 줄 알면서도, 내 부끄러운 양심으로는 그랬다. 지금도 변함없는 생각이다.

그때 추천사에서 선생님께서 이렇게 말씀하셨다.

> (전략) 첫 번째 추천 작품이 발표된 지 얼마나 오랜 세월이 흘렀는지 모르겠다. 그동안에도 계속해서 써왔지만 나는 이때까지 추천을 삼갔다. 추천 완료까지의 시간적 거리 같은 것에 구애되고 싶지 않았기 때문이다. (하략)

선생님께서는 소설에 대한 작가 지망생의 애정과 끈기와 뚝심을 시험하셨던 것이다. 그래서 선생님한테 추천받은 작가가 일곱 명밖에 안 되는 것이다. 내가 재학 시절에, 선생님한테 사사받은 제자가 나뿐이 아니었다. 그러나 좀처럼 추천을 안 하시자, 중도에서 포기한 사람이 한 둘이 아니었다. 그들이 선생님의 깊은 뜻을 미처 읽지 못했던 것이다.

중국의 사마광司馬光이 자치통감資治通鑑에서 "경서經書를 가르치는 스승은 만나기 쉽지만, 사람을 인도하는 스승은 만나기 어렵다."고 했다. 조금도 틀린 말이 아니다. 만우 선생님은 나한테 소설 작법을 가르치시기보다는, 나로 하여금 인생을 인생답게 사는 법을 가르치셨던 것이다.

그래서 나에게 만우 선생님은 풍류사종風流師宗이셨다. 그러니 어찌 사부師父님으로 받들지 않을 수 있겠는가. 지금도 내 누옥에는 부모님 사진과 함께 선생님 사진이 나란히 걸려 있다. 그래서 나는 소설이 완성될 때마다, 선생님께 감사한 마음을 아뢰고 있다. 그때 선생님께서 나를 작가의 길로 인도하지 않으셨으면, 나는 지금껏 별 볼 일 없는 인생을 살고 있었을 것이다.

내 인생에서 선생님을 모셨다는 건 행운이었고, 행복이었다. 내가 작가의 길로 들어선 것을 한 번도 후회한 적이 없었기 때문이다. 그래서 선생님께서 그러셨던 것처럼, 나도 소설 작업을 한 번도 멈춘 적이 없었다. 그것이 사부님에 대한 나의 도리라고 생각해 왔다.

나는 영혼이 있음을 믿는다. 그래서 지금 이 시간에도, 선생님께서 나를 지켜보고 계실 것으로 생각하는 것이다.

환하고 환한 모습

박 경 혜

만우 박영준 선생님을 꿈속에서 뵈었다. 1976년 돌아가시기 하루, 이틀 전으로 기억한다. 환한 얼굴로 홀연히 나타나셔서 어딜 가신다고 하면서 좋은 일이 있을 것이라고 말씀하시는 듯했다. 내 눈을 들여다보시며 지으시던 그 표정!은 바로 그런 뜻이 아니었을까? 내가 당황해서 어쩔 줄 모르는 사이 선생님께서는 어느새 등을 보이시며 멀어져 가셨다. 꿈속에서도 꿈결처럼 느껴졌던 순간, 선생님께선 어딘가 가시는 길에 내게 잠깐 들르신 듯 어딜 또 들르실 데가 있는 듯 바삐 다녀가셨다. 꿈에서 깨어나서도 한동안 멍멍한 느낌에 사로잡혔던 기억이 아직도 새롭다. 당시 선생님과 개인적인 친분이 거의 없었던 나로서는 그 꿈이 생소하기만 했다. 그러나 한편으로 평소의 모습과 다른 선생님의 모습이, 무슨 신비한 아우

*1976년 연세대학교 국어국문과 석사, 1992년 동 대학원 박사. 연세대학교 등에서 강의. 사진작가.

라에 둘러싸인 듯 기묘한 감동에 사로잡히게 했다. 그 꿈을 꾼 것이 벌써 30여 년 전의 일이다. 그 후 내 기억 속에서 그 꿈의 내용들은 점점 희미해졌지만, 등 뒤에 따뜻하고 환한 빛을 두르고 계신 듯한 그 환하고 환한 모습만은 지워지지 않은 채 여전히 내 가슴 속에 각인돼 있다.

그렇게 작별을 고하신 것일까? 고작 대학원 수업 몇 학기 당신의 수업을 들었던, 지독하게 숫기가 없어 수업 시간에 말 한 마디 제대로 못 하던 내게까지 살뜰한 제자사랑을 보이신 것일까? 그렇게 많은 제자들을 기르고 거두셨던 선생님. 살뜰하고도 정 깊은 제자 사랑을 때론 매몰찬 꾸짖음으로, 때론 더도 덜도 아닌 편애하는 마음 그대로 표현하셨던 선생님. 도무지 위선도 권위의식도 모르는 채 안팎이 없으셨던 선생님이셨기에 나는 늘 그런 선생님이 어렵고 두렵게만 느껴졌었다. 이승을 떠나시기 전 내게 꼭 해 주고 싶으셨던 말씀! 그것이 과연 무엇일까 나는 아직도 그 뜻을 잘 헤아리지 못하며 살고 있다. 그런데 이상한 것은 사는 것이 힘에 겨워 살고자 하는 의지가 저 밑바닥을 향해 내동댕이쳐질 때면 어김없이 그 꿈이 떠오른다는 것이다. "그러고 있으면 날 아프게 하는 것이야!" 하시면서 그 환한 낯빛을 거두실 것만 같은 안타까움, 일종의 죄의식에 사로잡힌다는 것.

그런 유의 죄의식이란 분명 부모형제나 배우자, 또는 자식에게서 느끼는 그런 종류의 죄의식과는 다른 차원의 것일 것이다. 처벌이나 가책을 동반한 두려움이나 무거움이 아닌, 행복한(?) 죄의식이라고 할까? 그 이유는 선생님의 꿈을 떠올리면 늘 몸과 마음이 가볍고 따뜻해지는 느낌에 사로잡히기 때문이다. 일생 동안 그런 기억들이 대체 몇이나 있기나 한 것일까? 행복한 기억이란 것이 과연 우리의 뇌수 속에 깊이 각인된 채 오래도록 보존될 수나 있는 것일까? 올해 3월 초, 나는 기억을 테마로 한 사진전을 열었는데, 작가노트에 나는 다음과 같은 생각들을 썼었다.

> 희열이라든지 열렬한 열망 같은 행복했던 기억들은 마치 마개를 열면 곧 허공으로 흩어져 사라져버리는 꽃향기 같은 것은 아닌지. 기억은 혹 흉터와 같은 것인지도 모른다. 사는 동안 줄곧 몸에서, 마음에서 더듬어 만져지고 일깨워지는 그런 것만 남아 있으니까. 그런 기억이란 것도 과연 확실한 것일까?
>
> 들뢰즈의 생각을 빌리자면 엄밀한 의미의 기억이란 잠재적 기억이며 혼돈kaos 그 자체인지도 모른다. 그렇다면 내가 떠올린 기억이란 진정한 기억은 아닐 것이다. 회상이나 상상에 불과한 것, 그것조차 나의 현재의 욕망과 필요에 따라 창조해 낸 하나의 환영 같은 것이 아닐는지. 그렇다면 내가 '나'라고 지칭하는 '나', 이곳저곳, 여기저기 출몰하는 무수한 '나'란 실체가 아닌 허상, 곧 이미지에 불과한 것인가. 헛것이란 말인가. (중략)

역사적 기억이든 개인적 기억이든 기억의 존재론에 대해 극심한 회의를 느끼고 있던 나의 생각을 피력한 글인데, 아이러니컬하게도 정작 나의 사진적 작업은 어린 시절의 기억들을 소재로 한 것들이었다. 말하자면 나 자신이 자신의 기억이란 것을 도통 믿지 못하면서도 퍼즐의 조각들처럼 흩어진 시간의 조각들을 필사적으로 찾아 헤맸던 것이다. 물론 오래전부터 기억 찾기 작업에 나섰던 것이 사실이다. 내가 다녔던 세 군데의 초등학교, 10대 소녀 적부터 30살이 넘도록 살았던 옛집이 남아 있었던, 그리고 대학과 대학원을 다녔던 신촌 일대를 수년 동안 미친 듯 싸돌아다니며 사진을 찍었었다. 그런 작업을 시작했을 무렵 나는 극심한 위기의식에 사로잡혀 있었다. 사적인 삶도, 대학에 자리 잡는 일도 이미 나의 의지를 벗어난 일이 되어 버렸다는 것을 깨닫기까지 나는 매일 두 다리에 쥐가 날 때까지 쏘다니며 나 자신을 학대해야 했다. 남은 일은 한시 빨리 내가 애초에 욕망했던 일들을 깨끗이 포기하는 일 뿐이었다.

자신의 기억을 믿지 못하면서도 그 기억에 매달릴 수밖에 없다는 것은 분명 비극이다. 그러나 그때 나는 매달릴 수 있는 기억이 내 안 어느 먼 지층 속에 숨겨져 있을 것만 같은 막연한 느낌을 가졌던 것 같다. 2003년과 2004년 겨울에 찍었던 사진들을 나는 가끔 꺼내서 들여다보곤 한다. CD 여러 장에 저장된 사진들은 온통 밤이나 새벽에 찍은 것들뿐이다. 그 겨울날들은 유난히 추웠었다. 모자와 목도리를 겹겹이 두르고 장갑을 두 개씩이나 껴도 한 시간이 못 가 손이 얼얼하고 발이 뻣뻣해 왔었다. 그 두 해 동안 연말의 흥청거리는 거리를 뒤로 한 채 나는 크리스마스 때도 섣달 그믐날에도, 설날에도 어둠이 깔리기 시작하면 어김없이 신촌의 교정을 찾아가곤 했었다. 1월이면 영하로 내려가는 날이 많아졌고 나는 카메라 가방에 위스키 한 병을 챙겨 가지고 다니며 언 몸을 녹이곤 했다.

그때 내가 왜 그렇게 교정의 괴괴한 어둠과 유령 같은 건물들과 을씨년스럽기 그지없는 헐벗은 겨울나무들과 그것들의 그림자와, 간혹 내게 무슨 말을 건네려는 듯한 표정을 짓는 창의 불빛들에 매료됐었는지 나는 지금도 알지 못한다. 대체 무엇을 찾아다닌 것일까? 대체 나는 그곳에 무엇을 두고 온 것이었을까? 언더우드의 동상이 있는 옛 문과대학 건물의 뒤편에서 나는 어둠이 짙어지면 하나 둘씩 불을 밝히는 창문들을 바라보았고 창문에 어른거리는 누군가의 그림자를 지켜보기도 했다. 또 밤이 깊어감에 따라 그 창문의 불들이 하나 둘씩 꺼져가는 것을 바라보았으며 창들이 모조리 빛의 눈을 감고 난 후 건물 중앙에서 작디작은 출입문이 반짝하고 빛의 눈을 뜨는 것을 황홀하게 지켜보기도 했다. 동화 속에서 어린 소녀가 길을 잃고 칠흑 같은 산속을 헤매다 헤매다 실낱같은 불빛 하나 발견하는 그런 심정이었을까?

문과대 건물은 밤이 깊어지면 무슨 비밀에 싸인 거대한 성城처럼 기괴한 아우라를 내뿜기 시작했고 건물의 정문 출입구에도 뒤쪽의 작은 현관문에도 늘 자물쇠가 채워졌다. 건물 지하에서 뿜어 나오는 불빛이 말라붙은 담쟁이덩굴로 뒤덮인 건물을 거인의 몸처럼 부풀렸으며 더욱이 건물의 정문 현관 양옆에 빛을 받고 서 있는 나무들은 무시무시한 호위병들처럼 문으로 오르는 돌계단에의 접근을 막고 있는 듯했다. 어쨌든 겨울 내내 나는 문과대 건물에 들어가지 못했다. 낮에도 밤에도 들어가지 못했다는 것이 더 정확하다. 누가 억지로 금지한 것도 아닌데 나는 결국 들어가지 못했다. 두려웠던 것이다. 대체 무엇이 두려웠던 것일까?

바로 그 건물, 곧 옛 문과대 건물의 정문 현관을 통과해 왼쪽 첫 번째 방이 박영준 선생님의 교수실이었고, 삐걱거리는 계단을 지나 3층에 올라 오른쪽 첫 번째 방이 작고하신 박두진 시인의 교수실이었다. 나는 대학원 시절 내내 박두진 시인의 개인 조교를 했었다. 성姓이 박 씨라는 것 말고는 성격이나 전공 등에서 도무지 공통점을 찾아볼 수 없었던 두 분이었지만, 가끔씩 두 분이 대화를 나누는 모습을 보면서 두 분께서 인간적으로 친하지는 않지만 무슨 적대감 같은 것은 전혀 가지고 있는 않다는 것만은 확신할 수 있었다. 오히려 두 분이 서로의 길을 존중하면서 적당히 거리를 유지하고 사신다는 느낌을 받았다고 할까.

현대시를 전공했고 더욱이 연세대가 아닌 이화여대에서 학부를 나왔으며 줄곧 여대 시절부터 은사였던 박두진 시인의 조교를 지낸 탓에 실상 박영준 선생님과의 기억은 많지 않다. 박영준 선생님의 교수실에는 늘 이름난 소설가 선배들이 들락거렸고 무엇보다 호랑이 상이신 선생님의 독특한(?) 외모와 직설적인 화법으로 인해 나는 선생님을 두려워했으며 겨우 설날 대학원생들 틈에 끼어 댁으로 세배를 몇 번 갔을 뿐이다. 만일 내가 그 당시 소설이나 비평을 전공했더라면 석사논문을 지도받는 과정에서 여러 번 초고가 교수실 바닥에 내던져졌을지도 모르고 그로 인해 선생님과의 기억은 아픈 만큼 더욱 도타워졌을지도 모른다.

무엇이 두려워 나는 옛 문과대 건물에 들어가지 못했던 것일까? 왜 그 시절의 기억의 입구인 양 불 밝히고 기다리고 있는 그 작은 출입문으로 들어가지 못했을까? 왜 멀리서 바라보기만 한 것일까? 가을이면 시멘트 바닥에서 냉기가 올라와 가을부터 천식이 도지게 하던 3층의 방, 거의 혼자서 쓰던 3층의 그 방은 여름철엔 무덥고 겨울엔 유난히 추웠었다. 난 천식 때문에 자주 수업을 빼먹어야 했다. 또 그 방에서 씨름하던 힘겨운 논문, 늪에 빠져 허우적대는 것만 같던 시 쓰는 일, 문학의 무용성에 대한 끝없는 회의, 허구한 날 귓전을 맴돌던 데모 학생들의 함성들, 잦은 휴강, 그리고 또 누군가를 기다리던 쓸쓸한 날들, 기약할 수 없는 내일들, 그런 생각들이 밀려오는 날이면 하염없이 창틀에 매달려 있곤 했다. 시도 때도 없이 최루탄 가스가 안개처럼 스며들던 뒤뜰로 난 창, 창밖에 열병처럼 서 있던 플라타너스들, 그런 혼란의 와중에도 어느새 새 잎이 터져 나오던 봄날들, 커다란 잎들이 서서히 내려앉더니 어느새 눈발을 맞고 서 있던 나무들. 나는 아마도 그런 기억들을 다시 만난다는 것이 두려웠을 것이다. 행복했던 순간들은 모두 어디로 사라진 것일까?

아직은 시기상조인지도 모른다. 그 시절의 기억과 만나기에는 나 자신이 아직 덜 자랐는지도 모른다. 이제 겨우 어린 시절의 기억 속으로 들어가 늘 어둠 속에서 소리죽여 울고 있던 고집통이 어린 계집아이를 만나 그 아이를 겨우 달래서 제 갈 길로 가게 해 주었을 뿐이다. 앞으로 계속 더 자란 그 아이를 만나야 한다. 청소년이 된 나, 가장 어두운 날들인 대학과 대학원 시절의 나, 그리고 그 이후의 나 들을. 그들은 어둠 속을 떠돌며 내가 자기들을 만나러 오길 손꼽아 기다리고 있을 것이다. 분명한 것은 언젠가 이루어질 나의 사진작업들은 선생님의 꿈과 그 꿈이 암시하는 어떤 희망적인 메시지를 담게 될 것이란 점이다. 마치 멀고먼 행성에서 빛을 보내는 별처럼, 밤하늘에 떠도는 어두운 기억들을 가로지르며 퍼즐의 조각처럼 흩어진 수많은 나의 조각들이 하나 둘씩 제 온전한 몸을 찾아가게 하는 그 빛의 힘! 상상만 해도 행복해진다. 내게 행복한 기억을 남기시고 겨우 65세라는 아까운 연세에 돌아가신 선생님. 언젠가 나의 작업들이 완성되면 박두진 선생님과 박영준 선생님의 묘소를 찾아가 그분들을 뵐 것이다. 환한 얼굴로.

참 오래도 주무신다

박 기 동

그해 겨울

마포 공덕동 친구의 자취방에서 수색 가는 철길 따라 신새벽에 신촌으로 입학시험을 보러 갔다. 가난한 탓이기도 했겠지만, 그해 겨울은 무척 추웠다. 눈이 채 녹지도 않은 운동장에서 체력 시험을 본 기억이 난다. 운동화를 준비하지 못해서 맨발로 뛰었다. 학과 시험은 정말 개판으로 봤다. 붙을 수가 없다고 생각했다. 고등학교 때의 내 성적은 바닥이었고, 그나마 3학년 1학기 때 퇴학당해 시골 야간 고등학교로 옮겨가 간신히 고교 졸업장을 딴 처지였다.

시험 끝나는 길로 동해안 감포로 가서 오징어잡이 배를 탔다. 무동력 채낚이 어선의 이물대에 쪼그리고 앉아, 학교 생각이 아니라 군대 생각을 했다. UDT나 HID같은 특수부대에 자원해서 실컷 자신을 학대하면서 세

---

*1963년 연세대학교 국어국문과 입학. 소설가, 서울예술대학교 문예창작과 교수.

상의 끝까지 가 보고 싶다는 생각을 했었다. 가끔 음산한 자살에의 충동에 사로잡히기도 했었다. 바다로 도망쳐 와서, 또 다른 도피처를 궁리하고 있었다. 바다는 신촌의 눈도 덜 녹은 운동장보다 훨씬 더 추웠다.

공덕동에서 자취를 하던, 나의 행선지를 알고 있는 유일한 인물인 그 친구가 선착장에서 나를 기다리고 있었다. 그의 손에 합격자 명단이 실린 신문 호외가 들려 있었다.

"너, 붙었다. 인마!"

나는 학교가 크게 실수를 했다고 생각했다. 그러나 학교의 실수를 따질 생각은 눈곱만큼도 없었다. 학교의 실수가 아니라 나의 운이 좋았다. 아니다. 그해 겨울, 내가 연세대학교 국어국문학과에 입학할 수 있었던 것은 오로지 그 추운 겨울에 맨발로 운동장을 달렸기 때문이었다. 1963년 그해 겨울에, 신성일과 엄앵란이 주연한 영화 〈맨발의 청춘〉이 크게 히트했던 바로 그해 겨울에.

큰 산

문과대학 건물은 정말 폼 나는 건물이었다. 고풍스런 석조건물의 전면을 잎 떨어진 담쟁이덩굴의 줄기들이 멋진 추상회화로 장식하고 있었다. 나도 남이야 어떻게 보든 말든 폼 좀 쓰고 다녔다. 나는 내 이마에 각인해 놓은 '시인'이라는 명패를 친구들이 읽어 주기를 바랐다. 단지 읽어 줄 뿐만 아니라 '시인'으로 대접해 주기를 기대하고 있었다. 입학한 해에 연세문학상에 '시'를 투고했는데, 정말 이해할 수 없는 일은 내 시가 낙선되었다는 사실이었다. 곧 나는 내 시가 낙선될 수밖에 없었던 확실한 이유 하나를 찾아냈다. 대한민국의 시인들이 문제였다. 특히 각종 공모에 심사를 맡고 있는 원로 중진 시인들의 수준이 의심스러울 수밖에 없었다. '이런 인사들이 한국 시단의 중심에 앉아서 문화 권력자로 행세하는 한 한국 문학의 미래는 없다. 한국 문단에서 노벨문학상 수상자가 한 명도 없는 이유도 바로 내 시를 낙선시킨, 시에 대한 몰이해로 단단히 무장한 원로 시인들이 문단의 모든 일을 좌지우지하고 있기 때문이 아니던가.' 나는 내 시가 낙선할 수밖에 없었던 이유를 대충 그렇게 원로들을 싸잡아 비난하는 데서 찾았다.

나의 이런 황당하고 발칙한 망상에 확실하게 빗장을 지르신 분은 당시 우리 학교에 출강하셨던 박목월 선생님이시다. 박목월 선생님에게서 배웠던 시 수업시기와 참담했던 실패의 이력은 다른 장에서 적어야 할 내용일 듯하다. 어쨌든 학교는 정말 재미가 없었다. 자주 수업을 빼먹고 청송대 숲 속이거나 신촌이 복개되기 이전의 시궁창 물 흐르던 천변의 술집 주변만 기웃거렸다. 그해에 《연세춘추》에 두 편의 시를 발표할 수 있었는데, 그것은 순전히 동기였던 정구종 형이 《연세춘추》의 기자로 있으면서 소위 '빽'을 써 주었기 때문이었을 것이다.

국문과 63학번 두 명의 낙제생 중의 한 명이 되었다. 당시 학과장이셨던 박영준 선생님에게서 눈물이 쏙 빠지게 꾸중을 들었다. 그것이 내가 기억할 수 있는 박영준 선생님과의 첫 대면이었다. 일학년이라 그저 먼발치에서만 뵈었을 뿐인 터였다. 꾸중 끝에 선생님께서 불쑥 던지신 말씀,

"박목월 선생께서 자네 시를 칭찬하더군. 시를 쓰든 소설을 쓰든 우선 인간이 돼야지. 그리고 재능을 썩히지 않도록 노력을 해야 돼."

아마도 대충 그런 말씀을 주셨던 것으로 기억한다.

불쑥 기억의 한 장을 뛰어넘어, 시청 앞 가화다방 안이다. 선생님께서

차를 사 주셨다. 부끄럽고 참담했다. 루빈스타인이 연주하는 〈황제〉가 두 세 번 반복될 만큼 오래 꿀 먹은 벙어리처럼 탁자만 내려다보고 앉아 있(었을 것이)었다.

이상하게도 선생님의 침묵 앞에 앉아 있으면 마음이 편안했다. 어쩌면 선생님께서는 사람의 마음을 편안하게 만드는 특별한 능력을 가지고 계셨는지도 모른다. 1964년 봄의 시청 앞 가화다방에서, 박영준 선생님께서는 형편없는 시를 쓰는 낙제생이었던 나의 앞에 큰 산처럼 앉아 계셨다.

신춘문예

입대하고, 월남전에 참전도 하고 남들보다 1년 더 군대생활을 하고, 새카맣게 탄 얼굴에 눈만 반들반들한 귀환병의 모습으로 학교로 돌아왔다. 내 형편없었던 시는 가망 없이 망가져 있었고, 몸도 마음도 다 너덜너덜하게 느껴지던 시간이었다. 이영섭, 한순옥, 문영순 등 세 사람의 67학번 후배들(복학생인 나와는 동급생이 된)이 박영준 선생님과 등산을 가기로 했는데 같이 가지 않겠느냐고 물어 왔다. 나는 선생님이 어떻게 생각하실지 걱정이었는데, 후배들 말이 선생님께서 이미 나의 동행을 허락하셨다는 것이다.

선생님과의 첫 산행은 청계산이었던 것으로 기억한다. 이후 수락산, 도봉산, 북한산, 수리산, 용문산, 소요산 등등의 서울 근교의 등산 코스와 멀리는 칠갑산, 오대산, 치악산, 속리산, 지리산까지, 근 10년 가까운 선생님과의 산행이 이어진다.

나는 여전히 되지도 않는 시를 껴안고 끙끙거리며 신음하고 있었는데, 그런 나를 선생님께서는 측은한 눈으로 지켜보고 계셨던 것 같다.

3학년 2학기를 마치자 다음 학기 등록금조차 마련할 길이 막연했다. 신춘문예 열병을 앓는 겨울이었다. 일찌감치 이 신문 저 신문에 시를 투고하고 나서도 마감일이 한참을 남아 있었다. 순전히 상금이 탐이 나서 소설 한 편을 부랴부랴 만들어 냈다. 시보다 네 배나 더 주는 소설 상금이 내 목적이었다. 그렇다고는 해도 그건 단순히 내 욕심일 뿐이었지, 설마 당선까지 되리라고는 기대하질 않았다. 내 꿈은 여전히 시에 있었다.

그것은 내 인생에서 하나의 사건이었다. 두 해 내리 두 곳의 신문사에서 최종심사에까지 올라갔다가 낙방한 분한 이력을 가지고 있는 내 시는 최종심사에서 낙방이었는데, 느닷없이 소설 당선 통지가 온 것이었다. 거금이었다. 학교 등록금이 3만 원이던 시절이었는데 상금이 20만 원이었다. 선생님께 인사를 갔더니 선생님께서 당신이 문학상에 당선하셨을 때 얘기를 들려주셨다. 작가란 배고픈 직업이니 돈을 함부로 쓰지 마라. 당신께서는 문학상 상금으로 북아현동 자택을 마련하셨다. 그런 말씀을 들려주시면서 정말 기뻐해 주셨다. 시상식장에 오셔서는 축사까지 해 주셨다. 나는 그때 정말 내가 박영준 선생님으로부터 사랑받고 있다는 행복감을 느꼈다. 또 하나 더 있다. 신춘문예 당선 덕분에 '윤동주장학금'의 수혜 대상자가 되었는데, 내 학과 성적이 형편없으니 장학금을 줄 수 없다는 통보를 학생처로부터 받았다. 그러자 당시 학과장님이셨던 선생님께서 대강당 건물 안에 있던 학생처로 가셔서 항의를 하셔서 놓쳐 버릴 뻔했던 장학금까지 타게 해 주셨다. 늘 말씀을 아끼시는 분, 그래서 나는 그 일 때문에 한동안 또 부끄럽고 후회스러웠다.

꿈에서조차 나를 부끄럽게 하셨다

그해 여름이던가? 그 다음 해던가? 방학 중에 선생님을 모시고 월출산, 해남 대흥사, 완도, 신지도 등지로 여행을 떠났다. 시인 김춘석 선배 내외와 동행이어서 선생님과 나는 여관에서든 민박집에서든 한 방을 썼다. 선생님의 꿈 이야기. 신지도의 민박집에서 머물 때였다. 한밤중에 선생님께서 주무시다 말고 벌떡 일어나 앉으셔서 나를 부르시는 것이었다.

"기동아. 기동아!"

나도 자다 말고 깜짝 놀라 벌떡 자리에서 일어나 앉았다. 불을 켰더니 선생님께서 나를 보시곤 숨을 내쉬면서 도로 자리에 누우셨다.

"불러도 대답조차 않더니만 바로 옆에 자고 있었구나."

"무슨 말씀이신지요?"

"글쎄 말이지. 네가 (꿈속에서) 귀인이 되어서 구름을 타고 날아가는 거야. 그래 막 불러도 뒤 한번 돌아보지 않고 그냥 가지 뭐야. 그래, 화가 나서 나 혼자 소리소리 지르다 깬 거야."

"설마 그럴 리가요?"

그 밤에 선생님의 얕게 코를 고시는 소리와 베갯머리까지 치밀려 왔다가 물러가곤 하는 남해 신지 앞바다의 파도 소리가 유독 지금까지 내 뇌리에 생음악처럼 생생하다. 선생님과 함께 보낸 밤들이 꽤 자주 있었다. 잠결에 문득 눈을 뜨면 알음알음 선생님의 잠꼬대 소리를 엿듣기도 했다. 그럴 때마다 내 아버님 같다는 생각이 들었다. 물론 나는 귀인은커녕 문단 말석의 소설가 이름 올리기에도 버거워하고 있다. 선생님께 너무 죄송하다. 선생님의 꿈을 완성하기에는 내 의지는 거덜이 났고 내 재능은 한 뼘도 못 된다.

참 오래도 주무신다

선생님과의 산행에 자주 동행을 했던 67학번 문영순과 결혼을 했고 선생님께서 주례를 서 주셨다. 대방동 단칸 셋방에서 살 때도 선생님께서 몇 차례 찾아 주셨고, 대조동 무허가 집을 사서 살 때도 그러셨다. 대조동 집은 당시 그 일대에 국민주택 단지를 조성하면서, 공사장 인부들이 헐어버린 구 가옥들의 낡은 자재들을 그러모아 공사 기간 중 숙소로 쓰던 집이었는데, 어쨌든 나로서는 생애 처음 가져 본 내 집이었다. 윗바람이 심해서 바람이 불 때마다 천정이 들썩거리던 판잣집이었는데, 그 우거까지도 찾아 주셨다. 돌아가시기 6개월쯤 전의 추운 겨울날이었다.

차 한 잔 하자는 선생님의 부름에 부리나케 선생님께서 일러주신 미도파백화점 커피 코너로 달려갔다. 건강이 무척 상하셔서 한쪽 팔을 사용하시기 힘들어하시던 때라, 추운 날씨가 여간 걱정이 아니었다. 그때 우리 부부는 첫 아기를 얻은 지 100일을 막 지나고 있었다.

"아기 예쁘지?"

"예."

"애비 된 기분이 어떠냐?"

"힘들어하긴 하지만, 잘 지냅니다."

아마도, 선생님과의 대화는 이랬을 것이다. 아, 그러고 보니 벌써 30년도 더 지난 옛일이다. 선생님께서는 불편하신 몸을 이끌고 지하 식품매장으로 나를 데리고 내려가 분유 여섯 통을 사서 내 손에 들려주셨다. 밖으로 나오니 짧은 겨울해가 지고 있었고, 날씨가 무척 추웠다. 무엇보다도 몸이 불편하신 선생님이 걱정이 되어서 서둘러 택시를 잡았다. 그리고 택시기사에게 북아현동 댁까지 모셔 달라고 부탁했다. 그러자 선생님께서

불쑥,

"넌 안타고 뭐해?"

"네?"

"같이 타야지."

선생님께서는 우리 집으로 아기를 보러 가시겠다고 부득부득 우기시는 것이었다. 집에 도착하자 아내는 놀라 시장으로 닭을 사러 가고, 아랫목에는 갓 100일이 지난 아기가 잠자고 있었다. 다행히 아기 때문에 연탄 아궁이의 바람구멍을 활짝 열어 놓아서 방안은 따뜻했다. 그런데 선생님께서 잠든 아기를 내려다보시다가 당신도 아기 옆에 동그랗게 몸을 말고 누워서 잠드시는 게 아닌가? 석유곤로에 선생님께서 산행 때 자주 솜씨를 보여 주셨던 닭백숙을 앉히고 쪽문을 통해 방으로 들어온 아내도 숨을 죽이고 내 옆에 와서 앉았다.

따뜻한 겨울, 밖은 캄캄한 밤이었고 어둑한 방 안에 잠든 선생님과 우리 아기. 우리 내외는 닭백숙이 다 익을 때까지 아주 오래 그 옆에 쪼그리고 앉아서 잠든 선생님과 우리 아기의 모습을 지켜보고 있었다. 그 모습이 어쩌면 그렇게도 감동스러웠던지, 나는 자칫 눈물을 흘릴 뻔했다. 아마 아내도 나와 같은 심정이었을 것이다.

6개월쯤 후에 선생님께서 돌아가셨다. 영안실에서 못 흘렸던 눈물이 집으로 돌아와 우리 아기를 보는 순간 봇물처럼 터졌다.

선생님.

그때 그 아기가 나이 서른을 넘기고 결혼해서 올해 첫 아이를 낳았습니다.

그런데 선생님께서는 그날, 우리 아기가 백일을 갓 지난 그 날, 닭백숙이 익어가고 있던 그 날 이래로 여태 주무시고 계십니다. 참 오래도 주무시는군요.

은사, 박영준 선생님을 기리며

박 시 정

내가 처음으로 박영준 선생님을 뵈온 것은 여학교 재학 시 한양대학교에서 주최한 문예콩쿠르에 참가했을 때 선생님께서 심사위원이셨을 때였다. 나는 그때 「4·19」라는 제목으로 수필을 썼는데 가작의 상을 받았다. "여러분 혁명이 일어났습니다. 어서 빨리 귀가들 하십시오. 밖이 위험하니 안전한 길을 택해서 조심해서들 귀가하십시오. 연락이 있을 때까지 휴교입니다."라는 담임선생님의 긴급 발표로 시작되는 글이었다. 멀리서는 선생님께서 수상자들에게 상을 주실 때 선생님을 바라보았으나 가까이서 상을 받을 때에는 고개를 숙이고 상을 받았을 뿐 선생님을 쳐다보지는 못했다.

두 번째로 선생님을 직접 대한 것은 연세대학교의 문과대학교 본관에서 교양학부가 있는 교육회관으로 올라가는 비탈길에서였다. 나는 국문

*1963년 연세대학교 국어국문과 입학. 소설가.

과 전공이었으므로 선생님의 강의를 자주 듣는 편이었는데 여학생이 국문과에 나 혼자뿐이었으므로 맨 마지막에 강의실에 들어갔다가 제일 먼저 서둘러 강의실을 나오곤 했으므로 선생님과 개인적으로 대할 기회가 없었다.

선생님께서 그때 국문과 과장님이셨는데 강의가 끝난 후 과에 필요한 발표사항을 알리시곤 하셨다.

"한미재단에서 조달하는 장학금이 있습니다. 우리 과에서 성적이 좋은 한 학생이 받을 수 있습니다. 희망자는 내 연구실로 찾아오십시오."

선생님의 말씀을 듣고 내 가슴에서 두방망이질을 했다. 가정교사 집에서 숙식하며 중학교 입시생을 지도하며 고학하던 나에게 장학금 소식이야말로 구세주나 마찬가지였다. 나는 용기를 내어 선생님의 연구실로 찾아갈 생각이었는데 선생님께서 일찍 다음 강의실로 가시는 바람에 선생님의 뒤를 쫓아가는 수밖에 없었다. 멀찌감치 선생님 뒤를 따르며 선생님을 부를 좋은 기회를 엿보았다. 드디어 선생님께서 하얀 석조건물인 교양학부를 향하여 막 여린 담쟁이 잎으로 덮인 문과대학 옆의 비탈길로 접어드셨을 때 행인들에 의해 방해받지 않고 말씀드릴 기회가 왔다. 지나는 학생들이 아무도 없었다.

"선생님!"

나의 부름과 동시에 선생님께서 뒤를 돌아보셨다. 나의 절실한 부름에 전적으로 응답하시는 성실한 시선이었다. 나는 선생님의 제자의 인격을 존중하시는 듯한 시선에 환한 기쁨을 느꼈다. 교단에서 강의하시는 선생님의 강의를 맨 뒷자리에 앉아서 듣기만 하다가 그렇게 개인적으로 대하니 퍽 송구스러웠다.

"선생님께서 한미재단 장학금 얘기를 하셨는데 제가 신청해도 될까요?"

나는 수줍어서 간신히 해야 할 말씀을 드렸다.

"성적이 좋고 받을 만한 조건만 되면 안 될 이유가 뭔가. 다음 휴식 시간에 내 연구실로 와요."

나는 논지당에 가서 한적한 자리에 앉아 어떻게 말씀드려야 선생님에게서 장학금의 승인을 받을 수 있을까 곰곰이 생각하였다. 여학생이 가장 많은 도서관학과의 여학생들이 밝은 옷들을 입고 테이블 주위에 둘러 앉아 명랑하게들 대화를 주고받고 있었다. 아무도 나같이 장학금 신청 걱정으로 초조해 하는 여학생은 없는 듯했다.

나는 선생님의 휴식시간을 놓치지 않으려 시간에 맞게 선생님의 연구실로 갔다.

"성적을 보니까 장학금 신청의 자격이 되요. 다른 신청자가 있는데 시정이 0.1%가 더 높아요. 아버지의 직업이 뭐지요?"

"사업에 실패하셔서 현재 실직자세요. 저는 가정교사 집에서 숙식하며 고학하고 있습니다."

"장학금 받을 만한 조건이 되는데. 이 신청서를 작성해서 제출해요."

나는 될 수 있는 한 착실한 여학생으로 보이려 최선을 다하며 신청서를 받아가지고 선생님의 연구실을 나왔다. 다행히도 무리 없이 한미재단 장학금을 받게 되었고 아무도 나보다 학점이 높은 급우가 없어서 학부를 졸업할 때까지 한미재단 장학금을 받을 수 있었다. 그 장학금의 혜택을 받지 못했더라면 가정교사로 받는 월급만으로는 학비조달이 퍽 힘들었을 것이다.

선생님께서 강의가 있는 날 오후에는 소공동에 있는 가화다방에 잘 나가신다는 정보를 누군가 귀띔해 주어 어느 날 가화다방으로 선생님을 찾아갔더니 마침 혼자 앉아 계시었다. 선생님은 심오한 작품구상에 빠져 계신 듯 눈을 감으시고 담배연기를 길게 뿜어내시고 계시었다. 내가 한참을 선생님 앞에 서 있어도 사람의 기척을 못 느끼시는 듯하였다.

"선생님."

이윽고 나는 선생님을 불렀다.

"선생님, 저, 작가가 되고 싶습니다. 선생님의 지도를 받으면 추천작가가 될 수 있지 않을까요?"

"그래, 어디, 소설을 써 가지고 나왔어?"

"네."

나는 원고뭉치를 선생님께 건네었다.

선생님께서 원고를 펴보시며 「초대」 하고 소설 제목을 읽으셨다.

"현재 집필 중이라 「초대」를 읽을 시간 내려면 몇 달 걸릴 것이오."

"괜찮습니다. 시간 나시는 대로 읽어 주십시오."

내가 서둘러 일어나려 하자,

"차 좀 들지 그래." 하고 권하셨다.

"아닙니다. 그만 가보겠습니다."

나는 자리를 떴다.

「초대」를 선생님께서 조언하시는 대로 서너 번 고친 후 《현대문학》을 통해 추천해 주시고 곧 이어 「그들의 시대」를 몇 번 고친 후에 추천완료해 주시었다.

"문장이 덤덤하나 그 점이 오히려 꾸준히 글을 쓸 수 있는 장점이 될 수도 있어 추천하신다."는 추천사를 써 주셨다. 사적으로는 앞으로 민족적인 테마로 작품을 쓰라고 격려해 주시었다.

선생님께서는 졸업 후 내가 결혼하여 일본에 가서 살게 되었을 때에도 끊임없이 제자를 돌보시었다. 지기지우知己之友로 지내시던 추은희 선생님께서 동경대학교 대학원에 유학 오셨을 때 "동경에 가거든 박시정이를 잘 보살펴 주라."고 부탁하셨던 것이다. 그리해서 혼자 외롭게 외국에서 살고 있던 나에게 믿을 수 있고 나의 가정에도 관심을 가져 주시는 분이 생겼고 김채원과도 친구가 될 수 있는 기회가 되었다.

선생님께서는 선생님을 따르는 제자들이 많은 데도 늘 고독하시다고 하셨다. 고독해서 말이 없는 듬직한 산에 자주 등산 가신다고 하셨다. 선생님께서는 국수주의자인 경향이 있으셨다. 미국에 와 살면서 한번 나오시라고 해도, "나는 한국 땅에서 살다 죽을 것이야."라고 하시며 따님, 경림이 와서 사는 데도 한 번도 도미하시지 않으셨다.

선생님께서 저 세상으로 가신 지도 어언 서른한 해 째, 나는 그동안 해외에 나와 사는 이유로 선생님을 위한 행사에 참석하지 못했다. 선생님을 기리어 기념문집을 출간하게 된 것을 축하한다. 앞으로 선생님의 작품이 외국어로도 번역되어 세계문학에 기여할 수 있게 되기를 바라는 마음 간절하다.

선생님, 하늘나라에 계시니 완전한 사랑이신 예수님 곁에서 더 이상 고독하시지 않고 기쁜 나날을 지내고 계시리라 믿습니다.

나에게 선생님을 위한 기념문집 발간에 참여할 수 있도록 기회를 주신 기념문집위원회에 감사드린다.

인간적인, 너무도 인간적인

박 영 애

박영준 선생님께서는 나의 2학년 봄 학기에 연세대로 부임하셨다. S 여사대에서 오신 걸로 기억한다. 강의 첫날 선생님은 연희대학 문과시절 이야기로 말문을 여셨다. 1962년 문과대학 국문학과는 어학이 강세였고 문학은 조금 저조했다고 기억된다. 국어학에는 학계의 기라성 같으신 교수님들이 포진하셨고, 박영준 교수님 부임하던 때에 평론에 백철, 시론에 조병화 선생님께서 강의를 맡으셔서 힘을 얻었다.

선생님은 강의 첫날 입으셨던 짙은 밤색 하의에 베이지색 바탕에 감색 체크무늬의 상의를 그 이후에도 줄곧 애용하셨다. 나중에 안 일이지만 옷이 몇 벌 없으셨다고 했다.

첫 학기가 두어 달쯤 지났을 무렵 단편을 한 편씩 써 오라고 하신 후, 그것으로 일학기 학점에 반영하겠다고 하셨다. 그때 쓴 나의 단편은 박

---

*1961년 연세대학교 국어국문과 입학. 현 한국소설가협회 부이사장

선생님이 주간으로 계신 《연세춘추》에 4회에 걸쳐 연재됐다.

그 이후 시간 나실 때마다 개인지도 비슷한 것을 해 주셨는데, 소설 구도의 큰 틀을 잡아 주시면 그런 방향으로 쓰고, 고치고, 다시 쓰고, 또 새로울 만큼 스토리를 바꾸고 하는 이른바 '소설 쓰는 기본자세'를 익혀가게 지도해 주셨다.

"일생에 마음에 드는 소설 세 편만 써도 성공이라 생각해."

나는 속으로 "애개?" 싶었다.

그때 나는 너무도 욕심이 없으신 말씀에 내 의견을 표명하지 않았다. 지금 생각하니 일생에 세 편은커녕 단 한 편의 흡족한 작품을 갖기도 어려운걸.

2학기가 되자 백양로의 은행잎은 슬프도록 아름다웠다. 하교하는 길에 친구들과 몇 개의 은행잎을 줍고 있는데 "너 집에 가는 길이냐?" 돌아보니 박 선생님께서 은행잎 두어 개를 들고 서 계셨다. 찬란한 외로움이 온몸에 흐르고 있었다.

"나 가화다방에 가는데 차 한잔 사줄까?"

그 당시 버스보다 작은 9인승이나 12인승쯤 되는 교통수단이 있었는데, 친구 한 명과 '합승'이라는 이름의 차를 타고 북창동에 있는 '가화다방'에 갔다. 좋은 클래식 음악이 흐르고 있었다.

가화다방에는 선생님을 기다리는 20대 초반의 문학소녀 두엇이 먼저 와 있었다. 선생님이 별 표정 없이 "너희들 왔니?" 하니까, 박꽃 같은 얼굴의 그중 하나가 화알짝 웃으며 "문학이 과연 무엇인가 이야기하는 중이었어요."라고 예쁘게 나왔다.

자리를 잡고 불쑥 내게 물으신 말씀이,

"영애 너는 문학이 무엇이라 생각하니?"

"돈이지요."

"그래? 네 생각에는 문학이 돈이구나."

동석한 그들이 놀라고 신기한 듯 나를 쳐다보았다.

그렇다. 내게는 문학이, 정확히 소설이 돈이었다. 나의 어머니, 작고하신 장덕조 님께서는 하루 종일 소설을 쓰셨다. 어떤 때는 장안 일간지 4개에 한꺼번에 연재하셨고 월간지, 계간지, 유명 여성지에 하루에 서너 시간을 주무시고, 맹렬히 쓰셨다. 그 원고료로 우리 일곱 형제들은 공부하고, 입고, 먹고 심지어는 오빠 둘은 미국유학까지 했다.

"장 여사는 초인이야. 우린 쓰고 싶어도 누가 그렇게 많은 연재를 주나? 수입도 상당하실걸."

지금 생각해 보면 철없고 부끄러웠던 시절, 소설이란 것이 감히 무엇인지 짐작도 못 한 어리석은 시절이었다.

그날 집에 와서 가화다방 이야기를 어머니께 드렸더니 "참, 만수 같은 분이 안 계셔. 심덕이 좋고 깨끗한 영혼의 소유자야. 이 시대에 참으로 드문 분이지."

"왜 만수, 만수, 항상 그러세요?"

오래전 이야기인데 문인들이 문인극을 한 편 공연하였는데 어머님의 상대역이 박영준 선생님이었고 '만수'라는 진솔한 성품의 농촌 젊은이였단다.

공연 첫날 너무도 긴장하신 박 선생님께서 무대에 오르기 전에 소주를 반 병 안주도 없이 드시고 그 용기로 극을 진행하셨는데, 그만 대사를 몽땅 잊어버리셨단다.

분장도 지나치게 붉게 되었던 터, 술기운이 퍼져서 만면에 홍조를 띤 만수역의 선생님은 마이크 앞인 걸 깜박 잊고, "장 선생 대사를 몽땅…… 내가 할 말이 무엇이오?" 하셨단다.

마이크를 통해서 온 극장에 큰소리로 퍼져나간 이 말씀에 관중은 폭소를 터뜨리고 박수를 쳤다. 객석에서 '만수가 명배우다!' 라는 소리가 들렸다. 문인극은 배우와 관객이 함께 웃고 즐기는 가운데 막이 내렸다.

그 후 만수역 박 선생님의 인기는 상종가였고 만수라고 동업자들이 불러주시면 천진한 웃음으로 그렇게 좋아하신단다.

1970년 10월 남편의 직장을 따라서 미국 뉴욕으로 가게 되어서 다녀오겠다는 인사를 드리러 학교로 갔다. 미국 가기가 제법 어려운 때여서 미국 다녀와서 여행기를 자세히 써야겠다고 여쭈니까 "여행기 쓰는 사람들 웃겨. 그때그때 느끼고, 생각하고 체험했으면 됐지."

순간 나는 다소 민망하기도 했고 무슨 잘못을 해서 야단맞는 기분도 들고 해서 "잘 다녀오겠습니다." 하고 선머슴처럼 꾸벅 인사드리고 교수실을 나오려니까 "여학생들은 가르쳐 봤자라니까. 미국 있는 동안 여행 한 번 오세요. 잘 안내해 드릴게요. 그러면 안 되니? 당치않은 여행기 얘기는……."

1973년 8월에 한국에 볼일이 있어서 잠깐 나왔었다. 꽤 이름 있는 라이터 하나를 사서 선물로 드렸다. 몹시 반가워하시면서 마음에 드신다고 하시고는, "미국생활은? 영어는? 직장은? 아이들은?"

곰고루 하신 질문에 자세히 대답하면서 '아이들은'까지는 못 되고 아이는 하나라고 말씀드렸다.

"아이는 많이 낳는 게 좋지 않을까?"

마치 키워나 주실 것 같이 말씀하시기에, 미국에서 아이 많으면 큰 고생한다고 했더니,

"도대체 고생이 뭔지 알기나 해?"

커피를 드시는데 설탕대신 인공감미료를 넣으시더니

"당뇨 있는 나 같은 사람이 하는 걸 고생이라는 게야."

그때 당뇨로 고생하신다는 걸 처음 알고는 "건강하셔야지요." 하니까 씨익 웃으시며,

"건강했을 때에 축복인줄 몰랐고, 그 추억으로도 견딜 만해."

옆에 앉아 있으면 그 진솔함에 감격스럽고 따뜻함에 훈훈했다.

"그런데 너는 언제 아주 오나?"

"글쎄요. 저도 잘 모르지만 남편의 임기가 끝나야겠죠."

"좋지 않은 직업을 갖은 사람과 결혼했구나. 처자식 데리고 다니는 것은 가족 모두에게 힘든 일일걸."

"저는 다니기를 좋아해서 재미있어요."

"허기는 팔자에 없는 일은 안 일어난다더라."

"뭐 팔자까지는요……."

"북창동에 서울에서 제일 맛있는 물만두집이 있는데 미국가기 전에 먹고 가."

화교가 하는 물만두 집은 좁고 의자가 낮았다. 엄지손가락만 한 물만두가 한 접시 나오는데 눈물 나게 맛있었다. 냉큼 먹어치우고 입맛을 다시는데 또 한 접시가 나왔다. 다섯 접시를 비운 내가,

"근데 이 집은 만두를 왜 자꾸 줍니까?"

"그냥 그런 집이야."

"잘 먹었습니다."

"난 너처럼 맛있게 만두 먹는 사람 처음 봤다. 근데 씹지도 않고 삼키던데 괜찮으니?"

"네. 일곱 남매가 한상에 둘러앉아서 밥을 먹는데 씹을 사이가 어디 있었겠어요?"

"소설 쓰는 습관을 들이면 좋겠다. 미국에서는 글쓰기가 만만치 않겠지?"

"눈만 뜨면 소설을 쓴 어머니 밑에서 배운 것이 하나 있어요. 소설은 매우 무서운 것이라고요. 습관까지 갖게 된다는 건 두려운 일이지요."

한참을 라이터를 만지작거리시던 선생님께서 문득,

"나는 좋은 계절, 좋은 날에 가고 싶어. 나뭇가지가 촉촉이 젖고 들리는 새소리도 활기찬 날. 푸른 하늘 바라보고 움트는 나뭇가지 사이로 봄이 살랑거리며 오는 날 말야."

대답하지 않았다. 인간적인 너무도 인간적인 선생님에게 아무리 좋은 날이더라도 결코 오면 안 되는 날이라 굳게 믿었으므로. 가시다니요? 도대체 어디로 가시게요?

1978년 화창한 봄날. 온 식구가 귀국하여 눈부시게 발전한 고국의 면모에 놀라움을 금치 못했다. 미국 워싱턴에서 얻은 아들아이를 앞세우고 선생님을 찾아뵈려고 연락드리니 2년 전에 가셨다.

학교에도 가 보고, 가화다방에도 가 보고, 만두집에도 가 보았다. 아무데도 안 계셨다. 아주 가셨나 보다.

스승과 제자

박 희 연

나는 왜정 말기에 초등학교를 다녔고, 중학생 때 한국전쟁을 치렀고, 전쟁 중에 고등학교를 마쳤다. 철이 좀 든 뒤에 안 일이지만 미소의 이념 대립에서 오는 희생물이 우리 나라였던 게다. 그 전쟁이 휴전으로 막을 내렸다. 전쟁 뒤의 참담한 폐허의 땅에서 공부를 했다. 그 뒤에도 4·19와 5·16, '서울의 봄'이 꽃샘추위로 시든 80년대를 거쳐 오면서 여러분의 선생님 밑에서 글을 배웠다.

비록 불우한 시대를 살아왔지만 좋은 선생님과 훌륭하신 스승님을 만날 수 있던 것이 나에게는 행운 중에도 큰 행운이었다. 언제 어디서나 훌륭한 스승님을 모셨다는 자부심과 긍지가 내 기를 살렸고, 어렵고 힘든 일에 부닥쳤을 때도 스승님들의 말씀이 지혜를 주었으며, 나이 환갑에 이르렀을 때까지도 도움을 받았다.

---

*1954년 연세대학교 국어국문과 입학. 시인.

좋은 숲은 하루아침에 만들어지는 것이 아니다. 오랜 세월 비바람과 뙤약볕, 찬 서리와 눈보라를 견디고 이겨낸 부산물이다. 다듬고 가꾼 손이 있었기 때문이다. 그 숲은 산새의 보금자리가 되기도 하고, 뛰어노는 짐승들의 놀이터가 되기도 한다. 좋은 나무는 무성한 가지와 잎과 그늘 속에 쉴 자리를 많이 마련해 준다. 보금자리뿐만 아니라 열매도 나누어주며 나그네의 땀도 식혀 준다. 저 말 없이 한 자리에 서 있는 큰 나무는 큰 나무대로, 작은 나무는 작은 나무대로 서로가 어울려 숲을 이루면 생명이 넘치는 자연이 된다. 사람들도 그와 마찬가지라고 생각한다.

오늘은 그 여러 스승 가운데 숲 속의 큰 나무 같은 만우 박영준 선생님의 따스한 체온을 옮기어 본다. 선생님의 인간적인 사랑이나 문학적 열정, 학문에 쏟는 남다른 집념은 다른 제자들이 너무 많이 말했을 것으로 생각되어 나는 나대로 선생님을 뵙고 느낀 것이나, 주신 말씀과 몸소 도와주신 일들을 더듬어 보려고 한다.

선생님이 기거하시던 북아현동 집은『그늘진 꽃밭』으로 자유문학상을 받고, 그 상금으로 (상금을 보태서) 사신 집이다. 전통 한옥의 아담함이 선생님의 인품과 아주 잘 어울린 집이었다. 선생님은 건넌방을 쓰셨는데 문이나 창을 제외하고는 책이 가득했다. 전쟁 중에도 책은 소중히 간직하시고, 또 빌려주시기까지 하셨다. 방바닥에 늘 깔려 있던 두툼한 솜이불은 선생님의 훈훈하고 따사로움을 대신해 주었다. 선생님 댁 가까운 곳에는 정병욱 선생님 댁과, 박목월 시인도 계셨던 것으로 기억된다.

밖에서 뵈올 때면 소공동의 경향신문사 지하의 '경향사롱'이 만남의 장소요, 학교 밖에서의 문학 이야기가 꽃을 피우던 곳이다. 그땐 제자들이 커피 값도 힘에 겨운 줄 아시고 언제고 내주셨다. "이 다음에 돈 벌면 사라." 하시면서 부담을 덜어 주셨다. 얼마쯤 지난 뒤에는 북창동 '가화'로 보금자리를 옮기셨다. 그곳에 자주 들르는 문학도 중에는 선생님의 앞이나 옆자리를 독점했던—젊고 예쁜 여대생이 유난히 많았다. 때로는 은근히 샘이 나기도 했다. 선생을 빼앗기지나 않을까 하고 쓸데없는 걱정도 했었다. '가화' 가 마지막을 장식한 것은 이 땅에 새로운 민주주의가 탄생하던 6·29이던가(?) 그때 그 날, 손님에게 찻값을 받지 않은 것으로 기억된다.

그중의 몇몇은 문단에 이름은 올렸고, 좋은 글로 선생님에게 보답한 것으로 안다. 나도 동아일보 신춘문예에 「역사괘도」란 시가 입선작으로 뽑혀 몇몇 선생님 곁을 더 가까이서 맴돌 수 있었다. 백양로를 걸으며 '박군' 하고 부르시더니 열심히 하라고 한참을 말씀하셨는데 더 가까이 가서 들었어야 하나, 스승님 그림자가 밟힐까보아 한 걸음 비껴서 걸었다.

우리 반 수업은 과제 '리포트' 중심으로 엮어 가시다가 한두 가지 예화를 곁들였다.

연희전문을 졸업하시고, 조선일보엔가 자리를 얻기로 하고 사장님을 만나러 찾아가셨는데 마침 사장님이 자리에 계시지 않았단다. 사장이라는 직함을 가진 사람을 한 번도 만난 일이 없는지라 속으로는 걱정스럽고, 겉으로는 얼굴이 붉어져 도저히 만날 형편이 못되었었는데 다행히 자리를 비운지라 얼씨구 하고 도망치듯 나오셨단다. 그때는 여자 비서가 왜 그리도 당당하고 무서웠는지……." 하시며 쑥스런 표정으로 창밖에 흐르는 구름만 보고 계셨다. 사모님을 만난 것도 그 무렵이었지 싶다.

내가 잠시 신문사에 몸담고 있을 때엔 직접 부장님을 소개해 주시고,

원고 청탁도 기꺼이 받아 주셨다. 재정이 빈약한 신문사여서 원고료를 드리지 못하니까 자연 공짜 글을 받으러 다니는 일이 일과의 하나였다.

신문사 기자라는 직업이 적성에 맞자 않아 시골 학교에서 3~4년 있다 다시 서울로 올 기회가 있었다. 최철 선생님이 연세대학교로 옮기고, 그 자리가 비어서 내가 그리로 옮기게 되었다.

예나 지금이나 쓸 만한 자리가 나면 서로 들어가려고 경쟁이 치열하다. 나는 그 경쟁에서 결코 유리한 입장만은 아니었으나 다행히 뽑히게 된 데에는 만우 선생님(당시 문과대학장)이 나를 앞세우고 직접 부이사장을 만나 "우리 대학 졸업생이고, 성적도 좋으며, 《현대문학》지 추천 시인으로……." 하며 깍듯이 예를 갖추어 소개해 주신 덕이라 생각한다. 한겨울 아침나절인데도 추위를 마다 아니하시고 앞장서 주셨다. 그때의 고마움으로 만년필을 선물로 드렸는데 오래 간직하시고, 그 만년필로 제자들의 원고를 손보아 주셨다.

명동의 '라일구' 당구장에서 뵈올 때는 서울대 교수인 정한모 시인과 자주 어울렸다. 두 분의 당구 실력이나 폼이 비슷하여 좋은 친구 겸 적수였다. 정 교수님이 안 나오셨거나 상대가 없으면 우리와도 스스럼없이 어울렸다. 이기고 지는 게임에서는 스승과 제자가 없었다(?). 밖에서는 식사하시는 일이 드물고, 점심이나 저녁을 대접하려면 아주 소박한 식단으로 모셔야 했다. 뒤에 안 일이지만 혈당이 매우 높으셨던 것이다.

만우 선생, 당구장에 계실걸

백 시 종

1

박영준 선생님은 절망의 늪에서 허우적거리는 나를 한순간에 구출해 준 은인 같은 분이다. 나는 어른에게 입은 은혜에 답한답시고 담양 특산물인 대나무 공예품을 들고 물어물어 아현동 집을 찾았는데, 처음에는 잘못 왔나 싶어 다시 대문을 나와 문패를 확인했을 정도로 집이 소박했었다.

만우 박영준이 누군가. 요즘과는 달리 소설가들이 대접받던 시절의 인기작가 아니던가. 어디 소설뿐인가. 연세대학 정교수에다, 문과대학장에다,《현대문학》추천위원에다, 막말로 남부러울 것이 없는 학계와 예술계를 주름잡던 어른 아니던가. 그런 유명인사는 당연히 담장 높은 우람한 저택에 살아야 어울릴 것이라는 선입견 때문인지 나는 몇 번씩이나 초라

*서라벌예술대학교 입학. 소설가.

한 한옥을 보고 또 보고 했던 것이다.

그러나 분명히 선생님이 유하시는 집이었고, 다행히 선생님은 외출 중이셨다. 내가 여기서 다행이라고 말하는 것은 유별나게 수줍음 많은 내 성미 탓도 있었지만, 그보다 선생님이 신문 지면에 밝힌 심사 소감 때문에 떳떳하게 인사드릴 자신이 없었던 것이었다.

> 원고지 쓰는 법도 모르는데다, 더구나 여러 사람의 필체라서 읽어 나가기가 쉽지 않았다. 솔직히 여러 번 포기할까 하다가 인내심을 가지고 마지막까지 읽어 보았지만, 썩 좋은 소설이라고 할 수는 없다. 다만, 끝까지 읽은 보람이 있구나 하는 생각이 들 정도다.

그러니까 당선 수준에는 들었지만, 명쾌하게 내린 판단이 아니라는 결론이다. 간신히 턱걸이 식으로 걸쳤다는 표현이 더 걸맞다고나 할까.

그처럼 칭찬이 거의 없는 심사 소감을 읽고 나는 정말 쥐구멍이라도 찾고 싶은 마음이었다. 더구나 마지막 최종심에 단둘이 남았던 K가 당선하게 되어 있는데, 뭔가의 실수로 내가 그 기회를 가로챈 것 같은 느낌이라 더욱 몸 둘 바를 몰랐던 것이었다. 어쨌든 메모 한 장 써 놓고, 도망치다시피 아현동 집을 나온 기억이 생생하다.

그로부터 일주일 후쯤이던가. 아마 태평로 '가화 다방' 이 아니었는가 싶다. 어떤 경로였는지 아슴하지만, 처음으로 선생님과 내가 마주앉았던 것 같다. 그것도 나 혼자가 아니다. 친구 놈들 여럿이 따라와 구석자리를 차지하고 낄낄거리고 있었다. 선생님은 별로 말이 없으셨다. 더구나 작품 얘기는 거론조차 하지 않으셨다. 선생님은 내 집안 환경이 궁금하셨던 것 같다. 글을 계속 쓸 여력이 있는가 없는가를 탐색하시지 않았을까. 그리고 또 말없음표의 반복이다. 그러다가 문득 내 친구들을 가리키며, 상금 탔다고 한 턱 내라고 쫓아온 거 아니냐고 물으셨고, 아마도 내가 고개를 끄덕였던 것 같고, 선생님은 상금도 많지 않을 텐데, 지금까지 귀찮게 하다니……. 쯧쯧, 혀를 차시지 않았는가 싶다. 내가 왜 그 상황을 세세히 기억하는가 하면 그 날 선생님이 내 친구들이 마신 차 값까지 모조리 계산해 주셨기 때문이다.

2

1966년 초봄, 흡사 만경창파에 홀로 떠 있는 난파선처럼 나의 미래는 암담했다. 나는 당시 겨울방학이 끝나 가는 신출내기 대학생이었는데, 내 또래 친구들처럼 막걸리 마시며 인생을 논할 수도, 당구장에서 이찌아루를 치며 무료한 시간을 죽이는 여유를 부릴 수도 없었다. 나는 늘 혼자였고, 더 이상 학업을 계속할 수 없을 지경으로 기울어진 집안 사정이 답답해 늘 끙끙 앓곤 했다. 더구나 나의 전공은 서양화였다. 고백하건대 나의 그림 실력은 밑바닥이었다. 아침부터 저녁까지 실기실에 붙박이로 앉아 석고 데생에 매달리고, 수채화 물감으로 꽃과 과일을 수십 점씩 그려내도 시원찮은 판에 나는 하숙비를 벌어야 한다는 사명감에 초등학생 그룹지도 과외교사와 청량리 시대극장 간판 밑칠쟁이로 하루해를 보냈으니, 일취월장 늘어가는 동기생들의 기량을 따라갈 방도가 없었던 터다.

그런 상황에서 학교까지 중단해야 하는 최악의 사태를 맞은 것이었고, 그때 나의 탈출구는 오로지 내 손으로 거액의 등록금과 자취방 얻을 목돈을 장만해야 한다는 결의뿐이었다. 겨울방학이 시작되었는데도 돈 좀 벌어 볼 곳이 없나 서울에 남아 기웃기웃하다가 뒤늦게 귀향했을 때, 나의 시선을 사로잡는 것은 《전남일보》 1면에 실린 장편소설 현상모집 사고였다. 그 무렵 《전남일보》는 언론협회 회장을 지낸 남봉 김남중 씨가 발행하는 꽤나 명성 있는 지방지였다. 상금이 10만 원이었다. 요즘 단위로 계산하면 "에게게, 장편 상금이 고작 10만 원이라니……." 할지 모르지만, 1966년은 호랑이 담배 먹던 시절이다. 내가 살던 광주시 변두리 5백 평짜리 포도밭 땅값이 7만 원이었으니, 지방지로서는 꽤나 파격적인 상금을 내건 셈이다.

하나 그것은 그림의 떡이었다. 마감 때문이다. 두 달 남짓 남았을까. 아무리 계산하고 또 계산해도 그 안에 작품을 써낼 방도가 없었다. 그러나 포기해 버리기에는 내 입장이 너무 난감했고 또 억울했다. 에라 모르겠다, 한 번 덤벼 보자. 밑져야 본전 아닌가. 나는 웃옷을 벗어던지고 자리를 잡았다. 새벽밥 먹고 도시락 싸들고 시립도서관을 찾은 것이다. 하루도 빠지지 않고 쓰고 또 썼다. 잉크병에 찍어 쓰는 철필 탓인지 셋째 손가락이 퉁퉁 부어올랐지만 원고지에 옮길 시간이 없어 내 동생, 내 친구, 이모, 이웃집 여학생 등 7, 8명에게 초고를 찢어 나눠줘 정서를 하게 했다. 드디어 마감 하루 전에 1,500매짜리 내 생애 첫 장편소설이 완성된 것이다. 작품 제목이 『자라지 않는 나무들』이었던가.

한데 안도의 한숨도, 나른한 기쁨도 한순간이었다. 나를 여지없이 절망에 빠뜨린 주인공은 K다. K는 광주가 알아주는 천재 문학청년이었다. 시, 시조, 소설, 동화 등 여러 장르에 걸쳐 전국 현상공모 상금을 따먹는 이른바 저격수 같은 존재였다. 오죽하면 조선대학교 국문과 4년 장학생이겠는가. 물론 K의 친구에게 들은 소리지만, K도 상금에 현혹되어 마음먹고 장편소설을 탈고, 나하고 똑같이 응모했는데 그 작품을 미리 읽은 담당기자 왈, 상금은 백발백중 K 차지가 확실하니 미리 먹자 해서 막걸리 파티를 벌였다는 것이다. 에구머니나, 에구머니나, 괜한 짓 했구나. 나는 울고 싶었다. 허튼 짓했구나, 엉엉 소리 내어 땅을 치고 싶었다. 만약 당선이 된다면 이렇게 저렇게 선심을 쓰겠노라 얼마나 많은 약조를 했던가. 나는 작품을 쓴답시고 동네방네 수선 떨어마지 않았던 일이 부끄러워 차비만 달랑 들고 소리 소문 없이 상경하고 만다. 그리고 친구 자취방을 전전하며 문전걸식을 하고 있는데 '어럽쇼, 이게 웬일인가.' 신문사에서 나를 급히 찾는다는 전갈이 온 것이다. 당선이었다.

3

그리고 선생님을 뵙게 된 것은 다음해 봄이다. 전국 지방문학 순회강연 차 광주에 들르신 것이다. 《현대문학》이 주최했거나, 한국문인협회가 주최했거나 두 가지 중 하나다. 김동리, 박영준, 최정희, 서정주, 안수길 등 기라성 같은 문단 거물들의 봄나들이로 문향의 도시 광주가 떠들썩했던 터다. 강연을 한 시간 앞두고 문학애호가들이 강당 주변을 가득 매우고 강사 분들과 상견례를 하고 있는데, 박영준 선생님 모습만 보이지 않는다. 내가 궁금해 하자 누군가 "만우 선생 당구장에 계실 걸." 한다. 아직 시간은 널널하지만, 그래도 졸갑증이 나 선생님을 찾아 나섰는데 웬걸, 말 그대로 삼매경이시다. 어느 부위를 칠 것인가, 외눈박이로 엎디어서 보고, 일어서서 보고, 좌로 보고, 우로 보고 여념이 없으시다. 정확하지는 않지만, 함께 큐대를 든 사람은 소설가 박양호를 비롯하여 연세대 출신 광주 문인들이었던 것 같다. 선생님은 그토록 신중을 기하던 쓰리

쿠션에 성공하시고 당구장 바닥이 울릴 정도로 펄쩍 뛰며 즐거워하신다. 어린아이 그대로다. 선생님 옆에 서서 한참을 기다렸는데도 나를 보시지 못하다가 문득 발견했다는 듯이 말씀하신다.

"오, 자네 왔구만."

퍼런 초크 묻힌 손을 내밀어 악수를 청하시며 계속하신다.

"그래. 이번 신춘문예에 또 당선했더구먼. 내가 잘 뽑았던 것 같애. 내 눈은 예리하거든."

뚜벅뚜벅 걸어도 황소걸음

– 만우 선생님의 추억 –

유 홍 종

1969년 이른 봄 연세대 학생회관에서 국문학과의 시화전이 열렸다. 나는 시화전에 《연세춘추》에 발표했던 「피리침」이라는 시를 출품했다. 그때 박영준 교수님께서 내 시를 읽어보시더니 "앞으로 시를 쓸 것인가 소설을 쓸 것인가?" 하고 진지하게 물으셨다. 그 순간 나는 몹시 당황했다. 그때는 시를 쓰겠다거나 소설을 쓰겠다거나 확실한 문학적 결단이 서지 않았다. 군에서 제대하고 복교한 후에 문학에 대한 꿈과 열정이 취직이라는 냉혹한 현실 앞에서 참혹하게 숨죽이고 있을 때였으니까.

그런 가운데 취직 공부를 하면서도 일주일에 한 번씩 너불너불 쓴 시들을 들고 친구들과 함께 원효로의 박목월 선생님 댁에 찾아가곤 했지만 그것은 문학적 열정에 대한 최소한의 예의에 불과했을 뿐, 마음속

---

*1963년 연세대학교 국어국문과 입학. 소설가.

으로는 프로의식이 깊이 자리를 잡지 못했던 상황이었다.

내가 생텍쥐페리의 소설론을 졸업논문으로 내자 박 교수님은 의외라는 듯 "왜, 소설 써 보려고?" 하시면서 특유의 웃음을 지으셨다. 교수님은 나뿐만 아니라 누구한테나 무엇을 어떻게 하라고 강요하신 적이 없으신 것으로 알고 있다. 내가 알기로는 어느 한가한 휴일에 박기동 동문에게 낚시하러 갈 테니 떡밥 갖고 오라는 명령을 내린 기억밖에는 없다.

정작 나의 문학수업은 학교를 마치고 취직을 한 후에야 본격적으로 불이 붙었다. 밥걱정이 끝나자 이상에 대한 욕구 실현이 강렬해진 것이다. 나는 혼자서 거의 1년 이상의 시 습작을 거쳐 《월간 문학》의 신인상에 도전했지만 역시 낙방이었다. '시는 내 능력이 안 된다' 며 그때는 거의 자포자기로 혼자 시에 대한 사형 선고를 내렸다.

그때부터 나는 시를 포기하고 소설에 도전했다. 박 교수님한테는 소설을 쓰기 시작했다는 말도 하지 않고, 1년 동안 다섯 편의 단편소설을 탈고한 다음 그중 두 편을 들고 박 교수님을 찾아갔다. 먼저 박영준 교수님의 관문을 거쳐야만 거친 문학의 광야로 나갈 수 있다고 판단했던 것이다.

내가 소설을 들고 아현동 자택을 찾아가자 교수님은 반가워 하시면서도 의외라는 듯 놀라시면서 "왜 시가 안 되던가?" 하고 물으셨다. 그러면서 "시를 쓰다 쓰다가 안 되면 소설을 쓰고, 소설을 쓰다 쓰다가 안 되면 평론을 하게 된다. 기왕 결심이 섰으면 미친 듯 써야 해."라고만 말씀을 하셨다.

그러나 그 후 두 편의 단편소설에 대해서는 일언반구도 없으셨다. 워낙 말씀의 절제가 크셨고, 허튼 말씀을 안 하셨기에 가망이 없나 보다 절망에 빠져 있을 때 1년이 지난 후에 《현대문학》으로부터 단편소설이 초회 추천을 받게 되었다는 통보를 받았다.

내가 놀라서 찾아갔더니 박 교수님께서는 역시 싱글싱글 웃으시면서 "두 편 중에 한 편이 꽤 수준작이어서 《현대문학》에 추천했으니 두 번째 추천작은 더 잘 써야 해." 하고 더 이상 말씀하지 않으셨다. 그것만으로 나는 충분히 용기를 충전할 수 있었다.

그런데 곧 이어 《월간문학사》로부터 제14회 시 부문 신인상에 당선되었다는 통지까지 받게 되었다. 1년 전에 낙선되었던 그 제목의 시가 당선되었다는 뜻밖의 통보였다. 웬일이냐고 물었더니 담당자가 전년도 최종결선에 넘겨야 할 작품을 책상에 넣어두고 깜빡 잊어서 금년도에 다시 넣었는데 당선된 것이라고 말해 주었다. 따라서 나는 시도 당선되고, 소설도 추천을 받는 행운을 동시에 누릴 수 있었다. 그 후 나는 박 교수님께서 "시보다 소설 쪽을 더 전념하라."는 말씀에 따라 시를 포기하고 소설에 전념했다. 그 즈음 박 교수님은 교직에서 은퇴하셨고, 우리는 친구들과 어울려 수시로 시청 앞 가화다방 아니면 북아현동 댁을 찾아가 많은 얘기들을 나누곤 하던 때였다.

그 후 박 교수님은 지병으로 투병 중이셨는데 어느 날 나는 선생님의 전화를 받고 북아현동에 찾아갔다. 선생님은 건넌방에 계시다가 마루로 나오시더니 원고지와 만년필을 준비하시고 내 앞에서 《현대문학》에 보낼 마지막 추천사를 써 주셨다. 그때는 병세가 나빠서 원고지의 글씨가 몹시 흔들렸던 것으로 기억된다.

"이번 작품으로 추천을 끝내니 앞으로는 더 열심히 쓰도록 하게."

선생님께서는 단지 그 말씀만 한 마디 하셨고, 떨리는 손으로 추천사를 다 쓴 후에 큰 아드님 박승렬 선배님의 부축을 받아 방으로 들어가셨다. 그 날 대청마루에서 떨리는 손으로 쓰신 그 추천사는 박 교수님의 마지막 육필원고가 되었을 뿐만 아니라 나 역시 박영준 선생님의 7번째 마지막 추천작가가 된 뜻 깊은 날이었다.

평생에 수많은 신인 작가들을 만나셨을 터이고, 다른 원로 작가들이 휘하에 수많은 작가들을 배출하고 거느렸음에도 불구하고 박 교수님은 다른 어느 작가보다 제자들에게 엄격하셨고, 책임감을 크게 느끼셨기에 7명의 작가 제자밖에 두지 않으셨다.

만우 박영준 교수님은 나의 문학적 은인이시기도 했지만 당시 내가 그분으로부터 받은 무언의 정신적 교시는 다른 어느 스승님보다 컸다. 교수님은 순 한국식 깡된장처럼 진솔 담백하시고 소담스럽고 맛깔스럽고 고집스러운 의지적인 인간상을 보여 주셨다.

나는 박영준 교수님을 대할 때마다 '뚜벅뚜벅 걸어도 황소걸음'이라는 옛 격언을 나 스스로 되뇌곤 했다. 스스로 높은 도덕률에 갇혀 사셨으면서도 그처럼 거침없고 자유분방한 소년처럼 살 수 있었던 것은 박 교수님의 가장 큰 덕목 중의 하나였다. 박 교수님께서 그런 삶의 모습을 보여 주셨기에 민들레의 씨앗처럼 그 향기는 멀리 오래 남아서 지금까지도 우리들 가슴에 그리운 추억의 그림자로 우람하게 남아 있지 않을까 생각한다.

나는 지금도 박 교수님과 함께 찍은 빛바랜 흑백 사진을 보면서 홍

길동의 작가 허균이 스스로 자신을 반성하면서 쓴 글 속에 나타난 어진 선비 한 분이신 박 교수님을 빗대어 젊은 날의 나 자신으로 되돌아가 스스로 자괴감을 느껴 본다.

> 형세에 급급하여 끝내 한가하지 못하고, 작은 이해에도 어긋날까 마음이 두렵고, 보잘 것 없는 자들의 칭찬이나 비방에도 마음이 동요되었다. 봉황이 멀리 날듯, 초연히 탁세에서 벗어난 옛 어진 선비들과 나를 비교해 보니 그들의 지혜와 나의 어리석음의 차이가 어찌 하늘과 땅의 차이에 그치겠는가.

만우 선생님을 추억하는 에피소드 3개

이 덕 화

1

옛 중앙도서관 앞 언덕의 흐드러진 벚꽃이 바람에 흩날렸다. 언덕 앞에서 담배를 피던 남방 차림의 남학생의 눈이 벚꽃을 따라 허공을 맴돈다. 언더우드 동상 앞 긴 걸상 앞에 앉아 있던 정은 눈부신 햇살이 부담스러운 듯 눈을 비비며 일어선다. 정은 언더우드 동상을 지나 양 옆 건물 사이 언덕에 이제 막 피어나기 시작하는 철쭉을 관찰하듯 천천히 발걸음을 옮긴다. 청송대에서 내려왔는지 청솔매가 소나무 가지를 타고 쪼르르 내려와 길을 내지른다. 청솔매를 눈으로 쫓던 정은 무슨 생각이 났는지 발걸음을 서두른다.

오늘 교수님 수업이 첫 시간부터 있는 날이다. 그 생각을 못 하고 긴 걸상에 넋 없이 앉자 있었으니……. 문과대 1층에 도착, 정은 연구

*1969년 연세대학교 국어국문과 입학. 평택대학교 국어국문과 교수.

실 문을 열기 위해 백을 뒤진다. 그러나 백의 내부를 뒤집듯 훑었으나 열쇠는 없다. 백을 바꾸면서 백 안쪽 주머니에 넣어 둔 열쇠를 옮기지 않았나 보다. 몸에 진땀이 났다. 이제 곧 교수님이 도착할 시간이다. 정은 문과대 현관 옆에 있는 수위실로 달려간다. 수위실 창문과 교수님 연구실 창문으로 연결된 턱을 이용, 문을 여는 방법밖에 없다. 창문 열쇠고리가 고장 나, 창문 열쇠를 채우지 않고 다닌다. 수위실 옆이라 도둑 들 염려는 없었다. 마침 수위 아저씨가 전화를 받고 있었다. 수위 아저씨가 전화를 받고 있는 몇 초의 순간이 지옥 같았다. 전화는 관리과로부터 무슨 지시를 받는 듯 사뭇 수위 아저씨의 표정이 심각하다. 정은 발을 굴렀다. 다시 진땀이 났다. 수위실 바깥으로 혹 교수님이 오지 않을까 계속 흘끔거리면서 아저씨가 전화 끊기를 기다렸다.

"무슨 일이야?"

아저씨는 마음이 급한 듯 벌떡 일어서며 고함지르듯 큰 소리를 냈다. 정은 아저씨의 고함 소리에 놀라 순간 자신이 무엇 때문에 왔는지를 잊어버렸다.

"저……."

"나 빨리 본부로 가 봐야 해."

아저씨는 당장이라도 나갈 듯 문 입구로 향했다. 그때야 정은 창문가로 다가가면서,

"아저씨 죄송하지만, 이 창문으로 해서 연구실 창문으로 가면 안 돼요? 열쇠를 안 가져왔거든요."

정은 아저씨를 놓치면 안 된다는 절박함 때문에 단숨에 말을 뱉어냈다.

"뭐?"

수위아저씨는 상황 판단이 안 된다는 듯 정을 물끄러미 쳐다보았다.

"아저씨, 교수님이 오기 전에 문을 열어야 하거든요."

정은 당장이라도 창문에 뛰어오를 듯이 오른쪽 발을 치켜들었다. 창문턱이 높아 정의 키로는 역부족이었다. 의자 위로 올라가든, 누군가의 도움을 받아야 했다.

"아저씨 이 의자 사용해도 돼요?"

아저씨는 계속 어리둥절한 표정으로 정의 행동만 주시하고 있었다. 정은 아저씨의 동의도 받지 않은 채, 의자를 창문가로 옮겼다. 정은 얼른 의자 위로 올라가 무거운 창문을 낑낑거리며 열었다. 그리고 창틀 위로 한쪽 발을 살그머니 올리고 다음 발을 함께 나란히 했다. 창틀은 30㎝ 가량의 폭이었지만, 경사를 이루고 있어 자칫 발을 잘못 놓았을 경우, 아래로 떨어지게 되어 있었다. 정은 조심조심 연구실까지 발을 천천히 옮겼다. 아저씨가 자신의 일은 잊은 채, 창문으로 목을 길게 뽑아 긴장된 표정으로 정을 쳐다보고 있었다. 겨우 연구실 창문까지 도착, 무거운 창문을 올리려고 낑낑거리는 순간, '누구야' 하는 소리와 함께 안쪽에서 누군가가 창문을 왈칵 들어올렸다. 정은 너무 깜짝 놀라 몸의 균형을 잡으려다 그만 아래로 떨어졌다. 창문으로 교수님이 목을 길게 뽑고 아래로 내려다보았다. 교수님은 기가 막힌 듯, 정을 물끄러미 쳐다보더니, 잡히는 데가 있는 듯 노교수답지 않게 낄낄거렸다.

"또 열쇠 안 가져왔구나, 하여튼…… 다친 데는 없어?"

정은 오른쪽 발목을 약간 곱쳤으나 크게 다치지 않았다. 정은 속으로 '조금만 교수님이 늦게 오셨어도…….' 하는 애통한 생각을 하며 누운 채로 하늘을 올려다보았다. 너무 화창한 날씨였다.

"넌 내가 모시러 와야 일어날 참이야?"

언제 나오셨는지 교수님이 잔디밭의 정 앞에 서 있었다.

"내 팔을 잡아 봐, 삐친 발을 갑자기 디디면, 더칠 수가 있으니……."

정은 얼떨결에 교수님의 팔을 잡았다.

"삐친 발 말고 다치지 않은 발에 힘을 주고 발을 옮겨 봐, 자, 하나 둘, 셋, 옳지 옳지."

정은 교수님의 팔을 잡고 천천히 발을 옮기기 시작했다.

"오늘은 그래도 교수님보다는 일찍 왔는데……."

"일찍 오면 뭐하니? 열쇠도 없으면서."

"그래도 일찍 왔잖아요. 그래서 커피도 끓이고, 수업 준비해 드리려고 했는데……."

"그래 그래, 가상하다, 이렇게 발까지 다쳐서 나 수업시간 제시간에 못 맞춰 들어가게 하고."

"앗!"

정이 손목시계를 보니 이미 9시에서 10분이 지나 있었다.

"교수님, 죄송해요."

그날 오후, 정이 대학원 수업에 들어가고 연구실에 교수님 혼자 계셨다. 박사과정에 있으면서 강의를 맡고 있는 강사들이 교수님을 방문했다. 이런 저런 주변 이야기를 하다, 정과 같이 그룹 스터디를 같이 하고 있는 강사가 교수님께 물었다.

"조교 마음에 드셔요?"

"내가 그 애의 조교다. 학교 9시 이후에 오는 것은 다반사고, 오늘은 열쇠를 안 가지고 와 창문으로 넘어오다 도둑인 줄 알고 내가 지른 고함에 창문 아래로 떨어져 발목까지 삐었다."

"왜 그런 애를 가차 없이 자르지 않아요? 지난번에도 수건을 한 달 내내 떨어뜨린 채 그대로 나뒀다고 조교를 바꾸지 않았어요?"

"그랬지, 그런데 그 경우하고는 다르거든, 그때 그 여학생은 비인간적이고, 지금 조교는 내가 정신을 차릴 수가 없을 뿐, 너무나 인간적이거든, 내가 조교한테 적응해야지……."

"네????"

2

정은 문과대 건물 2층에 있는 연구실로 들어선다. 핸드백을 책상 위에 내려놓고 소파에 몸을 던진다. 곧 시작해야 할 논문 때문에 머리가 아프다. 교수님이 학장이 된 이후 연구실을 2층으로 옮겼다. 그러나 대부분 교수님이 학장실에 계시고 연구실은 정이 혼자서 사용한다. 가끔 교수님이 피곤하실 때 쉬러 오실 뿐이다. 정이 커피포트에 물을 올리려고 하자 전화벨이 울렸다. 학장실로 잠시 오라는 호출이다. 정은 거울을 보고 잠시 머리를 매만지고 학장실로 향했다. 교수님은 책상이 아닌 소파에 등을 기대고 눈을 감고 계셨다. 정은 교수님의 피곤한 얼굴을 말없이 지켜보았다. 학장이 되신 후 잡무에 시달리느라 너무 피곤해 하신다. 잠시 조신 듯 정의 기척 소리에 몸을 일으키신다.

입술이 타 메마르고 까만 입술로 겨우 "거기 앉아." 한 마디를 뱉어냈다. 정은 교수님의 옆자리에 자리를 잡고 앉았다. 한참 말이 없으셨다. 정이 옆에 있는데도 또 눈을 감으셨다. 정말 피곤하신가 보다.

"혹 편찮으신 데라도……."

아무 응답이 없으시다. 사무직원이 정에게 커피를 마실 것이냐고 묻는다. 정은 교수님의 침묵을 깨뜨리는 것이 죄스러운 듯, 두 손으로 엑스 표시를 해서 먹지 않겠다는 의사를 전달했다. 무거운 침묵이 흘렀다. 몇 분의 간격을 가진 후, 혀로 입술을 축였다. 그리고 눈을 감은 채 입을 열었다.

"최근 진철이 소식 들었어?"

"요즈음 학교 도서관에서 열심히 쓰고 있다는 소문은 들었는데요."

진철은 정보다 몇 년 위의 선배다. 일 년 전에 소설을 제출했다, 교수님이 이게 소설이냐고 집어던졌다는 소문이 돌고 있었다. 그로 인한 스트레스로 그 선배는 불면증에 걸렸다는 소문이 돌고 있었다. 그러나 최근에는 많이 회복되었다고 했다.

"왜 무슨 일 있어요?"

"죽었다는구먼……."

"네???"

정은 놀라움에 교수님을 바라보았다. 여전히 눈을 지그시 감고 있었다. 교수님의 눈에서는 눈물이 흘러내리고 있었다. 정은 더 이상 교수님을 바라볼 수 없었다. 그런데 교수님이 벌떡 일어섰다. 정에게 손가락질까지 하며 고함을 질렀다.

"너희들은 말이야, 너무 나약해. 조그만 충격에도 쓰러진다 말이야. 그러고는 더 이상 가까이 오려고 하지를 않아. 얼마나 기다렸는데…… 아무리 기다려도 나타나지 않다 결국 죽어서 원수 갚겠다는 거야?"

얼굴이 흑색이었다. 정은 흥분하시다 혹 쓰러지지 않을까 걱정이 되었다. 아니나 다를까 픽 쓰러지셨다. 정은 선배의 죽음 소식도 충격이지만, 그동안 거의 무관심 하다시피 그 선배에 관한 말을 한 번도 하지 않던 교수님의 당황하는 모습 또한 충격이었다.

"교수님 괜찮으셔요? 여기 여기요, 물 한 컵 갖다 주셔요."

정은 사무실을 향해 고함을 질렀다. 사무실 여직원이 물 컵을 들고 오다 눈을 둥그렇게 뜨고 놀란 듯 정에게 무슨 일이냐는 듯 눈짓을 했다. 정은 아무 말 않고 물 컵을 받아 입에 대어 주었다. 숨이 차는지 한 번 크게 심호흡을 하셨다. 그리고는 물 컵을 받아 물로 입술을 먼저 축이시고 꿀꺽꿀꺽 물을 들이키셨다. 그리고 비스듬히 몸을 누이셨다. 정은 그 선배가 소설이 잘 안 된다며 어깨를 축 늘어뜨리고 청송대 숲 속으로 찾아 들어가던 모습이 눈에 아른거렸다. 그는 가끔 하숙비가 밀리면 청송대 숲 속에 잠자리를 마련한다는 소문이었다.

"불면증이 심하다는 말을 들었는데요……."

정은 다시 엉거주춤 엉덩이를 소파에 걸치며, 그 선배가 죽었다고 해도 그것은 교수님과 상관없는 일일 것이라고 말해, 교수님의 마음을 편안하게 해드리고 싶었다.

"불면증도 나 때문에 받은 스트레스 때문이라며."

"아닙니다. 그 선배는 소설이 잘 안 되는 것에 대해 고민했지, 교수님과는 전혀 상관없다고 했어요."

"언제, 만났는데?"

"평상시 술 마실 때마다, 그 말을 강조했어요."

"그런데 일 년 내내 한 번도 찾아오지 않니?"

"다들 선생님을 어려워하니까요."

"너도 내가 어려워?"

"전, 소설을 잘 쓰겠다는 욕망도, 논문을 잘 쓰겠다는 욕망도 없으니까요."

"그럼 왜 대학원을 들어왔는데?"

"문학이 좋으니까요, 시나 소설을 읽으면 행복하니까요. 그리고 선생님도 저한테는 편안하고요."

"다른 학생들은 다 무섭다는데도 너는 편안해? 너야말로 괴짜구나."

교수님은 이미 평상시 안색으로 되돌아 와 있었다. 정은 한숨이 흘러나왔다. 지병인 당뇨병이 있으신 분이라 조심조심 하시는 분인데 그렇게 흥분을 하다 어떻게 되지 않을까 하는 두려움과, 선배의 죽음 소식의 충격이 뒤범벅이 되어 마음이 복잡했다. 더 이상 선배의 죽음에 관해 생각하지 못하도록 해야겠다.

"교수님, 오늘 특별한 일 없으시면 농구장이라도 갈까요?"

"응. 오늘 수업은 없고……."

그러면서 사무실 쪽으로 난 문을 쳐다보았다.

"결재할 것 있으면 가지고 오라고 해요?"

정이 얼른 눈치를 채고 사무실을 향해 발걸음을 옮겼다. 남자 직원이 볼일을 보러 온 학생과 서류를 들고 이런 저런 대화를 나누고 있다 흘낏 정 쪽으로 쳐다보았다. 두 여직원은 이쪽 분위기를 의식해서 인지 다른 때와는 달리 차분하게 각자 책상에서 한 명은 서류를 뒤적이고 한 명은 타이프를 치고 있었다. 정은 문 가까이 서류를 뒤지고 있는 여직원에게 다가갔다.

"혹 결재할 서류 있으면 지금 하시라고……."

"급한 결재는 없는데요, 왜 퇴근하신대요?"

여사무직원은 빠른 템포로 속삭이듯 말해 정은 '급한 결재' '퇴근' 정도의 단어만 귓속으로 들어왔다.

"네, 몸이 좀 안 좋으신 것 같아서……."

사무직원은 일어나 얼른 학장실로 갔다.

"학장님, 여기는 염려 마시고 퇴근하셔도 됩니다." 교수님은 이미 윗도리를 챙겨 입으시고, 신발을 바꿔 신고 계셨다.사무직원의 말에 아무 답변도 없이 무표정으로 자신의 하던 일을 계속했다.

"교수님 저도 연구실에 가서 백을 챙겨 나올게요."

정은 사무실을 거쳐서 맞은편 쪽에 자리 잡은 연구실 문을 열었다. 정은 소파에 던져 놓은 백을 챙겨 다시 학장실로 갔다.

"교수님, 가방 챙길까요?"

"그냥 둬, 도시락만 꺼내어 냉장고에 좀 넣어 줘."

교수님은 당뇨병이라서 평상시 도시락을 가지고 다니셨다. 정은 도시락을 꺼내어 사무실에 있는 냉장고에 갖다 넣었다.

정은 건물 밖으로 나오자 선배의 죽음 소식으로 우울하고 답답했던 마음이 확 트였다. 하늘은 높고, 푸르렀다. 구름 한 점 없었다. 아침 졸업 논문 걱정으로 마음이 무거웠던 것까지 '아무려면' 하는 생각과 함께 걱정이 달아났다. 두 사람은 언더우드 동상을 지나 상대 건물 앞에서 택시를 기다렸다.

"교수님 점심부터 드셔야죠?"

"오장동 냉면집으로 갈까?"

"네, 좋아요."

마침 남자 외국인을 태운 택시가 그들 앞에 섰다. 서양인이 내리고 그들은 택시 뒷좌석으로 들어가려고 하자, 외국인이 영어로 "포린 랭귀지 스쿨"이 어디냐고 묻는다.

"외국어 학당을 가르쳐 달라고 하는데요."

정은 교수님을 향해 말하고는 잠시 머뭇거리다, 외국인을 향해

"쭉 아래로 내려가서, 오른쪽으로 돌아서 700미터 가면……."

서투른 영어로 말하려니까 교수님이 택시 뒷좌석 안쪽으로 들어가며 말씀하셨다.

"그냥 태우고 가서 거기까지 데려다 줘."

'아. 그러면 되겠구나' 싶어 외국인에게 다시 타라고 했다. 외국인이 앞자리에 다시 탔다.

정은 속으로 '간단한 방법을 가지고 영어 실력 드러날까 괜히 쩔쩔맸네' 하며 머리에 맺힌 진땀을 닦았다. 오늘의 운수는 당황스런 일만 일어나게 되어 있는 날 아니냐. 일러 준 외국어 학당을 향해 달리는 택시 속에서 정은 생각했다.

3

캠퍼스가 단풍으로 오색찬란하던 오후 어느 날, 식곤증으로 졸음을 참으며 정이 연구실에서 논문 과제를 위해 이 책 저 책을 뒤적이고 있었다. 오후 3시가 조금 넘어 교수님이 들어오셨다. 30분쯤 지나자 마치 교수님과 약속이라도 한 듯 학과 조교를 포함한 군대 갔다 온 나이 든 학부생들 네명이 연구실로 왔다. 교수님과 이런 저런 이야기를 나누던 중, 학과 조교이면서 정에게는 1년 선배인 박사과정 준비를 하고 있는 그 선배가

말을 불쑥 꺼냈다.

"요즈음, 소백산에 단풍 축제를 한다던데, 선생님, 이번 주 일요일 소백산으로 단풍 보러 가죠?"

"좋지, 등반이라면 언제라도 환영, 너희들이 항상 바쁘니 못 가지."

"정 씨도 같이 가죠?"

"글쎄요, 갑작스런 일이라, 아직……."

"당연히 조교가 선생님을 모셔야죠."

"글쎄요……."

남학생들은 차례로 정이 꼭 가야 한다고 한마디씩 거들었다. 정은 이번 일요일 오랫동안 만나지 못했던 고등학교 친구들과 만나 남이섬에 밤 따러 가기로 했다. 그것도 정이가 주선한 것이다. 번복하기가 어려웠다. '어쩌나, 어쩌나' 정은 속으로 계속 '어쩌나'를 반복하며 마음을 정할 수가 없다. 정은 산 타기를 좋아한다. 그래서 대학에 입학한 후 웬만한 서울 근교 산행은 다 했다. 소백산 같은 곳은 안내자가 없으면 가기 힘든 코스기 때문에 가고 싶기도 했다.

"웬만하면 가지? 특별한 일 없으면."

교수님까지 한마디 거드셨다.

"네……."

마지못해 답변을 했다.

친구들에게 구차한 변명을 해, 약속을 변경하고 소백산을 가기 위해 마장동 터미널에 도착한 것은 9시 5분 전이었다. 일요일이고, 단풍철이라 터미널 안에는 사람들로 붐볐다. 마침 매점 가까이 있는 교수님을 찾았다. 그러나 다른 학생들은 없다. 정은 교수님한테 인사를 하고 다시 주위를 두리번거렸다. 아무도 없다. 정은 고개를 갸우뚱했다. 9시를 지나, 5분, 10분, 20분이 지나도 한 명도 나타나지 않는다.

"교수님 어떻게 된 거예요?"

"글쎄."

교수님도 고개를 갸우뚱하며, 사람들의 틈 사이로 억지로 고개를 빼 문 입구를 몇 번씩 쳐다본다. 결국 아무도 나타나지 않을 모양이다. 정은 속에서 열이 치받히기 시작한다. '장난친 거야, 뭐야. 이제부터 어떻게 해야 된다?' 정은 난감해지기 시작했다.

"우리끼리 떠나지?"

"네?"

"왜 너도 가기 싫어?"

"아니요, 그건 아니지만……."

"네가 안 간다면 나 혼자 가고……."

"제가 선배한테 전화 한 번 해 볼까요?"

"그 녀석들 내버려 둬."

"아, 네……."

정은 당황스런 마음을 어찌할 수가 없다. 정은 이런 상황에 몰아넣은 그 선배들이 너무 밉다. 교수님이 매표소를 향해 걸어간다. '아, 오늘의 운명은…….' 정은 모든 것을 체념한 채 매표소로 갔다.

"선생님 제가 살게요?"

"됐어, 갈 건지 안 갈 건지만 말해."

"가야죠, 뭐."

"억지로 갈 것까지는 없어, 나는 혼자서도 잘 다니니까."

"갈게요."

단양으로 가는 버스는 9시 40분 차였다. 정은 버스를 기다리는 동안에도 그 선배들이 오지 않을까 출입구 쪽에서 걸어오는 사람마다 다 쳐다봤다. 아무리 생각해도 그 선배들을 이해할 수가 없다. 교수님 때문에 전화를 걸어 볼 수도 없다. 교수님께 매점에서 파는 설탕을 넣지 않은 인스턴트커피를 한 잔 갖다 드리고, 자신도 커피를 사서 마셨다. 그날 선배들의 대화를 곱씹어 봤다. 분명 자신들이 먼저 단풍 운운하며 산행을 제시했고, 교수님과 정이 동의를 한 것이었다. 그런데 왜 이런 상황이 벌어졌는지 알 수가 없다.

정이 창문 쪽에 있는 의자에, 교수님은 복도 쪽 의자에 자리를 잡았다. 버스는 만원이었다. 버스 속에는 떠나기 전부터 단체 대학생들 때문에 분위기가 들떠 있었다. 학생들의 떠들썩한 소리에 정의 머릿속의 혼란스러움이 더 가중되어 폭발할 것 같았다. 정은 지끈거리는 머리를 양손으로 움켜쥐고 창밖을 향했다. 창밖 역시, 껌 장사와 냉커피 장사가 소리소리 질러 댔다. 정은 이런 난처한 상황에 놓였다는 것이 싫었다. 출발 전 에어컨을 켜지 않은 버스 속은 북새통과 소란스러움이 더해 찜통 같았다. 정은 더 이상 참을 수가 없었다.

"교수님, 냉커피라도……."

"응, 그럴까?"

정은 교수님이 벌떡 일어서는 자리를 비집고 밖으로 나갔다. 학생들의 소음에서 놓여나니 조금 나았다. 냉커피 한 잔은 손에 들고 한 잔을 마시면서 잠시 밖에 서 있었다. 또 한 떼의 단체 학생들이 정이 탈 버스에 오른다. 정은 어디론가 도망가고 싶었다. 3시간 이상을 간다는 단양까지 소음에 시달리며 가야 한다는 사실이 정을 괴롭혔다. 단풍철이니까 어쩔 수 없다는 체념을 하며 버스에 슬픈 사슴마냥 눈을 멀거니 아득한 표정으로 올랐다. 교수님이 앉은 자리까지 와 냉커피를 건네주려는 순간, 정은 교수님의 표정이 일그러져 있는 것을 보았다.

"교수님, 냉커피……."

"가기 싫으면, 지금이라도 내려, 혼자라도 갈 테니까."

"네? 아니에요. 너무 혼란스러워서……."

"글쎄, 혼란스러워 하지 말고 집으로 가."

"네?"

정은 교수님에게 커피를 건네주고 자리로 빨리 들어가고 싶었다. 그러나 교수님이 자리를 비켜 주지 않아 엉거주춤 서 있었다. 그리고 주위 시선이 교수님과 정에게로 일제히 몰려왔다. 정의 얼굴에 열이 확 돋았다. 주위 시선 때문인지 교수님이 자리를 열어 주었다. 정은 자리에 앉자 창밖으로 시선을 돌렸다. 교수님도 아무 말 없이, 커피를 마시고 계셨다. 어차피 즐거운 기분으로 단풍놀이하기는 글렀다. 그들이 교수님과 정을 가지고 놀아났는데, 교수님은 그들에게 화를 내시지 않고 아무 죄 없는 정에게 화를 내고 있는 것이다. 도대체 자신이 무엇을 잘못했다는 말인가? 커피를 다 마시고 한숨 돌리셨는지 교수님이 정 쪽을 돌아보며 마치 정의 마음을 읽은 것처럼 말씀하셨다.

"왜 나도 그 녀석들한테 화가 안 나겠어? 종종 그 녀석들은 내가 남자로서의 능력을 가지고 있는지 궁금해 하지. 처음에는 나도 화가 났지. 그러나 그 다음 번에는 그 녀석들하고 똑같은 사람이 되지 않으려면 무시해야 한다고 생각했어. 그 상대자로 지목된 너는 기분이 나쁘겠지만, 기분 나빠 할 것 없어. 모든 남녀 관계를 성적 관계로 환원하려는 그 녀석들이 잘못이지. 아니지 대부분의 남자들이 그런 장난기가 있지. 우리는 사이좋은 사제관계로 지내면 돼. 기분 나빠할 필요 없어. 농구 구경 대신 등산한다고 생각하면, 돼."

교수님의 이야기를 듣다 보니, 자신이 화를 낸 것이 오히려 교수님을 오해한 것 같아 민망했다. 그렇지만 1박 2일 코스가 아닌가. 이틀간의 시간이 부담스럽다. 모르겠다. 교수님 말대로 교수와 제자와의 관계가 아닌가. 정은 화해의 제스처로 간식으로 준비해 온 당근을 꺼내어서 교수에게 내밀었다. 당뇨병으로 과자를 먹지 못하기 때문에 정이 개발한 교수님 간식이었다. 교수님의 얼굴에 언뜻 웃음이 스쳐 갔다. 순간 안도의 한숨이 흘러나왔다. 한 번씩 당신의 뜻에 반한다 싶으면 저렇게 잡도리를 해서 꼼짝 못하게 했다. 어린아이처럼 다소곳해져서 당근을 받아 잡수시는 교수님의 옆얼굴에서 어린애 같은 천진함이 느껴진다. 세 토막의 당근을 받아 드시자, 피곤한지 옅은 코까지 골며 잠에 빠져들었다. 두 잔의 커피를 마시고도 잠에 빠진 교수님이 신기로워 얼굴을 한참 쳐다보았다. 외로움의 그림자가 얼굴 짙게 깔려 있다.

한참 교수님의 잠자는 모습을 보고 있자, 2년 전 사업으로 동분서주하시다 갑자기 세상을 뜨신 아버님이 생각 키웠다. 죽기 직전 병상에서 정의 손을 잡고 서울로 정을 보내고 난 후 당신은 너무 외로웠다는 말씀에 정은 충격을 받았다. 그때 정은 아버지의 시신을 땅속에 묻을 때까지 내내 울었다. 그 후 불면증까지 왔었다. 대학 생활의 자유분방함에 도취, 아버지의 외로움 따위는 생각도 못 했다. 언제나 사업 때문에 바쁜 분이셨다. 막내딸이라고 특히 귀여움을 독차지했던 지난 날, 그냥 아버지니까 딸을 사랑하는 것으로 생각했었다. 당신이 늦게 들어와 자고 있을 때도, 아침까지 못 기다리겠다고 꼭 깨워 당신이 사온 쿠키를 먹어 보라고 하셨던……. 대학 통학 길 힘들다고 학교 앞에 집을 사 주셨던 다정하신 아버님이셨다. 정은 교수님의 얼굴에 겹쳐진 아버지의 얼굴을 보고 있었다. 아버님의 죽음 이후 나이 들수록 외로움이 더 짙어진다는 어머니의 말씀을 듣고 나이 듦이 지니는 우수를 생각하게 되었다.

정은 단체 학생들이 여전히 북새통을 이루는 버스 속에서 빠져 나와 창문으로 바라보이는 자연의 풍경 속에 빠져들기 시작했다. 이미 차는 강원도 원주 교외를 벗어나 제천으로 향하고 있었다. 길가 가로수들이 마치 때때옷을 입은 것처럼 온통 울긋불긋 축제를 준비하고 있는 것 같았다. 이틀 동안 교수님이 자신으로 인해서 외로움을 느끼지 않게 해 드려야겠다는 생각이 들었다. 남자들은 죽을 때가 되어야 겨우 철든다니 장난꾸러기 남학생들도 귀엽게 봐주어야겠다는 생각이 들었다. 그리고 '교수님과 즐거운 시간 갖게 해 줘서 고맙다'는 인사까지 곁들여서 감사 인사를 해야겠다.

정이 대학원을 졸업한 그 해 여름 교수님은 돌아가셨다. 또 한 번의 갑작스런 죽음으로 정은 충격을 받았다. 교수님을 위해 아무 것도 해드린 것이 없는데, 뭐가 그리 급하셨는지 돌아가셨다.

"교수님, 하늘에 애인이라도 두셨나요? 거기서는 외롭지 않으셔요?"

정은 교수님을 보내는 장지에서 내내 교수님을 향해 소리질렀다.

만우 박영준 선생님의 초상

이 영 섭

만우 선생님을 처음 뵙게 된 것은 1967년도 2월초쯤이다. 아직 겨울빛이 가시지 않은 고색창연한 문과대학 건물에는 지난해에 매달린 진갈색 담쟁이덩굴이 오랜 학관의 풍모에 어울리게 봄 시새움 바람에 조용히 몸을 흔들고 있었다. 국문학과 시험 면접에서 처음 뵌 선생님은 전형적인 50대 후반 중년의 모습이셨다. 산과 바다를 좋아하신 탓인지 햇볕에 얼굴이 까맣게 그슬려 있었고, 연륜 때문에 검은 머리카락은 약간 성글었으며 그 위에 검은색 도리우찌 모자를 즐겨 쓰고 다니셨다. 당뇨가 있으셔서 술은 잘 드시지 않았지만 담배를 즐겨 태우셔서 그런지 목소리는 비음이 약간 섞여 있었고, 굵고 낮았지만 연세에 비해 발음이 또렷한 편이었다. 외모는 왜소하지는 않으나 그다지 크지 않은 체구에다 살집이 없고 곤색 양복에 넥타이 맨 정장차림에 베이지색 바바

*1967년 연세대학교 국어국문과 입학. 시인, 경원대학교 국어국문과 교수.

리를 차려 입으신 선생님은 단정한 인상을 주었다. 선생님의 서글서글한 눈빛은 현실에 대한 깊은 통찰과 날카로운 윤리로 무장한 사뭇 근엄한 표정이셨는데, 1960년대 당시의 정황에 어울리게 전후 10여 년이 지났지만 분단의 이데올로기가 여전히 지배하는 궁핍한 시대 실향민으로서 실존적 고독과 지식인 작가로서 저항의식이 조용히 풍겨 나왔다.

"좋아하는 작가는?"

"도스토예프스키입니다."

"주인공 이름은?"

"라스코리니코프입니다."

"여주인공은?"

"쏘냐입니다."

"됐어."

남쪽으로 난 창문을 통해 햇살이 비교적 잘 들어오는, 붉은 소파가 놓여 있던 선생님의 연구실에서 선생님과 주고받은 대화는 작가가 되기 위해 국문학과를 지원한 순진한 면접학생에게는 큰 안도감을 주었다. 왜냐하면 방금 국어학을 전공하시는 P 선생님한테 면접을 받으면서 '국문학과는 작가나 시인이 되기 위해서 오는 곳이 아니다, 그것을 전공하려면 S대 문예창작과로 가야지 왜 여기를 지원했느냐.' 고 야단을 맞은 직후이기 때문이었다. 지금 돌이켜보면 요령이 없었던 대답에 고소를 금치 못할 일이지만, 당시 면접에 임한 학생으로서 몹시 당황했던 기억이 난다.

만우 선생님의 분위기는 면접 때의 회상처럼 말씀은 이북 사투리를 거의 쓰지 않는 서울 말씨지만 특유의 간결체로 다소 무뚝뚝한 인상을 풍기는 편이었다. 그렇지만 만우 선생님은 가까운 제자들과 만나 산행을 하실 때는 농을 자주 건네시며 격이 없이 종종 파안대소를 금하지 않았다. 소 웃음처럼 웃으시는 소박한 웃음과 이따금 쏟아 내는 구수한 농담이 40년 세월이 지난 지금도 눈에 생생이 떠오를 정도로 즐거운 느낌을 준다. 1학년 때는 주로 교양과목이기 때문에 선생님을 뵐 시간이 없었다.

1968년 3월 박기동 선배가 월남에서 제대하고 복학한 이후 문영순 씨(현재 박기동 선배 부인), 한순옥 씨와 필자, 넷은 수업시간이나 쉬는 시간에 거의 늘 함께 쏘다녔는데, 기동 형과 한순옥 씨는 붙임성이 있어 선생님을 자주 찾아뵈었다. 산행과 낚시를 좋아하시는 선생님을 졸라 수락산, 도봉산 등 서울 근교가 아니면 인천 앞바다에 가서 낚시를 하고, 추석이나 설날 같은 명절 때가 되면 북아현동 기슭에 사시는 선생님 댁에 가서 부담 없이 재잘거리기도 하고, 시청 앞의 '가화다방'에서 커피를 마시면서 만우 선생님께 문학방담을 듣는 즐거운 대학 생활을 보냈다. 만우 선생님 한 분만 소설가로서 국문학과 교수직에 계신 그때, 복학생으로 작가 지망생인 박기동 형과 유홍종, 이활용, 정지태 형 등은 모두 시 습작을 하고 있었으며, 박목월 선생님이 한양대학교 국문과에 재직하시면서 연대에 강사로 강의를 나오셔서 시 수업을 해 주셨다. 그때 시인 지망 선후배들은 신촌로터리에 있는 별다방에서 자주 만나 밤을 새워 쓴 시를 서로 보여 주고 품평을 하며 많은 이야기를 자주 나누기도 했다. 1968년도 가을에는 박안준(66학번) 선배 집에 모여 시화를 만들어 학생회관 1층 로비에서 국문과 시화전을 열고, 그 해 겨울에는 원효로에 사시는 목월 선생님 댁에 선배 형들을 따라 작품을 가지고 찾아뵙던 기억도 난다. 그러나 성품이 다정다감하면서도 문학 수업에는 엄격한 목월 선생님은 추천을 쉽게 해 주시지 않았다. 그 이듬해 이활용 형만 신춘문예를 거쳐 시인으로 등단하고, 결국 박기동 형은 장르를 바꾸어 1971년 봄 서울신문 신춘문예에 단편소설 「퇴화론」으로 소설작가로 등단했고, 유홍종 형은 1975년에 「장미의 성」으로 《현대문학》에서 추천을 받아 소설가로 전업한 셈이다. 기동 형이나 홍종 형은 그때 빼어난 습작품을 많이 쓴 것으로 지금 내 기억에 남아 있다.

만우 선생님도 연대 국문과 출신 학생들의 작품 추천에 인색하신 편이셨는데 당신 나름대로 작가 수련에 대한 엄격한 입장을 견지하신 이유도 있지만, 숨겨진 일화도 있다. 과문한 필자가 들은 바로는 연대 국문과 출신 제자 한 분을 만우 선생님께서 모처럼 추천하셨는데, 그 분이 이후 작품 활동도 활발히 하지 않고, 선생님이 바라지 않는 방향으로 삶을 열어 갔기 때문이라고 그때 작가 지망생 선배 형들의 입소문이 자자했다. 결국 박기동 형은 신춘문예로 등단하면서 최인훈 선생이 추천한 셈이고, 최인호 형도 선생님을 자주 찾아뵌 제자 중의 하나이지만 추천은 만우 선생님께 받지 않았다.

필자가 대학원 재학 중이던 어느 날 선생님께서 부르셔서 연구실에 찾아뵈었더니, 원고뭉치를 건네어 주시고 쓸 만한 작품이 있는지 하나를 골라보라고 하셨다. 눈에 띄는 것은 유홍종 형 작품이었고, 그대로 선생님께 말씀을 드렸다. 나는 유홍종 형이 추천을 받은 이후에야 비로소 선생님이 추천에 관여하신 《현대문학》 예비심사로 참여한 사실을 처음 알았다. 만우 선생님은 그런 분이시다. 말씀과 행동을 삼가시는 선생님의 과묵하신 처신과 신중하신 생활 태도는 내 평생 귀감으로 삼으려고 노력하고 있다. 겉으로는 몹시 무뚝뚝하시지만 그 이면에는 무척 자상하시고 휴머니즘이 넘치는 미덕을 지니신 분이시다. 선생님의 자상하신 다른 내면을 필자가 직접 겪은 경험의 삽화로 보태고 싶다.

사실 오늘 내가 국문과 대학 교수로서 인생을 살아오게 된 중요한 계기는 선생님께서 마련해 주셨다는 생각이 든다. 나는 이런 저런 이유로 대학 4학년 생활을 모두 마치고 졸업하자마자 군에 입대하게 되었다. 졸업식은 2월 23일이었는데, 2월 10일 논산 훈련소 입영 영장이 떨어져 졸업식에 참석할 수가 없게 되었다. 박기동 형과 문영순 씨, 한순옥 씨 등은 그런 사실이 안쓰러웠는지 만우 선생님께 사정을 말씀드렸는가 보다. 연세가 많으신 선생님께서는 추운 겨울 먼 인천까지 마다않고 내려오셔서 나이 어린 제자를 각별히 송별해 주셨다. 지금도 누추한 본가에 들어오셔서 동갑이신 선친과 늦게 보신 막내를 군대에 보내시니 마음이 불편하시겠다고 위로하시며 담소를 나누시던 선생님의 모습을 떠올리니 육순이 된 늦은 나이에도 눈시울이 새삼 뜨거워진다. 6·25 전후의 누구나 가난했던 시절 5남매를 힘들게 대학까지 키우신 부모님과 훌륭하신 스승님, 그리고 사랑을 아끼지 않은 선후배, 동료와 많은 이웃들의 도움과 격려가 없었다면 험난한 이 세상을 지금까지 편안히 살아올 수 없었음을 솔직히 고백한다. 그 가운데에서도 내 인생의 길을 닦는 가장 중요한 청년기에 연세대학교 국문학과에서 훌륭하신 만우 선생님을 만나 뵙게 되었고, 누구보다도 은혜와 사랑을 많이 받은 것에 깊이 감사드린다.

송별회를 해 주신 만우 선생님께서는 3년 후 만기 전역하는 날에도 지금은 그 자리에 없어진 서린호텔 커피숍에서 역시 박기동 형과 문영순 씨, 한순옥 씨와 함께 환영을 해 주셨다. 그때 선생님은 앞으로 무엇을 할 것인가 계획을 물으셨고, 나는 두 가지 방향을 말씀드렸는데 그 중 하나가 대학원 진학이었다. 선생님께서는 아직 대학원 입학시험이 끝나지 않았으니까 응시를 해 보라고 권하셔서 군에서 제대한 직후 한 달 동안 두문불출, 영어 참고서와 불어 참고서를 놓고 밤잠을 설치며 씨름했던 기억이 새삼스럽다. 제대 직후 대학원 석사과정에 입학 계기는 선생님께서 만드신 것이니 교수가 된 삶의 항로는 당연히 만우 선생님께서 그 첫 항해의 돛을 잡아 주신 것이나 다름없다.

그러나 대학원 입학을 한 후 나는 만우 선생님의 곁에서 점점 멀리 떨어지게 되었는데, 그것은 다 내가 천성이 게으르고 은혜 입은 것을 잘 망각하는 어리석은 습성 탓이다. 교양학부 조교로 발령을 받은 나는 만우 선생님의 현대소설 전공이 아닌 혜산 박두진 선생님 문하 현대 시 전공 대학원생으로서의 신분 변화가 생겼던 것 같다. 그때 두 분 사이는 친분이 각별하고 학과 분위기가 그리 나쁜 것도 아니었는데, 게다가 일선 학교에 나가 임시교사로서 아르바이트를 하면서 대학원 과정을 이수해야 했던 궁색한 처지로서 교양학부의 거리와 문과대학이 있는 학관의 거리는 서울과 인천보다 더 멀어지게 되어 좀처럼 만우 선생님을 뵐 기회가 없었다.

지금도 마음에 걸리는 것은 만우 선생님께서 지병으로 입원해 계실 때나, 심지어는 장례식을 치른다는 전갈을 받고도 지방에 일선 교사로 있다는 처지를 핑계 삼아 영결식에 참석하지 못한 사실이다. 앞에서 밝힌 바처럼 만우 선생님께서는 노구에도 불구하고 철없는 제자의 어린 마음을 격려하기 위해 먼 거리를 마다하지 않으시고 송별식과 더욱이

3년 후의 세월을 잊지 않으시고 제대하는 제자의 환영식까지 해 주시면서 인생의 길을 인도해 주셨다. 천성이 게으르고 스스로의 어리석음으로 삶의 험난함에 휘말린 청년기의 나는 부모님처럼 제자를 대해 주신 만우 성생님 10주기가 되어서야 비로소 선생님의 묘소에 참배하게 되었던 것이다. 그 이후에도 만우 선생님의 기념사업에 아무런 보탬 없이 세월을 보냈기 때문에 이 글로써 만우 선생님께 지은 죄가 속량받을 수 없음을 필자는 잘 알고 있다. 다만 만우 선생님께 입은 깊고 큰 은혜를 세상을 달리하신 시공을 향해서 이 자리를 빌어서나마 큰 절을 드리고 싶다. 제자에 대한 선생님의 두터우신 사랑을 마음에 다시 새기며 하늘에 계신 선생님의 명복을 빈다.

끈끈한 인간적 진실

전 인 초

내가 만우 선생을 처음 만나게 된 것은 학부 2학년 때인 1964년 3월로 기억된다. 나는 선생님의 '한국현대문학사'를 수강했다. 필수과목이었던 선생님 강의는 진지하셨지만 별로 재미를 느끼지는 못했다. 한 학기 동안 수강하던 중 어느 날 수필 한 편씩 써내라는 숙제를 주셨다. 며칠 뒤 선생님께서 몇 학생의 작품을 읽어 주시며 강평을 하시는데, 그중 내가 쓴 「고향이야기」를 품평하셨다. 그 글을 내가 쓴 것으로 반 친구들은 다 아는 터여서 비록 쓴 사람의 이름을 밝히지는 않으셨지만 선생님의 강평이 끝날 때까지 창피해서 나는 얼굴을 들지 못했다. 혹평도 호평도 아닌 품평이었지만 대체로 선생님 맘에 들지 않는 부분을 길게 말씀하셨고, 「고향이야기」 중 송강 정철의 「관동별곡」을 인용한 부분에 대해 칭찬하셨던 것으로 기억된다. 입주 가정교사를 하던 시절,

*1963년 연세대학교 국어국문과 입학. 연세대학교 중어중문학과 교수.

주인집에서 제때 아침을 해 주지 않아 선생님의 월요일 첫 시간 강의에 번번이 늦어 출석 교정을 받아야 했지만, 사정을 아신 후 잘 이해해 주셨다.

학부 4학년이던 해(1966) 선생님께서 학과장을 하셨는데, 그 해 여름방학이 끝날 무렵 나를 부르셔 연구실로 찾아뵈었다. 그때 나는 대학원에 진학할 준비를 하고 있었던 것을 선생님께서 잘 알고 계셨기 때문에 '한국어학당'에서 시간 강사로 일하면서 공부하면 어떻겠느냐고 물으셨다. 내 가정 형편을 잘 알고 계셨던 선생님께서 교내에서 외국인들에게 우리말을 가르치면서 대학원 공부를 할 수 있도록 먼저 배려해 주셨다. 그래서 국문과 4학년 2학기인 9월부터 어학당에서 가르치면서 대학원 입학시험을 위한 준비를 할 수 있었다. 그때 이봉국 교수님이 출제하시던 영어시험이 어려웠고, 제2외국어인 독일어 시험이 역시 쉽지 않아, 바로 입학하는 학생이 아주 적었다. 나는 운이 좋아 졸업과 동시에 바로 대학원 국문과에 입학할 수 있었고, 2년 동안 선생님의 연구실을 함께 쓰면서 가까이 모실 수 있었다. 내가 합격한 것을 대학원 사무실에서 먼저 알아보시고 어학당으로 전화해서 축하해 주셨다.

1967년 3월 나는 혼자 대학원에 입학한 덕분에, 경쟁 없이 학과 조교가 될 수 있었고, 대학원 장학금도 받을 수 있었다. 내가 국문과 대학원에서 2년 동안 학비 걱정 없이 공부하면서 생활할 수 있었던 것은 전적으로 만우 선생님의 배려 덕분이다. 대학원 공부도 그랬지만, 누구나 선망하는 연세대학교에서 교편을 잡을 수 있도록 결정적으로 이끌어 주신 분도 만우 선생님이시다. 오늘의 내가 있도록 만들어 주신 분이시다.

나는 학부 3,4학년에서도 가끔 선생님 방으로 불려 들어갔다. 그것은 우리 과 학생들의 형편을 파악해서 장학생 선발에 도움을 받고자 하셨기 때문이다. 그때마다 나는 내가 파악하고 있는 대로 말씀드렸고, 그것으로 선생님은 장학생을 선발하셨다. 국문과에 형편이 어려운 학생이 많은 것을 늘 마음 아파 하셨다. 일제 강점기에 가난하게 공부하셨던 선생님께서는 어려운 사정과 입장을 누구보다 잘 이해하셨고, 속으로 동정하셨다. 그리고 도움을 주시려고 백방으로 노력하셨다.

나는 선생님과 함께 할 수 있었던 몇 년 동안 틈틈이 들려주시던 옛날이야기를 상당히 기억하고 있다. 전문학교를 졸업하고 살 길이 막연하여, 맘에 들지도 않았지만 사모님 정숙용 여사와 결혼했다는 말씀을 있는 그대로 하셨다. 사모님과 혼인하자마자 사모님의 조부께서 바로 혼인 신고를 하셨다는 말씀과 더불어. 함께 사시는 동안 사모님께서는 집안일과 자식교육을 전적으로 맡아 하셔서 걱정 없이 선생님의 일에만 몰두할 수 있었다고 하셨다. 사모님께서는 선생님께 불만이 있으실 때 아무 말씀도 않으시고 장문의 편지를 내밀었다고 하셨다. 사모님과 결혼하면 우선 호구糊口를 할 수 있을 것 같았다고 했다. 이혼하고 싶은 때도 있었지만 참고 견디었고, 전문학교 졸업하던 해 서울 시내의 한 바에 갔는데, 여급이 맘에 들어 다시 꼭 만나자고 약속했지만 돈이 없어 못 갔다고 아쉬워하셨다.

간도 용정의 중학교에서 교편을 잡으시던 때, 바로 이웃에 여류작가 강경애가 살고 있었는데, 양주동이 젊은 시절에 한때 동거했던 사실을 잡지에 쓰는 바람에 남편이 알게 되어 추운 겨울날 알몸으로 내쫓아 버려 사모님이 맞아들였다는 말씀도 선생님을 통해 들었다. 그래서 무애 양주동 선생이 자타가 공인하는 국보였음에도 불구하고 만우 선생님은 좋아하시지 않으셨다.

어느 해인지 기억은 없지만 임종국의 『친일문학론』이란 책이 나와 화제가 된 적이 있었다. 그 당시 생존해 있었던 유명한 문인치고 그 책에서 언급되지 않은 사람은 거의 없었다. 다행히 만우 선생님의 이름이 빠져 있어 그 사실을 말씀드렸더니, 내가 일본 말 쓰는 재주가 없어서 쓰고 싶어도 쓰지 못했노라고 대답하셨다.

늘 선생님께서는 있는 그대로, 느낀 대로 말씀하시는 데는 추호의 가림도 피함도 없으셨다. 창피해서 알리고 싶지 않은 일이라는 생각도 않으셨다. 그래서 때로는 선생님의 약점이 될 수 있는 내용이라도 하나도 거리낌 없이 느낀 대로 언급하셨다. 모함으로 쫓겨나 한양대학으로 가셨던 일의 전말도 나는 상세히 들었다. 용재 선생께서 학교를 그만두라고 하셨을 때 두말없이 "예, 알겠습니다." 한 마디로 대답하셨다는 말씀도 들었다. 내게 조금이라도 있는 사실을 그대로 말하고 진실되게 묘사하려는 마음가짐이 있다고 한다면, 그것은 전적으로 선생님께서 보여 주신 진실한 모습을 닮고자 했던 흠모의 결과라는 생각을 해 보게 된다.

내가 선생님 연구실에 조교로 있었던 2년간, 선생님 방에는 이봉국 교수님과 당시 학장이시던 성래운 교수님께서 자주 오셨다. 이봉국 교수께서는 원래 10여 년 대선배였던 만우 선생님을 좋아하시고 따르셨다. 죽어서도 함께 하시겠다고 말씀하셨던 대로 선생님 묘소에서 몇 줄 밑에서 영면하신다. 수년 전 만우 선생님 묘소를 참배했다가 이봉국 교수님의 묘소도 찾아 성묘한 적이 있다. 민주화 투쟁으로 생을 마치신 성래운 교수님은 40대 초반에 보수적 집단인 문과대학의 학장을 하셨지만, 매사의 중대한 일처리는 꼭 만우 선생님과 상의하셨다. 만우 선생님의 후견으로 어려운 일도 과감하게 추진할 수 있었던 것으로 여겨진다.

1967년, 68년쯤의 일로 기억된다. 선생님께서 미도파 근처의 건널목에서 교통사고를 당하여 세브란스 병원에 입원하신 적이 있다. 그때 나는 아침저녁으로 들러 학과 일을 보고하고, 선생님의 말씀에 따라 일처리를 했다. 당시 상명여고에 재직 중이던 경웅길慶雄吉 형의 주례를 하시기로 약속되어 있었으나, 몸이 다 회복된 상태가 아니어서 담당 의사의 극구 만류에도 불구하고, 입원 중에 몰래 빠져 나와서 끝내 주례를 수행하셨다. 그때 내가 선생님을 모시고 식장에 갔었다. 선생님께서 말씀하시길 천우신조로 이만큼 살려 놓았으니, 아주 위중하지 않으면, 그래서 조금이라도 움직일 수 있다면 마땅히 한 사람의 일생일대 종신대사의 주례 약속을 지켜야 하지 않겠느냐고 하셨다. 선생님의 제자 사랑과 인간적인 모습을 현장에서 지켜볼 수 있었던 추억이다.

입원해 계시는 동안 답답해 하셨다. 그때 지금 어린이 병원으로 쓰고 있는 별관 병동을 새로 지은 때여서, 옆에다 두고 바라보며 학교에 갈 수 없어 답답해 하셨다. 그래도 멀리서 볼 수 있다는 사실로 위안을 삼는다고 하셨다. 학교를 당신의 분신처럼 사랑하셨다.

나는 대학원 2년 동안 선생님을 따라 야구장에도 갔었고, 가끔 등산을 했다. 인천 앞바다의 망둥이 낚시도 한 차례 체험했다. 심부름으로 시청 앞 가화다방에도 가 보았고, 그곳에서 선생님과 교제하시던 당대의 저명한 문인들도 옆에서 뵐 수 있었다. 작가 김동리, 선우휘, 최정희, 유주현 씨도 그 때 멀리서 뵐 수 있었던 분으로 기억에 남는다. 서류를 전해 드리고 바로 가려고 하면 언제나 커피 한잔 마시고 가라고 잡는다. 궁핍하던 시절! 1960년대! 추운 겨울날 다방에서의 커피 한 잔 맛을 지금의 그 무엇에 비길 수 있을까!?

만우 선생님께서는 나의 대만 유학에 대해 많은 관심과 적극적인 지지를 해 주셨다. 1969년부터 75년까지 6년 동안 연말 연시에는 반드시 인사드렸고, 아주 가끔 편지로 문안드렸다. 늘 답장을 꼭 해 주셨다. 지금은 우리나라의 경제 형편이 좋아져, 어린 아이들까지 미국 등지로 조기유학하고 수시로 방학 때면 귀국하지만, 그때만 해도 한 번 출국하면 공부가 끝나야만 귀국할 수 있었다. 1974년 3월 연세대학교에 중문과가 창설되자 선생님께서는 먼저 편지를 주시면서 기회가 되는 대로 귀국하여 모교에서 교편을 잡으라고 하셨다. 아마 1973년 말 문교부에서 증원 증과의 결정이 나자마자 알려주셨던 것으로 기억된다. 1975년 1월 만우 선생님께서 문과대 학장이 되시자 곧 다시 귀국하도록 연락을 주셨다. 그래서 1975년 8월, 대만에서 학위과정 3년을 수료하고, 귀국하여 중문과에서 교수하게 되었다. 그때 학장직을 맡으셨지만 정년 일 년을 남긴 시기였는데, 이미 당뇨병이 심하게 도져 거동이 불편하셨다. 문과대학 학장실이 있던 본관 2층으로 올라가는 계단 오르내리기를 아주 힘들어 하셨다. 한 계단 오르고, 쉬고 다시 오르곤 하셨다.

틈이 있어 학장실에 들르면 묵은 신문지 위에다 열심히 붓글씨 연습을 하고 계셨다. 경조사의 봉투는 꼭 정성을 다해 붓으로 쓰셨다.

1976년 1월 부산 해운대의 극동호텔에서 교직원 수양회가 있었다. 연세대학교에 부임한 첫 해여서 교직원 수양회에 참석했다. 그곳에서

심한 고열 감기에 걸려 밤새도록 고생했다. 아침 모임에 나가지 못했고, 나갈 수도 없었다. 심하게 앓고 있던 나를 선생님과 성래운 교수님이 방으로 문병을 왔다. 그때 걱정하시면서 챙겨 주시던 모습에서 나는 자상한 아버지와 같게 느꼈다. 30여 년의 세월이 흘렀지만 아직도 그때의 장면이 뇌리에 생생하다. 선생님과는 약 1년쯤 교수로 함께 근무했지만 건강이 좋지 않으셔서 자주 가까이 모실 수 없었다. 그래도 틈이 있을 때마다 점심이나 저녁에 불러 주셨다.

1976년 6월 초 선생님께서 마지막 강의를 하시고 학생회관 식당에서 모임을 가졌을 때는 이미 거동이 아주 힘드신 모습이셨다. 학장 임기와 정년퇴직을 한 달 반쯤 남기시고 선생님께서 우리 곁을 떠나신 지 다시 어언 30여 년이 지났지만, 시간이 흐를수록 선생님의 추억은 더욱 간절해진다.

선생님께서 생존해 계실 때, 선생님 댁인 북아현동 작은 한옥의 대문과 문지방은 내방객으로 닳고 닳았다. 국문과 졸업생들과 학생들이 수시로 드나들었다. 20평이 채 못 되는 선생님 댁은 정말 드나드는 객손이 끊임없이 이어졌다.

작은 안방과 마루 건너에 있던 미닫이문이 달린 방이 선생님의 집필실이었다. 그 방은 안방의 반밖에 되지 않았다. 사방 벽에는 온갖 책들이 거의 천정 높이까지 쌓여 있었다. 그 가운데 작은 요를 깔고 가슴에 베개를 댄 채 늘 엎드려 원고를 쓰셨다. 처음 보았을 때 책이 무너져 선생님을 내려치면 어쩌나 하는 걱정이 먼저 들었다. 선생님께서는 평생을 그렇게 사시면서 글 쓰시고, 가르치고, 사람을 맞이하셨다.

퇴직 무렵 100여 평의 넓은 정원을 가진 터와 집을 광명에다 마련하셨지만, 끝내 살아보지 못하셨다. 비록 초라하기 이를 데 없지만 처음 내 집을 가졌을 때의 벅찬 감격을 항상 말씀하셨다. 노년에 좀 넓은 터와 집에서 나무와 화초를 가꾸면서 글을 쓰시려 하던 선생님의 소박한 꿈을 하늘이 허락하지 않으셨다. 아쉽기 이를 데 없지만 인위적으로 어쩔 수 없는 일이다.

가끔 선생님을 생각하게 될 때마다 나는 선생님 같으신 분은 백 번이고 천 번이고 마음먹은 대로 속일 수 있는 분이라는 생각을 한다. 선생님을 속인 누군가가 있어 다시 자신의 잘못을 빌면 선생님께서는 백 번이라도 용서하고 그 말을 믿는 분이다. 그래서 얼마든지 속일 수 있는 분이다. 선생님께서 진실하시기 때문에, 당신의 마음같이 다른 사람의 말을 믿는다. 거짓말이 반복되어도 '이번에는 아니겠지'라고 믿는 분이기 때문이다.

언젠가 국문과 선배 한 분이 내게 이런 말을 했다.

"전인초는 별로 잘 보이려는 노력을 하지도 않는 것 같은데 그렇게 만우 선생님께서 좋아하시고 신임하시고, 모씨는 그렇게 노력하는데도 사랑과 신임을 받지 못한다."

선생님은 싫은 사람은 그 자리에서 외면하신다. 그리고 상종을 하려 들지 않으신다. 그러나 졸업생들, 특히 사랑하셨던 제자들에게는 깊은 정을 쏟았다. 그래서 내 주변의 몇 친구들은 모두 각자가 스스로 선생님의 사랑을 가장 많이 받은 사람으로 착각(?)하고 있다. 선생님께서는 이토록 대하는 사람마다 각각 진실한 모습으로 대해 주시고 사랑을 느끼게 하셨다.

나는 선생님께서 내게 준 인생의 키워드keyword가 무엇인지 곰곰이 생각해 본다. '끈끈함' '진실'이라는 말이 떠오른다. 나는 선생님만의 그 끈끈함과 진실은 선생님의 글도, 말씀도 아닌, '일거수일투족一擧手一投足'의 움직임과 체취에서 느끼고 배울 수 있었다. 내가 조금이라도 학생들을 아끼고 사랑하고, 그들을 위해 뭔가 힘이 되고자 했다고 한다면, 그것은 전적으로 만우 선생님으로부터 보고 배운 것이다.

선생님과 조우한 지 반세기에 가까운 세월이 흘렀지만, 생각할 때마다 더욱 그리워지는 당신! 만우를 내 스승으로 가질 수 있어, 힘들고 어렵고 복잡한 이 세상을 흔들림 없이 살고 있다는 고백을 큰 소리로 외치고 싶다.

만우 박영준 선생님을 사모함

정 구 종

내가 박영준 선생님을 처음 뵌 것은 입학 직후인 1963년 3월, 국문학과 학과장실에서였다. 백양로를 따라 교정에 들어서면 언더우드 동상 뒤의 고색창연한 강의동, 지금은 총장 집무실이 있는 대학본부가 되어 있으나 당시는 문과대학 건물이었다.

짧은 계단을 올라서 왼쪽 첫 번째 방, 방 안쪽 왼편 코너에 창을 마주하여 학과장석이 있었고, 선생님이 수업 쉬는 시간에는 늘 그 자리에 앉아 계셨다. 옆쪽 구석 테이블에 전규태 선생이 계셨던 것으로 기억한다.

수업과 수업 중간의 쉬는 시간에 과 학생들이 찾아와서 과장실은 늘 떠들썩했다. 나도 학기 초에 수강신청 문제로 조교 선생께 상의할 일이 있어서 들렀는데 마침 선생님이 의자에 앉아 계신 모습을 선배들

*1963년 연세대학교 국어국문과 입학. 동아닷컴 대표이사.

의 등 너머로 뵐 수 있었다.

처음 뵌 선생님의 얼굴은 '엄숙하다' 고 할까, 선뜻 가까이 가서 말을 붙이기 어려운 경외감이 있었다. 나는 문학 지망생이어서 고교 때나 낭인 시절에 《현대문학》 등 문학지에 실린 선생님의 소설을 열독하였고, "연세대에 가면 '소설가 박영준' 이 있다."는 기대감에, 만나 뵈면 금방이라도 대화를 나눌 수 있을 것처럼 혼자 생각해 왔다.

그런데, 학과장실의 작지만 '권위' 를 상징하는 테이블과 의자에 자리하신 선생님은 언뜻 돌부처 같기도 하고, 여물을 되새김질하는 황소 같기도 하여 내가 선뜻 나서 인사를 드리면 괜히 쉬시는 데 방해만 될 것 같아서, 말도 못 붙이고 뒷걸음으로 과장실을 나섰다. 나서면서 선생님 앉아 계신 쪽을 흘낏 보니—본다기보다 정면으로 마주보기도 어려워 의자 다리 쪽에 눈을 주었더니—선생님이 왼쪽 다리를 오른쪽 무릎에 얹어 놓는 바람에 신고 계신 양말의 목이 살짝 보였는데, 아, 이 어찌 상상할 수 있었으랴. 선생님은 진한 곤색 바탕에 빨강과 회색의 체크무늬도 선명한 멋쟁이 양말을 신고 계셨다.

언제나 화난 것도 같고 찌푸린 듯도 한 선생님의 엄숙한 표정과 빨강색 체크무늬 양말의 어울리지 않는 콘트라스트를 내가 새기고 이해하기에는 한참의 세월이 필요했다. 바위 속에 용암처럼 들끓는 작가로서의 정열, 또한 굳은 표정 뒤에 항상 따스하고 다감하게 흐르는 인간애, 그것을 혼자 간직하고 새기면서 묵묵히 살아가시던 그 모습이 만우 선생님을 생각할 때마다 새삼 되새겨진다.

그 후 나는 한 학기 내내 선생님을 찾아뵙지 못했다. 시골 출신 촌놈이 되어서 문안드리러 가는 인사치레도 모르고 학과 친구들과 놀며

뒹굴며 살았던 것이다.

그런데, 5월로 기억하는데 《연세춘추》에서 문학상 모집이 있어서 글 같지도 않은 '소설'을 써서 응모한 결과, 소설 부문에 입선되었다고 춘추에 발표되었다.

문학상 본상은 시 부문에서 김대규 선배가 당선되었다. 소설 부문 심사위원은 박영준 선생님이었다. 나의 입선작이 4주에 걸쳐 연세춘추에 연재되는 동안, 또한 그 후에도 나는 선생님께 문안드리러 가지 못했다. 심사위원이고, 또 내 작품에 대하여 심사평도 써 주셨기 때문에 당연히 찾아가 뵙고, 감사드리고, 앞으로의 지도를 부탁드렸어야 하는데 그때만 해도 도대체 이 촌뜨기는 그런 예의나 상식에 눈을 뜨지 못했기 때문에 선생님께 '가지 않은 것' 이 아니라 '가지 못했던' 것이다.

지금 생각하면 결례도 이만저만한 결례가 아니다. 선생님께서도 적지 않게 섭섭하고 화가 나셨을 텐데 아무 말씀도 없으셨다. 그럭저럭 1학기가 지나고 2학기에 접어들어서, 나는 꼼짝없이 선생님께 불려가서 내 일생의 진로를 선생님께 기탁하는, 아니 선생님께서 이끌어주시게 되는 계기를 맞았다.

1학년 가을에 《연세춘추》의 수습기자 모집이 있어서 지원하였고, 필기시험을 치르게 되었다. 시험장에는 선임기자 2명이 지켜서 있었는데, 당시 학과장 임기를 마치고 《연세춘추》 편집위원장이 되신 박영준 선생님께서 시험장에 들어오시는 게 아닌가.

나는 답안지를 쓰랴, 선생님의 시선에서 숨으랴 진땀을 빼고 있는데, 선생님께서 지원서의 사진과 수험생들을 대조해 보시다가 내 자리에 오셨다. 그러더니 내게,

"정군, 이따가 내 방으로 오게!"

통명스럽게 말씀하시곤 나가셨다.

그동안 내가 한 번도 선생님께 인사를 안 갔기 때문에 선생님은 내 얼굴을 모르셨다. 춘추사 기자 지원서를 보시고는 내 원서가 있으니 일부러 시험장에 들어오셔서 나를 '수색'해 내신 듯했다. 나는 아이쿠, 죽었구나 하고, 답안지를 대충 적은 뒤 시험이 끝나자마자 편집위원장실로 갔다. 편집위원장실의 넓은 데스크 뒤에 앉아 계신 선생님은 내가 들어가서 인사를 드렸으나 한동안 말이 없으셨다. 화가 나신 것 같기도 하고, 막상 불러 놓고 보니 볼품없는 놈이 서 있으니 실망하신 것이 아닐까. 드디어 선생님의 한 말씀.

"연세춘추 기자 해 보려고 하나?"

"…… 네……."

거의 대화가 없는 가운데 인사드리고 그 방을 쫓겨 나온 것 같다. 그날 왜 말씀이 없으셨는지를 나중에 알았다.

합격자 발표를 보니 나도 끼어 있었다. 내 실력으로 되었는지, 어떻게 되었는지 모르겠으나 수습기자 생활이 시작되었는데 하루는 선생님께서 춘추사에 오시는 날로 나를 찾기에 편집위원장실로 갔다. 선생님은 딱 한 말씀 하셨다.

"기사 쓰느라고 문장 버리면 안 돼!"

그때 나는 그 말의 뜻을 바로 이해하지 못하였다. 그러나 선생님의 이 말씀은 내가 신문기자로서의 일생을 지내면서 차츰 깨닫게 되었다. 그리고 필기 시험장에서 나를 불러내신 뒤 아무 말씀도 안 하셨지만 난감해 하시던 그 순간이 기억난다.

선생님은 그때, 작가로서, 대학교수로서, 사회적 경험이 풍부한 선배로서, 신문기자가 어떠한 글을 쓰는 직업인지를 잘 아셨던 것이다. 그리고 신문기자가 되면 내가 작가 지망생으로서의 '문장'을 거의 다 듬을 수 없게 되리라는 걱정 때문에 춘추사 기자를 지망한 내가 아마도 졸업 후 사회에 나가서도 언론사의 기자직을 택할 경우 작품을 쓰기 어려우리라는 것을 아셨기 때문에, 침묵 속에서도 한편으로는 나를 책망하고 한편으로는 걱정하셨던 것이다.

《연세춘추》 기자 생활은 그렇게 시작되었고, 강의실보다 춘추사에서 지내는 시간이 더 많았던 것 같다. 금요일 원고 마감 때는 밤을 새다시피 일에 묻히는 날이 많았고, 인쇄소인 동아출판사에 가서 조판, 대장臺長 교열 등까지 마치는 주말에는 모두들 소주 한잔 하고 다시 학교로 돌아와 춘추사 사무실에서 라면을 끓여 먹으면서 밤새 떠들며 피로를 풀기도 했다.

편집위원장 박영준 선생님은 우리 춘추사 기자들과 함께하는 시간을 가끔 내어 주셨는데 무섭고 어렵기만 하던 처음과는 달리 다정다감하고 따스한 분임을 깨닫게 되었다. 그해 겨울 어느 날 나는 편집위원장의 사설 원고를 받으러 북아현동 선생님의 자택을 찾아갔다. 강의가 없는 날이어서 댁에 계셨는데 사설 마감이 임박하여 직접 갔었다.

손바닥만 한 수돗가 마당에서 기척을 하였더니 선생님께서 건넌방 문을 밀고 나오시면서 해사하게 웃으셨다. 눈가에 잔주름이 여러 개 접히며 다감하게 웃는 선생님의 모습을 여러분들 모두 기억하시리라. 선생님은 이제 막 쓰기를 마친 듯한 이백 자 원고지 여덟 장 묶음을 내게 주셨다. 원고를 건네주시는 선생님의 조끼(가디건) 오른쪽 팔꿈치에 계란 알만 한 구멍이 나 있었다. 다정하게 웃으시는 표정과 팔꿈치에 구멍 난 스웨터의 허물없음이 한꺼번에 시야에 들어오면서, 처음으로 선생님의 훈훈한 인간미가 전해져 옴을 느낄 수 있었다.

만우 선생님은 그러나 한 번 결심하면 무서운 결단력으로 밀어붙이는 성격을 갖고 계신분이셨다. 1964년 새 학기 개학 직후의 일로 기억되는데, 이른바 '신입생 부정입학 문제'가 학내에서 문과대학 교수들을 중심으로 조용히 분출하여, 연세춘추가 이 문제를 기사로 다루느냐 마느냐를 놓고 진통하고 있었다.

당시 편집위원장으로 있던 선생님은 입장이 대단히 난처했을 것이다. 부정입학의 최종적인 책임은 총장이 져야 할 텐데, 총장이 임명한 편집위원장이 총장을 정면 비판하는 신문을 만들어야 하는 입장에 처했기 때문이다. 입시 부정을 정면으로 다루는 신문이 발행되면 학내에서 적지 않은 파장이 일어날 것은 분명했다. 그렇다고 이미 내면적으로 공공연해진 이 사건을 비록 학내 신문이지만 연세춘추가 다루지 않을 수는 없는 일이다. 최기준 주간을 중심으로 한 기자들의 편집회의에서는 "기사를 써야 한다."는 결론을 내렸고, 최 주간은 이를 편집위원장에게 보고하였다.

선생님은 묵묵히 최 주간의 보고를 듣기만 하셨다고 한다. 그리고는 학내의 입시 부정을 고발해야 한다는 기자들의 주장을 꺾지 않으셨다. 고심 끝에 결단하셨을 것이다. 임명권자의 목을 죄는 신문 제작의 허용, 그러나 불의를 보고 그대로 둘 수 없다는 편집위원장의 고뇌에

찬 결단으로 부정입학을 폭로하는 이 기사는 1면 톱으로 오른 채 신문은 인쇄되었다.

뒤에 안 일이지만 선생님께서는 신문 제작을 허용하시면서 그날 밤 편집위원장직을 사퇴하는 사직원을 학교에 제출하였다고 한다. 불의는 용납할 수 없지만 발행인인 총장을 비판하는 신문의 제작을 허용한 편집인으로서 인간적인 고뇌가 선생님으로 하여금 사표를 스스로 쓰게 했던 것이다.

신문이 인쇄되자 예상대로 파문은 대단했다. 여러모로 설득하던 학교 당국에서는 기사가 인쇄된 신문의 배포 중지 명령을 내렸다. 신문 배포가 지연되는 동안 나를 비롯한 우리 춘추사의 신참기자들은 연세춘추를 몇 부씩 들고 다니면서 교내 곳곳의 게시판에 붙이기 시작했다.

부정입학 드디어 표면화

시커먼 제목 아래 1면 톱을 장식한 입학 부정 관련 기사 내용은 삽시간에 온 캠퍼스에 퍼졌다. 총장 측근의 반격이 시작되었다. 반면 교무위원회나 교수회의의 움직임도 있었다. 조의설 부총장이 어느 날 총무처 직원과 함께 연세춘추에 와서 '주간 최기준 파면'이라는 통고를 낭독하고 돌아갔다. 박영준 선생은 편집위원장직 사표를 내고 사무실에 나오지도 않았다.

우여곡절을 거친 끝에 그러나 사필귀정, 윤인구 총장이 사태의 책임을 지고 물러났고, 박대선 신임 총장이 취임했다. 최기준 주간은 복권되어 다시 주간직을 맡았다. 그러나 박영준 선생은 편집위원장직으로의 복귀를 고사하시어 후임에 김동길 선생이 임명되었다.

선생님은 부정입학 고발 신문 제작을 결단함으로써 학내의 비리를 표면화하고 이를 바로잡는 데 기여하였고, 다시 편집위원장으로 올 수도 있었으나 고사하였다. 비리는 바로잡되 임명권자에 대한 인간적 의리는 지키고자 했던 선생님의 고뇌에 찬 모습이 새삼 되새겨진다.

내가 연세춘추 수습기자에 지원했을 때 그렇게 섭섭해 하시고 걱정하시면서도 선생님은 뒤로는 나에게 따듯한 사랑을 베풀어 주신 것을 내가 사회에 나가 결국 동아일보에 들어가 기자 생활을 시작한 지 수년이 되어서야 알게 되었다.

연세춘추는 기자 출신 동인회 모임이 있어서 졸업 후에도 자주 만난다. 한 번은 그 모임에서 편집위원장을 지내신 박영준 선생님의 얘기가 화제가 되었다. 춘추사의 한 선배가 "박영준 선생이 구종이를 많이 사랑하셨다."고 전해 주었다. 사실은 수습기자 지망 때에도 선생님이 당시의 주간이던 최기준 선배에게 내가 지망한 사실과 챙겨 보라는 말씀을 하셨다는 것도 그때 알게 되었다.

내가 동아일보 입사시험을 통과할 수 있었던 것은 연세춘추에서의 2년 반 동안 학생기자로서 훈련받은 결과라고 생각한다. 결국 나를 오늘날의 언론인의 길로 이끌어 주신 것은 연세춘추 때에 이끌어 주신 선생님의 음덕이 아니고 무엇이겠는가. 비록 작가의 길은 선생님의 우려처럼 걷지 못하였지만 이 시대를 몸으로 살아가는 언론의 길로 매진할 수 있게 된 것은 만우 선생님의 이끌어 주신 덕분이라고 생각한다.

그처럼 많은 은혜와 사랑을 받은 내가, 선생님 생전에 한 번도 따스하게 모시지 못한 것을 지금도 후회한다.

내가 신문기자 생활을 하면서 이리 뛰고 저리 뛰고 하는 동안에도 선생님은 나를 멀리서 항상 지켜보셨을 것이다. 어느 날 저녁 선생님이 즐겨 다니시던 북창동의 '가화다방' 앞을 지나다가 문득 혹시 오늘도 선생님이 나와 계실까 하는 생각에 들어섰더니, 과연 선생님은 다방 한가운데 소파에 앉아 계시다가 기다렸다는 듯이 다정하게 웃으셨다.

지금도 플라자 호텔 뒤의 북창동 한 귀퉁이에 '가화다방'이 있으나 선생님이 즐겨 다니시던 그 다방의 위치와는 약간 다른 것 같고, 들어가도 선생님은 안 계실 테니 그저 '가화'라는 낯익은 이름의 간판 위에 선생님의 얼굴만 되새기며 지나치곤 한다.

동아일보에 있으면서 가끔 만우 선생님 모습을 보는 듯 착각할 때가 있다. 선생님의 자제이신 박승렬 선배는 지금은 정년퇴직했지만 동아일보에 국장으로 오래 계셨다. 동아일보 내의 연세 출신 동문들의 모임인 〈동연회東延會〉가 있어서 박승렬 선배가 그 회장을 맡고 계셨는데, 동연회 모임 때, 혹은 회사 내에서 가끔 박승렬 선배를 보게 되면 어쩌면 그렇게 만우 선생님을 닮았는지, 목소리조차 똑같아서, 선생님을 다시 만나 뵙는 듯한 착각을 느낄 때가 있다.

선생님의 생전에 마지막 뵌 것은 세브란스에 입원해 계실 때, 문병 가서였다. 처와 두 살짜리 딸을 안고 찾아뵈었는데, 병상에 계신 선생님은 오랜 투병 생활 속에 지치셨을 터인데도 언제나처럼 다감하고 따스한, 미소를 띤 얼굴로 우리를 맞아 주셨다.

선생님이 병상에 가까이 간 내게 웃으면서 작은 소리로 물으셨다.

"그 사람이야?"

그 말씀은 우리 부부가 연애를 오래 하는 바람에 소문이 나서 선생님도 알고 계셨다는 뜻으로 확인하는 것이다. 선생님은 병상에서도 이처럼 다감한 마음씀씀이와 유머를 잊지 않으셨다.

선생님은 나에게 많은 사랑을 베풀어 주셨고 많은 가르침과 길 안내를 해 주셨다. 내가 오늘날 언론인의 길을 걷게 된 것도 선생님의 도움이 아니었더라면 어렵거나 험난했을 것이다. 선생님은 '작가지망생'에서 '신문쟁이의 길'로 외도에 나선 나를, 크게 꾸짖지 않으시면서 속으로 도와주시고 이끌어 주시어 내가 '실패하지 않은 삶'을 살게 해 주셨다. 그 같은 선생님의 은혜에 일만 분의 일도 보답하지 못한 이 못난 제자를 선생님, 다시 한 번 용서해 주시옵소서.

박영준 선생님께 드리는 편지

– 만우 박영준 선생을 기리는 제자들 글 모음 하나 –

정 현 기

안부를 여쭙다

선생님! 선생님 뵌 지도 벌써 서른 한 해가 지나가고 있습니다. 선생님 그동안 그곳에서 사시기는 어떠하셨는지요? 사모님도 안녕하십니까? 해마다 이맘때가 되면 스승님 댁을 찾아뵙던 시절도 벌써 까마득한 세월 저쪽으로 갔습니다. 5월만 되면 온갖 새들이 지저귀는 싱그러운 달이긴 한데 이때다 하고는 어린이날, 어버이날, 스승의 날들을 만들어 놓아 젊은이들은 여기저기 찾아뵈어야 할 일들이 생겨 좋긴 한데 나이가 들고 보니 이 날이면 사실 퍽 곤혹스럽곤 하답니다. 별로 해준 게 없는 아이들이 저절로 커서는 어버이다 스승이다 하면서 마음 쓰는 일이 그렇게 유쾌한 일만은 아니고 그게 바로 나이를 먹이는 한 징

*1960년 연세대학교 국어국문과 입학. (전)연세대학교 국어국문과 교수, 문학평론가.

후이기도 해서 이 달은 돌아가신 스승들이 더욱 그리운 그런 달이기도 합니다. 선생님!

그곳도 해와 달, 별들이 떠서 반짝이고 밤이 되면 어두워 두렵기도 하고 슬프기도 한지 궁금합니다. 거기도 꽃들이 많이 피나요? 그곳에도 뫼와 들, 가람과 바다가 있어서 고기도 잡고 사냥들도 하고 사는지요? 그곳이 정말 박두진 선생께서 쓰셨던 「향현」의 꿈처럼 이리와 사슴이 한 풀밭에서 뒹굴며 물마시고 유유히, 서로의 몸뚱이를 뜯어먹거나, 먹히지 않으면서 함께 살고 있나요? 약육강식의 피나는 경쟁 없이도 그곳 경제는 잘 굴러가고 있는지도 저로서는 정말로 궁금하기 짝이 없습니다.

여기는 마침 바로 그 휘황한 5월이어서 온갖 꽃들과 나무 잎들이 생명을 노래하는 소리로 시끌벅적한데, 사람들까지 그거 구경 다닌다고들 난리를 치면서 여기저기 차량이 막힌다고들 길바닥에다 욕설깨나 찍찍 갈기곤 하는 모양입니다. 자동차 매연으로 온 산야가 더럽혀지는 것 말고 길바닥에 뿌려 대는 욕설도 만만치 않은 공해랍니다. 선생님 큰 아들 승렬이 형님이 70년대 초에 자동차를 사서 타고 다닐 때 선생님께서 얼마나 그걸 못마땅해서 야단을 치셨는지 저도 다 압니다. "으이구 쯧쯧! 못된 송아지 엉덩이에 뿔 난 것들!" 하셨지만 그 승렬이 형님 지금은 선생님을 꼭 닮아서 선생님 뵙고 싶으면 그 형님을 본답니다. 마음 씀은 또 얼마나 선생님을 닮았는데요! 그걸 지금 오셔서 보셨어야 하는 건데! 그곳에도 여기처럼 비행기나 자동차 따위 기계들이 있나요? 그리고 하늘도 여기처럼 넓고 파랗게 보이는지요. 때때로 구름에 가려 어둡고 칙칙할 때도 있는지 궁금합니다. 그리고 가끔씩 가물거나 비바람이 몹시 몰아쳐 때론 태풍으로 바뀌어 사람들을 다치게 하기도 하나요?

그리고 선생님께서 어떤 거처에 계시는지도 궁금합니다. 옛날 사시던 그 북아현동 댁처럼 아담하고 따뜻한 단독 주택이신지 아니면 거기도 아파트라는 게 있나요? 여긴 서울 도시 전체는 물론이고 전국 중소도시 전체가 이상한 아파트 숲으로 잔뜩 덮여 있어서 그것들이 모두 둥지와 같은 그런 집이라기보다는 오히려 재산목록으로 되어서 강남의 어떤 사람들은 그런 5억 이상짜리 아파트를 여러 채 지니고 있어서 가만히 앉아서도, 돈을 엄청나게 벌어 물 쓰듯이, 쓰는 사람들로 모여 사는 곳이 되어 있는 모양입니다. 게다가 언제였는지, 엄청난 규모의 아파트 일종인 '타워팰리스' 라는 아파트가 있어서 몇 십억 짜리라는데 거기는 돈 많은 특수층 사람들만 모여 산다고 하네요. 저도 거긴 가 보지 못했고 또 가 보고 싶지가 않아요. 선생님께서도 아마 거기는 가기 싫어하실 것은 아닐까? 하긴 선생님 제자들 중에도 거기 사는 사람이 더러 있을 터이니 무턱대고 그런 곳을 싫어하실 이유는 없지요. 그동안 선생님 떠나신 지 벌써 30년이면, 저희들이 나이 먹듯 계산한다면, 선생님 연세도 많이 드셨는데, 설마 그곳에서도 세월이 이곳처럼 속절없이 지나가는 시간 계산법에 맞는 나이는 아니시겠지요? 저희들과 작별하셨을 때 그 나이 그 모습 그대로이거나 아니면 더 젊으셨을 시절, 저희들이 대학생이었을 당시의 모습, 그대로이시면 안 될까요? 그래야 저희들도 젊고 선생님도 젊으셔서 인천 바닷가나 잠실 체육관 축구경기장, 북한산 여기저기로 선생님 모시고 다닐 수가 있을 터이니까요. 선생님 지금도 그곳에서 축구 구경은 가끔씩 하시나요? 선생님 제자들도 몇 명 그곳에 가 있지요. 우선 선생님을 좋아하고 따르던 박정도 교수도 그곳에 있고요, 고전문학 하던 유재일 교수도 그냥 여기 살기 싫다고 훌쩍 떠나 버렸답니다. 그 제자들이 그곳에서도 선생님 모시고 바닷가나 등산로를 다니시지는 않는지요? 모든 게 궁금하고 선생님이 그립기만 합니다.

선생님! 그곳에서도 사람들이 사는 걱정이나 근심, 이곳저곳에 갚아야 할 빚이나, 언제까지 내야 하는 숙제 글 같은 그런 압박에 시달리지는 않나요? 그리고 무엇보다도 그곳에도 요즘 이곳 미국처럼 큰 나라가 있어서 엄청난 대포로 세계 여기저기 남의 나라 사람들을 위협하고 자기들 말을 잘 안 들으면 각국 은행 문을 닫아걸어 생활 숨통을 조여 놓는다든지 대포 따위로 겁을 잔뜩 먹여 꼼짝달싹도 못 하게시리 눈을 부라리는 나라가 있나요? 미국은 세계의 종주국이고 경찰국이니 그들 명령을 잘 따라야만 잘 살 수 있다고 떠드는 미국 유학패들이 너도나도 나서서 귀가 따갑게 떠드는 통이 가관이랍니다. 우리 국어로 글을 쓰기보다는 영어로 글을 쓰는 것이 유리하다고들 쑤군쑤군 음으로 양으로 강요하는 그런 못된 세력들이 그곳에도 있나요? 거 왜! 선생님 사시던 왜정 때 왜말만 쓰라고 강요하고, 조선사람 이름도 갈아치우던 그런 행패 같은 것 말입니다. 선생님께서도 잘 아시는 이인직이나 이광수, 최남선 같은 사람들이 젊은이들을 향해 왜말 쓰기 강요는 말할 것도 없고, 왜놈들을 위해 전쟁터에 나가라는 강연을 하고 다니던 그런 부류의 사람들이 그곳에도 살고 있는지 궁금합니다. 지금 이곳에서는 왜말보다는 영어 쓰기 열풍이 불어 각 대학교에서는 영어로 강의하기와 영어로 논문 쓰기, 또 어린아이들 미국에 일찍 유학 보내기 등 이루

말할 수 없는 난장판이 되어 있어도 누구 하나 제대로 나서 이걸 막자는 운동을 하다가 함흥 감옥에 간 사람도 없답니다. 참 최현배 선생님, 김윤경 선생님도 그곳에 계실 터인데 그 어른들께도 제 편지 보시면 여기 소식 전해 주셔서 이곳을 염려해 주시면 고맙겠습니다. 김윤경 선생님 일기 글들을 좀 읽다가 보니 이 두 국어학자들의 삶이란 정말 뜨겁고 아름다운 열정에 불타 나라 말 살리기로 평생을 바치셨더라고요! 그 열정의 반의 반절만이라도 이곳 후배 제자들에게 남겨 주시고 가셨더라면 좋았을 것이라는 생각이 요즘 자주 듭니다.

아하 참! 선생님! 그곳 하늘나라에서 사람들은 주로 어떤 말들을 쓰고 지냅니까? 로마 제국이 휩쓸던 때에 살았던 사람들이야 마땅히 라틴어가 제일이라고 떠들 것이고 더 이전에 그리스 사람들은 자기들 말과 글을 최고라고 우길 터인데 그곳에서는 정말 어떤 말과 글로 서로 통성명도 하고 의견도 주고받는지 궁급합니다. 학술 논문이나 저술도 각기 자기나라 말로 써서 서로 뽐내거나 자랑하나요? 이곳 한국의 학계에서는 요즘 영어로 된 문서제일주의가 판을 쳐서 한 6년 전부터 저희들은 〈우리말로 학문하기〉라는 학회를 만들어 각 분야 학문의 우리말로 글쓰기 문제를 진지하게 논의하고 있는 실정이랍니다. 그런데 그 학회장을 제가 작년부터 맡아 모임과 학회지 발간 등을 기획하는 중인데 워낙 돈이 없는 학회라서 무척 힘이 든답니다. 행여 그곳 하늘나라에서도 제 하는 일이 갸륵하다고 생각되시면 도움의 눈길을 좀 보내 주시면 고맙겠습니다. 늘 마음으로 선생님만 의지하는 제가 퍽 부끄럽고 슬프지만 어른이 안 계신 나라에 저 홀로 뭔가를 하는 것이 무척 어렵고 힘이 든다는 사실만 잘 알아주셨으면 합니다.

내 개인 안부 말씀을 전하다

선생님! 이곳보다 선생님께서 사시는 그 나라가 여기보다는 정말 평화로운 곳이기만을 빌고 또 빌면서 저는 나날들을 견디고 있습니다. 선생님께 여쭙고 싶은 궁금증 때문에 그동안 제가 살아온 어둡고 설운 제 삶의 이야기를 시작도 못 하였습니다.

그동안 저는 우선 선생님께서 그곳으로 옮겨가신 그 햇수 그만큼 30년 세월의 나이를 먹었습니다. 그래서 그에 따라 바뀐 것들도 아주 많습니다. 선생님께서 제 바뀐 꼴을 보시면 아마도 틀림없이 정색하셔서 꾸짖을 일도 있고 가만히 지켜보시며, 꼬라지가 하도 딱하니, 곰곰 생각해 보실 일도 있을 것입니다. 우선 선생님! 저는 2007년 2월 28일 자로 연세대학교 교수직을 무사히(?) 잘 마치고 정년퇴임을 하였습니다. 그동안 선생님께서 제 삶을 지켜보셨을 터이니 잘 아실 것이고 또 제 어리석은 성품 또한 잘 아실 것이니 어떤 식으로 못나게 살았는지, 또 제대로 된 글조차 쓰지 못한 채 학교를 마쳤는지도, 잘 아실 것입니다. 그러니 그동안 있었던 일들을 스스로 미주알고주알 다 일러바치지는 못하겠습니다. 지금은 서울에 살던 집도 다 처분하고 제자가 살다가 주고 간 경기도 광주 초월읍 서하리라는 시골 동네에 와서 살고 있습니다. 뒤에는 산이 야트막하게 뻗어 있고 아름드리 참나무들이 울창하게 솟아 있어서 지금 5월 6일 아침에 일어나 밖을 나와 보니 뒷산에서 내는 숲 입김이 얼마나 상큼한지 지금이 곧 생명의 계절이라는 느낌을 받았습니다. 집 안마당가에는 작년에 심었던 매실이 해 갈이를 하는지 꽃만 좀 피더니 열매는 별로 많이 달리지 않았습니다. 그래도 그 아래에 다 심은 곰취 하며, 노란 꽃을 피우는 붓꽃에다 남색 꽃을 예쁘게 피우는 참 붓꽃, 마을 아주머니가 앞에 솟은 높은 무갑산 어느 깊은 골에 났더라면서 한 그루 실례해서 몰래 두고 간 앵초 꽃들이 피어 수줍게 환한 마당을 밝혀 주고 있습니다. 이 이야기를 제가 시로 써서 적어 놓았는데, '너는 평론도 제대로 못 쓰는 주제에 시는 무슨 시냐?' 고 호통 치실 것 같고 또, 선생님께서 또 싫어하실까 보아, 겁이 나지만 그대로 여기 올려 그 정경을 보여드리겠습니다.

시골 빈 집 마당에 앵초 꽃 한 그루(344)

빈 집 마당가 매화나무 밑 꽃 부끄러운 몸태
이웃집 아주머니 주인 몰래 살짝 두고 간 앵초 꽃 한 그루
먼 무갑산 깊은 골 무더기로 핀 앵초 꽃 보았노라!
한 그루 실례하여 빈 집에 두고 간 아주머니도 앵초 꽃 닮은
연보라 빛 웃음 달고
시골 집 빈 마당에 꽃들이 모여 합창한다.

새들도 가끔씩 들러 어두운 안방 기웃하고
나비들 조선 배추 잎 알 까는 몸놀림 너울거려
동네 할머니들 마당에 들러 핀 꽃들
눈 맞추는 풍경 봄 뒤편
시골은 자주 빈집에 꽃들이 핀다.

2007년 4월 29일 일요일 서하리 글방. 어제는 앞집 호성이네 아버지가 텃밭을 갈아 엎어주는 길에 이주삼 교수가 구해 실어다 준 참나무에 심을

표고버섯 종균이 모자라 이야기를 했더니 바로 1200개 든 종균을 가져다 준다. 아내와 순식간에, 이미 파놓은 구멍에, 이 종균을 넣고는 호성 청년 어머니가 하는 호프집으로 달려가 와장창 마셨다. 술 마신 다음날은 언제나 좀 외롭고 우울하다. 옆집 아주머니가 앵초 꽃 두 그루를 가져다 놓았다. 아내가 놀라 이걸 정성껏 심었다. 동네 할머니들이 우리 집엘 들렀던 모양인데 집이 비어서 그냥 마당께만 답사를 하고 가셨단다. 시골은 이래서 사는 즐거움이 있다. 가끔씩 음식이나 야채들도 마당가에 놓이곤 한다. 아직도 살아 있는 따뜻한 농촌 풍경이다. 그걸 적어 둔다.(344)

늘 그리운 박영준 선생님! 선생님 실은 제가 시집을 작년에 한 권, 올해 또 한 권 내었답니다. 첫 번째 것이 『시에 든 보석』이고, 두 번째 것이 『흰 방울새와 최익현』입니다. 그동안 평론이랍시고 여기저기 닥치는 대로 글들을 썼고 또 그 평론집도 내었지만 남들이 다 받아 챙기곤 하는 상도 제대로(아하 김환태 평론문학상을 한 번 받기는 하였습니다!) 탄 적이 없고 신문에 떠들썩하게 드러난 적도 없이 원주 캠퍼스 교수직으로 그럭저럭 호구를 유지하면서 살아왔습니다. 정년을 마치고 나서 집 한 채 없이 제자 집을 빌려 시골에 살고 있는 저를 글쎄 승렬이 형께서 어찌나 마음 아파하는지 제가 한동안 몸 둘 바를 몰랐었습니다. 하지만 그래도 선생님!

제가 어리석어 대학교에서 쫓겨났던 1981년 어느 날이었나요? 선생님께서 꿈속에 나타나시어 저를 위로하시고 나서 그 다음 날인가 승렬이 형께서 나를 찾아 불러내서 큰 위로와 도움을 주게 하셨던, 그야말로 참담했던, 그때처럼 간구하지는 않습니다. 지금은 그래도 정년을 하고 나서 전에 처음으로 대학교 교수직을 얻었다가 쫓겨났던 바로 그 세종대학교에 복직 차원으로 초빙교수라는 자리를 얻어 학생들도 만나 강의하고 월급도 좀 받는 그런 형편이니, 후배 최유찬 교수 말마따나 홍복을 누리는 편이지요. 그동안 서울에 46년 동안 살면서 집도 장안동에서 성북구 정릉으로, 그곳에서 다시 종로구 평창동 단독 주택에서 살았으니, 그러면서도 하고 싶은 말을 평생 참지 않고 하였으니, 지식인 핍박이라는 점에서 저는 그래도 행복한 사람이었습니다. 선생님 살아 계실 때부터 이미 저는 김지하니 손정박이니 하는 사람들과 사귀면서 제대로 행동은 못 하더라도, 언제나 그들 발언 편에 서서 세상을 읽었고, 또 그런 더러운 세상과는 담을 쌓겠다고 하였으니, 선생님 살아 계시던 1970년대 당시 선생님께서 얼마나 저를 안타깝게 여기셨던지를 저는 지금도 잘 알고 있습니다. 툭하면 잡혀 들어가 몽둥이찜질을 받고 나오든지 아니면 죽어 나자빠지는 그런 더러운 폭력 시대를 저희는 살지 않았습니까? 선생님께서 어려서부터 겪어 오셨던 그런 끔찍한 왜정 세월과 별로 다르지 않은 일들을 몇몇 군인 똥별들이 나타나 날치던 때 저희는 정말 힘들게 살아왔지요. 말할 자유를 박정희 도당들 주머니 속에 저당 잡히고 나서 얼마나 어둡게 살아야 했습니까? 그런 시절에 감옥에 잡혀가 두들겨 맞는 대신 대학교로부터 쫓겨나는 수모를 7년 6개월 정도 견디고 나니 남은 것은 분노와 회한뿐 지금도 아무 가진 것 없이 허망한 삶에 그저 넋을 잃고 있을 따름입니다.

못난 주제로 제 자랑에 흠뻑 빠지다

그래도 저는 학교에 구차스럽게 들어와 지내는 동안 몇 가지 일을 열심히 하였습니다. 스물아홉에 왜놈 감옥에서 비명에 돌아간 윤동주는 죽어서 태어난 시인이었습니다. 그리고 그는 연세대학교 시절에 가장 행복한 삶을 보냈고 이 대학교에서 쓴 시들이 대부분 대표작입니다. 그런데도 연세대학교에서는 누군가 그걸 기념하는 일을 서둘지 않아 제가 나섰습니다. 그걸 시작한 지 올해로 만 7년이 되었습니다. 그래서 벌인 일이 성과가 있어서 연세대학교에서 윤동주 기념사업 벌이는 일들은 이어져 왔고, 이제는 제법 저절로 굴러가는 형편으로 되었으니 제가 할 만한 일 하나는 하였다고 믿고 있습니다. 그리고 마침 원주에는 박경리 선생이 계셔서 이 어른이 쓰신 『토지』를 읽고 해석하는 일은 물론이고, 박경리 선생께서 꿈꾸시던 토지문화관 설립에도 이러저러한 일들을 위해 심부름도 하였고 연세대학교와 이 문화관을 연결시키려고 애도 썼습니다. 가끔씩 박경리 선생께서 정현기 저 사람 기특한 데가 있다는 말씀을 하시곤 하였답니다. 자기 스승 박영준 선생님을 끝내 잊지 않고 도처에서 그 관계를 밝히는 제 모습이 대견해 보인다는 말씀이셨지요. 아까도 말씀드렸지만 제가 시를 쓰기 시작한 것은 오래되지 않습니다. 2005년 3월부터인가 일지 형식으로 그날그날 있었던 일을 운문으로 적되 간단하게 그날 일을 적는 글을 쓰기 시작하였는데 쓴 글들의 옆에 숫자를 붙여 몇 편째인지를 밝히고, 일지를 적어 제 생애의 나날들을 기록으로 남기는 일들을 하였습니다. 그러니까 시 옆의 숫자는 몇 편째라는 표시입니다. 선생님! 박영준 선생님!

선생님을 여읜 지도 벌써 30년을 훌쩍 넘기고 있습니다. 수시로 선생님 생각이 나거나 꿈속에서도 가끔 뵙곤 하였는데 실은 그런 내용도 시로 적어 둔 것이 있답니다. 이 시도 틀림없이 선생님 마음에는 들지 않을 그런 이야기이지만 여기 적어 제 삶의 스산한 나날들을 적어 올리고자 합니다. 이 글도 시라고 쓴 것입니다. 선생님과 박경리 선생님을 동시에 꿈속에 만나 뵙고는 하도 희한한 일이라 여겨 적어 둔 산문시입니다.

박영준, 박경리 두 분 선생을 꿈속에 만나다(234)

"꿈은 살아 있는 이의 흔적이라고? 어제 밤 꿈속, 나는 만우 박영준 선생과 어느 곳을 찾아가고 있었다. 그곳이 어디라고? 멀고 긴 길가 언덕을 지나 배추밭 고랑을 타고 넘다가, 천천히 기웃대며 넘다가, 만우 선생 단장으로 밭들 가리키며 가로되, 저 밭들 곡물이 말라가는구나!, 예예 그렇군요, 어쩌지요 선생님! 저 밭 말이다! 들녘에 시드는 곡물하며, 요즘 미국과 맺는다는 불평등 자유무역 어쩌고, 하며 입을 여는 사이, 박경리 선생 댁엘 들어섰는데 식사를 하던 이 어른 코피를 흘리시어 놀라 가까이, 가까이 놀라, 마음 졸이며, 다가가다 보니 집안은 온통 잔치분위기로 들썩들썩 떠들썩! 바짝, 박 선생 옆에 다가가 다시 뵈니 코피는 간데없고 웃음 띤 얼굴로 내 걱정이 태산! 저 옆집에서 빌린 돈 왜 안 갚았느냐? 이제 2천 원만 남았는데요? 그래? 눈 떠 보니 꿈이었다. 박경리 선생 나이가 드시니 자주 내 꿈속에 나타난다. 좀 옛날 늙은 할머니 때와, 아버지 살아 계실 적, 내 꿈자리는 늘 이 어른들 앞, 무릎 꿇어 흐느끼던 눈물 바다였었다. 내 불효, 불충 불민, 어이 다 갚나? 할머니 아버지! 흐느끼던 그 몸 이제 박경리 선생 내 꿈속에 살아 옛 스승 박영준 선생까지 함께 모으는구나! 정 깊은 내 삶의 싹들 이제 시드는가? 거 참 신기한 일이로구나!

밤은 아픈 어깨로 낑낑대느라 몸 불편한데 그 꿈속에까지 찾아든 빚 이야기와 고통으로 내 마음까지 고문하는가? 왜 이리 삶은 하늘과 땅, 심지어 그 땅속 밑 꿈에까지 젖어 와 나를 괴롭히는가? 내 삶은 이렇게 아아 이러쿵저러쿵 얄깃거려 밤낮없이 그 속 절, 속절없이, 밤과 낮, 밤낮없이 깔따구들 내 여린 아내 피 빨듯, 시간의 모래밭 쓸쓸한 저 경안천 물 흐르듯 흘러가는 거구나!"

2006년 9월 22일 오후. 그저께 밤엔 박영준 선생과 박경리 선생 꿈을 동시에 꾸었다. 내가 나이가 들어가는가? 아니면 가까이 모셨던 분들에 대한 정이 그렇게 표출되는가? 내 몸이 피곤하니까 그런가? 낮도 밤도 어깨가 뻐근하니까 만사가 좀 귀찮다. 《녹색평론》 2006년 9~10월호, 90권째는 김종철을 사회로 한 한·미 자유무역 협정의 부당하고도 불평등한 미국의 압력 이야기가 대담으로 길게 나와 있는데, 이게 기분을 영 우울하게 만든다. 노무현 대통령을 옹호하다가 우리 집에 모인 술자리까지 망친 적이 있었는데(조명행 대사 형과 임근배 사장, 한학성 교수들과 한 자리였다), 지금 보니 노 대통령이 무언가 아주 잘못하고 있다는 느낌이 든다. 미국에 저항하려면 확실하고도 뚜렷하게 하다가 맞아 죽든지 그러기를 나는 바랐는데 그게 아닌 형국이다. 맞아죽기가 싫어 영웅이 될 판을 깎아먹는 졸장부라는 느낌, 그것도 사람을 꽤나 괴롭히는구나! 제국주의 악령 미국! 하루가 퍽 스산하다.(234)

선생님! 실은 이 시 전에 220번으로 박영준 선생님 전집출판기념회를 마치고 쓴 긴 시가 있습니다. 많은 사람들의 이름이 나오고 제가 마신 술

이야기가 나와서 차마 여기 올려놓지는 못하겠습니다. 시 제목만은 적겠습니다. 「만우 박영준 스승 마음속 30년(220)」.

정현기 너는 언제나 그 타령으로 힘세고 거센 세력을 미워해서 손해 볼 짓만 골라 하거나 쓰느냐는 말씀을 분명 지금도 하실 것 같아 두렵습니다. 하지만 이미 제 마음의 몫도 제 마음대로 되지를 않아 그전 선생님 슬하에 있을 때나 지금 나이가 들어 정년을 넘기고 어떻게 죽는 것이 잘 죽는 일일지를 궁리해야 할 그런 나이에도 미국을 악이라고 한다든지 싫다고 하는지 알다가도 모를 일입니다. 기왕 나온 김에 한 말씀 보탠다면 미국은 이제 아무도 견제할 세력이 없을 만큼 수많은 행악을 저지르고 있고 그만큼 사악해져 있다고 저는 믿습니다. 도스토예스키가 『죄와 벌』을 쓸 때, 작가가 읽은 유럽은 나폴레옹 숭배 열기로 온통 젊은이들을 사로잡았던 시절이었지요? 힘으로 남을 억누르는 강자 숭배! 그때 그는 유럽이 망가질 대로 망가진, 도덕적 타락의 길을 걷고 있다고 읽어 라스콜리니코프를 시켜 보나파르티즘을 비판하지 않았습니까? 쓸모 있는 자와 쓸모없는 자를 구별하여 젊은이들에게 영웅 숭배의 부도덕한 마음을 심어주던 시대에 그는 그런 소설로 경종을 울렸던 것이지요. 지금은 금전만능이라는 바이러스를 전 세계에 뿌려 대면서 수만 년 전부터 땅 속에 묻혀 있던 화석연료를 몽땅 파헤쳐 만든 이런 자본주의 문명을 우리 삶의 가장 큰 잣대로 만들어 지구를 황폐하게 하고 있는 나라가 미국이랍니다. 박영준 선생님!

죄송합니다. 어쩌다가 이야기가 여기까지 나아갔는지 그저 제 입버릇과 참지 못하는 성질머리 하나 때문에 다시 옛 스승님을 하늘나라에서 조차 편안치 못하게 해 드려 송구스러울 따름입니다. 하도 오랜만에 드리는 편지라서 그만 공연한 말씀도 많았고 꼭 전해 드렸어야 할 그런 말씀은 오히려 빼먹었을지도 몰라 그저 송구스러울 따름입니다. 일단 오늘은 이만 줄이기로 하겠는데요, 마지막 몇 가지 소식만은 여기 적어 보내 드리기로 하겠습니다.

동문 소식 전하면서 편지글을 마치다

우선 2006년, 작년 선생님 작품 전집을 출간하여 대부분의 작품들을 한 군데 묶는 일을 마쳤다는 사실은 잘 알고 계시지요? 그래서 지난 바로 그 해 7월 14일 날 모든 동문 후배 제자들이 모여 걸판지게 연대 동문회관을 빌려 잔치를 벌였다는 사실도 다 잘 알고 계시지요? 바로 그런 일들인 선생님 기리는 핑계로 제가 이런 편지까지 쓰게 되는 것이랍니다. 그날 작년 7월 14일은 3차까지 자리를 함께 한 동문들이, 인사동 어느 술집에 모여, 선생님 이야기들을 하다가 선생님을 기리는 글들을 써서 책을 묶어 내자고 누군가 제안을 하였답니다. 그게 실은 연대 문과대 학장직을 마침 마치고 조금 느긋한 기분으로 지내던 전인초 교수였답니다. 전인초 교수, 박기동 · 문영순 부부, 임용기 문과대학장, 이덕화 교수, 작가 박영애, 시인 박경혜, 그렇게 모였던 자리였는데 선생님을 기리는 문집 만들자는 이야기가 나와 그 일을 이덕화 선생에게 맡겼더니 그 독촉이 이만저만한 게 아니라서 급히 선생님께 저는 이런 편지글로 그 문집 글 빚을 막는 중이랍니다.

기왕 말이 나온 김에 박기동, 선생님께서 그렇게 예뻐하시던, 그 제자는 요즘 바다 속에 들어가는 재미를 못 놓고, 나이가 꽤나 들었는데도, 스쿠버 다이빙인지 뭔지를 하느라 세월 반쪽은 아마도 바닷가에 가서 저렇게 나대고 있는 모양이랍니다. 그런데 선생님께서 젖먹이 적에 우유 등속을 사 들고 가셔서는 그 아이 옆에 누우셔 잠드셨다고 그렇게나 박기동이 누누이 자랑하던 그의 고명딸 수연이 그 아이가 글쎄 올해 초봄에 시집을 갔답니다. 듬직하고 늠름한 사위를 맞은 박기동하고 문영순 부부가 싱글벙글하는 모습도 보기에 그렇게 나쁘지만은 않았습니다. 그때도 꽤 많은, 선생님의 제자들이, 모였었답니다. 이 사람은 자기 아내 문영순이 훌륭한 화가가 되고 나서 자기 글 쓰는 것보다도 아내 뒤나 따라다니는 그런 문학교수직으로 유유하게 지내면서, 한때 제가 해직되어 빌빌대던 그때엔 그래도 불쌍한 선배라고 꽤나 살뜰하게 돌봐주더니, 지금은 코빼기도 볼 수 없이 바다에만 나가 있답니다. 작가 최인호도 요즘은 얼굴을 볼 수가 없고 불교, 기독교, 유교 경전들을 정독해서 그와 관련한 소설작품들을 써내느라 눈코 뜰 새가 없는 모양입니다.

그리고 전인초 교수는 선생님께서 맡아 일 보셨던 연세대학교 문과대학 학장 일을 꽤 오래 전에 맡아 아주 큰일들을 하였답니다. 국학연구원장직도 맡아 하였었는데 이제는 학장 자리를 임용기 교수에게 넘기고는 유유자적 자기 학문 정리에 몰두하고 있답니다. 이 후배는 전부터 제게는 늘 깍듯하여 가끔씩 저를 불러 술도 사고 격려도 하곤 합니다. 주로 임용기, 최유찬 교수들과 자리를 같이 하지만 가끔씩은 설성경 선생도 자리를 함께 하곤 합니다. 그런데 선생님께서 그렇게 자랑스러워하시던 전인초 교수도 조만간 정년을 앞두고 있는 모양입니다. 당당하고 도도하였던 이 후배 교수의 씩씩한 모습이 여전히 이어지기를 저는 빌 뿐이랍니다.

선생님! 그곳에서는 건강 걱정 같은 일은 아예 하지 않아도 되기를 바라지만 행여 건강 문제가 그곳에서도 있는 거라면 선생님! 건강하시기를 먼저 빕니다. 그리고 무엇보다도 하루하루가 즐겁고 행복하시기를 빕니다. 조만간 이런 편지를 다시 쓰게 될지도 모르겠습니다. 하지만 오늘은, 두서도 없고, 별로 알려드릴 만한 내용도 없이, 그냥 선생님 그리운 마음만을 실어 수다스런 말씀을 마치겠습니다. 선생님! 그곳에서도 내내 행복하십시오. 늘 고맙고 그리운 스승님으로 제 마음 속에 살아 계신 선생님! 안녕히 계십시오!

2007년 5월 8일, 마침 어버이날에 맞추어
어리석은 제자 정현기가 이 편지를 드립니다.

만우晩牛 선생님 접견기

조 정 래

1973년의 봄은 어수선했다. 이른바 유신정권에 대한 지식인과 대학생들의 저항은 강렬했고, 대학 캠퍼스는 분노의 열기와 투쟁의 쾌감이 묘하게 뒤섞여서 출렁거렸다. 그러한 분위기 속에서 나는 대학생활을 시작했다.

정권이야 어찌 되었건, 이제 대학생활을 시작하는 새내기들은 새로운 세계에 대한 호기심과 기대감, 불안감에 사로잡혀 정신없이 여기저기를 기웃거리고 있었다. 문학에 몸담겠노라 큰소리치며 국문학과를 선택했던 나는, 문학회 동아리에 채 익지 않은 머리통을 들이밀고 호기를 부리려 했다. 세상을 놀라게 할 소설을 쓰겠다는 터무니없는 욕망에 사로잡혀 있었던 터였다. 그 해에 최인호 작가가 『별들의 고향』을 《조선일보》에 연재하고 있었고, 이 선배의 인기는 어설픈 문학청년으로

*1973년 연세대학교 국어국문과 입학. 서경대학교 국어국문학과 교수, 작가.

하여금 나도 쓸 수 있다는 자만심을 마구 퍼 올리게 했다. 하지만 새로운 생활의 와중에서 젊음을 만끽하기에 여념이 없었으니, 욕심이 크다고 소설을 쓸 수 있는 것은 아니었다.

4월 어느 날, 문과대학 주최였던 것으로 기억하는데, 학교 백일장이 열렸다. 연세대학교 캠퍼스 안에 있는 뒤 숲 속에서 열린 이 백일장에 왜 내가 참여했는지 잘 모르겠다. 선배들이 내 등을 떠밀어 갔던 것 같기도 하고, 어쩌면 이 기회에 내 글 실력을 테스트 받아 보겠다는 심사가 나를 떠밀었던 것 같기도 하다. 그렇게 아물아물한 속에서도 지금껏 분명하게 기억하는 것은 산문 부문 제목이 「계단」이었다는 사실이다. 이상하게도 제목만 기억나고 그 제목으로 내가 무슨 내용을 썼는지는 기억하지 못한다.

어쨌거나 그 백일장에서 나는 산문 부문의 우수상을 받았다. 최우수상은 시 부문에서 나왔던 듯하고 그러니까 산문 부문에서는 내가 제일 잘 썼다고 평가받은 셈이다. 사실 백일장이라고 하는 제도 자체가 객관적으로 창작 실력을 평가할 수 있는 게 아니다. 더구나 대학의 백일장에 자발적으로 참여할 학생이 몇 명이나 되겠는가? 그러니 그 수상 사실이 그다지 대단한 게 못된다. 그렇지만 당시 철부지였던 이 문학청년은 마치 그게 자신의 창작력을 온전히 인정한 것처럼 흥분했었던 듯하다.

그런데 더 놀라운 것은 문학회장을 맡고 있는 선배가 나를 부르더니 교수님이 한 번 보자 하시니 찾아가 뵈라는 게 아닌가?

"어느 교수님이 그러셨는데요?"

"인마, 박영준 교수님이지 누구겠니."

"왜 오라 하시는데요?"

"너 백일장에서 쓴 글 보고 격려하시려는가 봐."

교수님이 찾으신다는 선배의 말을 듣고 나는 혼자서 기고만장했다.

'아, 그렇구나. 드디어 내 글 실력에 우리 대학교의 교수님도 탄복하셨구나.'

박영준 선생님이라면 나도 들어본 바 있었다. 다른 과목은 별로 공부하지 않았어도 국어만은 열심히 했던 까닭에 적어도 '1930년대 농민문학—「모범 경작생」—박영준' 이 세트만은 암기하고 있었던 것이다. 박영준의 작가세계는 어떠하고 「모범 경작생」이 어떤 정신을 지닌 작품인지 따위는 물론 몰랐고, 다만 박영준이란 이름만이 선명했다.

'아, 그 유명 작가가 나를 알아보다니…….'

이런 착각 속에서 갓 대학에 입학한 새내기가 저명한 작가이자 국문학과 교수님이자 문학회 동아리 지도교수이신, 모든 문학회 선배들이 존경해 마지않는 그분을 깜짝 놀라게 해야겠다는 오기로 열병을 앓기 시작했다.

'그렇다. 처음 교수님을 뵈러 가는데 빈손으로 갈 수는 없다. 적어도 짤막한 놈이라도 소설 한 편을 써서 가져가야 한다.'

이렇게 생각한 나는 일주일 정도 열심히 써서 소설 한 편을 완성했었다.

당시 문학회에 같이 입회한 새내기 동기생 중 한 친구가 자신의 누나와 매형 이야기를 써 보라며 소재를 하나 안겨주었다. 여러 가지 합병증에 시달리느라 몇 년째 병수발을 받고 있는 누나와 그런 아내 때문에 바람이 난 매형에 관한 이야기였다. 어렴풋이 기억하건대 까뮈류의

'존재의 부조리함' 같은 것을 담아내려 했던 듯하다. 아마 무척이나 짜증스러운 관념적 글이었을 것이다.

완성된 원고를 들고 만우 선생님을 찾아갔다. 당시 선생님은 문과대 학장을 맡고 계셔서 학장실로 찾아가야 했다. 아무 것도 모르는 신입생이 학장실로 들어가는 데에는 약간의 용기가 필요했다. 저명한 원로작가를 만난다는 생각만으로도 가슴이 떨리거늘 게다가 학과 교수님이자 학장님이라니…….

조심스럽게 문을 열고 들어갔을 때, 우두커니 앉아 계시던 선생님은 누가 들어왔는지 돌아보지도 않으셨다. 조그만 체구에 뭔가 장난기 어린 개구쟁이를 연상하게 하는 그런 표정으로 창 쪽을 응시하고 계셨다. 잔뜩 얼어 있던 나는 아무 말도 없이 잠시 동안 문 앞에 엉거주춤 서 있어야 했다. 국어참고서에 등장하는, 작품과 이름을 달달 외웠으므로 내 두뇌 속 한 칸을 차지하고 있는, 문단의 원로인, 그런 분들이 보여야 할 위엄과 권위, 경외로움을 그 외모에서 찾아볼 수는 없었다. 그래서 선생님을 엿보며 서 있던 그 잠시 동안 나는 좀 실망했던 듯하다.

잠시 후 인기척을 느끼고 돌아보신 선생님은 단 한 음절만 말씀하셨다.

"왜?"

난 무슨 말을 어떻게 드려야 할지 잊어버리고 말았다. 미리 준비해 간 말들이 쏙 목구멍 안으로 들어가 버리고 나오지 않았다.

'1학년 조정랜데요, 이번에 백일장에서 수상을 했습니다. 제 작품을 뽑아 주셔서 감사합니다. ○○○ 선배가 찾아가 뵈라고 하던데요, 그래서 작품을 하나 써 왔는데, 읽어 주실 수 있으신지요?' 이런 말들을 준비했었는데, 한 마디도 못 하고 서 있기만 했던 것이다. 내 얼굴은 발갛게 달아올랐을 것이다.

나를 쑥 훑어보시던 선생님은 내 손에 든 원고에 눈길을 주시더니 이내 웃으시면서, "거기 놓고 가, 일주일 후에 오너라." 하시고는 다시 창 쪽으로 얼굴을 돌리셨다. 선생님이 눈길을 주신 곳에는 꽤 많은 원고들이 차례를 기다리는 듯 쌓여 있었다. 나는 얌전히 그 원고 탑 위에 내 원고를 살짝 올려두곤 나왔다. 아무 말도 못 하고. 그것이 나의 첫 만우 선생님 접견이었다.

당연히 나의 두 번째 만우 선생님 접견은 일주일 후였다. 그 일주일은 설레면서 떨리기도 한 시간이었다. 나의 소설 작품을 처음으로 대가로부터 평가받는 것이므로, 그 통과의례와도 같은 일이 얼마나 소중하게 느껴졌는지 모른다.

정확하게 일주일이 되는 날, 같은 시간에 나는 또 학장실을 찾았다. 이번에는 일어선 채 무엇인가 분주하게 찾고 계셨다. 날 보고 또 같은 말씀을 하셨다.

"왜?"

"저, 지난주에 드린 원고 찾으러 왔는데요……."

"거기서 자네 원고 찾아봐."

선생님이 눈짓으로 가리키신 데에는 역시 10여 편 정도의 원고들이 쌓여 있었다. 거기에서 내 원고를 찾아 드리자, 1인용 소파에 앉으시며 원고를 힐끗 보신 선생님은 문 앞에 멀찍이 서 있는 내게 그 원고를 휙 던지셨다. 원고는 내 발 밑으로 툭 쓰러졌다. 놀래서 선생님을 쳐다보는 나에게 단 한 마디 말씀뿐이시다.

“쓴다고 다 소설이 아니야. 자넨 말이야, 주제 의식이 없어.”

원고를 집어 들고 놀라서 바라보자,

“그만 가봐.”

하시곤 이내 몸을 일으켜서 또 무엇인가를 분주하게 찾으신다. 아무 말 없이 나올 수밖에 없었다. 눈물이 핑 돌았다. 그날 밤에 나는 그 원고를 태워 버렸다.

그 일이 어설픈 문학청년에게 안긴 상처는 컸다. 기고만장하던 자신감은 배터리가 아웃된 핸드폰처럼 또로록 하며 꺼져 버렸다. 그 후 한참 동안 나에겐 ‘주제 의식이 무엇인가’가 숙제 아닌 숙제가 되어 버렸다. 나중에 선배들을 통해 알게 되었지만 그건 누구나 한 번씩 겪는 일이었다. 즉 처음 소설을 들고 만우 선생님을 찾아간 제자들에게 선생님께서 요구하시는 일종의 통과제의였다고나 할까. 하지만 나로서는 주제를 갖지 않고서는 글을 써서는 안 된다는 너무나 명백한 원론을 일깨우게 된 계기가 되었다.

그 후로 문학회 행사로 뵐 때나 강의실에서 강의를 하실 때, 혹은 학생들과 휴강을 하고 연고전 야구 경기를 관람하러 가자고 부추기실 때, 선생님은 너무나 다정하고 친절한 벗과 같았다. 장난도 많이 치신 까닭에, 어떨 땐 인자한 친할아버지 같고, 어떨 땐 동네 형님 같기도 했다. 그러나 일 년 후 또다시 소설 원고를 들고 찾아뵈었을 때, 그리고 그 원고의 평을 들으러 찾아뵈었을 때에는, 처음 접견했을 때의 그 매정함을 보여 주셨다. 소설은 함부로 쓰는 게 아니라는 말씀, 주제가 약하다는 말씀만 누차 들었다.

그런데 희한하게도 지금 나는 그 매정함, 원고를 발밑으로 던지시던 그 작은 체구에서 나오는 그 날쌘 동작(나는 김병현의 투구 동작을 볼 때마다 34년 전에 보았던 선생님의 그 동작을 떠올리곤 한다)의 매정함이 그립다. 그 매정함에 참된 애정이 담겨 있었음을 때늦게 느끼기 때문이다. 글 쓰는 일이 얼마나 소중하고 또 두려운 것인지를 그때 나는 더 깊이 깨달아야 했던 것이다.

덕소로 가는 길

최 유 찬

한때 사진을 좋아했던 시절이 있다. 지금이라고 해서 특별히 사진을 싫어할 것은 없지만 예전에 비기면 그 애정이 그리 간절한 것이 아님은 분명하다. 사진에 대한 그 애정은 총천연색 사진보다는 흑백사진에서 더 농도 짙어진다는 것도 숨길 수 없는 고백이다. 그래서 중고 사진기를 하나 구입해서 그걸 들고 이곳저곳을 쫓아다니던 대학시절이 때때로 그리워지곤 한다. 그 그리움 가운데는 지금도 선연히 떠오르는 하나의 그림이 있다. 덕소수양관을 배경으로 해서 찍은 흑백사진 한 장. 그 사진에는 박영준 선생님과 박두진 선생님, 그리고 연세문학회에서 활동하던 여러 선후배들의 모습이 박혀 있다.

연세문학회는 지금 본관이 되어 있는 학관 수위실 맞은편에 자리 잡고 있었다. 한 평이나 될까 말까 한 공간에 장의자 하나, 책상 하나,

*1971년 연세대학교 국어국문과 입학. 연세대학교 문과대학장.

그리고 거기에는 등사기와 지저분한 휴지들이 널려 있었다. 컴퓨터를 사용하는 요즘 세대들은 등사기를 통해서 자신의 작품이 그려져 나오는 순간의 그 기쁨을 쉽게 짐작하지 못하리라. 그 등사기가 있음으로 해서 우리는 문학회의 공간에 정을 붙였고, 뻔질나게, 하루에도 몇 번이고 그곳을 들락거렸다. 이렇게 정을 붙여 가던 문학회가 어느 땐가 덕소수양관으로 나들이를 가게 되었다. 신입생이었던 우리는 영문도 모른 채 그저 들떠서 그 대열에 끼어들었다. 이런 모임에서 막내들이 으레 그렇듯 자잘한 짐보따리를 잔뜩 떠안고 신촌을 떠나 청량리에서 기차를 타고 덕소로 가는 노정이었다. 그 여행길에서 나는 우연하게 박영준 선생님과 최인호 선배와 일행이 되었다. 일행이라고는 하지만 두 분이 나란히 걸어가고 내가 그 뒤를 따라가는 모양새였다. 두 분은 스승과 제자의 관계라기보다 친구처럼 이야기를 나누면서 자주 웃었다. 이제 문학회에 처음 가입한 신출내기에 불과한 나에게는 두 분 다 까마득한 곳에 있는 분이었을 뿐만 아니라 그렇게 격의 없이 이야기를 나누면서, 장난을 치면서 걸어가는 모습이 얼른 납득이 되지 않았다. 교수라는 직위는 나에게는 별세계에 있는 존재처럼 생각되었고 최인호 선배도 까마득하기는 마찬가지였다. 당시 『별들의 고향』이란 소설로 인기 절정에 있었던 최인호 선배는 문학회 후배들에게는 하나의 전설이었다. 10년 가까이 대학을 다닌다는, 영웅들에게는 늘 드리워지게 마련인 신비까지 갖춘 전설 속의 인물이었다. 그럼에도 불구하고 스승과 제자 사이에는 엄연히 구별이 있는데 저런 이야기를 해도 되나 하는 의아심을 갖게 한 이야기 한 토막.

"선생님, 저 이번에는 드디어 궁금증을 풀 수 있게 되었네요."

"뭔데?"

"선생님 노상 크다고 자랑하셨는데, 오늘 밤 확인할 수 있지 않겠어요?"

"빌어먹을 놈!"

두 분은 파안대소를 하셨다. 나는 지금도 그때 박영준 선생님의 웃음 띤 얼굴과 제스처를 기억한다. 제자의 농지거리를 조금도 꺼려하시지 않고 받아들이는 소탈한 모습. 나는 그 소탈한 모습이 만우라는 호와 잘 어울린다고 생각한다. 그리고 그것은 조선 농민의 풍모를 간직하고 있다고 생각한다. 삶의 애환을 넉넉히 짐작하면서도 결코 사람의 도리를 저버리지 않는 기품을 지닌 존재.

내가 박영준 선생님에게 배운 과목은 대학국어와 소설론 두 가지였다. 공부보다는 술 먹고 노는 데 더 정신을 쏟던 대학 1,2학년 때 배운 과목들이라서 그 구체적인 내용은 생각나지 않지만 과거의 추억을 떠들어보면 지금도 어렴풋이 떠오르는 몇 개의 장면이 있다. 그 가운데 하나는 대학국어 시간에 있었던 일이다. 당시는 국문과와 영문과의 합반 수업이 많았다. 국문과가 낀 반의 대학국어이어서인지 박영준 선생님이 직접 가르치셨다. 한번은 선생님이 글짓기 과제를 내 주었다. 각자 알아서 한 편의 글을 써 오도록 하는 과제였다. 얼치기 문학도였던 나도 소설가이신 선생님이 내라는 글이었으므로 꽤나 정성을 들여 글을 썼다. 제목을 「엉겅퀴 꽃을 꺾어 들고」라고 붙였다. 어느 날 들판에 나갔다가 엉겅퀴를 보면서 일어난 생각들을 두서없이 늘어놓은 글이었다. 과제물을 제출받은 다음 일주일이 지난 국어시간에 드디어 선생님이 강평을 했다. 가장 우수한 글로 뽑힌 것은 「막차를 기다리는 사람들」이었다. 밤 12시면 통행금지가 되고 새벽 4시가 되어야 그 금지가 풀리던 시절이었다. 까딱하면 통행금지에 걸려서 유치장을 가야 하는 풍속에 익숙해 있던 무렵 막차를 기다리는 사람들의 마음은 초조하고 바쁘고 두려울 수밖에 없었다. 우수작은 바로 그 초조한 사람들의 마음과 정거장의 풍경을 그린 것이었다. 지금도 그 이름을 기억하는 한 여학생이 낸 글이었다. 내심으로 내 글이 뽑히기를 기대했던 나는 실망할 수밖에 없었지만 문학이란 게 단순히 아름답게 글을 꾸미는 일이 아니라는 것을 절실하게 깨닫는 계기가 되었다. 그러고 보면 내가 박영준 선생님께 알게 모르게 받은 감화는 한두 가지가 아닌 듯하다. 그 예증은 소설론 시간에서도 찾아볼 수 있다.

이 글을 쓰기 위해 소설론 과목의 교재였던 「소설작법」을 떠들어보았다. 공부를 안 한 흔적이 뚜렷하게 지금까지도 깨끗하게 보존된 책의 속 장 한 쪽에 리포트 제목이 큼직하게 쓰여 있다. 「도스토예프스키의 애정관—'죄와 벌'을 중심으로」라는 제목이었다. 이 리포트 제목은 내가 그동안 은연중 자랑으로 여겨온, 대학 재학 중 도스토예프스키 전집을 완독한 것이 전적으로 박영준 선생님의 영향이라는 것을 알려주고 있었다. 그러고 보니 선생님께서 수업시간 중에 러시아문학, 그 가운데서도 도스토예프스키의 문학을 강조했던 것이 어렴풋하게 기억된다. 선생님의 말씀을 듣고 도스토예프스키 소설을 읽으려고 작정하고, 정음사판 도스토예프스키 전집을 차례로 빌려다 완독한 것, 그것이 내가 대학 재학 시절 했던 문학 공부의 전부였던 것이다. 군대에 갔다 와서 다닌 3,4학년 때는 언론사 취직 시험 공부에 매달렸으니 나의 문학 공부는 그것으로 그만이었던 셈이다. 그러면서도 나는 대학 때에 도스토예프스키 전집을 독파했고, 아무리 두꺼운 책이라도 일단 손에 잡으면 다 읽어야 책을 놓았다는 것을 자랑처럼 뇌까려 왔다. 선생님이 하라는 공부 가운데 기껏 한 가지를 해 놓고서도 그것을 자랑으로 떠들어 온 셈이니 면구스럽기 짝이 없다. 그렇지만 「도스토예프스키의 애정관」이란 리포트 주제는 옛날의 공부가 허술하게 보여도 지금의 공부에 결코 지지 않았었구나 하는 느낌을 갖게 한다. 우선 학기 중에 장편소설을 읽게 하는 강의였음이 분명하고, 그 장편소설을 특정한 주제와 관련지어 생각하게 하는 과제이기 때문이다.

나는 박영준 선생님께 친근감을 갖고 있었다. 몇 마디 말도 나누어 보지 못했으나 소탈하신 모습이 농부이셨던 시골의 우리 아버지 같은 느낌을 갖게 한 때문이 아닌가 생각한다. 그 느낌이 선생님의 말씀을 곧이곧대로 받아들이게 만들었고, 그래서 알게 모르게 큰 영향을 받은 것이 아닌지 모르겠다. 그러고 보면 이 세상의 인연의 끈이란 우리 눈에 보이는 것만 있는 것은 아닌 모양이다.

수줍음 속에 감추어져 있던 낭만

정 연 희

전쟁을 치르고 피난지에서 돌아 온 서울에는 길이 없었다. 이 길로 가도 가난, 저 길을 더듬어 따라가 보아도 춥고 또 추었다. 폐허 위에 남겨진 것은 주체 못할 그리움뿐. 그래서 허위허위 찾아 떠나는 일은 사람 만나는 일. 허기진 그리움을 끌어안고 사람들은 거리에서 거리로 체온에 이끌려 돌아다녔다.

벌써 50년 저쪽, 1957년 1월 1일, 동아일보 신춘문예 당선자 발표에서 내 이름을 확인하면서 나는 기쁨 속에도 두려움이 있다는 것을 처음으로 체험했다. 그리고 떨리는 마음으로 박영준 선생님과 김팔봉 선생님 두 분의 심사평審査評을 읽었다. 그리고 한 주일 후, 시상식장인 동아일보 사장실에서 선생님을 뵈었다. 이화대학 국문과 3학년 재학생이

*이화여자대학교 국어국문학과 졸업. 소설가 협회 이사장.

던 나에게 선생님 두 분은 거대한 산이었다. 지금 돌이켜 보니 그 때, 사십대 중반이셨을 선생님이 왜 그렇게 아득한 어른으로 보였던지, 도무지 다가갈 수 없는 분이라고 느껴졌다.

그런데 양 볼에 이미 팔자 주름이 깊게 패어 있던 선생님의 시선은 너무도 뜻밖에 따뜻했다. 그리고 그리도 순박한 미소……. 낭랑하지 못한 음성이었지만 선생님과의 대화는 누구에게나 다정한 소곤거림이었다.

절대로 다변가多辯家하고는 거리가 멀었고 달변도 아니었으며 표현에도 익숙하지 못했던 분이었지만 선생님의 가슴속에는 누구도 따라갈 수 없는 당신만의 사연과 그리움이 늘 가득 차 있던 분이었다. 예쁜 소녀를 지극하게 사랑하셨고, 예쁘기만 하면 무슨 떼를 쓰던지 한량없이 받아주시기도 하는 분이었다. 소박 순박하기만 한 분이었으니 사랑의 표현이나마 여한 없이 했을 리가 없었으리라는 짐작이 틀리지는 않을 것이다.

선생님은 자주 하늘을 올려다보셨다. 다소 멋쩍거나 하고 싶은 말을 다하지 못했을 때, 그리고 견딜 수 없을 만큼 그가 사랑스러울 때 늘 그러하셨다.

더러는 찻집에서, 더러는 거리에서 행복해 하시는 얼굴로 그 소녀와 함께 다니시는 것을 우리는 오래도록 바라볼 수 있었다.

전쟁 뒤끝은 쉽게 아물지 않아서 우리 모두는 늘 헛헛했다. 친구를 만나고 술집을 찾아다니고 원고료 몇 푼이 들어오면 가난한 잔치를 열지만, 채워지지 않는 마음 한 구석의 빈자리는 그 깊이가 너무 깊었다.

그래서였는지 남자들은 만나기만 하면 술판 아니면 놀음판을 벌이고 밤을 새우기가 일쑤였다.

선생님은 밀밭 근처에만 가도 취하시는 분, 술하고는 거리가 먼 분이었지만 '섰다판'이나 마작 판에는 누구에게 질세라 저력을 가지고 참여하시고는 했다.

내 결혼은 인생의 어색한 순서처럼 이루어졌고, 몇 년 동안 이집 저집 셋방으로 전전했다. 60년 대 초반에야 천신만고 끝에 AID 주택이라는 이름의 18평짜리 주택에 들어갈 수가 있었지만, 불광동 언덕배기에 있던 그 집은 장화 없이는 드나들 수 없는 험한 곳이었다. 기반 시설도 제대로 되어 있지 않아서 수도가 끊기기 예사였으니 드나드는 길이야 일러 말할 거리도 되지 않았다. 판잣집을 면하기는 했지만 엉성하고 신산스럽기 짝이 없었다.

남편이던 백파伯坡는 자타가 공인하던 주색잡기의 대가였고, 그는 섰다판이나 마작 판을 자주 집으로 끌어들였다. 헛헛하고 체온이 그리운 사람들은 불광동 진흙 밭 언덕이라고 마다할 리 없었고 아무리 춥고 궂은 날이라도 날개 돋친 듯이 모여들었다. 처음에는 섰다로 밤을 새우고는 하다가 그것이 너무 단순하다 싶었는지 백파는 문우들에게 마작麻雀을 가르쳤고 마작에 재미를 붙인 분들은 으레 불광동 집으로 모여들었다. 그 무렵에는 시골에서 남의집살이를 하러 오는 소녀나 아주머니들이 있어서, 나의, 그 어려운 살림에도 식모가 있기는 했지만 밤을 새우는 마작꾼들에게 밤참이며 아침밥 해대기는 그리 수월한 일이 아니었다. 모두들 긴장하면 담배를 더 피우게 마련인지 마작 벌어진 방은 곰 잡는 굴속처럼 매웠고 담배꽁초를 아무렇게나 쑤셔 박아서 댓진 내가 코를 찔러 댔지만, 마작꾼들은 숨소리를 죽이고 열중했다. 마작에 한 번 미치면 아버지가 돌아가셨다고 연락이 와도 "알았어!" 하고는 그냥 눌러앉는다는 속설이 있을 정도였으니, 그분들은 어느 때는 이틀도 마다하지 않고 사흘도 계속되는 경우가 있었다. 마작은 섰다판처럼 시끄럽지는 않았다. 달그락달그락 마작 패 뒤집는 소리가 더러는 대나무 숲에 바람이 지나가는 소리처럼 들리기도 했지만, 혹여 방이 식을 세라 연탄불을 갈아 가며 거의 함께 밤을 새워야 했다.

만우 선생님도 마작의 열성 팬. 우리 집에 자주 오셔서 밤을 새우셨다. 얼마나 우직한 분이던가! 또, 한번 열중하면 누가 업어 가도 모르시는 분이었던지! 60년대 초만 해도 겨울은 추위가 만만치 않았다. 연탄 아궁이라는 것이 아랫목을 우선 데워주고 윗목은 거냉만 할 정도였으니 아마 선생님께 아랫목 자리를 드렸던 모양이다. 밤을 새우고 아침도 늦어서야 겨우 자리를 파한 분들이 김칫국 해장으로 밤샘 쓰라림을 달래는데 선생님이 갑자기 비명을 지르시는 게 아닌가! 모두들 놀라서 황망해 하는데 알고 보니 화상을 입으신 것이다. 아랫목이 적잖이 뜨거웠을 텐데 선생님은 얼마나 심각하게(?) 열중하셨던지 당신의 볼기 살이 물러터지는 것도 모르셨던 모양이다.

겨울방학 중이어서 강의를 하실 일은 다급하지 않으셨겠지만 한동안을 고생하셨다. 그렇게 고생을 하시고도 얼마 후에 다시 열린 마작판에 오셔서 내가 버릇없이 놀려드렸던 기억이 생생하다.

선생님은 거의 말씀이 없는 분이었지만 가슴속에 담아 두신 이야기를 몸으로 하시는 분이었다. 표현이 안 되어서 닿지 않는 부분을 하늘 바라보기로 하시는 분이었다.

1963년 겨울부터였던가. 이따금 선생님께서 전화를 주셨다. 무뚝뚝한 어투로 "차 한 잔 하러 나오시오." 하셔서 태평로에 있는 찻집 가화嘉禾로 나가면 때마다 동석한 동료가 한 분 있었다. 그렇게 이어진 인연因緣이 젊음의 혹독한 열기로 이어져 새로운 신산辛酸을 만들었지만, 선생님의 전화 음성은 지금도 훈훈하게 귓가에 맴돌고 있다.

하늘을 자주 올려 보시던 선생님. 가슴속에 한없는 그리움을 안고 계시던 선생님. 한 세대는 그렇게 그리움만 남기고 흘러간다.

그립고 그리운 선생님

추 은 희

선생님! 그립고 그리운 박영준 선생님!

선생님 안 계신 세월 참 많이 흘렀습니다.

1950년대 말 60년대 우리들의 소공동 시절, 경향신문사 지하 경향살롱. 그때 선생님은 40대 후반이었습니다. 문단 풋내기이면서 건방에 건방이 겹쳐 어쩌자고 선생님의 그 아득한 위치를 잊고 까불던 시절입니다. 정연희 작가가 동아일보에 「파류상」으로 당선 뒤 깜찍하고 매력적인 용모로 톡톡 튀던 모습. 선생님 앞에 앉아 있던 모습이 떠오릅니다.

그리고 소녀 같은 김녕희 작가가 동석은 못해 봤지만 선생님께 사사하고 멀찌감치 늘 동그란 눈으로 조신하던 태도. 선생님의 소녀라고 불러 대며 놀리고 까불고 그러면서 하늘같이 믿고 좋아하고 마음 툭 터놓고 안심하고 선생님 앞에 늘 있었습니다. 그 뒤 소공동 가화다방에서

*숙명여자대학교 졸업. (전)청주대학교 교수, 시인.

는 많은 문인들이 모여 있었죠. 잊을 수 없는 것은 큼직한 체구에 순하디순한 눈빛의 박목월 시인 그 앞에서 늘 철없이 까불었습니다. 함께한 우리들의 좌석은 늘 즐거웠습니다. 찻잔을 드는 박목월 시인의 큼직하고 두툼한 손등이 지금 눈앞에 선합니다.

그때 저는 30대 초반? 선생님들은 아득한 어른이신데 왜 그렇게 마음 놓고 함께 했을까요?

그때도 지금도 철없고 겁 없고 어쩌다 최정희 선생님까지 함께하면 저는 어리광으로 의기양양했었죠. 그러나 마음속 깊이 얼마나 좋아하고 안심하고 믿고 의지하고 그랬습니다. 한편에 작가 유주현 선생님의 은근한 미소 늘 많은 문인 교수들이 모인 가화다방은 한국에서 최고의 문화의 향기를 품고 있었죠. 이석봉 언니까지 합석하면 우리는 이 세상 무엇보다 모두가 즐겁고 행복했습니다.

경향살롱 시절입니다. 그때 일본의 유명한 작가가 『48세의 저항』이라는 작품으로 떠들썩했을 때 그때 선생님이 48세였었습니다. 그래서 당돌하게 "선생님의 저항은요?" 하고 물으면 때리는 시늉으로 웃으셨죠.

선생님 그 시절이 언제입니까. 다시는 뵐 수 없어도 늘 가슴 으뜸의 자리에서 자리하고 계시는 선생님. 인간의 감정에 티끌만 한 오염된 것 없는 진실한 인간에의 사랑, 믿음, 그것이 바로 선생님에 대한 감정입니다. 당뇨의 합병증으로 투병하실 때 그때 이따금 뵈면서 그 옛날의 까불던 모습을 없애 버렸죠. 진심으로 걱정했고, 충정로 한의사에게서 치료받고 있을 때도 행여나 선생님이 가시지 않나 정말 가슴 조렸습니다.

어느 날 우연히 종로 거리에서 마주쳤을 때 그때 선생님의 병색은 많이 깊었습니다. 저는 뭔가 어두운 그림자를 보았습니다. 그리고 결국 선생님은 일찍 우리 옆을 떠나셨습니다. 연세대에서 장례식을 치를 때 석봉 언니와 저는 목을 놓고 울었습니다. 그 뒤 얼마나 많이 슬퍼했는지 선생님 아십니까? 이 글을 쓰고 있는 이 순간에도 선생님의 그 웃음, 늘 제가 그랬죠. '백만불짜리 웃음'. 선생님의 웃음은 진짜 백만 불짜리였습니다. 그런 웃음을 아직 아무에게도 찾지 못했습니다.

선생님 석봉 언니도 10년 전에 갔습니다. 김의원(작가)도 우리가 함께 얼마나 가까이 있었다는 것 아시죠? 그 오랜 친구는 지금 신지식 혼자만 남았습니다. 선생님 저도 이제 삶의 끝자락에 와 있습니다. 그래도 요 며칠 전에 또 한 권의 시집을 엮었습니다. 『빈 뜰에 내리는 겨울 햇살처럼』 빈집 빈 뜰에 서 있으면 이 세상에서 무엇이 가장 귀중하고 소중했던가 늘 생각하게 됩니다. 그리고 가슴 으뜸 자리에 귀중하게 차지하고 있는 사람이 누구인가 분명하게 떠오릅니다. 그 속에 선생님이 저의 삶에서 가장 높은 곳에 계십니다. 감정의 아무런 파동도 사고도 없이 너무나 서로가 믿고 의지하고 있었다는 사실, 사람이 한 평생을 통해 그러한 인간관계를 얘기하라면 이렇게 당당하게 얘기할 수 있겠습니까!

선생님이 늘 옆에 계셨던 그 시절이 언제입니까, 그리고 주변에는 늘 많은 문인 교수들이 있었고 그러나 선생님은 늘 빙긋이 웃음만 흘리셨죠. '백만불짜리 웃음'이라고 제가 깔깔대면 때리는 시늉까지 하시면서 우리는 세상에 다시없는 좋은 사이였습니다. "바보 연애도 못해." 하시며 테이블 밑에서 발길을 툭툭 차시면서 놀리시던 생각도 납니다.

선생님은 너무 일찍 가셨습니다.

기억납니다. 1960년대 초 《여원》 잡지 창간 일주년인가 기념으로 여성문인 원로와 신인을 엮어서 지방으로 나누어 문학강연을 갔습니다. 그때 최정희 선생님, 조경희 선생님 그리고 저 셋이었습니다. 충남·북으로 갔는데 여원사 전무나 기자 그리고 저로서는 처녀강연이었기에 고민이 이만저만이 아니었습니다. 그런데 웬일입니까 하늘같이 믿고 있는 두 분 선생님들의 강연 공포증이 저의 공포를 누르고 말았습니다. 최정희 선생님은 원래 그런 걸 싫어하시는 줄 알았지만 대大 신문사 기자인 조경희 선생님의 강연 공포증은 놀라운 일이었습니다. 저는 진통제까지 먹고 오히려 두 분의 모습이 더 저에게 약효를 주었습니다. 이럭저럭 청주에서 끝내고 다음은 충주 그리고 대전으로 갔습니다. 여원에서 대가 두 분과 풋내기 저를 짜 주었는데 강연보다 셋이서 와들와들 떨다 웃다 난리를 치렀습니다.

몇 해 전 돌아가실 때까지 조경희 선생님은 단연코 말씀으로 어느 장소 어느 곳에서도 선생님의 그 넘치는 위트와 사람을 이끄는 말솜씨는 아무도 따를 수가 없었는데 초기의 선생님의 그 신선한 모습이 떠오릅니다. 그 행로 대전에서가 문제였습니다. 넓은 공회당에 모인 사람만 봐도 가슴이 떨리는데 최정희 선생님은 단상에 오르시기 전 술 한잔 안 하면 못 올라 가신다기에 소주 몇 잔 하시고 시작했는데 그 예의 애교로 한복저고리 옷고름을 손가락에 끼워 배배 몸과 함께 꼬면서 “저는 강연이 싫습니다…….”라고 시작해 오히려 많은 사람의 웃음과 인기를 독차지했습니다. 조경희 선생님도 무사히 마치고 다음 제 차례였습니다. 비장한 각오로 단상에 올라 몇 마디 시작하려는데 웬일입니까, 뒤쪽 우뚝 낯익은 두 분이 눈에 박혀 왔습니다. 그때 그곳에서 세미나가 있었는지? 늘 단짝이던 오 교수님과 박영준 선생님이 내 시야에 꽉 들어 왔습니다. 아차 하는 순간 말머리를 잊고 헤매다 가까스로 몇 마디 수습하고 단상을 내려왔습니다. 어이없는 사회자가 "시인의 강연은 이렇습니다" 하고 오히려 박수를 받았습니다.

그날 저녁 두 분 선생님들과 각별한 우정이 두터운 우리들의 멋진 모임도 가졌습니다. 선생님은 그 분들 특히 최정희 선생님과는 가까웠으니까요. 그래서인지 저도 특별히 최정희 선생님의 사랑을 많이 받았습니다. 그날 계셨던 함께 했던 선생님은 지금 아무도 안 계십니다. 선생님과의 추억을 나눠 얘기할 어느 분도 이제 안 계십니다. 그러나 선생님은 항상 제 마음속에 늘 함께 하고 계십니다.

선생님 너무 일찍 가셨습니다. 그동안 많은 일들이 있었고 그 뒤의 제 작품 활동도 모르시고 저의 삶도 모르시지만 비시시 웃으시면서 "다 알아, 다 알아……." 하고 다독여 주시는 것 같습니다.

저도 열심히 살았습니다. 선생님의 그 꾸밈없는 순수성 그리고 문학에의 진지함 그것을 저는 사사하고 그대로 독행으로 진지하게 지금도 문학의 진지성과 애정을 지니고 그대로 살고 있습니다. 그러고 보니 결국 선생님의 문학 정신을 그대로 사사했습니다.

언젠가 찾아낸 옛날 선생님의 글월이 있기에 이제는 여기에 공개해도 되겠죠. 선생님의 글씨는 정말 멋있었습니다. 저 혼자 보관하기 아까워 영구 보존할 수 있는 문학관에 보내도 괜찮겠죠? 또 웃으시네요. 손짓으로 때리는 시늉을 하시면서……. 거의 반세기만에 공개하면서 선생님의 양해를 구합니다.

파도가 조금도 쉴 새 없이 소리를 칩니다.

센치도 다 제외된 바닷바람 속에서 몸의 움직임만으로 시간을 보내고 있습니다.

화려한 단체생활 속에서 그러나 혼잡 속의 고독을 만끽하고 있습니다.

사치스런 피서란 이름의 일주일, 그동안 책 한 줄도 못 읽고 글 한 줄도 쓰지 않았습니다.

고급스런 해수욕 생활은 밑천을 빼려고 태양직사광선을 받아들이기에 열중일 뿐입니다.

덕택에 그 까만 피부가 이제는 반짝반짝 윤이 나기 시작했습니다.

이제 며칠 안 있으면 양복에 모자까지 써야 하는 생활이 또 시작되겠지요.

명동! 그리울 것도 없으련만 그래도…….

31일 궁금할 것 같습니다.

가는 대로 전화를 하겠습니다.

조개껍질 하나를 주었습니다.

꼭또의 시를 생각하며…….

더 오래 있으래도 있지를 못할 것 같습니다.

고독이 터질 것 같군요.

오늘 동행인 연대 선생에게 기압을 주었습니다.

신경질이었겠지요.

그럼 안녕.

29일. 영준

선생님 그립고 그리운 선생님! 선생님의 서한을 공개해 죄송합니다만 그 멋진 글씨와 선생님의 편모를 혼자 간직하기에 미안해서입니다. 선생님처럼 깨끗하게 곧게 그리 순수하게 문학 생활을 하도록 노력했습니다.

선생님 정말 보고 싶습니다!

선생님을 생각하며

한 순 옥

선생님 댁은 북아현동이다. 나는 선생님과 같은 동네인 북아현동에 살았다. 선생님 댁은 우리 집에서 걸어서 10분 거리였다. 나는 가끔씩 선생님 심부름으로, 그리고 겨울방학 때는 재미있는 소설책을 갖다 보려고 땅콩 등을 조금 사들고 선생님 댁에 갔었다. 선생님 방은 아랫목에 담요가 깔려 있었고, 벽의 삼면에는 책이 빼곡히 쌓여 있어서 조금 어두웠다. 쌓아 올린 매우 많은 책들을 처음 보는 나는 놀라서, "선생님, 이 책들 다 보셨어요?"라고 말하면 선생님은 씨익 웃으며 "더러는 안 본 것도 있지." 하셨다. 선생님과 나는 말수가 적은 편이라 이야기도 많이 하지 않았다. 나는 선생님의 말씀에 따라 아랫목에 발을 조심스레 디밀고 앉아서 커피 땅콩 등을 먹을 뿐이었다. 그러다가 선생님이 "그래, 요즘 잘 지내는 거야?" 하시면, 나는 그 말끝에 눈물을 뚝뚝 흘

*1967년 연세대학교 국어국문과 입학.

렸다. 내 아픔에 젖어 서슴지 않고 울어 대면, 선생님은 "에이" 하시며, 휴지를 건네주셨다. 나는 눈물 콧물 닦으며 훌쩍거렸다. 생각해 보면 나는 참으로 철부지였다. 선생님을 대할 때는 한 발짝 물러나서 받드는 마음자세였는데도 선생님 앞에서 여러 번이나 펑펑 울어 댔다. 선생님이 세상을 떠나신 후에도 힘들거나 서러울 때면 누워 계신 선생님께 달려가 또 울었다. 글쎄, 선생님 앞에서는 부끄러움이 없었던 것이었을까, 감추지 못했던 것이었을까, 그냥 편했던 것이었을까 알 수가 없다. 그런데 마구 우는 나를 보시는 선생님 마음이 어떠하셨을까 생각해 본 적도 없었으니 이제 어찌할 것인가……. 선생님은 이런 저런 모든 것을 받아주시는 가장 편하고 푸근한 분이셨구나. 이제야 짐작할 뿐이다.

나는 입학해서 졸업할 때까지 문과대학 선생님 방에 꽃을 늘 꽂아 드렸다. 일의 발단은 면접을 볼 때였다. 입학원서에 특별활동 기재가 원예반으로 되어 있었나 보다. 어느 선생님이 "원예반 활동했냐?" 하시기에, "네." 하였더니 "이 방에 꽃을 꽂아 놓지." 하셨다. (그때 그분이 박영준 선생님이신지는 확실치 않다.) 나는 입학식 후, 첫 개강 날, 신촌시장에서 개나리꽃을 어렵게 구해서 들고 갔다. 그러나 이 개나리꽃을 잃어버렸다. 선생님 방문이 닫혀 있어서 맞은 편 화장실엔가 감추어 놓았는데, 누군가가 집어갔다. 아무튼 그 후, 나는 줄곧 꽃을 꽂았는데, 꽃은 내가 사고 예쁘게 꽃을 꽂는 것은 내 친구 영순이가 했다. 선생님은 가외(카베라)라는 붉은 꽃을 제일 좋아하셨다. 국화도 좋아하시고, 하얀 마가렛꽃, 안개꽃도 좋아하셨다. 그 당시 가외는 귀한 꽃이라서 나는 어쩌다 가외꽃을 만나면 무조건 샀다. 1967년 봄 어느 날, 선생님이 1,000원을 주시며 등산화를 사라고 하셨다. 선생님은 등산을 매우 좋아하셨다. 입학한 지 얼마 안 되어 선생님과 국문과 친구들과 함께 여럿이서 관악산에 갔었다. 처음으로 해 보는 등산이었다. 그런 내게 등산화가 없는 건 당연한 일이었다. 그 당시 신촌에 있는 복지 찻집의 커피 값은 30원이었다. 1,000원은 큰돈이었다. 나는 "아니에요……." 했지만 결국에는 빨간 등산화를 850원 주고 사고, 거스름돈을 드렸더니 어이없어 하시는 듯 "너 써라." 하셨다.

세월이 흐르면서 나는 언제부턴가 선생님 옆에 졸졸 따라다녔다. 그러나 나는 내 세계에만 빠져 살았다. 선생님과 밥도 먹고 차도 마시고 야구 구경, 축구 구경 다니고 등산도 하고 참으로 많은 시간을 보냈다. 한번은 7교시 때문에 복지 찻집에서 두세 시간을 기다리다가 수업에 들어가려고 문과대학 계단을 올라가려는데 선생님을 만났다. 나를 보자마자 선생님은 같이 가자고 하셨다. 나는 수업도 잊어버리고 "네." 하며 따라나섰다. 백양로 길을 걸어서 차를 타고 갔다. 선생님과 함께 할 말도 할 일도 딱히 없는데 그냥 옆에 서서 갔다. 가는 곳은 가화찻집이었다. 가화는 잎차가 맛있는, 정갈한 느낌을 주는 찻집이었다. 선생님은 가화의 단골손님이셨다. 많은 문인들과 작가를 꿈꾸는 사람들, 우리 국문과 선배 동기를 만날 수 있는 폭넓은 자리였다. 누구나 선생님을 만나려면 가화로 왔었고, 나는 선생님 맞은편 자리에 오뚝이마냥 앉아서 말없이 그 사람들을 바라다보았다. 가화에서 선생님은 늘 커피를 마셨다. 선생님은 당뇨가 있으셔서 따로 준비하신 설탕을 가지고 다니셨다. 조그만 병에서 하얀 가루를 꺼내 찻잔에 넣으시던 선생님의 모습이 떠오른다.

그 당시 조용한 가화를 떠들썩하니 만들고, 선생님을 '허— 참—'

하며 웃으시게 한 사람은 내가 좋아하는 책 『길 없는 길』을 쓰신 최인호 님이었다. 선생님은 신문도 보시고 원고를 다시 읽으시곤 하셨다. 가화에서의 하루 일과가 끝나면 찻집에서 나오셔서 때로는 거구장에서 내게 매우 맛있는 굴튀김 새우튀김 밥을 사 주셨다. 선생님의 걱정은 내가 밥을 조금밖에 안 먹는다는 것이어서 때로는 역정을 내시기도 했다. 맛있게 잘 먹으면 선생님은 환한 얼굴로 웃으시며 기뻐하셨다.

선생님은 4년 동안의 꽃값이라며 내게 많은 선물을 주셨다. 나는 그대로 믿었다. 철부지였던 나는 많은 선물을 받으면서도 선생님을 기쁘게 해 드리지 못했다. 선생님이 웃음 띤 얼굴로 조심스럽게 주시는 데도 불구하고 나는 "아니에요, 괜찮은데요." 하며 선생님을 화나게도 했다. 선생님은 말씀하셨다. "선물을 주고 싶은 사람이 있어서 줄 수 있다는 것이 얼마나 좋은 것인지 아니?"라고. 그 당시 나는 이 의미를 잘 몰랐다. 그런데, 내 나이 많음에 이르러서야, 커다란 아픔을 겪고 나서야 그때의 말씀이 가슴 절절이 와 닿는다.

선생님은 지병이 악화되셔서 병원에 입원하셨다. 선생님의 병상 소식을 듣고 국문과 동기 몇 명과 함께 선생님을 찾아갔었다. 병실에 누워 계신 선생님은 잠들어 계신 듯했다. 우리들은 그냥 말없이 선생님을 보고 있었다. 잠시 후, 다른 동기들은 병실을 나갔다. 나는 늘 행동이 느린 편이라 선뜻 병실을 나갈 수가 없었다. 나만 남았다. 나는 용기를 내어 두 손으로 선생님의 손을 잡았다. 그때 놀랍게도 선생님이 눈을 뜨셨다. 나는 선생님을 고개 숙여 들여다보았는데 선생님의 눈동자가 커졌다. 크게 눈뜨시던 선생님의 모습이 지금도 가슴에 박혀 있다. 그것이 끝이었다. 일주일 후엔가 선생님은 떠나셨다. 나는 한 번도 선생님의 손을 잡은 적이 없었다. 힘든 산행 길에서 선생님은 손을 내밀어 내 손을 잡아주시곤 하셨지만, 내가 손을 내밀어 잡은 적은 없었다.

내게 담겨 있는 선생님의 모습은 장난꾸러기 소년 같은 모습이다. 수줍게 웃으시고 때로는 무섭지도 않게 역정 내시고 나를 놀리시기도 하셨다. 선생님은 자랑도 하셨다. 라이터며 만년필 등을 자랑하셨다.

선생님 추모집 1권부터 6권까지를 2005년도에 모두 읽었다. 선생님 냄새가 와 닿았다. 삶에 대해 진솔하셨고 성실하셨던 선생님, 참으로 소박하시고 깊은 정이 있으셨던 선생님, 내가 마음 편하게 기댔던 참으로 좋으셨던 선생님이셨다. 참으로 마음 뿌듯하고 기뻤다. 선생님을 조금은 알 것 같았다. 선생님의 작품을 모두 읽고 나니 마음에 눈물이 흘렀다. 추모집 7권에서 13권은 읽지 못했다. 겨울이 되어야 읽을 것 같다. 서럽고 아픈 계절이 끝나야 읽을 것 같다.

지난 4월 어느 날, 참으로 오랜만에 꿈속에서 선생님을 뵈었다. 다른 때와 달리 하얀 양복을 입으신 멋진 모습으로 환하게 웃으셨다. 아마 나를 위로하러 오셨나 보다. 그런데 나는 또 펑펑 울었다.

얼마 전, 밤하늘에 별을 보며 선생님께 말씀드렸다.

"선생님!

선생님께 '고맙습니다.' 라는 말도 그 어떤 말도 할 수가 없어요.

말로는 표현할 수가 없어요.

내 마음 속의 선생님! 나 이제 조금만 울게요…….

편안히 쉬세요."

2 만우 박영준 문학과 사랑

45.5×45.5, 2000

박영준의 문학과 사랑

강 승 희

만우 선생에 대한 회고

작가 만우 박영준 선생에 대한 평가는 이제 한국 문학사상의 거목으로 자리 잡혀 있다. 그것은 한국사회의 부조리를 사실적으로 파헤친 작품 수준에다, 40여 년의 문단생활 동안 20여 편의 장편, 200여 편의 단편으로 일궈 낸 정력적 결과로 얻은 소산일 것이다.

이러한 문학사적 공적도 공적이지만 만우晩牛라는 아호(화가 청전 이상범이 명명)가 말해 주듯 평생 문학을 위해 소처럼 우직한 끈기로 자신의 생명과 영혼을 불태웠고 소박하고 성실한 언행으로 일관한 생애였기 때문에 지금도 많은 이의 흠모를 받고 있다.

70년대 초 후배의 결혼식 주례를 맡으신 박 선생님을 사회자로 만나뵀었다. 흔히 주례사는 미사여구와 딱딱한 교훈이 많기 마련인데, 그 날

*1958년 연세대학교 국어국문과 입학. 하라장학회 상임이사.

의 주례사는 평범한 듯싶은 선생 자신의 인생관이 진솔하게 담겼는데, 그 가운데 '그래도 인간은 산다' 라는 명언이 지금도 또렷이 생각난다. 선생이 겪으셨던 그 많은 고난 속에서 '그래도 열심히 살아 온 것' 이 그의 작품 속에서 불화산의 열기로 내뿜어졌고 그 많은 작품 속에서 불길로 타오른 것이다.

이런 생각을 하면서 아버지 박영준 선생을 많이 닮은 박승렬 선배를 만나 만우 선생에 관한 회고담을 나눌 수 있었다. 특히 박승렬 선배는 일찍이 동아방송에 PD로 입사해서, 후에 동아문화센터의 책임자로 있었으니 아버님과 같은 이 나라 문화 창달의 반열에 선 것이나 다름없지 않은가 하는 소회를 갖는다.

선비의 모습이 엿보이던 깊은 심성

나의 만우 선생에 대한 기억은 그냥 소박하고 과묵하여 마음씨 좋은 동네 아저씨 같은 이미지였다. 훗날 들은 얘기지만 아끼는 여학생 제자에게 가야금을 사 주시기도 했던 자상한 면도 계셨다. 여하간 오늘날 그분에 대한 평가는 사생활에서나 작품에서나 일관하여 꾸밈없는 성실성이라는 점에서 일치하고 있다.

그분의 장남 박승렬 선배도 '아버지, 사랑이 넘치셨던 아버지' 라는 회고문에서 지나간 가정사에 대한 물음에 "쓸데없는 소리—." 하며 대답을 않으셨던 아버지의 무뚝뚝함에 서운했던 심정을 토로하고 있다.

또 늘 침묵이 지배했던 집안에 대한 불만도 많았다 하면서도, 조그마한 오류에도 말할 수 없는 고민으로 밤을 지새우던 아버지의 모습을 보며 아버지가 진정한 크리스천임을 깨달았다는 것으로 그분이 보통의 사람이었음을 우리에게 시사해 준다.

만우 박영준은 부친 박석훈 목사가 3·1 운동 때 검거되어 1920년 평양 형무소에서 순교한 후부터 가난과 형극의 세월이 시작되었다.

그러나 소년, 청년기의 박영준은 이러한 어려운 환경을 인내와 근검으로 이겨내고 평양 숭실과 광성고보를 거쳐 연희전문에 입학할 수 있었다. 더욱이 학교를 졸업하는 해에 장편 『일년』과 단편 「모범 경작생」이 각각 신동아와 조선일보에 당선되는 영광을 얻고 문학의 길로 들어설 수 있었다.

만우 선생은 과묵한 인품이지만 민족적 지조가 있어 일본 경찰에 체포되는 기개가 있었다. 반면 불우한 사람에 대한 인정도 많았고, 주변 환경에 민감해 깊은 고민에 빠지는 일도 있었다는 것을 그분의 〈자전적 문학론〉에서 찾아 볼 수 있었다. 일반적으로는 만우 선생의 이와 같은 외유내강의 성품이 크리스천으로서의 신앙심에서 생성된 것으로 보는 경향이 있으나 나는 만우 선생은 우리나라 옛 선비가 갖추고 있던 덕목을 상당히 간직했던 것으로 생각하고 있다.

그래서 과묵, 근검, 소박, 진솔, 인애 등을 고루 갖추었고 특히 거짓 없는 진실이 그의 정신적 근간이었다고 본다. 만우는 회고록에서 진솔한 자기 고민을 밝히기도 했고 또 배신한 사람에 대한 서운함을 토로하기도 했으나 이내 이들에 대한 따뜻한 사랑을 보내는 것을 보고 그분의 자애로움을 다시금 느끼게 된다.

참사랑의 향기가 풍기던 생애

만우 박영준은 평생을 사랑의 실천으로 메워 갔다. 첫째는 나라와 겨레에 대한 사랑이다. 그래서 많은 우리나라 문인들이 친일파라는 오명에서 헤어나지 못하는 가운데 이분은 일제에 저항하는 민족정기를 보여 주었고, 일본 경찰에 체포되어 5개월간 옥고를 치루기도 했다.

둘째는 학교를 사랑했다는 점이다. 그는 교단에서 제자들을 사랑했고 올바른 문학정신을 심어 주었다. 1976년 7월 16일의 박영준 선생 장례식 조사에서 당시의 연세대 이우주 총장은 "학교를 사랑하는 정신이 얼마나 컸기에 풀뿌리, 나뭇잎 하나라도 아끼고 사랑하셨다……."라는 애절한 심정을 표했던 것이다.

셋째는 문학 사랑이다. 만우는 평양 광성고보 3학년 때부터 문학에 심취했고, 1927년 교우지에 「H에게」라는 시를 발표함으로써 문학에 대한 재능을 보이기 시작했다.

그 후 만우는 1934년 단편 「모범 경작생」과 장편 『일년』으로 문단에 데뷔한 이래 40여 년 동안 소박하면서도 인간성이 넘치는 독특한 수법과 문체로 수백 편에 이르는 역작을 내놓았다.

특히 만우는 문단의 시류에 영합하지 않고 자기만의 사실주의 문학을 지켜 나갔다.

여기서 몇 개만 살펴보면 「모범 경작생」은 30년대의 영세 소작인의 생태를 소개했고, 「빨치산」은 6·25동란 당시에 볼 수 있었던 포로들의 애환을 소재로 했다. 또 「체취」는 외로운 한 교사 가정의 기복을 테마로 삼았다.

이렇듯 만우의 전 작품에 흐르는 문학세계는 바로 우리들 민중의 애환을 통해 문학의 교시적 기능을 제기하려는 데 있었다고 하겠다.

넷째는 하나님 사랑이다. 만우 선생은 그의 장남 박승렬 선배가 회고에서 밝힌 대로 교회에는 나가지 않았지만 분명히 크리스천이었다. 또 만우는 자기 모친의 장례를 지내고 온 날 밤에 자기가 목사 되기를 바랐던 어머니의 소망을 못 들어드린 불효를 자책했다고 했다.

만우는 작가와 목사 사이에서 크게 고민했을 것이다. 문학을 더 사랑했기 때문일 수도 있고, 만우의 섬세한 성품이 교회라는 제도권보다 재가在家 신자를 고집했는지 모른다. 그렇다고 그분의 그리스도 정신에 흠결이 없었음을 우리는 익히 알고 있지 않은가.

작품 『종각』의 종소리가 상징하는 것

만우의 장편 『종각』은 교회를 무대로 여러 군상들의 타락한 윤리의 기독교적 회복을 주제로 삼고 있다. 이 작품에서도 기성세대의 퇴폐적 윤리와 신세대의 방종에다 성도덕의 문란을 소설 속의 무늬로 짜 넣고 있다.

또 부정·불의가 판을 치는 강약, 약강의 세태를 또 하나의 기둥으로 삼았다. 무대는 교회라는 특수한 사회로 하고, 죄책감에 시달리는 하층민인 교회 사찰이 부도덕하고 나약했던 인간에서 불의와 맞서는 새로운 인간상으로 승화하는 과정을 그리고 있다. 이 작품의 주인공 최광주는 문란한 생활로 여러 여자를 농락했고, 또 처제와 불륜 관계를 갖는 바람에 아내를 자살로 몰았다. 지금은 처제를 아내를 맞아 살면서 기독교에 귀의해 교회의 종을 치는 사찰로 속죄의 나날을 보내며 하나님께 진실되고 치열한 회개로 죄의 사함을 구하는 생활을 하고 있다.

최광주의 주변에는 불구의 몸이 된 아내와, 세 자녀 그리고 경박한 동생이 있고, 영악스러운 이기주의자 김 장로, 김 집사가 갈등 구조를 형성하고 있다.

광주는 나쁜 과거를 회개하고 있으면서도 성불구자가 된 아내와 성적 갈등을 이기지 못하기도 하고 아내와 전처 딸의 불화로 동반자살까지 생각하는 극한 상황을 겪기도 한다. 여러 갈등이 겹치는 가운데서도 부도덕한 권모술수가인 김 장로와 김 집사가 목사를 축출하기 위해 누명을 씌우는 비겁한 행위에, 광주는 전과 달리 당당히 맞서 정의를 되찾는 일에 발벗고 나선다.

이제 광주는 어제의 나약하고 비겁한 이기주의적 주체가 아니라 불의에 항거할 수 있는 정의로운 이타주의적 주체로 환골탈태한 새로운 인격체로 변모해 있었다.

광주는 목사의 누명을 벗기고 교회를 떠나기로 했던 날, 새벽에 마지막 타종을 하는데 '너는 잘 참았다.' 하는 하나님의 목소리를 들었고, '용서가 사랑보다 더 힘든 일이니라.' 하는 목소리도 듣는다.

광주는 이제 모든 이를 용서할 수 있게 된 것이다. 뎅그렁 뎅그렁하는 종소리에 맞추어, 감사아 감사아 하는 광주의 가슴이 기쁨Christian joy으로 가득 차 가는 것으로 작품은 끝맺고 있다.

이상의 요약에서 보는 바와 같이 기독교적 '인간성 회복'이라는 주제를 선명하게 제시한 작품이라고 할 수 있다.

그런데 『종각』에서 보는 여러 인간들의 불륜, 거짓, 부패, 음해 등 부조리는 지금도 우리 사회에서 만연하고 있다. 나는 이 점을 중시하고 있다. 만우는 이런 세상의 부조화를 영원한 인류의 해결하기 어려운 과제로 본 것이다.

사실 우리는 지금도 수많은 광주가 속죄의 타종을 울리지 않을 수 없는 벼랑 끝에 서 있는 것이다.

나는 문득 광주가 열다섯 번 치게 된 숫자를 만우 선생이 우리 세시풍속사의 보름(15일)에서 무의식적으로 택했던 것은 아닌지 상상해 본다. 우리의 조상은 정월 보름, 칠월 백중, 팔월 한가위 등 만월에 기구하는 기복과 속죄의식이 지금도 남아 있기 때문이다.

나는 『종각』의 마지막 장면에서 광주가 치는 종소리가 마치 광야에서 모세가 부르짖었던 하나님을 향한 갈망의 소리로 들렸다.

호미와 바가지—그 진실의 이름

김 동 민

만우 박영준 선생을 기리는 기념문집 출간을 위한 원고 청탁을 받았을 때 필자 머릿속에 얼른 떠오르는 기억 하나가 있었다. 신영철이 1941년 만선일보사 출판부를 통해 펴낸 재만 조선인 작품집 『싹트는 대지大地』에서 강덕康德 8년 5월에 쓴 글이라고 밝혀 놓고 있는 횡보 염상섭 선생의 서序를 처음 읽었을 때 필자가 받았던 작지 않은 충격이 그것이다. 그 작품집에는 일곱명의 작가들이 쓴 소설이 수록돼 있는데, 그중에는 만우 선생의 단편소설 「밀림密林의 여인」이란 작품도 보인다.

횡보 선생은 그 글에서, 사람의 정의情意가 움직이고 행동이 있고 생활이 있는 곳에 문학이 없을 수 없다는 말을 전제로 하여, 만주에 있는 우리 개척민은 예나 이제나 호미나 바가지짝밖에 가지고 온 것이 없으나, 그 바가지에는 생활이 담겨 있고 그 호미 끝은 거친 정서情緖를 돋구기에

*경상대학교·진주교육대학교 강사, 소설가, 문학평론가.

넉넉하니, 여기에도 문학은 자라났다고 하면서, 그 7편의 작품에 대해 대단한 자부심을 드러내 보인다. 기실 그 작품집에 작품을 기고한 작가들 중에는 만우 선생과 더불어 훗날 우리 문단에서 그 문학적 명성을 떨친 분도 있다.

한국문학의 공백기라고 일컫는 1940년대 전반기는 일제 탄압과 검열에 의해 당시 국내 저명한 작가들도 작품을 발표하지 못하는 상황이었다. 그런 속에 아직은 문명文名을 떨치지 못한 작가들이 조선 이주민의 삶이 살아 숨 쉬는 황폐한 만주를 배경으로 '우리글'로 펴낸 작품집인 『싹트는 大地』는 우리의 관심을 끌 만하다.

이 작품집에 실린 모든 작품들이 그 문학적 향기나 소재素材를 놓고 볼 때 아주 빼어난 작품성을 가졌다고는 할 수 없을지 모르겠으나, 횡보 선생이 논하고 있는 바와 같이, 이 작품집 간행은 오직 출판기록으로만 본다 하여도 당시 만주에 있던 그들로선 획기적 사업이 아닐 수 없었다.

그런가 하면, 횡보 선생은 또 말하기를, 당시 만주에 살던 조선인은 실생활의 빈곤 이상으로 현대문화의 혜택에서 멀리 떨어져 있었다는 사실로 보아, 결코 그 작품집을 적다고 하고 늦다 하지 못할 것이라 하였다. 도리어 그 소설들이 빈 바가지 속에서 나왔고 녹슨 호미 끝에서 자라났음을 생각하면 고맙고 갸륵하다 아니할 수 없다고 덧붙였다.

만우 선생에 대한 강렬한 인상과 아름다운 기억의 샘물을 길어 올리고자 하는 글의 머리에서, 우리글 신문인 만선일보사 출간 작품집에 대해 위와 같이 장황한 사설을 늘어놓은 것은, 그것이 선생의 '끈끈한 진실 지키기'를 천착해 보기에 적합한 내용이기 때문이다. 한국 문인에 대한 일제 감시가 서슬 시퍼렇게 살아 있던 그 시절에, 그것도 고국 땅이 아닌 척박한 만주 땅에서 '우리글'을 통해 작품을 발표했다는 사실은 예사롭지 않다.

학생들에게 만우 선생에 대해 물으면 십중팔구 「모범 경작생」이란 답변이 돌아오기 마련이다. 과연 「모범 경작생」이야말로 선생의 대표작이요 한국소설의 중요한 한 획을 그은 걸작임이 분명하다. 주지하다시피 일제 치하에서 현실적 실리를 좇는 농촌 청년 '길서'의 이중적 인간성을 그려냄으로써 가장 진솔한 인간 유형을 추구하고자 하는 반어적 기법—그것은 허구적 성격과 현실 자각 과정을 실감나게 포착한 미학이 아닐 수 없다. '농촌작가'라고 불리기도 한 만우 선생의 시대를 증언하는 기록으로서의 소설쓰기는 진실을 담아 내기 위한 도구였을 것이다.

「밀림密林의 여인」은 선생의 다른 작품에 비하면 다소 덜 알려진 작품일 뿐만 아니라 그 문학적 성취도 면에서도 낮은 것은 사실이다. 그러나 또 다른 각도에서 만우 선생의 '끈끈한 진실'을 만날 수 있는 소설이라고 생각한다. 나중에 《현대문학》(1974, 6월호)에 발표되기도 한 이 작품은, 김순이라는 처녀가 공산비共産匪 대원으로 10여 년 동안 녹립당 생활을 하던 중 일본군 토벌대에 사로잡혀 산 속에서 나와 작중화자인 '나'와 '나'의 가족이 베푸는 희생과 교화를 받아 사회로 환원된다는 줄거리로 짜여 있다.

얼마 전 펴낸 졸저에서 나름대로 분석해 본 결과에 의하면, 이 작품은 당시 재만 한인 조국광복회 10대 강령 중 7의 내용과도 그 맥이 통하는 부분이 있다. 그것을 보면 양반·상민 기타 불평등을 배제하고 남녀·민족·종교 등 차별 없는 인륜적 평등과 부녀의 사회상 대우를 제고하고 여자의 인격을 존중히 할 것이라는 말이 나온다. 여기서 부녀의 사회상 대우를 제고하고 여자의 인격을 존중히 할 것이란 내용과 「밀림密林의 여인」은 어떤 면에서 상당히 연관성이 있어 보인다.

아무튼 만우 선생은 일제 식민지하에서 발표한 이 소설을 통해 '진실'의 정체성을 파헤쳐 보이고 있는 바, 여기서 우리는 이병섭이 1984년 《현대 사상사》를 통해 번역한 니부어의 『도덕적 인간과 비도덕적 사회』에서 갈파하고 있는 내용을 귀담아들을 필요가 있다.

니부어에 의하면, 도덕적인 인간으로 구성되는 사회일지라도 그 사회는 비도덕적일 수 있다. 한 개인은 동정심도 있고 자기를 희생하면서 다른 사람을 도우려는 이타심이나 이해심을 가질 수 있으며, 또 개인으로서는 양심적이고 이성적일 수도 있다. 그래서 자기를 도덕적이 되게 할 수 있다. 그러나 사회 집단은 그렇지 않다는 것이다. 그것은 몹시 이기적이다. 그래서 한 국가나 계급이 자기들의 이익을 위해서는 부도덕도 감행한다.

여기서 우리는 하나의 벽에 봉착하게 되기 마련이다. 그렇다면 과연 진실된 인간, 진실된 사회는 어떤 인간이고 어떤 사회인가. 소설 속에서 처음에 김순이가 당시 사회로의 귀순을 거부하고, 그녀의 사상은 여전히 공산비 쪽으로 기울어져 있음을 볼 때, 만우 선생이 평생을 두고 지키려던 '끈끈한 진실'의 실체는 어느 정도 우리 앞에 그 모습을 드러내 보인다. 어떠한 압력이나 회유에도 굴하거나 넘어가지 않는 모습이야말로 가장 '진실'에 가까운 것이 아닐는지.

갈수록 각박해지는 현대 사회와 국적 불명의 작품들이 판치는 우리 문단에서 만우 선생의 소설적 성취와 작가정신은 더 한층 빛을 발한다는 생각이다. 초기 농촌소설에서부터 그 후의 소시민의 윤리의식, 말년에 다룬

노년의 인생 소외 문제 등에 이르기까지, 인간의 근원적인 윤리성을 천착코자 한 만우 선생. 당신이 생전에 남긴 말이 새록새록 되살아난다.

> 나는 가난 속에서 태어나고 가난 속에서 자랐다. 내가 아는 사람도 가난한 이들뿐이다. 그 속에서 나온 내 소설이 가난이 아닐 수 없다.

여기서 '가난'은 곧 '진실' 내지는 '성실'을 뜻하는 것은 아니었을까? 목사요 독립운동가였던 부친의 영향을 적지 않게 받았다는 견해도 있거니와, 선생은 과연 어려운 당시 시대정신을 보여 주는 리얼리즘 작가로서 우리 앞에 우뚝 서 있다.

만우 선생의 생애를 되짚어보면 당신의 삶 자체가 한 편의 소설 같다. 고향의 '독서회' 사건으로 일경에 체포되어 구류를 산 일, 6·25 동란 때 인민군에 납치되어 북송 도중 개천에서 탈출한 일, 종군 작가로서의 모험 등, 어떤 면에서 선생은 당신의 소설 속 주인공처럼 가난하고 불행했다. 하지만 선생은 그런 체험을 통해 소외되고 고통받는 사람들에 대한 인간주의적 사랑의 불꽃을 지필 수 있었는지도 모르겠다.

만우 선생을 일컬어 농촌작가라고 해도 좋고 리얼리즘 작가라고 해도 좋고 또 다른 이름으로 불러도 상관없다. 필자가 가장 기리고픈 선생의 인간적 면모와 문학적 위업은, 선생이 다룬 작품 소재는 각기 달라도 그 속에서 보여 주는 하나의 일관된 흐름—끈끈한 진실—이라고 단언한다.

진부한 얘기지만, 그래서 더욱 간과하기 쉬운 진리지만, 인간과 인간 사이에 가장 중요한 것이 진실이다. 영화나 드라마에서 사랑 이야기를 다룰 때 사람들 마음을 사로잡는 힘은 등장인물들이 얼마나 진실된 모습으로 다가오느냐에 있다. 하물며 가장 정제된 결정체인 문학에서랴.

진실된 작품은 진실된 작가만이 이루어 낼 수 있다. 같은 맥락에서 진실된 독자만이 진실된 작품과 작가를 알아볼 수 있지 않을까. 그리하여 필자는 진실이란 화두를 안고서 신선한 공기 들이켜듯 만우 선생 작품집에 코를 처박아 버리곤 하는 것이다.

박영준 교수님의 진실과 작가정신

오 동 춘

만우 박영준 교수님은 진실한 삶과 나라·겨레사랑의 작가정신이 투철한 한국의 대표 작가의 한 분이다. 「모범 경작생」이 1934년 조선일보 신춘문예에 당선되면서 작가로 등단 이후 많은 장·단편소설을 발표한 분으로 자랑스러운 우리 연세인이다. 일제 강점기 조선어학회 사건으로 옥고를 3년이나 치룬 외솔 최현배 박사님의 제자로 우리말, 우리글, 우리얼을 사랑한 작가이다. 최현배 박사님의 불후의 명저인 『우리말본』의 한글정신을 잘 익힌 작가이기도 하다. 1960년대 동아일보에 연재한 장편 『오늘의 신화』에서 그는 문법적 셋째가리킴으로 남녀 성구별이 되도록 외솔 스승이 밝힌 '그미'를 소설에 활용해 썼다. 1920년도 김동인이 '그녀'로 썼던 셋째가리킴을 박영준 교수는 '그미'로 써서 우리 한글사랑, 우리토박이말 사랑에 앞장 선 것이다. 그러나 오늘날 작가 중에 '그미'로 소설을

---

*1958년 연세대학교 국어국문과 입학. 시인, 짚신문학회 회장.

쓰는 사람이 없어 안타깝기 그지없다.

내가 3년간 해병대에 군복무를 마치고 서울 연세 모교에 들렀더니 한양대로 가셨던 박영준 교수님이 국문과 주임교수로 계셨다. 인사를 드린 나는 고등학교 교단에 서고 싶다는 말씀을 드리고 교사 자리가 나면 추천해 달라는 부탁을 드렸다. 1960년 4월 어느 날 김영주 후배가 그때 취직되어 있던 모 학력인정 여자상고 교무실로 찾아왔다. 연세대 신과 출신 동문이 교장으로 있는 온양 어느 학교 교사로 가지 않겠느냐고 하면서 박영준 교수님의 심부름으로 나를 찾아왔다고 했다. 그 따뜻한 사랑이 참 고마웠다. 1960년대는 서울사대를 나와도 얼른 발령이 나지 않을 정도로 중 · 고교 교사 취직이 어려웠다. 그런 어려운 시기에 나의 고교 교사 자리를 마련해 주신 박영준 교수님의 사랑이 지금까지도 고맙기 그지없다. 그러나 나는 미안하게도 서울 밖으로 나가기가 싫어 그냥 여자상고에 눌러앉기로 했다. 온양의 연세동문 고등학교로 옮겨 가지 않은 일이 나중에 좀 후회스럽기도 했다. 기독교 학교인 여자상고의 학교 경영이 바람직하게 느껴지지 않았기 때문이다.

나는 꽃피는 산골 고향인 함양에서 함양중학을 다니며 중학생 잡지로 인기가 높던 《학원》을 애독했다. 거기에 한성중학 유홍락 학생의 「고갯길」 산문이 실려 있는 것을 읽은 일이 있다. 괜찮은 글이었다. 그 글을 쓴 지은이가 바로 유홍락 친구로 연세대 국문과 동문이다. 박영준 교수님은 이 유홍락 동문의 「고갯길」을 글짓기할 때 필요한 가필 과정의 예로 활용하면서 구체적으로 분석해서 설명했다. 가필과 정정의 박영준 교수의 글이 1960년대 고교 국어교과서에 실려 유홍락 동문의 「고갯길」은 잘 알려지게 되었다. 어느 날 동문 모임의 대화에서 언론인으로 활동했던 유홍락 동문은 박영준 교수의 「고갯길」 글을 활용하신 일이 칭찬인지, 꾸중인지? 분간이 가지 않는다고 했다. 그래도 자신의 「고갯길」 글을 예문으로 활용해 주신 박영준 교수님이 고마운 은사님이라 했다.

박영준 교수님은 연희전문 재학 시에는 소설이 아닌 시를 쓰셨다. 1931년도에 발행된 《연희》지에 두 번에 걸쳐 「근성과 눈물은 다 말랐다」라는 시를 발표했다. 시인의 꿈이 있었던 것으로 생각된다. 그러나 졸업을 한 달 앞두고 1934년도 조선일보 신춘문예에 「모범 경작생」이 당선되면서 당당하게 작가로 등단한 것이다. 신동아에서 현상 모집한 소설 콩트인 「새우젓」과 『일년』도 같은 해에 당선의 영광을 안게 되어 1934년도에 박영준 교수님은 화려한 등단의 출발을 보인 것이다. 3편의 소설이 한꺼번에 당선된 소감은 "그만 죽어도 한이 없다. 내 생애 최고 기쁨이다"라고 했다. 죽어도 여한이 없을 만큼 박영준 교수님은 기뻤던 것이다. 그 후 단편 「생호라비」(개벽 신간 1935.1), 「딸과 개」(조선문단 1935.4), 「어머니」(조선문단 23-24호) 등을 발표하여 농촌작가라는 말을 듣게 된 것이다. 일제 치하에서 모진 수난을 겪는 불행한 농민을 등장시켜 당시의 비참한 농촌현실을 반영했기 때문이다. 그의 대표작 「모범 경작생」만 살펴보더라도 소작농의 빈곤한 농촌현실을 파헤치고 성실한 '성두'를 모범 경작생으로 부각시킨 것이다. 반대로 기회주의자로 친일 성향이 있는 길서를 부도덕한 농민으로 성두의 모범농민상과 비교하여 사회정의와 삶의 바른 질서가 무엇인가를 작가정신으로 뚜렷하게 보여 준 것이다. 작품 사상으로 깊이 살펴보면 소설을 통한 박영준 교수님의 일제에 대한 적개심과 간접적으로 조국광복을 향한 간접적인 독립투쟁의 하나로 평가해 보지 않을 수 없다.

1932년 춘원 이광수의 『흙』이나 동아일보 창간 15주년 기념 현상 당선 소설인 심훈의 『상록수』와 함께 박영준 교수님의 「모범 경작생」은 1930년대 초기의 대표적인 한국의 농촌소설이요 애국소설인 것이다. 이런 흙 정신과 흙의 진실, 정의감은 이무영의 『제1과 제1장』 『흙의 노예』 등의 작품으로 이어진 것이다.

우리말과 글과 성과 이름까지도 다 빼앗기던 악랄한 일제 치하에서 1945년 일본의 무조건 항복으로 제2차 세계대전의 연합국에 손을 듦으로 우리는 감격의 광복을 맞이했다. 박영준 교수님은 광복 후 좌우익의 갈등과 혼란, 6·25사변, 4·19, 5·16 등의 정치적 격동기를 겪으면서 작품의 주인공을 농민에서 도시의 소외된 지식인, 소시민의 생활상을 그리면서 삶의 진실한 방향과 윤리적인 작품 가치를 일관성 있게 지향해 나간 것이다. 결코 시류에 편승해 사회로부터 지적 받는 일은 없었다. 《신세대》 《신천지》 《백민》 《문학예술》 《자유문학》 《현대문학》 등의 잡지를 통해 왕성한 창작활동을 보여 주었다. 박영준 교수보다 두 살 아래인 김동리 작가는 사상이나 작가정신 면에서 앞서 가는 선배 작가라 했다.

소설로 이바지한 박영준 교수님의 작품적 평가는 『그늘진 꽃밭으로』 작품으로 제1회 아시아 문학상을 수상하고 이어 예술원상(1965), 서울시 문화상(1967)이 잘 증명해 주고 있다.

박석훈 목사님을 아버지로 모신 박영준 교수님은 광성고보, 연희전문 등 기독교 계통의 학교에서 교육을 받은 것이다. 특히 “진리가 너희를 자유케 하리라.”의 성경 교훈을 배우며 믿음, 소망, 사랑의 실천을 이루며 인격을 형성한 것이다. 연희전문은 투철한 두 민족주의자 교수로 외솔 최현배, 위당 정인보 선생이 우리말과 글과 얼의 중요성을 일깨워 주시며 국어사랑, 나라사랑의 교육을 철저히 시킨 것이다. 고향인 강서에서 민족정신을 북돋우기 위해 독서회를 조직, 활동하다가 일제 경찰에 붙잡혀 5개월간 유치장에 갇혔던 수난도 박영준 교수는 겪었다.

우리 애국지사들이 독립 투쟁의 활동 공간으로 일제와 맞서 싸우는 만주 용정의 동흥중학에서 교편을 잡다가 광복을 맞이하여 귀국한 박영준 교수님은 잠시 언론계, 잡지사, 출판계에 계시다가 연세 모교 강단에 선 것이다. 소설 강의를 하며 잡지나 신문을 통해 후학을 길러 내고 정의, 진리, 자유의 정신으로 학생을 지도한 것이다.

나는 신경여상, 영등포공고, 중앙여고를 거쳐 대신고교에 근무하며 연세교육대학원에 적을 두고 학업을 닦을 때, 박영준 교수님의 소설론을 한 학기 들었다. 소설의 특성과 요소, 소설의 구조 등에 대한 이론 강의를 주로 했다. 당신의 소설 이야기는 의도적으로 피했다. 동료 교사들과 새해 세배차 집을 방문하면 반가이 맞아 주셨다. 서재 밖의 한 방에는 열린 문으로 방안 가득 책이 쌓여 있었다. 작가면서 학자인 모습을 많은 책으로 보여 준 것이다. 산파 일을 하신다는 사모님은 뵐 수 없었다. 박승렬 선배는 동아방송에서 몇 번 찾아가 만나 봤을 뿐 아버지인 박영준 교수댁에서는 한 번도 만난 일은 없다. 박영준 교수님 집을 찾는 데는 사모님의 산파 안내 표지판이 조그마하게 북아현동 거리에 보여 쉽게 찾을 수 있었다.

1958년도 입학 동기인 우리 동문은 내가 15년간 총무로 봉사할 때는 매달 한 번씩 친목 모임을 가졌다. 그때 우리는 재학시의 은사님들을 모셔 대접한 일이 있다. 국문과 은사였던 권오돈 교수님을 비롯하여 허웅, 장덕순, 박영준, 박두진, 이종은, 문효근, 김석득 교수님들을 모시고 대화를 가졌다. 철학과의 정석해 교수님은 권오돈 교수님과 함께 모셨다. 권오돈 교수와 정석해 교수는 4·19 때 교수 데모에 앞장을 섰던 은사이기도 했다.

박영준 교수님은 시청 앞 북창동 가화다방에서 만났다. 아늑한 다방으로 차향기가 좋았다. 재학시 강의를 듣거나 함께 겪은 일을 추억담으로 웃으며 나누었다. 근처 음식점에서 구수하게 저녁을 나누고 다음으로 당구장에 갔다. 거기엔 당구를 즐기는 몇 친구들이 함께 모이신 것이다.

1976년 문과대학장으로 계시면서 정년퇴임을 한 달 남긴 그 해 여름 세브란스병원에서 박영준 교수님이 하늘나라로 가셨다는 부음을 들었다. 좀 더 사시어 더 좋은 작품을 남기고 떠나셔야 하는데 참 안타까운 별세였다. 가신 지도 벌써 30년이 넘었다. 저 지난해 박영준 교수님의 맏아드님이신 박승렬 선배님과 정현기 교수를 비롯한 제자 몇 사람이 편집위원이 되어 『박영준 소설 전집』을 낸 일은 참 기쁜 일이다. 이제 이선영 교수와 유경환 시인이 중심이 되어 우리 연세 국문과 동문들이 함께 몇 해 전부터 논의해 온 박영준 소설가 비碑가 박두진 시인의 시비詩碑와 함께 윤동주 시비처럼 우리 연세 교정에 보람차게 우뚝 세워지길 빌어 마지않는다.

빈곤과 고독의 의미

이 선 영

정년퇴직을 하면 대작을 쓰겠다고 하시던 선생이 그 정년을 불과 한 달 남짓 앞두고 세상을 떠나신 것을 안타깝게 생각하며 삼가 이 졸고를 선생의 영전에 바친다.

1

만우晩牛 박영준朴榮濬의 작품 세계는 언제나 소박하고 건실한 목소리로 가득 차 있다. 꾸밈없고 직선적인 문체는 그의 삶을 매우 진솔하게 노출시켜 준다. 문학은 작자의 체험을 표현한다는 말이 그에게 있어 한층 적절한 것으로 받아들여지는 그런 목소리 때문이라고 하겠다, 그래서 우리는 그런 목소리를 통해서 이를테면 그 자신이 체험한 초년의 경제적 궁핍과 만년의 생활의 고독에 관해서 이해하게 된다. 그리고 그 궁핍은 그

*1951년 연세대학교 국어국문과 입학. 문학평론가, 연세대학교 명예교수.

의 개인적인 체험이면서 당대 우리 민족의 현실과 연결되는 것이고, 그 고독은 이와는 달리 개인적인 윤리의 추구 내지 심경의 서정이 그 중심을 이룬다.

그는 가난한 농가에 태어나 고학으로 전문학교를 졸업하자 곧 문단에 등장하였다. 전문학교를 졸업한 그 해에 장편 『일년一年』이 동아일보 신동아의 현상소설에 당선되었고, 이어 단편 「모범 경작생模範耕作生」이 조선일보에, 콩트 「새우젓」이 신동아에 각각 당선되었다. 이러한 그의 초기 작품들이 주로 농촌을 소재로 하였기 때문에 흔히 그를 농민소설 또는 농촌소설의 작가로 불린다. 사실 초기의 그는 그렇게 불릴 수 있을 뿐 아니라 그 면에서 확고한 성과를 남긴 것으로 보인다. 우선 그의 농촌소설에서 주목할 것은 지난날의 한국소설에서 자주 눈에 뜨이던, 농민에 대한 지식인의 자선적慈善的 태도나 계몽의 설교 같은 것이 배재되어 있다는 것이다. 바꾸어 말하면 그것이 가난한 농민들에 대한 단단한 유대감과 잔인한 일제 및 악질적인 지주에 대한 강력한 저항이 소박하고 박진한 문체에 자연스럽게 융해되어 있다. 말하자면 가난한 농가農家 출신의 이 작가에 의해서 일제의 수탈로 신음하던 당시의 한국 농민 생활의 진실 즉 그 빈곤의 의미가 제대로의 표현을 얻었다고 하겠다. 한편 그는 어릴 때의 가난하고 외로운 생활과도 이어지는 고독자孤獨者의 면모를 50대 전후(1960년경)부터 짙게 보여 준다. 1968년에 발간한 소설집 『추정』의 후기에서 그는 날로 늘어가는 고층 건물을 바라보며 다음처럼 술회하고 있다.

> 자꾸만 낯이 설어지는 거리에서 소외감을 느낀다. 유행병처럼 몸이 위축되고 마음이 도사려진다. 방향감각을 잃은 것처럼 나아갈 방

향을 찾을 수 없다.

이와 같은 소외감은 「어떤 노화가老畵家」 「고호古壺」 「사랑의 거리」 「그늘 밑에서」 「죽음 앞에서」 등에서 이미 구체적인 고독자의 모습으로 나타나 있다. 때로는 심미적 자세로 때로는 윤리적인 자세로 그리고 때로는 서정적인 자세로 그 고독자의 면모를 보여 준다.

> 나는 결국 나 자신의 길을 줄곧 고독하게 걸어왔다. 산보뿐만 아니라 인생의 걸음을 모두 고독하게 걸어온 것이다.

헤르만 헷세가 소설 『가을의 도보여행』에서 말한 이 고독한 길은 바로 이 작가가 50대 이후에 걸어온 길을 생각하게 한다. 이 시기의 작품들을 읽었을 때, 나의 머리에 떠오르는 이 작가의 초상은 바로 헷세와 유사한 고독자의 그것이었다.

이 글에서는 주로 앞에 든 바와 같은 농민의 빈곤과 작자 자신의 고독자로서의 면모를 중심으로 이 작자의 작품 세계를 살펴보고자 한다. 40여 년에 걸친 작가 생활로 200여 편의 단편과 7편의 중편, 그리고 17편의 장편 소설을 생산한 그의 작품들 가운데서 여기서는 박영준朴榮濬 당선 작품집 『일년一年』과 단편집 『고호古壺』를 대상으로 고찰하려는 것이다. 이로써 이 작가의 작품 세계가 완전히 들어나기는 어렵다 하더라도 그 주요한 면모는 어느 정도 밝혀질 것으로 기대한다.

2

초기작품 가운데 그 수준이나 중량으로 보아 이 작가의 가장 대표적인 작품은 일반에게 많이 알려져 있는 「모범 경작생」이 아니라 『일년』이 아닌가 생각한다. 그 이유의 하나는 우선 전자가 단편인 데 비해서 후자가 장편이라는 점에 있음을 부인할 수 없다. 당시의 한국 농촌과 농민이 안고 있는 문제를 충분히 구체화하는 데는 단편인 전자보다는 장편인 후자가 더 자유로운 형태라고 볼 수 있으니 말이다.

그러나 단순히 작품 규모의 크고 작음만을 가지고 그런 생각을 막연히 하는 것은 아니다. 그보다는 『일년』이 전자에 비해서 식민지 시대 한국 농촌의 문제점을 더욱 정확하고 선명하게 제시해 놓고 있기 때문이다. 하기야 「모범 경작생」도 당시의 농촌 상황의 일면을 나타내지 않는 바는 아니지만 그 저극성이나 포괄성에 있어 『일년』에 미치지 못한다. 「모범 경작생」은 주인공 길서가 관권과 결탁하여 동리 사람들에게 피해를 끼치고 자신의 치부와 호강을 도모하는 데 대한 비판을 하고 있지만 일제의 수탈과 탄압에 대한 포괄적이고 적극적인 묘사와 비판은 상당히 생략하고 있다.

말하자면 여기서는 당시 농촌의 가장 중요한 빈곤의 문제 같은 것을 식민주의자들의 통치에 연관시킴에 『일년』보다는 다소 소극적인 것으로 보인다. 반면에 『일년』이 우리에게 주는 감명은 그 포괄적인 상황 표현과 떼어 놓고 생각하기 어렵다. 즉 여기에는 일제의 수탈과 지주의 착취로 인한 농촌 몰락의 전체적 상황이 생생하게 표현되어 있다. 작자도 이 작품 제작의 의도를 다음과 같이 밝힌다.

"일제의 세금과 부역 등으로 부당한 착취를 당했고 또 국내 지주의 지나친 소작료에 신음하며 희망이란 것을 잃은 채 살아가는 온 소작인들, 대부분 농민들의 가난한 생활상을 사실적으로 그리려 했던 것이다."

우선 가혹한 세금에 의해서 농민이 몰락하는 한 경우를 읽어보자.

삼 년 전까지도 동네에서 넉넉하다는 말을 들어가며 땅을 남에게 타작으로 주어 가며 살아가던 집이다. 집도 큰 집을 쓰고 살고 소도 돼지도 치며 근심을 모르고 지냈다. 그러더니 이가 금융조합의 세금 관계로 집달리가 몇 번씩 왔다갔다하는 바람에 큰 집을 빼앗기고 작은 단칸집으로 내려갔으며 남에게 소작을 주던 그들이 도리어 남의 소작을 하게 되었다. 학교에 다니던 얌전이도 집에서 애를 봐야 했으며, 감농만 하던 얌전이 아버지는 호미에 손의 피를 흘리지 않으면 안 되었다.

작자는 이처럼 농민의 몰락이 그들 자신의 태만이나 과오로 빚어진 것이 아니라, 일제의 착취에 기인한다는 것을 말하고 있다. 그리고 이와 같은 착취를 가장 현저하게 묘사한 부분으로 추측되는 '호적편戶籍篇'이 당국에 의해서 전부 삭제된 것은 독자에게 아쉬움을 주지만 이 작품의 항일적 성격을 더욱 명확히 입증한다.

그 항일적 성격은 일제가 한국 농민에게 무상의 부역을 강요하고 저임으로 노역을 착취함을 폭로한 데에서도 나타난다. '치도편治道篇'은 일인 회사가 해변에 농장을 만들기 위해서 마을 사람들로 하여금 그곳으로 통하는 길을 무보수로 닦게 하는 얘기이다. 또 '신축농장편新築農場篇'에서는 넓은 간척지를 개간하여 그 농장을 만든 일인회사가 한국인들에게 돌을 나르는 고된 일을 시키고도 식비밖에 안 되는 싼 임금을 준다든가 혹은 임금인상을 진정하는 노무자를 해고시키는 경우를 다루고 있다.

그 밖에도 가령 줄모(정조식)를 안 한 논의 모를 뽑아 버린다든가 뽕나무 재배 일등상을 교통비도 안 되게 주는 관청 사람들에 대한 불만을 통해서도 항일적 태도는 표시되어 있다. 한편 지주나 의사와 같은 유산 계급에 대한 비판을 주목할 필요가 있다. 소작인이란 약점을 이용하여 점심도 주지 않고 종일 무보수로 일을 시키는 김 참봉, 그는 본처 이외에 첩을 셋이나 거느리고 있으며 자기 텃밭의 곡식 피해를 막기 위해 남의 닭을 병들어 죽게 만드는 악질 지주의 전형이다. 또 일본에 가 있는 그의 아들은 돈을 물 쓰듯 낭비하고 후일 고향에 돌아와서는 돈으로 마을 여자들을 농락하려다가 실패하기도 한다. 그리고 의사는 위급한 환자를 위해 왕진을 요청하는 사람에게 출장비와 약값을 물겠다는 확약을 미리 받고서야 응한다는 것이다. 이러한 진술로도 알 수 있듯이 가진 자에 대한 작자의 이 같은 비판은 당시의 시대적 분위기와도 관계되겠지만 그보다도 오히려 작자의 눈이 가난한 농민의 그것과 일치하기 때문인 것으로 풀이된다. 이 작가의 농민에 대한 단단한 유대紐帶 의식이나 깊은 이해자理解者로서의 면모는 다음과 같은 말에서도 엿볼 수 있다.

> 하지夏至가 지난 지 열흘이 되도록 모를 심고 김을 매느라고 누렇게 익은 벼를 베지 못했던 성순이는 오월 그믐날에야 낫을 들고 보리

밭으로 나갔다. 하지가 지나면 보리 뿌리가 썩는 다는 것을 모르지 않았고 또 보리를 베어 들여야 하루 빨리 자기의 곡식으로 먹고 살 것을 모르는 바 아니다. 그러나 그동안 진 품을 갚아 주어야 했기 때문에 그는 이제 겨우 지게를 지고 나선 것이다.

이것은 농사와 계절의 관계라든가 당시 농민의 어려운 사정 등에 관해서 이 작가의 자상한 이해의 일면을 보여 준 것이다. 그 이외에도 민요를 비롯한 농민의 언어 구사라든가 단오절의 민속놀이에 의한 농촌 풍속의 묘사 등은 작품의 박진성을 살리는 데 공헌하고 있다.

『일년』을 중심하여 살펴본 이 작가의 초기 작품세계는 이처럼 식민주의자 일제의 수탈 정책에 의한 한국 농민의 퇴폐와 몰락을 분노와 반항의 필치로 그린 것이다. 그 필치가 때로는 거칠고 소박한 점이 없지 않으나 그것은 오히려 그 주제와 감정에 대응되는 것으로 받아들여진다. 그러데 이에 비해서 50대 이후의 그의 작품 세계는 과연 어떻게 달라져 왔을까.

3

이 작가의 50대 전후에 쓴 작품들을 모은 단편집 『고호』를 읽으면 누구나 거기서 한 고독한 작가, 즉 심미적이면서 윤리적인 한 고독자의 한 초상을 만나게 다. 이를테면 그 초상은 「어떤 노화가」 「고호」와 같은 심적인 계열과 「사랑의 거리」 「그늘 밑에서」 「죽음 앞에서」처럼 윤리적인 계열로 양분할 수 있다. 「어떤 노화가」를 보면 세상의 냉정을 슬퍼하고 마음 속에 고독이 사라질 날이 없던 노 화백은 비록 옛날의 제자가 자신의 화집을 출판해 주고 식모도 친절과 정성을 다해 주고 또 과거의 애인을 다시 만나지만 결국 자신은 일생 고독해야 할 사람으로 자처한다. 여러 사람이 자기에게 친절하다 하더라도 자신의 고독만은 메울 수 없는 것으로 생각하며 오직 자기의 길을 고독하게 정진할 뿐이다. 따라서 그는 옛 애인의 내방을 거절하고 자신의 예술을 위해서 "그림에 대한 이미지를 깨뜨리지 않으려고……" 노력할 따름이다.

여기서는 이 작가의 고독이 예술을 위해서 정진하는 심미적 태도에 근거하고 있음을 알 수 있다. 그 밖에도 이 작가는 노 화백을 통하여 자기의 예술을 부당하게 천대하는 사회에 대해서 불만을 표시하고 있다. 자신의 그림이 다방에서는 춘화春花처럼 취급되고 혹은 어떤 사람의 출세를 위한 선물로 사용된 것을 알고 자기가 사회의 학대와 경멸을 받고 있다는 데서 큰 놀라움과 외로움을 느끼기도 한다.

「고호」의 주인공을 통해서도 그러한 심미적 고독자의 면모는 잘 나타나 있다.

이 작품에서는 행동의 구속과 마음의 불안에서 해방되고 싶어 하는 주인공(신문기자)의 소망이 한 개의 고려자기에 의해서 이루어진다. 신문사의 구속된 생활과 현실의 불안한 상황 속에서 주인공은 어떤 노인이 가지고 온 고려자기 항아리와 술병에 관심을 보이며 다방의 구리 항아리에서 '영원한 아름다움과 영원한 평화'를 느끼고 특히 쌀을 사야 할 월급을 모두 털어 고려자기 커다란 대접 하나를 사고 마는 점에서 심미적 태도를 제시한다. 작가는 그와 같은 주인공의 태도를 신문사의 간부와 그의 아내가 보여 주는 세속적 경제 가치에 치중하는 경향과 대조시킴으로써 정신의 불안을 털어 버리고 영원한 아름다움을 지향하는 고독한 심미적 의지를 한층 명백하게 표현하고 있다.

그러나 「정형수술整形手術」에서 이 작가는 아름다움이 인위적으로 조작되고 영업의 도구로 이용되며 맹목적인 탐닉의 대상으로 전락하는 따위는 용납하지 않는다. 정형외과 의사의 부인이 그의 남편에 의해서 눈과 코의 정형수술을 받고 미인대회에 나가 당선도 되지만 결국 안면신경의 마비를 초래하게 된다는 것은 미의 인위적 조작과 영리적 이용이 불가함을 밝힌 것이다.

또 그 부인의 아름다움에 이성을 잃은 한 사나이의 변태적 행동이 그 부인에 의해서 큰 상처를 입는 것을 통하여 미에 맹목적 탐닉을 경계하고 있다.

이상에서 우리는 이 작가가 예술을 옹호하고(「어떤 노화가」), 거기서 영원한 평화와 아름다움을 추구하며(「고호」), 조작된 미와 영리적인 미를 배격하는(「정형수술」) 심미적 태도를 보았다. 그러나 이 심미적 태도는 결코 인생을 외면하거나 부정하는 편협한 유미주의가 아니다. 앞에서 살펴본 작품들 가운데서도 가령 「고호」의 평화 추구적인 면과 「정형수술」의 조작미를 배격하는 점에서 이 작가의 인생에 대한 윤리관의 일면을 엿볼 수 있거니와 실상 그의 작품이 언제나 그렇듯이 이 시기에도 윤리적 문제는 그의 작품에서 지배적인 주제가 되어 있다. 이를테면 「식모食母」에서 부부 간의 윤리를, 「열전熱戰」에서 부자간의 가치관을 그리고 「사랑의 거리」에서 목사의 윤리적 내지 종교적 자세를 그려 놓고 있다.

먼저 「식모」를 보면 그것은 비록 부부 간의 도리에 어긋나는 부정과 같은 과오도 진정으로 본인이 회개하는 경우에는 용서받아 마땅하다는 주장이다. 일 년간 외국에서 연구 생활을 마치고 돌아온 강 교수는 그 사이에 아내가 다른 남자와 간통을 저지른 것을 알게 되자 이혼 수속을 끝내고 아내를 내쫓으려 한다. 그러나 아내가 진심으로 잘못을 뉘우쳐 아내 아닌 식모로서의 봉사를 다함을 보고 그는 세상 사람들의 간섭에도 불구하고 이혼을 단념하게 된다는 것이다.

「열전」에서는 부자간의 상이한 가치관의 충돌이 서간체의 형식으로 진술되어 있다. 아들은 '인격'과 '자유'를 요구하는 반면 아버지는 '주체성'과 '성실성'을 주장함으로 인해서 충돌이 빚어진다. 학교 성적이 불량하고 이성 교제가 좋지 못하며 담배와 술을 즐기고 또 아내의 금붙이를 훔치기도 한 아들은 아버지에게 자신의 인격의 인정과 자유의 허용을 요구한다. 이에 대해서 아버지는 아들의 나쁜 버릇과 불량한 환경에서 손을 떼어 주체성을 확립하고 성실하게 살아 나가라고 주장하며 그것을 위해서 집을 나가 세상의 고난을 맛보라고 말한다. 이리하여 이 부자간의 서로 다른 가치관에 의한 대립은 앞에 든 「식모」의 경우와는 달리 화해 없는 팽팽한 갈등으로 끝까지 맞선다. 이처럼 「식모」에 있어서의 부부 간의 화해와 「열전」에 있어서의 부자간의 갈등은 「사랑의 거리」에 와서 무한한 용서와 사랑이라는 종교적 차원으로 승화된다. 그 사랑과 용서는 오 목사와 양녀 사이의 관계를 주축으로 하여 거기에 또 오 목사와 식모 및 교인들과의 관계도 곁들여 표현되고 있다. 이북에 아내를 두고 월남한 오 목사가 양녀와 식모의 육체적 유혹을 물리치고 남녀 교인의 간음 문제를 해결하고 집을 나간 양녀 은혜를 위해서 끊임없이 기도를 올리는 과정이 그의 한결같은 목사로서의 자세에 의해서 지탱되고 있다. 하기야 오 목사가 유혹을 물리치기 위해서 자기의 음경을 절단하는 장면은 독자에게 다소 괴이한 느낌을 주기도 하지만 그것으로 인해서 이 작품의 주제가 매우 선명하게 부각되었음은 의심할 수 없는 사실이다. 그 같은 사정은 오 목사의 다음과 같은 진술을 보면 알 수 있다.

나는 불구이기 때문에 삼팔선 이북에 있는 아내에게 죄를 짓지 않았다. 식모에게도 은혜에게도 죄를 짓지 않았다. 동시에 그들을 모두 미워하지 않을 수 있다. 은혜야! 오늘부터 딸이란 말을 하지 않으련다. 하나님이 멀리서 인간을 사랑하시듯 나도 너를 멀리서 사랑하마……. 너를 위하여 끊임없이 기도를 하마 나에게는 돌아오지 않아도 좋다. 그러나 언제든 하나님 품으로 돌아가라…….

그러나 한편 오 목사는 인간으로서의 고독감이 아주 없었던 것은 아니다. 사랑하던 양녀가 다시는 돌아오지 않을 두 번째의 가출을 했을 때, 그는 온 세상이 자기를 버린 것 같은 느낌이었던 것이다.

이와 비슷한 외로운 감정은 특히 「그늘 밑에서」의 주인공 최 교수에 의해서 표현되어 있다. 일찍이 상처를 하였고 얼마 전 4·19 혁명에 맏아들까지 잃은 최 교수는 두 딸이 귀엽게 또 극진히 대해 주건만 그의 마음은 외로움에서 벗어날 수가 없다. 국회의원 출마라든가 4·19유가족회의 결성 같은 것을 '학문과 아들의 이름'을 빙자하여 권유하는 사람들에게 실망을 느꼈고, 맏딸이 사랑에 실패하자 자살을 기도한 것을 보고 자기로부터 떨어져 나가는 장성한 딸에게서 외로움을 느끼기도 한다. 특히 두 딸을 위하여 낚시질을 그만두고 해수욕장으로 떠나게 된 아침에 최 교수는 다음처럼 일종의 내키지 않는 마음과 어떤 고적감을 갖게 된다.

여행 준비를 열심히 하고 있는 명혜와 금혜를 바라볼 때, 창우(최 교수)는 갑자기 무엇 때문에 바다엘 가는가 생각했다. 화려하고 복잡하다는 만리포 해수욕장. 남자나 여자나 할 것 없이 나체 전시장 같다는 해수욕장. 막상 떠날 시간이 되니 창우는 해수욕장에 대한 혐오증을 일으켰다. 그러나 명혜와 금혜가 떠날 준비를 다 해 놓았다.

'바다엘 다녀와서는 혼자서 낚시질이나 가야지.'

창우는 혼자 생각하며 명혜와 금혜를 따라 만리포를 향해 집을 나섰다.

끝으로 「죽음 앞에서」를 보면 그것은 위의 「그늘 밑에서」와 비교하여 고독자의 강한 의지적인 자세를 제시하고 있다. 후자가 자녀의 그늘 밑에서의 아버지의 고독한 삶을 정서적인 측면에서 다룬 것이라면 전자는 죽음에 임박한 가장이 그 가족에게 가능한 한 부담을 남기지 않으려는 윤리적 의지를 진술한 것이다. 그리고 그 진술은 어머니의 죽음에 관한 것을 쓴 '전장前章'과 내(화자) 죽음의 준비에 관해서 기록한 '후장後章'으로 구분되어 있지만, 중심 되는 이야기는 물론 후장이다. 그러므로 여기서는 이 후장의 내용만 잠깐 알아보기로 한다. 이 부분을 보면 나는 죽음을 며칠 앞두고 먼저 부고할 이름과 주소를 적어 내가 죽은 뒤에 부의금이 들어오게 함으로써 남은 가족이 장례식에 빚을 지지 않도록 한다. 아들과 딸에게는 상사가 났을 때, 형식적인 곡을 하지 말 것과 염을 하지 말 것을 당부한다. 그리고 금붙이가 죽은 이 몸에 붙어 있으면 좋지 않기 때문에 나는 고통을 참고 금니를 뽑아 버린다. 이리 하여 나는 아늑한 마음, 평화스러운 표정으로 죽으려 한다는 것이다. 이처럼 신변을 말끔히 정리하고 죽음에 임하는 주인공의 태도는 이 작가가 인생의 궁극적인 비참과 고독을 이해하면서도 그 인생을 끈기 있게 긍정하는 데서 유래하는 것으로 생각된다.

4

이상에서 우리는 박영준의 작품 세계를 그의 문단 데뷔 시절인 20대와 그 활동이 가장 왕성, 원숙했던 50대 전후의 작품들을 중심으로 살펴보았다.

그 결과로 첫째, 당시 농촌의 피폐疲弊나 몰락沒落 내지 그 빈곤이 무엇을 뜻하는지를 정확하고 생생하게 묘사해 주고 있음을 보았다. 그것은 일제가 한국 농민의 경제와 노역을 혹독하게 착취함으로써 또 거기에 국내 지주의 횡포와 수탈마저 가세함으로써 그 피해와 빈곤은 가속되고 심각해졌다는 것이다.

우선 이 점에서 그는 현실과 역사에 대한 올바른 상황의식을 보여 주고 있거니와 또 그 작품의 문체나 작가의 시선이 철저히 농민의 언어와 눈에 일치되어 있기 때문에 작품의 사실성도 강화되고 있다(비록 농민의 소박한 언어 감각이 다소 거칠게 노출됨으로 인해서 문학 작품이 요구하는 일정한 표현적 세련을 감소시키고 있기는 하지만). 그러므로 이런 점들을 가장 잘 그려 놓은 장편 『일년』은 1930년대 한국 농촌소설 가운데 대표적인 사실주의 작품의 하나로 꼽을 수 있을 것이다.

그런데 초기의 이와 같은 농촌을 소재로 한 상황 의식적 작품 경향은 50대 전후에 와서 도시인의 생활을 소재로 한 인간의 윤리적 문제에 대한 관심으로 바뀌게 된다. 그리고 그런 윤리적 추구를 통하여 작가는 고독자로서의 면모를 농후하게 드러내고 있으며 또 그 면모는 때로는 종교적인 준엄한 자세로 때로는 심미적인 예술가의 자세로 또 때로는 노경의 서정적 자세로 표현되기도 한다. 따라서 이 시기의 작품 경향은 초기의 그 현실참여적인 리얼리즘과는 달리 정치 사회적 현실에서 떠나 인생문제를 차분히 서정하는 리리시즘lyricism에 접근한 것이다.

작가 박영준

정 현 기

1911년 3월 2일(음력)부터 1976년 7월 14일(양력)까지 만 65년이라는 시간의 한 도막 속에 작가 박영준 선생은 살다가 갔다. 단편소설 199편, 장편소설 22편, 중편소설 14편, 기타 콩트, 번역 소설, 수필, 평론 모두 200자 원고지로 환산하여 총 5만장 이상의 글을 남겼다. 진명여고보를 나온 정숙용鄭淑龍 여사와 평생을 살며 그 사이에 7남매를 낳았다가 승열, 승언, 경림 3남매만을 키워 남긴 선생의 생애는 얼핏 보아 그 같은 시간대를 살았던 다른 지식인들의 삶과 비교해 보면 별다른 차이가 없었던 것처럼 보일지 모른다. 그만큼 그의 시대는 억압이라는 고통과 일제 착취로 겪어야 했던 굶주림이 한반도에 가득 차 있었다는 뜻이겠다. 「구더기가 들끓는 무덤」으로 염상섭이 그 시대의 우리 민족 삶의 처지를 표현했고,

*1960년 연세대학교 국어국문과 입학. (전)연세대학교 국문학과 교수, 문학평론가, 문학박사.

"농이 질질 흐르는 가난병으로 죽어간다."고 채만식이 한탄했던 시대의 한복판에 나서 살아야 했던 작가 박영준 선생은 출생 당시부터 어둡고 우울한 전반적 분위기 속에 놓여 있었다. 그는 어려서부터 외로움이 어떻게 사람을 기죽이는지를 뼛속 깊이 익혔던 분이다.

박영준 선생은 뜻이 웅대하고 감정이 격렬해서 다른 사람을 압도하거나 빨아들이는 그런 분이 아니었다. 그런가 하면 사람의 폐부를 찌르는 듯한 날카로움이나 사람을 매혹시키는 그런 재치로 명쾌한 분위기를 풍기는 분도 아니었다. 시야가 넓고 뱃심이 두터워 세계를 향해 한 마디쯤 큰소리로 자기 삶의 정당성을 외치려는 그런 지사적인 느낌을 거느리고 사는 분도 또한 아니었다. 그는 화려하거나 호탕한 분이 아니었고, 야심과 패기에 차서 분수에 넘치는 욕망을 겉으로 드러내는 분이 아니었다. 그분에게서 4~5년간을 배웠고 필자의 대학원 시절에는 그분의 조교 일을 보며 지도를 받는 동안 마주쳐 받은, 적어도 필자의 인상으로는 그런 분이었다. 호탕한 웃음으로 크게 소리를 내거나 경박한 몸놀림으로 사람을 불안하게 하는 적이 없는 조용하고 수수하며 늘 심사숙고하는, 어찌 보면 소심한 분이었다.

사람의 심성을 결정짓는 것이 과연 선천적인 어떤 형질에 의한 것이지 혹은 후천적으로 나서 마주친 환경 속의 공간 내용들에 의해 결정되어지는 것인지를 쉽게 단안 내릴 일은 못 된다. 하지만 사람의 성격에 미치는 환경의 힘을 무시할 수 없다는 논거는 여러 방면의 심리학적 근거들로 알 수 있다.

1910년 한·일 합방이 되면서 데라우찌라는 일본 군인이 잔혹하기가 독사 같은 일본 헌병 2만 명과 무뢰한들로 구성된 헌병 보조원 2만 명 도

합 4만 명을 거느리고 와 한반도의 요소요소에다 풀어놓음으로써 시작된 일제통치가 얼마나 비인간적이었고 악귀들 같았었는지를 지금의 우리들은 대체로 모르고 있거나 그쪽으로는 눈조차 돌리지 않으려 하고 있는 실정임에 틀림없다. 105인 사건이라 불리는 안명근 이하 600여 명의 한국인 지식인들을 무조건 잡아다 데라우찌 총독 암살사건 음모 조직이라는 사건을 꾸며가지고 악독한 고문을 가한 구체적인 내용 속에 잠시만 깊이 집중하면 몸서리를 치면서 눈물 흘리지 않을 한국인은 없으리라 믿는다. 바로 이런 끔찍한 만행이 한반도 도처의 경찰서와 감옥에서 행해지던 1911년에 박영준 선생은 태어났고 그가 태어난 지 8년 만에 그 처절한 3·1 운동은 일어났다. 그 운동을 자신의 교회인 평양 남산현교회에서 주도함으로써 잡혀 악독한 고문을 받다가 거꾸로 매달려 코로 물을 붓는 고문을 이기지 못하여 복막염으로 감옥에서 죽은 박석훈朴錫薰 목사를 아버지로 한 박영준 선생의 유년기가 유복할 수 없었음은 불을 보듯 뻔한 일이다. 그가 여덟 살 되던 해에 한민족 모두는 홍역과 같은 열병을 앓아 도처에서 부모와 처자식을 잃었고, 한국의 산하는 재갈 물린 채 통곡하며 신음하는 곡성으로 가득 찼으며, 박영준 선생은 졸지에 아버지를 잃었다.

그보다 다섯 살 위인 형 화준和濬(작고, 목사)마저 아버지의 영향으로 목사가 되는 길을 밟기 위한 자기 일에만 몰두하여 큰아들로서의 가정에 대한 책임감을 덜 느끼고 있었기 때문에 박영준 선생은 홀로 되어 어머니 하석애河錫愛 여사를 돌보면서 가정을 꾸려나가야 한다는 강박관념으로 늘 기를 펴지 못한 채 어린 시절을 보냈다. 밑으로 동생이 둘 더 있었으나 나이 차이가 많아 오히려 그들조차 돌보아 주어야 하는 형편이어서 집안의 일들은 그가 거의 도맡아 하다시피 했다. 우울하고 답답하며 괴로움에

찬 젊은 날의 그의 생체험이었다.

선교회의 도움을 받아 그가 중학교를 졸업하고 연희전문학교를 졸업하기까지도 그의 삶이 밝거나 가슴을 뛰게 하는 신선한 희망에 부푸는 모습을 우리는 볼 수가 없다. 유일한 삶의 지주로 혹은 위안으로 삼고 끊임없이 몰두해 온 소설 수업이 첫 결실을 보게 된 1934년, 연희전문학교를 졸업하던 해에 신동아에 장편 소설 『일 년一年』과 콩트 「새우젓」이, 조선일보에 단편소설 「모범 경작생模範耕作生」이 동시에 당선되면서 자연인 박영준은 작가 박영준으로 변신하는 전기를 맞게 된다. 당시로선 상당히 화려한 문단 데뷔였다. 이 기쁨이 그처럼 가난하던 박영준 선생에게 덧보태어 준 것이란 소설 당선 상금으로 양복 한 벌을 맞춰 입은 것 외에 더 다른 무엇을 준 것 같지는 않다. 작가가 됐으니 어디든지 쉽게 취직이 되리라 기대했던 꿈은 순식간에 사라지고 다시 그는 여전히 가난한 인텔리 룸펜으로 고초를 겪는 한 자연인으로 되돌아 앉는다. 너무 가난해서 이 분께선 여러 가지 고통을 겪는 가운데 죽어 버리는 게 차라리 편하겠다는 결심 쪽으로 자주 자기 암시를 건다. 하루 세 끼니의 식사를 해결할 수 없었던 형편이었기 때문이다. 그러나 또 한편 이 젊은 나이에 장가도 한 번 들어 보지 못하고 죽는다는 게 너무 억울해서 선생은 자살 계획을 망설이곤 하였다. 그런 시기였다.

졸업 직전 같은 반 동창생이 자기 부인의 친구 중 진명여고보를 나온 후 산파면허증이 있어 개업을 하고 있는 처녀가 있는데 선을 보지 않겠느냐고 제의해 왔다. 암담한 기분으로 매일을 보내고 있던 그는 생활 안정을 갖되 스스로 져야 할 짐을 좀 덜어 보겠다는 심정으로 선을 보게 되었다. 여기서 만나 결혼하게 된 부인이 정숙용 여사다. 후일 다시 만난 색시 앞에서 자신의 집안 이야기며 자신이 현재 빈털터리라는 사실 등을 말하자, 돈이야 없으면 어떠냐 하는 자신감에 넘친 건강미를 보고 그는 급기야 결혼하기로 결심을 굳혔다.

신부 부모에게 상견례를 하러 가야 할 형편인데 차비가 없어 그는 솔직히 신부에게 말했다. 그러자 신부 집에서 돈을 부쳐 왔다. 경상북도 영주군 풍기면 성내리 19번지인 신부 집에서 내려가 부모님을 만나 본 후 결혼해도 좋다는 허락을 받자 결혼을 서둘렀다. '그 사이 신부의 마음이 변하면 어쩌나?' '또 그 사이 자신이 죽으면 어떻게 하나?' 하는 초조와 불안 때문에 3월에 선을 본 후 한 달 만인 4월 19일 결혼식을 올렸다.

졸업하고 나서 오히려 더 궁핍해진 그가 가진 결혼 비용이라고는 처가에서 해 준 양복이 생겼으므로, 신춘문예 당선으로 받은 상금으로 학생 때 해 입었던 옷을 전당포에 맡기고 만든 14원이 전부였다. 고향 교회에서, 신부에게 줄 반지는 신부 돈으로 사서 끼워 줬고, 그럭저럭 혼례식을 마치고 나서 서울로 올라오는 신랑 신부의 차비로 그 돈 14원은 쓰였다. 그 돈이 그때까지 남아 있을 수 있었던 것도 결혼하러 고향으로 내려갈 때 차비를 장인이 물었기 때문이다. 기차역에서 차표를 못 끊고(14원으로 그때 장인과 신랑, 신부 세 사람이 차표를 사려면 1원이 부족했으므로) 어물어물하는 신랑을 보고 얼른 장인이 샀으니 그나마 14원이 살아남아 있었던 것이다.

일단 결혼하자, 전당포에 잡혔던 옷도 부인이 찾아 주었고 얼마간 살아 갈 생활비를 대어 준 후 부인은 개업 중이던 산파 일을 보러 영주로 내려가서 잠시 서로 헤어져 살게 되었지만 생활에 대한 불안감은 덜어지지 않았다. 그러나 작가 박영준 선생이 자식을 포함하여 아내를 적지에 남겨 둔 채 홀몸으로 떠나는 두 번의 커다란 시련을 겪어 평생을 죄의식과 윤리적인 삶의 문제로 고심하게 되는 그 첫 징후로 부부가 헤어져 사는 삶이 이때부터 시작되고 있음을 볼 수 있다. 생활이라는 삶의 덫은 선생을 여러 번 시고도 아린 고통에 옭아 넣었다.

매운 계절季節의 채찍에 갈겨
마침내 북방北方으로 휩쓸려오다

하늘도 그만 지쳐 끝난 고원高原
서릿발 칼날진 그 우에 서다

어데다 무릎을 꿇어야 하나
한발 재겨 디딜 곳조차 없다

이러매 눈 감아 생각해 볼밖에
겨울은 강철로 된 무지갠가 보다

이육사李陸史 원록源綠은 그 시대의 모습을 이렇게 썼다. 일본의 무뢰배 낭인들과 실업 인구가 속속 한반도로 이주해 와 엉터리 수작과 강압으로 자리를 잡아 도시는 도시대로 농촌은 농촌대로 토지와 재산을 저들에게 빼앗기게 되자 서울 등지의 도시에는 한국인 거지들로 우글거리게 되고 견디다 못 한 백성들은 만주로 북간도로 쫓겨 갔다. 이때 일본인들의 한국인에 대한 혹독한 짓거리들이 얼마나 악독하게 자행되었는지를 보여 주는 적절한 형편을 한 시인이 읊은 '서릿발 칼날진 그 위에 서다'라 볼 때 박영준 선생이 그려 보는 장편소설 『일년』의 내용들은 이 시기의 시대적인 아픔과 우울증을 아주 기막히게 재현해 보여 준 것으로 보인다. 『일년』 속에서 생활의 뿌리를 잃고 떠돌다 죽어 가는 인물이나 북간도로 간 실향민을 그렸던 박영준 선생 자신도 결혼 직후 간도間島 용정촌龍井村 소재 동학중학교東學中學校에서 1년간 교편생활을 하다가 '독서회讀書會 사건'으로 6개월간 재판도 없이 한겨울 추운 경찰서 유치장 시멘트 바닥에서 고생을 하였다.

이후, 1938년 만주 길림성吉林省 반석현磐石縣에서 다시 교편생활로 또 다른 직장으로 전전하면서 해방될 때까지 실향민 생활을 해 오던 선생은 1945년 광복의 날을 길림성 교하라는 읍 소재지에서 맞는다. 이때가 선생에게 있어서는 가장 심각한 죄의식에 사로잡히게 되는 결정적인 결단의 고통을 겪는 때다. 광복의 기쁨은 잠시였고 소련군 진주와 함께 가중된 혼란의 와중에서 귀국의 어려움은 심각한 문제였던 것 같다. 이미 두 아이가 달린 형편에다 부인은 임신하여 만삭이어서 도저히 가족 모두가 귀국을 할 처지는 못 되었다. 해방된 조국에서 무엇인가 할 일이 있을 것 같은 기대와 초조감에다 그곳의 혼란상은 불안감을 극대화하여 더는 참을 수 없어 가제를 정리하여 그때 돈 3백 원을 가지고, 같이 가겠다고 울며 따라나선 열 살짜리 맏아들 승렬勝烈을 역에서 떼치고, 걸어서 귀국한다. 두만강을 바짓가랑이를 걷고 건너다가 과거라는 치욕의 때를 씻었지만, 그는 오는 도중에 소련군들이 여자들과 함께 아코디언을 켜며 춤추는 모습을 보고 여전히 주권 없는 민족의 슬픔에 빠져야 했고, 회령, 성진, 함흥을 거쳐 여러 번의 죽을 고비를 넘기고 20여 일만에 38선을 넘어 동두

천에 도착하였다. 1945년 10월경의 이야기다.

이때의 가족을 두고 혼자 귀국한 일이 박영준 선생에겐 끊임없는 죄책감을 갖게 했고 큰아들 승열(현 동아문화센터 기획부장) 씨에겐 잊을 수 없는, 원망스런 아버지상으로 인상 찍힌 사건이었을 것으로 짐작된다. 열 살 무렵의 박영준 선생이 어린 두 동생과 어머니를 도와 가정을 꾸려나갔던 아픔을 선생은 어쩔 수 없이 또다시 자기 자식에게 물려주었던 셈이다. 그때 선생의 그런 사태 판단과 혼자 귀국한 결정이 옳았는지 글렀는지를 여기서 따지는 일은 어리석은 짓에 속할 것이다. 그러기에 앞서 우리는 일본이라는 욕망의 악귀집단의 미친 팽창정책에 의해 박영준 선생의 일가에 그런 불행을 내려 이었던 비극적 상황이 오늘의 우리에겐 어떤 의미가 있는지를 보는 우리들 시야의 확충이 필요할 것으로 믿는다. 그런 비극은 따지고 보면 그 시대를 살던 한민족 전체의 공통적인 수난의 한 면이었고 질곡이었을 것이다.

> 가난은 자랑이 못 된다.
>
> 그러나 부끄러운 일도 아니라 믿는다. 나는 가난 속에서 났고 가난 속에서 자랐고 또 장차 가난 속에서 죽으리라 믿는다. 내가 아는 사람도 내가 본 사람도 역시 가난한 이들뿐이었다. 그 속에서 내 소설이 가난이 아닐 수 없다. 그 가난과 싸워 이기지 못한 것은 물론 내 힘이 부족했던 탓이겠지만 옴짝도 못 하게 사지를 묶었던 죄도 없지 않다. 이제 사슬은 풀리었다.

1946년 6월에 그의 첫 창작집 『목화씨 뿌릴 때』를 출간하면서 쓴 자서

自書의 한 부분이다. 소박하게 자신이 본 이웃을 통해서 또 자신의 생체험을 통해서 자신의 운명을 점쳤고 조국의 운명을 슬퍼한 그의 눈에는 온통 숨죽인 채 가난살이를 엮어 나가는 한국 사람들만이 보였던 것이다. 그의 초기 작품들의 소설 세계 속엔 어두운 그림자와 우울한 한숨이 무겁고도 짙게 깔려 있음을 볼 수 있다. 정직하게 그 시대를 증언하겠다는 어쩌면 정직하고 고지식한 선생의 일면이다.

선생의 초기 작품들을 읽다가 필자는 문득 무릎을 치며 놀란 적이 있다. 단편 「과정過程」이라는 작품 속에 이런 구절이 나온다.

> 그리고는 한바탕 웃어 버리고 레코드를 틀었다. 트라이메라이는 슈벨트의 쎄레나드 그리고는 쏠베이지의 노래—모두가 쎈치멘탈한 서양 음악이었으나 인주는 그것을 즐기었다. 듣기만 해도 싫증나는 일본 음악에 대한 반발이라고는 말할 수 있지만 누가 침범할 수 없는 자기 가정에서 그의 정서를 북돋아 줄 오직 하나의 보금자리였다.

일제 말기를 살면서 학대받던 우리 동포 중의 한 인물이 일인에게 당한 수모를 견디는 방편으로 보여 준 밀폐된 자기 세계의 표백이다.

선생은 젊어서부터 지닌 하나의 굳어진 버릇이 있는데 기분이 아주 좋거나 반대로 기분이 나쁜 날 밤에 잠자면서 노래를 부르는 것이 그것이다. 연세대 국문과 학생들이 선생님과 함께 여행을 할 때 선생님이 주무시면서 부르는 노래를 들었다는 소문은 오래전부터 있었다. 필자도 직접 모시고 자다가 들은 적이 있는데 그때 부르는 노래가 위 작품 속에 나오는 레퍼토리 중의 하나다. 대체로 기분이 나쁠 때면 좀 더 밝은 노래를 부르게 된다고 선생은 종종 말씀하셨다. 부르는 당신께서도 잠은 들었지만, 노래를 부르고 있다는 사실을 알고 있다는 것이다. 이 버릇은 6개월간 유치장의 찬 시멘트 바닥에서 침구도 없이 보낼 때부터 붙은 것이라고 전해지지만(작가 최인호 씨의 증언) 사실 따지고 보면 선생이 살았던 당시 한반도 전역이 감옥 아닌 곳이 어디에 있었을까? 감시와 억압으로 밀폐된 채 기를 죽이고 살던 사람들이 자기를 달래느라 버릇처럼 듣곤 하던 서양의 슬픈 음악들이 선생께서 잠든 채 부르는, 노래하기 버릇을 자기에까지 와서 되살아나고 있음을 뒤늦게 확인하면서 필자는 한동안 가슴 메어야 했다.

선생은 주의 주장이 굳은 사람을 싫어했었던 것으로 필자는 믿는다. 잘난체하는 사람, 어떤 입장이나 지위가 자기 자신인 것처럼 꺼떡대는 사람을 그분은 무척 싫어했다. 사람을 함부로 넘보는 사람, 겸허하지 않은 사람, 교만한 사람들을 싫어하고 미워했다고 기억한다. 일제 강점기에 그 천박스런 일본 사람들이 꺼떡대는 모습을 참아 넘겨야 했던 선생은 두 번째로 맞이한 민족적 비극 앞에서 또 한 번 죽을 고비를 넘기게 된다.

1950년 6월 25일, 선생은 겨우 마련한 성북동 판잣집에서 꽃을 매만지고 있다가 그 전쟁을 만났고, 다음날 아이들을 데리고 삼선교까지 나왔으나 이미 한강 다리가 끊겼다는 소문으로 발을 묶이고 나서부터 시련은 시작된다. 방송국에선 밤새도록 서울 사수를 강조하는 이승만 대통령의 거짓말 방송이 녹음 방송되었고, 이 방송이 거짓이라는 것은 불과 몇 시간 만에 인민군 탱크의 서울 진입과 한강다리 폭파로 확인되었다. 그야말로 오도가도 못 하게 된 시민들과 특히 지식인들의 지옥으로 서울은 삽시간에 변한 것이다.

문단 측면사를 다루면서 이 시기에 관한 자리에 이르면 일단 몇몇 문인들과 함께 박영준 선생의 고생담은 재생된다. 김수영金洙暎, 박계주朴啓周, 유정柳呈, 김용호金容浩 등의 문인들과 함께 선생은 어디로 가는지도 모르게 인민군들에게 끌려가 이북인 평안북도 개천价川에서 혹독한 훈련과 노역으로 죽을 고비를 넘긴다. 시인 최하림崔夏林 씨가 쓴 『김수영 평전』을 읽다가 문득 필자는 6·25 당시에 겪었던 박영준 선생의 또 다른 고초 장면을 만났다. 집식구들에게는 알리지도 못한 채 개천까지 와서 인민군이 하라는 대로 고된 훈련과 자기 학습, 방공호 구축 노역에 시달릴 대로 시달린 선생이 막사에 돌아와 신음처럼 "유형柳兄! 유형!"을 부르다가 잠 속으로 빠져 들었다는 증언들은 새삼 전쟁의 비극을 눈앞에 확대시켜 보여 주는 선생의 생체험들이다. 그렇게 선생은 또 다시 가족과 강제로 헤어져야 했고 어린 가장(승렬 씨)과 아내에게 가정을 맡기는 아픔을 견뎌야 했다.

9·28 수복이 이루어졌고, 10월 초이튿날 선생을 비롯한 여섯 명은 개천으로부터 탈출하여 하루에 80리 씩 산골로 혹은 큰 길로 해서 열흘 만에 서울에 도착한다. 미국들에게 잡히면 무조건 거제도 포로수용소로 끌려가게 되고 패잔 인민군에게 잡히면 다시 이북으로 끌려가야 하는 숨 막힌 곡예 끝에 선생은 귀가에 성공한다. 그러나 한국 경찰들은 그를 부역한 지식인으로 몰아세웠으나 억지로 끌려갔다 탈출한 사실을 인정하고 선생을 석방했다. 때마침 1·4 후퇴라는 시련이 다시 시작되자 선생은 단신으로 대구로 피난을 갔다. 이때 또 선생은 평생토록, 가족을 적지에 남겨두고 단신 탈출한 죄책감을 맛보게 된다. 부인께서 또 임신하여 만삭의

몸이었기 때문에 같이 피난길에 오를 수가 없었던 것이다.

이 사정은 여러 측면에서 살펴볼 수 있겠지만, 선생이 빈털터리 총각 시절에 부인을 처음 보고 대뜸 현실적 안정을 책임질 여인으로 파악하고 어찌 보면 자신의 몸을 의탁한 첫 눈의 직관적 관찰 결과가 말하자면 평생을 아내에게 의지한 심리적 응석부림으로 나타난 것으로 설명해도 크게 틀리지는 않을 것이라고 본다. 이야기가 거슬러 올라가지만, 8·15 광복 직후 두만강 물에 만주 때를 씻고 단독으로 귀국한 선생이 가지고 온 300원 돈으로, 뒤에 쳐진 가족들은 집이라도 한 채 사기를 바랐고 또 그럴 수 있는 금액의 돈이었다. 그런데 천신만고 끝에 뒤미처 귀국하여 장충동 난민수용소에 자식들을 남겨놓고 정숙용 여사가 찾아간 회사(그때 선생은 이무영李無影 선생이 주관하던 《신세대》에 근무하고 있었다)에서 얘길 듣고 보니 선생은 돈을 한 푼도 없이 날려 버렸고, 친척이 사는 적산가옥의 방 한 칸을 빌려 살고 있었다. 그 돈으로는 동대문시장에서 파지로 파는 세계문학전집 등 많은 책들을 무더기로 사는 데 다 썼다. 셋방에는 번쩍이는 금박의 책들만 쌓여 있었고 살림도구란 아무것도 없었다. 지금도 그때 일을 두고 큰아들 승열 씨는, 가장으로서의, 아버지로서의 무책임했던(?) 선생 태도를 못마땅하게 말하지만, 또 한편 시각을 달리하여 선생의 아내에 대한 애정표현의 또 한 방식이 그런 것이었다고 필자는 굳게 믿고 있는 터이다. 어린 시절에 따뜻한 어머니의 보살핌과 살뜰한 애정을 받을 수 없이 외롭게 성장한 선생이 평생토록 꿋꿋하고 변함없는 아내를 어머니처럼 믿고 의지하며 사랑해 왔다고 설명하면 망발일까? 개천으로부터 탈출 후 집에서 애기(막내딸 경림 씨. 현재 미국 거주)를 보면서 너무 못 먹어 바짝 마른 아이가 어느 날 잠깐 한눈파는 사이에 그 높은 문지방을 넘어가서 부뚜막에 올라가 눌은밥을 먹고 있던 일을 회상하며 목메어 말을 못 잇던 선생을 필자는 지금도 잊을 수가 없다. 그 딸이 장성한 후 결혼하여 미국으로 가던 날, 공항에를 가지 못하고 학교 연구실에서 안절부절 못 하시던 선생의 모습을 또한 잊지 못한다.

대구에서 육군종군작가단 사무국장으로 일하면서 지낸 세월을 선생은 상당히 보람 있었던 시절로 회상했다. 가족과도 다시 만났고 피난 시절이어서 그랬는지 대구가 본래 그런 곳이어서 그랬는지는 모르나 만나는 사람마다 모두 마음을 합하여 사랑했고 인정을 나누었노라고 선생은 말했다. 종군작가단이 해 놓은 업적에 대해서도 선생은 퍽 자부심을 가졌다. 이때부터 선생은 본격적인 장편소설을 썼고, 전시戰時에 맞는 잡지 편집이다, 단행본 출판이다, 전시문고 발행이다 하는 숱한 일들을 해내었다. 이때 선생은 청전靑田 이상범李象範 화백으로부터 '만우晩牛'라는 호를 하나 지어 받았다. 6·25 때 서울에 잔류했을 당시 자기의 이름 석 자가 너무 원망스러웠던 선생이 그 이름 위에 또 한 이름을 덧붙이게 된 것이다.

서울이 재수복되어 정국이 안정되면서 선생은 모교인 연세대학교에 와서 전임강사로 강의도 하고, 《연세춘추》 일을 맡아 보는 일꾼으로서 생활은 안정을 비로소 갖게 된다. 대구 피난시절에 「빨치산」이 수록된 작품집 『그늘진 꽃밭』으로 자유문학상을 받게 되어 처음으로 선생은 북아현동에 대지 34평, 건평 18평짜리 집을 사게 되었기에 선생의 정신적 물질적 안정은 더욱 확실한 것이었다. 오랜 방황과 시련 끝에 얻은 안정이었던 것이다.

대학교수 시절에 선생께선 학생들로부터 아버지와 같은 선생이고 스승이었던 것으로 많은 제자들은 기억한다. 재능이 있으면서도 가난하고 괴로워하는 학생들과 선생은 깊은 관계를 맺고 사랑했었다. 학생 시절부터 재기발랄하고 총기가 넘치되, 틀에 박힌 학교 생활을 싫어해서 입학한 지 9년 만에 졸업을 한 영문과의 최인호 씨도 마지막 졸업학기에 1학점이 모자라 교수 회의를 거듭하다가 졸업시키는 쪽으로 봐주게 되는데 그때가 마침 선생이 문과대학 학장을 맡고 계시던 때였다. 윤동주 장학금을 선생께선 연거푸 최인호 씨에게 주어 등록할 수 있게 한 것도 그때 최인호 씨의 생활이 말이 아니었기 때문일 터이다. 1971년 어느 날 문득 그 부끄러운 셋방으로 선생은 최인호 부부를 찾아왔다. 그때 최인호 씨는 학생 신분이면서 결혼 생활을 하고 있었는데 거처할 방이 없어서 물이 줄줄 새는 목욕탕 아래층의 마치 할렘 가街의 다락방과 같은 곳에서 살고 있었다. 부끄러워 쩔쩔 매는 부부를 다짜고짜 나오라고 독촉하여 택시에 싣고는 스카이웨이를 한 바퀴 돈 다음 냉면을 사 주셨다. 웬일이시냐고 묻자, "자 그럼 가! 결혼 축하 선물이야!" 하고 총총히 선생은 등을 돌렸다.

선생은 작가이면서 선생으로서 제자 중에 평생 일곱 명의 소설가를 배출하였다. 민병삼閔丙三, 박기동朴起東, 유홍종柳烘鍾, 박시정, 박양호朴養浩, 박영한朴榮漢 씨 등이 그들인데, 선생께 추천을 받으려고 했다가 하도 혹독한 주문과 인내심을 요구하는 바람에 포기한 제자도 있고, 선생이 돌아가신 지 꽤 오랜 후에야 작가로 등단한 분도 있다. 정건영鄭健永 씨 같은 분이 그런 경우에 해당된다.

선생은 가끔씩 좋아하는 제자 집을 느닷없이 찾아가곤 하신 분이었다. 이 글을 쓰는 필자의 경우는 대학 시절에 겪은 지독한 가난살이로 누구와도 마음을 열지 못하고 살았기 때문에 겉으로는 거만하기 짝 없는 그런 몹쓸 허세꾼이어서 선생님의 가슴속 깊은 곳과는 닿지 못한 채 동떨어져 있었다. 졸업 후 7년을 떠돌다가 다시 만난 선생에게서야 비로소 그런 살뜰한 정을 받을 수 있었다. 말하자면 필자의 대학원 재학 시절부터 선생과는 깊은 인연을 맺게 된 셈이다. 늦게 결혼을 하는 우리 주례를 서시면서 필자가 글 쓸 사람으로 믿는다는 말씀을 해 주셨고, 이후 돌아가실 때까지 가까이 모셨고 심지어는 지금까지도 선생은 필자의 마음속 한 편에 살고 계신 폭이다. 말하자만 필자는 문필가라는 제자로서보다 학자로서의 제자로 선생과는 만나게 되었던 것 같다. 문학 공부를 한답시고 선생께 잘난 척하고 아는 체를 하면 언제 글을 쓸 거냐고 핀잔을 자주 주시던 선생이다. 그렇게 글 쓰는 제자들과는 퍽 허물없이 대하셨던 분이다.

소설 쓰는 박기동 씨도 그런 사람 가운데 한 사람이었다. 선생께서 돌아가시기 1년 전 선생은 오른쪽 팔을 잘 못 쓰셨다. 그때 박기동 씨는 첫 딸을 낳았고 그 사실을 선생께 알리자 어느 날 선생은 추운 날씨에 깡통 분유를 댓 개 사들고 대방동 산꼭대기 사글세방까지 찾아왔다. 단칸방으로 들어오시자마자 선생은 아기 옆에 조용히 눕더니 아이와 같이 어찌나 달게 주무시는지 제자들(박기동 씨 부인도 연대 국문과 출신이다)은 깨울 수가 없었노라고, 그때의 일이 지금도 손에 잡힐 듯이 기억난다고 자랑스럽게 박기동 씨는 말한다.

여러 인연으로 해서 필자는 선생의 생전에 모았던 당신의 작품들 전부를 보관하고 있게 되었다. 언젠가는 전집으로 발간해야겠다고 마음먹고 있지만 뜻대로 되지 않아 서재 한 편에 특별히 마련한 책장에 모아져 있는 선생 작품들을 보면 늘 어깨가 무겁게 느껴진다. 소박하면서도 살뜰한 선생과의 생전의 만남이 그분의 전집 발간과 함께 다른 계기로 이루어져 새롭게 되기를 바란다. 지금도 필자의 집 지하 창고 어느 곳에는 선생과 망둥이 낚시질을 갔다가 얻어 온 낚싯바늘 1백 개 이상 달린 주낙 기구가 있을 것이다. 같이 망둥이 낚시질 하자고 약속하곤 영영 약속을 지킬 수 없어 버림받은 기구다.

5만 장 이상의 원고지로 선생은 평생의 당신 인생을 이야기하다 갔다. 삶의 문제로 속죄하려는 영혼의 아픔을 문학의 씨줄로 삼겠다던 선생의 문학 작품이 새롭게 읽힐 수 있는 독서 풍토가 되길 바라면서, 1976년 우리 옆을 영영 떠나신 선생의 명복을 두 손 모아 다시 빈다.

박영준

조 남 철

우리 문학사 연구나 작가 연구의 가장 치명적인 한계는 늘 문제적인 작가만을 다루고 있다는 사실이다. 우리 문학연구가들은 늘 적당한 문학사적 의미와 적당한 대중적 관심이 머무는 작가에게만 관심의 초점을 맞춰 왔다 그리고 그런 측면에서 본다면 만우 박영준(1911~1976)의 경우도 예외는 아니다. 그는 이광수나 김동인처럼 우리 문학사에서 화려한 주목을 받은 작가가 아니었으며 그의 작품이 폭발적인 대중적인 인기를 끈 것도 아니었다. 당연히 만우의 문학과 인간은 우리 문학연구가들의 관심 밖에 머물 수밖에 없었다.

그러나 박영준은 그의 호 '만우晩牛'가 의미하는 것처럼, 말없이 농토를 지키는 소와 같이 꾸준하고 묵묵하게 우리 문학이라는 농토를 지켜 온 작가이다. 1934년 등단 이후 한시도 한눈을 팔지 않고 오로지 문학에만

*1971년 연세대학교 국어국문과 입학. 방송통신대학교 국문학과 교수.

자신의 삶 전체를 던진 만우는 이른바 문단사교나 문단정치와는 무관한 작가였다. 따라서 화려한 문단의 주목 속에서 활동해 온 작가들에게만 관심을 기울이는 데 익숙한 우리 문단의 풍토에서 본다면 그에게 관심을 기울이는 일 자체가 예외적일 수도 있겠다. 그러나 그는 문학 이외의 것에는 일체 신경을 쓰지 않으며, 평생을 오로지 문학만을 위해 살았던, 우리 문학사에서 결코 쉽게 만나기 어려운, 예외적이지만 매우 귀한 작가이다. 문학에 대한 뚜렷한 소신과 애정, 그리고 평생을 문학청년의 정열을 가슴에 지니고 살았던 만우의 작가적 삶이야말로 우리 문학사의 귀중한 유산이며 그가 왜 이 시대에 의미 있는 작가인가를 보여 주는 좋은 예라고 생각한다.

문학에 대한 그의 뚜렷한 소신과 고집, 그리고 애정은 이미 그의 문단 데뷔작에서도 강하게 드러나 있다. 그가 문단에 등단할 무렵인 1930년대는 이른바 계몽적인 농민소설이 사회적 관심 속에 소설의 한 커다란 줄기를 이루고 있었다. 그러나 그러한 시대 상황에도 불구하고 만우는 이 시기 춘원 등의 계몽적인 소설과는 뚜렷하게 구별되는 다른 농민소설을 썼다. 곧, 1920년대 중반부터 조선에 번지기 시작한 농촌계몽의 열기는 문학의 경우에도 예외는 아니어서 1930년대에 들어서는 농민소설에 대한 문단적 관심과 열기가 매우 뜨거웠다. 그리고 이러한 농촌계몽에 대한 열기를 가장 직접적으로 드러낸 것이 춘원의 『흙』, 심훈의 『상록수』, 이기영의 『고향』 같은 작품들이라고 할 수 있겠다. 이들 세 소설은 모두 지식인 주인공을 중심으로 해서 이 시기 조선의 농촌과 농민을 계몽하겠다는 작가의 지도자적 열기가 돋보이는, 이른바 '계몽적인 농민소설'들이다. 춘원의 『흙』이 1931년 동아일보에, 민촌의 『고향』이 1932년 조선일보에 그리고 동아일보의 '브나르드운동'을 소재로 한 것이 틀림없는 심훈의 『상록수』가 1935년에 발표되었으니 1930년대의 우리 소설의 관심이 농촌과 농민의 계몽에 놓여 있었던 것은 부인할 수 없는 사실이다.

그러나 이러한 문단의 분위기 속에서 발표된 만우의 초기 농민소설들은 춘원 등의 농민소설과는 뚜렷하게 다른 특징을 보여 주고 있다. 이를테면 1934년 조선일보 신춘문예의 당선작인 등단작 「모범 경작생」은 농촌계몽의 열기 속에서 소홀하기 쉬운 일제의 이른바 '농촌진흥운동'의 허구성을 매우 사실적이고도 날카롭게 지적하고 있다. 또한 장편 『일년』의 경우도 주인공 '성순'이를 중심으로 한 농촌과 농민의 사실적인 삶의 모습을 보여 주고 있는데 작가의 계몽의지가 강하게 드러나는 『흙』이나 『상록수』 등과 달리 구체적인 농촌현실과 농민에 대한 믿음과 애정이 잘 그려져 있는 것이다. 30년대의 농촌계몽의 열기 속에서 이러한 농민소설을 썼다는 사실은 바로 만우의 작가의식이 남다르며 그의 문학적 자세가 시류에 휩쓸리지 않는 의연한 것이라는 사실을 일러 주는 일이기도 하다.

따뜻하나 수줍음이 많았던 유년기

만우 박영준은 1911년 3월 2일 평남 강서군 함종면에서 가난한 목사의 아들로 태어났다. 전래의 재산이 없지는 않았지만 조부가 백백교에 재산을 모두 갖다 바쳐 부친 시대에 와서는 가세가 매우 어려웠다. 특히 부친은 목사 공부를 하느라고 전혀 집안을 돌보지 않아 가정형편은 더욱 어려워져만 갔다. 게다가 얼마 남지 않은 재산마저 육십이 다 된 할아버지가 무슨 장산가를 하다가 다 날린 뒤에는 그야말로 집안의 끼니를 걱정할 정도였다. 따라서 목사 부인인 어머니가 직접 농사를 짓지 않으면 안 될 만큼 궁핍했으며 유년기에 대한 그의 기억은 대부분 바로 이 지독한 가난에 뿌리박고 있다.

유년시절 그는 부친에 대해 별다른 기억을 갖고 있지 못하다, 부친은 공부를 하느라고 오랫동안 떨어져 있었으며 후에 감리교회로서는 평양에서 제일 크다는 남산현南山峴 교회에서 목사로 시무하고 있었을 때에도 무슨 이유인지 만우는 시골에서 어머니와 함께 조부모와 살았다. 따라서 당연히 그는 부친에게 혈육으로서의 애틋한 정을 느끼지 못했으며 그런 까닭인지 그의 유년기의 추억 속에 부친의 모습은 그렇게 강렬하게 남아 있지 않은 편이다. 반면에 만우는 평생 어머니에 대한 미안함과 안타까운 마음을 지니고 있었다. 이는 유년시절 대부분을 어머니와 지냈으며 특히 어머니가 생활고에 시달리며 힘들게 집안을 꾸려 가는 모습을 직접 지켜보았기 때문이 아닌가 싶다. 특히 손위 형이나 할아버지는 집안의 농사일을 나 몰라라 하며 외면하였으니 어머니의 고생은 사실 말로 표현하기 어려울 정도였다. 그러나 어린 만우는 더욱 안쓰러운 마음으로 어머니를 지켜보았으며 자신이 할 수 있는 일이라면 좀 힘에 부치더라도 열심히 어머니를 도왔다. 이를 보면 해방 이후 그의 작품에 나타나는 인간에 대한 따뜻한 애정은 이미 유년기부터 싹튼 것이라고 할 수 있겠다. 이러한 어머니에 대한 안쓰러운 마음은 후일 그의 문학 작품에도 잘 드러나는데 『일년』의 주인공 성순 어머니가 바로 그러한 만우의 유년기 시절 어머니의 모습이 아닌가 싶기도 하다.

1919년 3·1운동 때에는 만우의 집에서 만세에 쓸 태극기를 만들었으며 평양에 있는 아버지는 독립선언문을 낭독하는 등 만세운동에 주도적으로 참여했다. 그러나 만세사건의 여파로 만우의 집안은 큰 변화를 겪게 된다. 할아버지가 경찰서에 끌려가고 아버지도 감옥에 갇히게 되는데 결국 아버지는 옥고 끝에 세상을 뜨게 된다. 경제적으로 가족을 도와주지는 못했지만 아버지가 없는 집안은 더욱 어려워졌다. 서당에 다니며 한학을 공부하느라 남들보다 조금 늦은 1920년 열 살 되던 해에 만우는 고향에 있는 함종공립보통학교에 입학한다. 이후 어려워진 가정형편으로 어머니는 더욱 힘들게 농사일에 매달렸고 그런 어머니를 도우며 학교에 다니느라 만우도 동네 친구들과 별로 친할 기회를 갖지 못했다. 그는 혼자만 외로움을 느끼고 더욱 말이 없는 내향적인 성격의 소년으로 변해 갔다. 그리고 그런 가난한 생활 속에서 자연스럽게 꿈과 낭만을 찾으며 문학에 대한 열정을 키워 갈 수 있었다.

곤궁한 학창시절, 문학소년에의 꿈을 키우다

14세가 되던 1924년 빈곤 속에서 다니던 보통학교를 졸업한 만우는 미국선교회의 학비 보조로 고향마을의 소년으로는 유일하게 평양에 있는 숭실중학교에 진학할 수 있게 된다. 그러나 학비 보조만이지 생활비까지 주는 것은 아니어서 만우의 중학생활 역시 곤궁할 수밖에 없었다. 남들과 달리 조밥을 주는 하숙에 들었으며 방학마다 고향에 가서 농사일을 거들어야 했다. 고향집은 더욱 어려워 어떤 때는 조밥도 부족해서 감자를 먹거나 도토리를 따다가 묵을 해 먹기도 했다. 물론 이 시절의 가난이 만우 가족만의 일은 아니었다. 당시 대부분의 조선인은 그날그날의 끼니를 이어 가기에 급급했으니 쌀밥은커녕 조나 콩 같은 잡곡으로라도 끼니를 때울 수만 있다면 엄청난 행운이었다. 그것은 일제의 간악한 식민통치의 당연한 결과이기도 하였다.

그러나 가난을 통해 만우는 삶을 배웠고 또한 그 가난은 소년 박영준의 내면 깊숙하게 숨겨져 있던 문학에 대한 열정에 은밀히 불을 질렀다. 가난이라는 텃밭 속에서 그의 문학은 뿌리를 내렸고 가지와 열매를 키울 수 있었던 것이다. 자연히 만우는 낭만적인 문학소년으로 자랐으며 삼학년 때에는 친구의 죽음을 경험하며 쓴 「M에게」라는 인생의 허무를 노래한 시를 교내 잡지에 발표하기도 하였다. 이즈음 가난한 생활, 고향 소녀에 대한 연정의 좌절 등이 그를 낭만적이고 허무한 문학소년으로 만들었던 것이다. 학교 지하에 있는 도서실을 드나들며 문학가로서의 꿈을 키우고 하이네며 바이런에 심취해 있던 것도 바로 이 시기였다.

해가 갈수록 집안은 더욱 어려워졌다. 다만 그러한 가난과 심리적인 고통 속에서도 무사히 고등학교를 졸업할 수 있었던 것은 어머니의 간절한 소원 때문이기도 했다. 그러나 어머니의 소원대로 졸업을 하기는 했으나 형편이 나아진 것은 아니었다. 식민지 조선에서 이제 막 학교를 졸업한 청년 만우에게 쉽사리 몸담을 직장이 나타나지 않았던 것이다. 생각다 못해 친구 S와 함께 마도로스파이프를 입에 물고 갈매기와 벗 삼아 이국정서를 안고 세계를 떠돌아다닐 낭만적인 생각으로 뱃사람이 되기를 기대해 보기도 하나 키가 작다는 이유로 서류심사에서 낙방하고 만다. 취직을 하고 싶지만 취직할 곳이 없었고 청탁할 만한 사람도 없었으니 좌절과 현실에의 고통만이 그를 기다리고 있었던 것이다.

결국 만우의 젊은 시절은 그야말로 회색빛으로 덧칠된 우울하고 암울한 기억일 수밖에 없었다. 도대체 출구가 보이지 않는 칠흑같이 고통스런 시간의 연속, 그리고 그 암흑 속에서의 미로 찾기가 그 시절 만우의 절망적인 삶의 방식이었다.

연전 시절, 그리고 등단

1928년 광성고보를 졸업하고 취직이 안 돼 우울하게 시간을 보내던 만우는 학비를 대준 무어 목사를 만나 다시 진학의 기회를 갖는다. 아버지와 가까워 만우에게 친절했던 무어 목사는 공부를 더 할 것을 권유했고 딱히 할 일이 없던 만우는 탈출구를 찾는 심정으로 연전 진학을 결심하게 된다.

자유분방한 연전의 분위기에서 만우는 문학적 정열을 더욱 불태웠으며 정인섭, 현제명 선생 등을 통하여 문학과 예술에 대한 꿈을 키워 나갈 수 있었다. 학비는 무어 목사가 대주었으며 방과 후에 아르바이트로 하숙비와 생활비를 벌 수 있었으니 사각모를 쓰고 세루로 만든 교복을 입고 거리에 나서면 하늘에라도 오를 듯한 기분에 우쭐했다. 연전 시절 열아홉 살의 소년 만우는 미래에의 꿈에 잔뜩 가슴이 부풀었고 막연했던 문학에 대한 열정도 더욱 분명해졌다. 특히 북악산에서 낙산까지 옛 성을 따라 걸으며 그 느낌을 적은 「순성巡省」이라는 시를 노산 이은상 선생이 좋게 평가해 줌으로써 문학을 할 수 있다는 자신도 어느 정도 가질 수 있게 되었다. 그러나 만우는 소설만이 자기가 할 일이며 소설을 쓰는 일 외에는 아무 일도 할 수 없다는 신념 같은 것을 가지고 있었다. 시를 쓰기도 했지만 소설에 더 많은 관심을 기울였던 것이다. 또한 문학뿐만 아니라 다른 예술에도 관심을 기울였는데 음악회에도 다니고 합창단에 가입하여 공회당 무대에 서기도 했다. 특히 비극영화를 좋아했는데 눈물을 흘리며 슬픈 영화를 보는 남다른 즐거움에 크게 빠졌다. 만우의 가난한 생활과 어려운 유년기의 추억이 그를 눈물이 많은 다정다감한 성격의 소유자로 만들었는지도 모를 일이다.

연전 시절 만우는 정말 열심히 문학 공부를 하였고 소설도 썼다. 자연스럽게 연전 내의 많은 사람들이 그를 문학청년으로 높이 인정해 주기에 이르렀다. 당시 연전에는 이미 문단에 등단하여 시인의 대접을 받고 있던 설정식이며, 삼 년 아래의 후배들인, 《삼사문학》의 홍이섭, 조풍연, 신백수, 김대균, 이시우 등이 문학청년으로서의 꿈을 키우고 있었다. 이 밖에도 고등학교 동기인 소설가 최인준이 조금 늦게 연전에 입학하였으며 작가 김유정과 시인 유치환도 잠시 연전에 적을 두기도 했으니 이 시기 연전은 우리 문학사의 중요한 작가, 시인들이 비슷한 시기에 문인에의 꿈을 키우던, 근대문학의 요람 같은 곳이었다.

1931년 만우는 폐병이라는 진단을 받고 절망 속에 휴학을 하게 된다. 당시는 폐병이라면 모두 죽는 병으로 알았으니 그때의 낙담이란 이루 말로 표현하기가 어려울 정도였다. 죽음을 각오하고 고향으로 돌아온 만우는 얼마 뒤 몸을 털고 일어나게 되는데 폐병이 아니라 장티푸스였던 것이다. 그러나 이미 학교를 휴학한 뒤였기 때문에 그는 고향 마을의 감리교회에서 경영하는 사달학교에서 일 년 동안 교사로 일하게 된다. 그 일 년 동안 그는 문학 공부를 열심히 하였다. 후일의 만우문학은 이 시기의 문학 공부에서 든든한 뿌리를 내리고 있다고 할 수 있겠다.

1934년은 만우에게 여러 모로 잊지 못할 해이다. 이 해 연전을 졸업하면서 조선일보와 동아일보에 두 편의 소설과 한 편의 콩트가 동시에 당선되어 그의 생애 최대의 기쁨을 맛보게 된다. 조선일보 신춘문예에 단편 「모범 경작생」, 그리고 신동아 창간 기념에 장편 『일년』과 콩트 「새우젓」이 동시에 당선되었던 것이다. 어린 시절부터의 꿈인 작가로서의 길이 드디어 활짝 열린 것이다. 그러나 천성적으로 사람을 잘 사귀지 못하는 성격 탓인지 신문, 잡지사의 문예담당자들과 교분을 갖지 못했으며 따라서 남보다 화려하게 등단했음에도 이후 신문이나 잡지 등에서 원고청탁을 받은 일은 거의 없을 정도였다. 게다가 취직마저도 쉽지 않았다. 몇 군데 시험을 쳐 보았으나 이런 저런 이유로 묘하게 취직에 실패하니 스스로의 운명에 대한 회의마저 생길 정도였다. 평양에 있는 고모부가 조만식 선생의 소개장을 하나 써 주었으나 그것을 들고 남을 찾아간다는 일이 너무 두렵게 생각되어 그만 취직을 포기하고 말았다. 이 역시 만우 성격의 일면을 보여 주는 예라고 하겠다. 그 후 만우는 국립도서관에 열심히 다니며 소설을 썼다. 그 길만이 그를 고통으로부터 구원해 주는 유일한 길이었기 때문이다. 문단의 냉대와 궁핍 속에서도 소설에 대한 뜨거운 열정만은 버리지 않았던 것이다.

그런 어려움 속에서 4월에는 신동아에 당선된 소설과 콩트의 상금을 받아 밀린 하숙비를 갚을 수 있게 된다. 5월에는 아주 적은 월급이긴 했으나 성신학원에서 운영하는 야간 국민학교에 취직이 된다. 남의 삼분의 일밖에 안 되는 적은 월급이긴 했으나 하숙비는 낼 수 있었으니 낮에는 계속해서 도서관에 다니며 열심히 소설을 썼고 저녁에는 기생, 식모 등 나이 많은 여학생들을 가르쳤다. 특히 이 시기부터는 단편소설을 더 많이 쓰기 시작했는데, 이후 그의 작품경향도 달라진다. 일제의 탄압이 갈수록 극심해져 「모범 경작생」과 같은 농민소설을 더 이상 쓸 수가 없었기 때문이다. 그것은 만우에게만 해당되는 것은 아니었다. 이 시기 대부분의 작가, 시인들이 일제의 야만적 폭력 밑에 숨을 죽일 수밖에 없었던 것이다.

만우문학의 문학사적 의미

그의 등단작인 「모범 경작생」과 『일년』은 이 시기 우리 소설 중에서 특별한 주목을 받을 만한 작품이다. 우리 문학연구가 몇몇의 예외적인 작가에게만 집중적인 관심을 기울이는 한계 때문에 이 두 작품은 사실 그 가치만큼의 평가를 받지 못했다. 어쨌든 그는 화려한 작가는 아니었던 것이다. 그러나 이 두 작품에 그려진 농민의 모습만으로도 이 시기 이 작품이 갖는 의미는 대단하다. 먼저 「모범 경작생」이나 『일년』에 나오는 농민들은 그들의 삶을 그들 스스로, 그들의 방식으로 결정한다. 그들에게 가해지는 부당한 삶의 조건에 지식인 지도자의 도움이 없어도 그것에 맞서고 그것을 뚫고 가려는 강한 의지를 지니고 있다. 『일년』에서 부당하게 소작료를 올리려는 김 참봉에게 마을 사람들이 합심해 그 부당성을 지적하고 결국 김 참봉 스스로 소작료를 올리려는 생각을 철회하게 만드는 장면은 감동적이기까지 하다. 이 시기 『흙』과 『상록수』등에서 발견되는 지식인 농촌계몽가의 지시에 따르는 수동적인 농민의 모습을 이 작품들에서는 결코 찾을 수가 없는 것이다. 또한 이 소설들에는 농촌과 농민의 구체적인 삶의 모습이 매우 사실적으로 그려지고 있는데 『흙』에 그려진 추상적인 농촌 모습에 비한다면 이 점 또한 결코 소홀히 넘길 부분이 아니다. 결국 이런 점들을 살펴볼 때 「모범 경작생」과 『일년』은 김유정의 일련의 농민소설과 함께 이 시기 농민소설 중에서 가장 주목할 만한 의미를 지니고 있는 작품이라고 할 수 있다.

일반적으로 만우의 문학은 해방을 기점으로 하여 둘로 나눌 수 있다. 먼저 해방 전 작품에서 발견되는 농민소설에 대한 일관된 관심이 그 하나이며, 다른 하나는 해방 후의 소설에서 발견되는 윤리의 파괴와 그 회복에 대한 관심이다. 위에서 언급한 등단 이후 해방까지의 기간에 발표된 작품들은 모두 당시 조선 농촌과 농민들의 고통스런 삶을 그려 낸 작품으로 만우 특유의 농민소설이라고 할 수 있다. 「생호래비」(개벽 신간, 1935. 4), 「딸과 개」(조선문단, 1935. 5~7) 등이 그 좋은 예이다. 한편 해방 이후 만우의 작품은 그 성격이 크게 달라진다. 해방과 이후의 전쟁을 겪으며 그는 붕괴되어 버린 윤리의 문제에 주된 관심을 기울이게 된다. 따라서 그의 작품은 윤리부재 속에서 타락한 인간상을 그리는 일에 주력한다. 『청춘병실』(1956) 등이 모두 이러한 작품세계를 보여 준다. 이 경우 그는 단순히 윤리의 부재에 따른 도덕적 타락만을 그리지는 않았다. 그 타락한 인물들이 결국에는 윤리를 회복하고 인간성을 찾는 것으로 결말을 내리고 있는 것이다. 이는 기본적으로 만우가 지니고 있는 인간에 대한 긍정적이고 따뜻한 시선을 일러주는 예이다. 실제로 만우는 그 주변의 많은 이들에게 늘 따뜻한 애정을 보내 왔다. 언제나 그는 인간을 믿었으며 그것을 생활과 소설을 통해서 우리에게 보여 주고 있는 것이다. 물론 이들 작품 말고 「빨치산」(1951)처럼 작가 자신의 6·25 체험을 작품화한 소설도 있으며 「췌취」 「추정秋情」과 같이 폐쇄적인 인간의 고독한 삶의 모습을 그린 작품도 있다. 그러나 일반적으로 만우의 작품은 앞에서 지적한 바와 같이 크게 두 갈래로 나눌 수 있을 것이다.

여인, 결혼, 그리고 간도 생활

성실하고 꼼꼼한 성격 탓인지 만우는 여자 문제와 관련해 우리들에게 흥미 있는 일화를 별로 남기지 않고 있다. 국민학교 시절 동네 의사 집 딸인 동급생을 은근히 연모한 일이 있긴 하지만 그 여학생에 대한 관심은 일방적인 짝사랑, 아니 관심 정도에 불과했다. 우울한 소년시절, 그 탈출구로 동네 여학생에 대해 애틋한 감정을 품어 본 정도에 지나지 않는 것이다. 광성고보 시절이나 연전 시절에도 특별히 사귄 여학생은 없었다. 만우 자신을 좋아하는 여인이 전혀 없었던 것은 아니지만 그는 한 번도 이성으로 여인을 만나지 않았다. 이 시기 문인들 대부분이 그럴 듯한 사랑의 이야기를 가졌던 사실에 견주어 보면 다소 예외라고 할 수 있겠다. 이 역시 그의 내성적이고 도덕적인 성격의 한 단면을 보여 주는 일이기도 하다.

결혼할 무렵, L이라는 여인을 친구에게 소개받아 편지를 주고받기도 하고 그 여인을 만나러 청진에 내려가기도 했으나 그 여인과 결혼할 생각은 꿈도 꾸지 못했다. 청진에서 소학교 선생을 하던 L은 만우에게 여인이라기보다는 차라리 우상이었다. 그 여인을 현실 속으로 끌어내린다는 사실은 감히 생각조차 할 수 없었던 것이다. 따라서 만우는 L에게 자신의 결혼 청첩장을 보내면서 조금도 어색하다는 생각을 하지 않았다. 후일 L이 자신에게 한 마디 의논도 없이 결혼한 사실을 힐문하고 친구들도 왜 사랑하는 사람과 결혼하지 않았느냐며 비난하자 그제야 고민할 정도로 만우는 여성 문제에는 숙맥이었던 것이다. 그러나 L에게서 배운 〈솔베이지〉를 만년까지 즐겨 부른 사실을 보면 그가 만우의 첫사랑이었던 것은 틀림없다.

사실 만우의 여성에 대한 태도는 매우 순정적이라고 할 수 있다. 연전 졸업식 직후 종로회관에서 송별회가 있었는데 그때 옆자리에 앉았던 '하루에'라는 여급에 대한 일화도 그런 사실을 잘 보여 준다. 술을 잘 마실 줄 몰라 어색하게 앉아 있는데 옆자리의 여급도 술을 마시지 못하고 있었다. 그 여급과 이런 저런 이야기를 하다가 다음 날 그곳에서 만나기로 하였다. 그러나 혼자 카페에 갈 용기가 나지 않아 결국 그 날 가지 못하고 다음 날 친구와 같이 갔을 때 그녀는 그곳을 그만두었다. 괜한 죄의식을 느낀 만우는 그날부터 친구를 앞세우고 서울의 카페를 순례하였는데 어느 곳에서도 찾을 수가 없었다. 결국 '하루에'를 찾는 일은 포기하고 마는데 어쨌든 이런 일화도 만우의 순진한 여성관을 보여 주는 예라고 할 수 있겠다.

1934년 4월 19일 만우는 친구의 소개로 만난 여인과 결혼한다. 상대에게 특별한 애정을 느꼈다기보다는 산파라는 직업을 가졌고 건강해 보인다는 사실만으로 결혼을 결심한다. 후일 만우의 회고대로 여인을 모르면서 사랑을 했고 결혼이 무엇인지도 모르면서 결혼을 한 셈이다. 그러나 부인은 매우 헌신적이고 너그러운 성품이어서 후일 안정된 가정 분위기를 꾸며 만우가 크게 생활에 얽매이지 않고 작품 활동에 전념할 수 있도록 한다. 가난한 만우가 신부에게 줄 선물 하나 마련할 돈이 없다고 하자 선물을 마련하라고 선선히 자신의 돈을 주었으며 결혼을 하고도 한 달 이상이나 직장을 잡지 못해 만우 자신은 초조해 했지만 그것도 그리 크게 걱정하지 않을 만큼 마음이 넉넉한 여인이었다.

그 해 5월, 그는 중국 용정에 있는 동흥중학교에 취직이 되어 간도로 가게 된다. 해란강가에 세워진 조그만 중학교였지만 교장 이하 교사 대부분이 나이가 많았고 여학생 중에도 만우보다 나이가 많은 학생이 적지 않았다. 월급은 생각보다 많지 않았지만 그곳에 있는 문학인들과 뜻을 모아 《북향》이라는 동인지를 발간하여 소설가 강경애, 박화성 등과 교우하며 문학의 꿈을 계속 키워 나갈 수 있었다. 또한 정든 조국을 떠나 만주에서 일제와 중국인들에게 핍박받으며 열심히 사는 동포들을 보며 만우는 조국의 독립, 민족의 고통 등을 실감하게 된다. 간도 생활 이후 그의 문학이 더 이상 감상과 낭만 속에만 머물지 않게 되는데 간도에서의 절실한 생활 체험이 그 원인이 아닌가 싶다.

독서회 사건, 다시 만주로, 그리고 해방 이후

간도 생활은 서울 문단과의 교류를 더욱 어렵게 해 발표 지면을 얻을 기회가 쉽지 않았다. 결국 만우는 1935년 서울로 다시 돌아오게 된다. 그러나 친우 최인준의 하숙에서 기거하며 취직자리를 알아보던 그 해 겨울, 원인도 모른 채 고향 경찰서에 끌려간다. 나중에야 알게 되지만 연전 삼학년 때 병으로 일 년 휴학하며 고향마을에서 동네 청년과 문학 이야기를 나눈 일을 반일적인 독서회를 조직하였다며 문제 삼았던 것이다. 1930년대 일제의 야만적인 폭압정치의 실상이었다. 이 독서회 사건으로 만우는 죄 없이 5개월여의 유치장 생활을 하게 된다. 1936년 봄 혐의자 전원이 무죄 석방되었으며 그 사이에 장남이 태어나는 기쁨을 맛보기도 한다. 경찰서에서 풀려난 만우는 고향집과 처가에 잠시 들러 휴식을 취한 뒤 다시 서울로 올라와 최인준의 하숙에 머문다. 이후 몇몇 직장을 옮겨 다니던 만우는 가까운 친지의 요청으로 다시 만주 길림성 반석현으로 건너가 교편을 잡는다. 그곳에서 6년여간 교편생활을 하며 장편 『쌍영雙影』을 만선일보에 연재하는 등 활발한 작품 활동을 하다 그곳에서 해방을 맞았다.

해방 후 서울로 올라온 만우는 월간지 《신세대》에 입사하였으며 이후 장편 『한류의 어족』(1945), 단편 「생활의 편린」(1948), 「교수와 여학생」(1949) 등을 발표하였다. 1950년 전쟁이 터지자 인민군에게 납치되어 죽을 고비를 맞기도 하였으나 개천에서 탈출하여 목숨을 구하기도 하였다.

다음해인 1951년에는 종군작가단을 조직하여 사무국장에 취임하는 한편 전쟁을 테마로 한 단편 「빨치산」을 《신천지》에, 장편 「열풍」을 경향신문에 연재하는 등 활발한 작품 활동을 한다. 1954년에는 작품집 「그늘진 꽃밭」으로 제 1회 아시아 자유문학상을 수상하였고, 1955년에는 화랑무공은성훈장을 받기도 하는 등 젊은 시절의 고통에서 서서히 벗어날 수 있었다.

한편 1955년 연희대학교 문과대학 강사로 출발하여 1959년 한양대학교 문과대학 부교수를 거쳐 1962년 연세대학교 문과대학 교수에 이르는 동안 만우는 작가로서가 아니라 대학교수로서 많은 제자들을 키웠다. 연세를 거쳐 간 많은 작가, 시인들이 장르와 관계없이 그의 제자였던 것이다. 그리고 그들은 한결같이 교수로서의 권위보다는 인간다운 따뜻함을 잃지 않았던 만우의 구수한 인품을 아직도 기억하고 있다. 후배이기도 한 연세의 제자들을 그는 자식처럼 아꼈으며 문과대학 1층 남향에 자리 잡은 만우의 연구실은 문학을 지망하는 제자들로 조용할 날이 없었다. 최인호, 박기동, 강창민 등의 작가, 시인들이 전하는 바에 따르면 마치 자신의 방이라도 되는 양 연구실에서 문학 이야기에 여념이 없는 제자들에게 만우는 늘 너그러운 할아버지처럼 따뜻한 웃음과 애정을 잃지 않았다고 한다. 병실의 제자를 간호원 몰래 데리고 나가 맛있는 점심을 사 준다든가, 아니면 구하기 어려운 운동경기의 표를 구해 제자와 같이 가는 일 등은 사실 그 시기 다른 교수들에게서는 거의 보기 어려운 일이었다. 얼핏 엄숙해 보이는 인상과는 달리 그의 소설 속의 주인공들처럼 만우는 따뜻한 인품을 지니고 있었던 것이다.

한편 1958년 48세의 나이로 예술원 회원으로 피선되고 1965년에는 제

14회 예술원상을 수상하는 등 점차 우리 문단의 든든한 원로로 자리 잡게 된다. 1967년에는 서울시 문화상 문학부문 수상자로 결정되는데 사실 이 시기 만우의 작품 활동은 매우 활발하였다. 1975년 만우는 연세대학교 문과대학 학장으로 취임하며 같은 해 문화예술상 은관문화훈장을 수상하게 된다. 그러나 이미 만우는 지병인 당뇨로 건강이 극도로 악화되었으며 결국 다음 해인 1976년 7월 14일 유명을 달리하게 된다. 1928년 연전에 입학한 후 48년 만에, 1955년 강사로 모교 강당에 선 후 21년 만에 그는 수많은 제자들의 오열 속에 정든 연세동산을 떠나게 된 것이다. 그리고 우리 문학사는 생애 전 기간 동안 가장 성실하게 문학의 길을 걸었던 원로작가를 잃게 된 것이다.

만약 우리에게 어느 한 인간의 생애를 그가 죽은 후에 우연히 돌아볼 기회가 있다고 한다면 우리는 무엇으로 그를 기억할까? 아마 우리는 그의 인격, 그의 업적, 그리고 그를 둘러싼 사람들과의 관계 같은 것들을 통해 먼저 그를 기억할 것이다. 그러나 한 인간을 기억한다는 일이 바로 그를 존경한다거나 그를 그리워하는 것은 아니다. 한 인간을 기억하는 일과 그를 존경한다거나 그리워한다는 것은 분명 다른 일이다. 대부분의 사람들은 만약 우리가 세상을 뜨게 된다면 우리는 내 주위의 사람들에게 단순히 기억되는 인물로 남기보다는 그들이 존경하거나 그리워하는 인물로 남고 싶을 것이다.

만우 박영준은 그런 점에서 우리에게 오랫동안 따뜻한 추억과 그리움을 남겨 준 몇 안 되는 귀한 작가 중의 하나이다. 그는 그의 문학적 업적과 인격, 그리고 다른 이들과의 관계 속에서 그들에게 오랫동안 기억되고 있으며, 많은 이들은 그를 여전히 의미 있는 작가 중의 하나로 존경하고 있다. 또한 그를 아는 많은 사람들은 아직도 언제나 따뜻한 마음을 잃지 않은 인간다운 인간으로 그를 그리워하고 있다. 특히 요즘처럼 조그마한 이익을 위해서라면 믿음과 의리마저도 일순간에 내던지는 세태 속에서 선생의 따뜻한 마음과 소박한 인간미는 그를 아는 이들에게 더욱 귀하고 아름다운 의미로 남아 있다. 한편 만우는 평생토록 문학만을 사랑했으며 세상을 뜨는 순간까지 작가였음을 가장 큰 명예로 알고 있던, 정년퇴직을 하더라도 글 쓰는 일만은 멈추지 않겠다고 스스로 몇 번이고 다짐하던 영원한 문학청년이었다. 이는 한두 편의 작품으로 문학적 승부수를 던지려는 요즈음의 몇몇 젊은 작가들에게 당신의 문학에 대한 뜨거운 열정을 통해 문학이 무엇인지, 사람에 대한 사랑의 태도가 어떠해야 하는지 등 더없이 귀한 교훈을 일러 주는 일이기도 하다.

(1993, 진리자유 18호)

소박한 성실성과 신 윤리주의

유 주 현

진실에 대한 고집스런 성실이 그게 곧 창조며 예술행위라는 신념은 잘못된 것이 아니다. 그리고 자신의 신념과 그 고집스런 성실이 외부의 압력으로 파괴되지 않게 하기 위하여 답답하리만큼 자기 구각具殼을 굳히고 초연할 수 있는 처세는 특히 문학자에게 있어선 지극히 소중한 자기 개성의 옹호일 수가 있다.

그것은 어차피 문학의 창작이 작가마다의 독립된 세계이고 그 인간의 우주임을 생각할 때 그러한 고집과 자기 옹호는 어떤 편견이나 유파의 간섭을 단호히 배격하여 한 작가가 자기대로의 일가一家를 이루는 고독한 성채가 되고 그러한 성채에는 단 한 분야의 거목이라야 안주할 수 있다는 사실을 우리는 안다.

만우 박영준, 그분을 이제 다른 차원의 세계로 보내고서 그분의 인간

---

*1921~1982년, 소설가.

과 문학에 대하여 고인의 영전에 조화라도 바치듯 예우적禮遇的인 언어로 중언부언 주어진 지면을 메운다면 틀림없이 그 투박하고 수식 없는 핀잔 소리가 떨어질 것인데, 사실은 그 한 마디가 간절하게 듣고 싶으니 이게 그분과 나와의 정이 아닌지 모르겠다. 정말 퉁명스럽게,

"쓸데없는 소리."

무언가 듣기 좋은 말이거나 비위에 거슬리는 소리를 하면 으레 그 한 마디가 메어박듯 튀어나왔는데 이젠 다시 들을 길이 없단다.

솔직히 말해서 우리의 공통적인 의견은 그분이 재간 있는 화려한 작가는 아니라고 했다. 하지만 문학이란 재간을 으뜸으로 삼는 게 아니고 작품의 주제와 작품정신이 더 소중한 것이라면 박영준문학의 특징인 그 소박한 성실성은 다른 재간 있는 재치보다도 우리에게 남긴 족적이 실로 크고 엄숙하다.

논자들은 그분이 만년엔 신新 윤리주의倫理主義를 작품마다에 강렬히 반영시켰다고 하는데 나더러 말하라면 윤리성은 그분의 체질이니까 초기부터 그것은 불가침의 문학세계였고 오히려 근자 우리 모두의 가치관이나 문학관이 혼돈을 거듭하기 때문에 반대로 그분은 보수주의적 윤리성을 강조하게 된 것이라고 보는 게 옳지 않을까 싶다.

흔히 보수주의란 급진주의에 대립되는 개념이고 모든 분야에 있어서의 영광스런 기수는 후자 차지하는 것이지만 일단 정립된 질서를 고집스럽게 지키지 않고서는 진보의 터전 자체가 형성되지 않는 것임을 사람들은 왕왕 잊는 수가 많다.

내가 알기로는 기존의 어떤 개념이나 질서를 지키는 사람은 백 사람이고 그것을 파괴해서라도 새로운 가치관을 추구하려는 사람은 한두 사

람이어야만 모태母胎를 잃지 않고 그것을 바탕으로 한 새 가치관이 탄생되는 것인데 그러나 사람들은 와와 한두 사람이 지키고 백 사람이 기본을 파괴하려 해서 필요 이상의 혼란을 야기하는 수가 있다.

만우晩牛, 그분은 그러한 면에서 철저하게 지키려는 쪽이지 변혁하거나 시도해 보려는 쪽이 아니었기 때문에 그분의 인생이나 문학 그것은 고독한 편이었고 그분 자신도 그러한 기수적인 역할로 탕명揚名하려는 사람들을 그리 좋아하지 않았다. 만우, 그분의 문학적인 윤리관은 그런 데서부터 출발했으며 또 한편으로는 문칙인文則人이라는 말을 시인할 때, 그분의 사생활적 행동철학이 그의 문학적 윤리성을 강렬하게 뒷받침하여 주었음을 나는 실증적으로 예시할 수 있다.

대구 피난시절이라면 그분은 40대의 초반이었다. 어느 날 그는 나에게 말하길, 부산에서 C라는 여인이 자기를 찾아왔는데 함께 만나지 않겠느냐고 하기에 두 분이 재미 보는데 내가 거기 왜 끼어드느냐고 했더니,

"쓸데없는 소리."

라면서 주먹으로 내 머리통을 쥐어박고 나서 고백하기를, 여관을 잡아 달래서 잡아주니까 함께 밤을 지새우자고 하기에 이틀 밤을 같이 지샌 셈인데 참으로 괴롭더라는 것이다. 도저히 함부로 굴 수 없는 처지이고 또 너무나 좋아하기 때문에 서로를 존중했다면서 두 사람 사이에 여관방의 책상을 가로 놓고 잠을 청했는데 그래도 안 되겠기에 서로 벽을 향해 거꾸로 누워 생코를 골자니 그건 정말 고역이더라는 것이다.

"어지간도 하시우."

다른 사람 같으면 그게 거짓말로 들릴 것이지만 그분이라면 능히 그랬을는지도 모른다는 생각이 들었고 곧 그 C여인과 셋이서 만났을 때도

그분의 태도가 태연하고 자연스러워서 오늘 날까지 박 선생의 그 고백이 진실임을 믿어 의심치 않는데, 그분의 문학 자체가 그런 식으로 순진하고 치기로울 만큼 도덕적임에도 불구하고 현대 독자들에게 저항을 느끼지 않는 까닭은 그분의 문학이 재간으로 만들어지는 작품이 아니라 인간성에서 탄생되는 진실이기 때문일 것이다.

만우, 그분 문학에는 자연에 대한 묘사나 찬미가 두드러지지 않고 있는 줄로 알고 있다. 혹시 그것은 나의 편견일지도 모르지만, 글쎄 나는 그렇게 믿고 있다. 그런데, 그런데도 불구하고 그분만큼 자연을 좋아한 작가도 드물다면 그분에게 있어서는 자연이 너무 외경畏敬스러웠던 게 아닌지 모르겠다.

우리 모두가 알고 있다시피 박 선생은 끝내 그 북아현동 집을 떠나지 못하고 타계하셨는데 또 우리가 알고 있다시피 그 집은 너무나 비좁아서 그 좋아하는 자연을 자신의 생활터전에다 도입하여 즐긴다는 일은 불가능한 형편이었다. 그래서 나는 자주 집을 옮길 것을 권했지만 그럴 때마다,

"나는 여기가 좋아."로 담담한 게 대답할 뿐이어서, 작가가 돈 모으는 재미로 사느냐고 핀잔을 주면,

"쓸데없는 소리."

얼굴을 붉히며,

"자연이 좋으면 자연을 찾아가야지 그것을 옮겨 올 수가 있어?"였다.

그것이 그분의 자연에 대한 철학이었고 아마도 그분의 그러한 이론은 동양사상에서 발상한 게 아닌지 모르겠다. 자연은 존엄한 것. 인위로 움직일 수 없는 것. 좋으면 사람이 그 품에 가서 안겨야지 외람되게 그 일부를 파괴해다가 제 생활터전으로 옮겨 놓으려 하는 것은 어리석고 죄스러

운 짓이라는 사고방식이었을 것이다. 그래서 그분처럼 여행을 좋아하기는 드물 것이고 그분만큼 전국을 누비며 산을 찾은 문학자도 없으련만 그의 문학엔 오히려 자연에 대한 묘사가 적은데 그게 우연인지 아닌지 생각해 볼 문제의 하나라고 여겨진다. 감히 저 존엄한 자연을 문학으로나마 건드리고 싶지 않았거나 건드려지지 않았던 게 아닌지 모르겠다.

1960년대 후반으로 여겨진다. 몹시 무더운 여름 어느 날 그분과 나는 강화도로 가는 버스에서 시달리고 있었다. 그분은 여러 차례 답사해 본 곳이지만 나는 가 본 일이 없어서 그분을 졸라 갑자기 떠났던 것이다. 강화읍에 내려 알아보니 전등사로 가는 길이 마땅치 않았다. 오전에 차편이 있었고 저녁 무렵에나 또 있다는 것인데, 우리가 읍에 도착했을 때는 열한시경이었다. 나는 기다린다는 일에 인내심이 부족한 편이어서 초조롭게 굴다가 보니 터미널에 버스 한 대가 세워져 있기에 농담 삼아 그것을 전등사까지 전세 낼 수가 없겠느냐고 물으니까, 돈이 문제가 아니겠냐는 차부의 대답이었다. 그 무렵만 해도 그분이나 나나 입에 풀칠하기가 수월한 일이 아니었는데도 그래서 풍족한 여비를 가지고 있지 못했는데도 나는 무슨 만용에서인지 독단으로 그 버스를 교섭해서 전등사까지 전세를 냈는데 비용이 3천 원이던가 2천 원이던가 하여튼 두 사람만의 부담으로는 힘겨운 액수였다.

"갑시다, 전세로!"

"쓸데없는 소리!"

"육지에서의 돈의 설움, 섬에 와서나 복수해 보지요."

"뭐 미쳤어?"

"미쳐보십시다. 박 선생."

"저게 저게."

우리는 차비를 반분해서 내고 대형 버스 한 대를 빌려 양쪽에 한 사람씩 자리를 잡았다. 운전수도 그런 일은 처음이라면서 신바람이 났다. 그분은 목청이 찢어지라고 노래를 불렀다. 운전수도 함께 노래를 불렀다. 나는 입만 뻥긋거렸다. 길은 좁고 평탄치가 못했다. 완곡이 심해서 짐이 너무 가벼운 버스는 춤을 추듯 흔들렸다. 무심한 아카시아 가지가 차창을 후드득후드득 때렸다. 그분은 〈바위고개〉를 거듭거듭 불렀다. 의자에서 떨어져 씨익 웃기도 했다. 전등사 앞마을에 도착하자마자 쉴 겨를도 없이 그분은 나를 끌고 정족산鼎足山엘 올라 소년처럼 소리를 고래고래 지르며 좋아했다. 우연히 이순재李舜在 화백과 김호성金湖星 화백을 그 산속에서 만나 종일토록 즐겼다. 그때, 그분의 인상은 울을 탈출하여 산으로 돌아간 산짐승의 야성 그대로였다.

"어어, 나는 산이 좋아 미치겠어. 산에서 아무도 모르게 죽으면 얼마나 행복할까."

그분은 그런 소리를 흘렸다.

그날 밤 우리는 잠을 못 잤다. 전등사의 새소리란 전국에서도 손꼽는 것인 줄을 몰랐었다. 새소리로 날이 저물고 새소리로 새벽이 밝는 고장이었다.

이런 식으로 그분과 나와의 이야기를 회상하다가는 책 한 권이 됨직도 하다. 그런데 정말 이 글은 쓰기가 싫다. 아직 그분이 이 세상에 없다는 게 실감이 나지 않아서일 것이다. 전화기를 보면 금방 벨이 울리 것 같고 수화기를 들면 "일 그만 해, 쉬어 가면서 하라구. 그러다간 쉬 죽어." 하는 그 퉁명스런 음성이 들릴 듯만 싶은데, 이미 고인이라니 허망하다.

2~3일에 한 번씩 입원실엘 찾아갔다. 주위에서 이젠 사람을 못 알아보신다고 귀띔을 해 주기에 손을 잡고 "내가 누구인지 아시우?" 했더니 눈을 똑바로 뜨며 "몰라, 몰라." 하고 소리치는 바람에 반가워서 또 농담 한 마디 던질까 하다가 그러면 "쓸데없는 소리." 하고 핀잔을 받을 것 같아 아쉬운 대로 삼갔건만 그런데 이틀을 더 못 사시고 타계하셨다. 이젠 마음 안 쓰고 어리광부릴 데가 없구나. 그 양반도 버릇없는 내 타박이 듣고 싶으실 텐데. 이 글을 보시고도 그분은 저 세상에서 한 마디 하시겠지,

"쓸데없는 소리."

(1976. 9. 한국문학)

❸ 스승 20년 추모 30년

45.5×45.5, 2000

영원히 메울 수가 없어라

박 두 진

박영준 선생이 가시었다. 벼르던 대작을 두고 가시다니…….

누구나 세상에 나면 살다가 반드시 한 번 떠나가는 것은 어쩔 수 없이 엄연한 인생人生의 법칙임을 어찌 모른다고 할 수 있겠는가. 그러나 그 떠나는 이가 바로 우리의 주변周邊에 있는 분이고, 그 삶의 자세가 남달리 진지하고, 그 남겨 온 업적이 남달리 두드러질 때, 이를 당하는 우리의 허무감虛無感과 슬픔은 한층 더 충격적이다.

박영준 선생의 인품은 한 마디로 솔직소박率直素朴이었다.

꾸미지 않고 직선적이었다.

오히려 너무 솔직하고 너무 소박했다.

이러한 그의 성품과 인간됨은 그대로 무엇보다도 가장 잘 그의 문학에 나타났다. 그가 바친 일생의 전부는 오직 문학을 위해서 바쳐졌다. 이

*1916~1995년, 시인.

것은 집념이라기보다 신념과 신조였고, 그 자신이 음의音義짓는 생의 최고의 형식이요 가치였다.

1911년에 태어나 1934년 연전延專을 졸업하던 해, 단편 「모범 경작생」으로 본격적인 문학생활을 시작한 그의 오늘까지의 작가생활은 그대로 우리 민족이 겪어 온 수난사의 점철이요, 그것을 극복해 온 기복起伏의 증표였다.

그의 작가적 소재나 주제, 기법이 어떻게 변천했든, 그의 소설문학에 헌신한 뜨거운 의지와 작가정신은 대단히 진지했으며 성실하고 뜨겁고 투지적인 인내와 신고辛苦의 거인적인 발자취였다.

그는 끝까지 병석에서 신음하는 마지막 순간까지 생에의 집념과 투지를 꺾지 않았다. 병석에서 승리할 것을 확신한 듯했고, 더 해야 할 일들에 대한 소명감을 잊으려 하지 않는 것 같았다

연세대학교 문과대학장의 직책이 그의 병세로는 대단히 과중한 부담이었다. 그러나 그는 마지막 모교에 대한 헌신적인 충성과 봉사로 자각하여 병구病軀를 이끌고 집무에 임했고 강단을 지켰었다.

오호嗚呼!

문학으로 인간됨, 작품과 삶에 임하는 늠열凜烈한 윤리성과 업적에 기대한 인간 박영준, 문학자 박영준에의 공간은 다시는 영원히 메울 수가 없어라.

그분

박 목 월

말보다 빙그레 웃는
미소가 앞서고

시종여일始終如一 제 페이스를
서두르지도 늦추지도 않고 달리는 그 분

불꽃처럼 타오르는 일이 없지만
항시 가슴 속에 불씨를 묻어 놓고

환한 눈으로
세상을 바라보는 그분

---

*1916~1978년, 시인

그분의 작품에는 악역惡役이 없다
선량한 군상들의 인생을

어린 아기의 눈동자처럼
무후한 천진성이 친구를 감동시키는

나는 그분의 기도를 들은 일이 없지만
골방에서 하는 기도 소리가 내 귀에도 들릴 것만 같은

성실한 인생의 수도자修道者
조용한 신앙가信仰家 엄숙한 창조자創造者

그분을 대할 때마다
신이 인간을 흙으로 빚음을 실감하게 하는

흙처럼 겸손하고 흙처럼 소박하고
대지처럼 훈훈한

그분은 나의 선배이며 벗이다
든든한 동아밧줄로 맺어준 그분의 우정友情

이 시詩를 그분이 읽으면 빙그레 웃고 말 것이다

조용한 승리자의 포근한 미소

그분은 자신이 이룩한 업적이 높은 탑이 되었음을
스스로 돌아보는 일이 없이

담담하게 혹은 덤덤하게
서두르지도 늦추지도 않고 제 페이스를 앞으로 달릴 것이다

깨끗하고 귀하신 선생님

이 범 선

선생님, 박영준 선생님!!

흰 국화송이 너머로 선생님의 건강하시던 때의 사진을 대하는 마음, 진정 허무하였습니다.

선생님은 떠나가셨습니다. 선생님은 생전에 이 보잘 것 없는 후배를 무척이나 아껴주시었습니다. 그처럼 남달리 선생님의 아낌을 받은 탓으로 오늘 선생님의 떠나심이 이처럼 감당하기 힘들도록 허허한지도 모르겠습니다.

선생님은 평소에 말씀이 많지 않은 어른이셨습니다.

언제나 그저 덤덤히 대해 주셨습니다. 그러나 저는 그 덤덤한 속에서 지열地熱처럼 훈훈한 정을 느낄 수 있었습니다.

선생님은 말에서나 행동에서나 어떤 꾸밈이 엿보이는 것을 매우 싫어

*1920~1981년, 소설가.

하셨습니다. 그렇기에 선생님 앞에서의 저희들은 자연히 말 수가 적어지는 것이었습니다. 그래도 그저 그렇게 선생님 앞에 앉아 있으면 푸근하고 안심스럽던 것입니다.

십 년쯤 전이었다고 기억합니다. 선생님을 모시고—아니 차라리 '따라서'라고 하는 편이 옳을 것 같습니다—설악산雪嶽山을 넘은 일이 있었습니다. 그때 선생님은 젊은 문단 후배들을 데리고 오른 산길에서 자주자주 뒤돌아보시며 도리어 저희들을 걱정하시던 것입니다.

금강굴 앞에서 쉬었습니다. 거기는 도토리묵이 명물이라고 했습니다.

"선생님, 저 명물 한번 먹어 볼까요?"

했더니, 선생님은

"그러지."

하시며 빙그레 웃으셨습니다. 그런데 막상 먹어 보니 맛이 신통치 않았습니다.

"그거 명물이란 게 형편없군요."

저희들 젊은 측이 빈정거렸습니다.

그때 선생님께서 말씀하셨습니다.

"명물이란 대개 그런 거야."

저는 그때 선생님의 그 말씀을 잊지 않고 있습니다.

그저 우스개로 하신 말씀이었는지는 모르나 그대로 선생님의 성품을 들어낸 말씀이었다고 생각합니다.

떠들썩하니 이름부터 외치는 것치고 실속 있는 것 없다는 그 말씀.

선생님은 평생을 오로지 작품 창작에만 전념하였을 뿐, 일찍이 그 흔한 문학단체文學團體의 장長 한 번 지내신 일이 없으십니다.

한 마디로 커다란 바위 같은 어른이셨습니다.

약주도 별로 즐기지 않으시는 선생님이셔서 저희는 선생님의 흐트러진 모습을 한 번도 뵈온 일이 없습니다. 선생님은 평생을 그저 덤덤히 외길 걸으시며 안으로 안으로 향기를 모으시기에만 애쓰셨습니다. 소박하고, 진실되고……. 그것이 곧 선생님의 생애요 작품이었습니다.

이제 선생님은 영영히 가시었습니다.

대학을 물러나시면 새로 마련해 두신 집 뜰에 화초나 몇 포기 심고 아침저녁 바라보며 한가히 지내신다 하시더니, 그 날이 이제 한 달 좀 남았는데 선생님은 마치 잊었던 일이나 챙기듯이 총총히 그대로 떠나가시고 말았습니다.

세월이 흐르면 세사에 휩쓸려 덤벙대는 저희들 기억에서 선생님은 자꾸자꾸 멀리 걸어가시겠지요.

그러나 선생님이 아무리 떨쳐 버리고 멀리멀리 떠나가셔도 평생을 두고 쌓아 놓으신 선생님의 작품 하나하나는 언제까지나 저희들에게 선생님의 그 부드러운 육성을 들려주실 것입니다.

또 "명물은 대개 그 맛이 신통치 않다." 하시며 이름 내세우기를 그처럼 애써 피하시던 선생님이시지만, 선생님의 그 깨끗하고 귀하신 이름은 우리 겨레의 문학사에 영원히 빛날 것입니다.

그럼 선생님, 박영준 선생님!!

안녕히 가시옵소서. 편히 쉬시옵소서.

고우신 만우晩牛 스승님

정 공 채

의젓한 소를 사랑하셔
아호마저도 만우로 되신 박영준 선생님

글을 쓰는 선비로 학문을 닦는 학자로
한 평생을 거짓 없이 한 평생을 부지런히

소처럼 듬직하게 소처럼 참되게
훌륭한 생애를 살다 떠나신 스승님

그 어떤 과욕이나 미련도 없이
예순다섯 해 큰 뜻을 펼치고서 순천順天하신 스승님

*1934~2008년 4월, 1958년 연세대학교 입학. 시인.

당신의 의젓하신 모습도 상기 어제 같기만 한데
세월이여 빠르고녀
땅 위의 목숨도 빠르고녀

고우신 만우晩牛 스승님
하늘나라에서도 큰 소 타시고
이 세상의 진실을 성실한 사람들의 참 모습을
내내도록 복되게 경작하여 주십시오

당신이 남겨 주신 사람 바르게 사는 학문과 빛나는 작품
금석金石에 깊이 새긴 말씀이 되어
영원토록 함께 살아 숨 쉬고 있나이다

아, 만우 스승님. 언제나 고우신 우리들의 님이여!!
맑은 향 사루어 절 드리는 우리의 기림 가운데
영원토록 편히 쉬소서
영원토록 빛나소서

삼십 년 전의 약속

김 녕 희

지난 달, 원고청탁서 하나를 받고 순간 아연했다. 만우 박영준 선생님 서거 삼십 주기 기념문집 발간을 위한 글이라고 했다. 동문과 후배 제자들이 생전의 스승을 기리고저 마음을 모아 문집 발간을 한다고 했다. 나는 잃어버린 귀중품을 찾은 듯이 한동안 아뜩한 기분에 휩싸여 있었다. 핏빛으로 물든 창밖 호수 저 너머의 석양을 바라보며 어찌할 수 없어 블루마운틴 커피를 두 잔 마셨다.

박영준 선생님.

그 날, 선생님은 세브란스 병원에 입원해 계시었다. 순화와 내가 병실에 들어서자 만우 선생님은 놀라신 듯 몸을 일으키셨다. 그리고는 여느 때보다 힘이 많이 빠지신 모습으로 피식 웃으시었다. 무서운 인상과는 다

*숙명여자대학교 졸업, 소설가.

르게 잘 웃으시고 웃으실 땐 소리가 없어 소의 웃는 모습이 되시는 선생님. 선생님은 우리의 방문을 기뻐하시는 듯 느릿느릿 말하셨다.

신생 여학교의 교장이 된 순화에게 학교 일은 잘 되는가, 소설은 아주 단념하였는가 물으시고 나를 향해 타이르시었다.

“이제 신문잡지 연재는 그만두는 게 좋아. 단편에 치중하라고.”

“…… 네.”

“남편은 아직 요양원에 있나?”

“한참 더 있어야 한대요.”

자부가 음료수를 내고 병실을 나가자 선생님은 문득 말하셨다.

“퇴원하면 청전靑田 그림 줘야지. 언제 가화다방으로 나와. 내가 전화를 하지. 대작은 아니고 내가 좋아하는 전원 풍경이야. 꽃병은 내 책상에 두고 매일 보고 있는데.”

선생님께선 우리 집에서 아버지가 귀히 여기신 청화 화병을 선물로 받으시고 청전의 그림을 주시겠다고 하신 걸 기억해 내신 것이다. 많이 피로해 보이셔서 누우시라고 권유했으나 선생님은 한사코 침대머리에 등을 기댄 채 앉아 계시었다.

“순화 있는 데서 약속을 해 줘야겠다. 한길로 열심히 쓰겠다고. 내가 널 아낀다. 돈벌이 같은 거 생각 말고.”

나는 코끝이 새큰해져서 고개를 주억거렸고 선생님은 영영 퇴원하지 못하셨다 그리고 삼십 년이 지나갔다니……. 잘못 짚은 게 아닌가 싶게 긴 시간이.

불현듯, 한 번 크게 깨달은 뒤에야 비로소 꿈이었음을 알게 된다는 글을 읽은 기억이 난다. 지금, 그대에게 꿈꾸고 있다고 말하는 나 또한 꿈꾸고 있다는 장자의 말이 생각나는 건 무엇 때문인 걸까. 내 소설 작업에 빈혈을 느낀다. 그토록 변명을 싫어하면서도 그럴 수밖에 없었다며 마냥 긴 꿈을 꾼 걸까.

만우 박영준 선생님.

석양이 진 서편 하늘가에 선생님의 노하신 모습이 낮달인 양 어려 있다. 항상 화나신 듯 엄위하시고 약속을 중히 여기시는 선생님의 제자로서 나의 소설 작업은 수혈이 필요한 시점이었다. 아찔했다. 쓸쓸하고 허망했다. 자각은 온몸에 소름 돋게 했고 바깥세상을 향해 커튼을 내리게 했다. 과묵하신 선생님이 병상에서 강조하여 타이르신 연재물을 그 후로도 꽤 오랫동안 지속했다. 스승의 유언을 어긴 제자를 지금 만나면 선생님께선 꿀밤을 한 대 먹이실 것이다. 이것 봐라, 피식 웃으시면서.

박영준 선생님 기념문집에 쓸 말이 얼른 생각나지 않는다. 아련하고 설핏할 뿐이다. 젤 아끼신다고 하신 제자로서 스스로 평가절하할 수밖에 없는 이 두려움은 변명이외 무엇이겠는가. 변명은 구차하다. 싫은 것이 많은 나는 무엇이든 구차한 것은 참 싫다. 뒤척이고 뒤척인 끝에 마침내 용기를 내어 원고 청탁서에 있는 메일 주소를 오래도록 들여다보았다. 뜸을 들인 끝에 미안하다고 간단한 사양의 메일을 치기 시작하였다. 메일을 보내고 선생님과 한 삼십 년 전의 약속도, 선생님을 기리는 원고 약속도 지키지 못한 만우 선생님께 긴 사죄를 드렸다.

요 몇 년 동안, 글다운 글 아닌 말 홍수 속에 자기를 내세우는 사람들을 외면하고 싶었다. 무엇보다도 자신에게 실망하여 불면과 우울과 맞서 겨루었다. 대결자는 나 자신이었으므로 거의 '히키 코모리'로 지내었다. 매사에 불규칙 동사이고 활자 중독인 나는 도무지 사람들도 눈부시게 내달리는 세상이 무서워 한 달에 한 번쯤 교보문고로 나가는 게 고작이었다. 광속으로 변하고 바뀌는 현란한 책의 바다를 눈 크게 뜨고 항해한다. 머리가 어지러울 때쯤 신간 소설 몇 권을 들고 나온다. 스타벅스 3층에서 광화문을 내다보며 에스프레소 한 잔을 천천히 마시며 나를 내가 위로한다.

> 당신이 공중누각을 쌓았더라도 그건 헛된 일이 아니다. 공중누각은 원래 공중에 짓는 것이니까. 이제 그 밑에 토대를 쌓으면 되는 것이다(『월든』),

정녕 이제부터 공중누각 밑에 토대를 쌓을 수 있을는지. 페이스를 잃고 돌이키기엔 너무 멀리 왔어도 그렇게 하고 싶다. 그렇게 노력하고 싶다.

오르한 파묵은 노벨문학상 수상 연설문에서 작가는 인간의 내면에 숨어 있는 제2의 존재와 그 존재를 만들어 낸 세상을 인내심을 가지고 노력하여 발견하는 것이라고 했다. 그는 수상작인 『내 이름은 빨강』에서 같은 말馬 그림을 수없이 그리는 끈기 있고 열정적인 이란의 세밀 화가를 묘사했다. 1974년 23세 때 작가가 되기로 결심한 그는 오직 서재에 박혀 4년 만에 첫 작품을 탈고할 만큼 무서운 끈기의 작가였다. 그 후 계속 그는 문제작을 발표하여 터키의 대표적인 작가로 주목받는 명성을 얻었고 마침내 노벨문학상을 수상하기에 이르렀다. 노력과 재능에 앞서 그의 작가정신이 부럽다.

21세기는 영상문화 시대요, 활자문화의 위기라고 한다. 그렇다고 소설 판매 부진을 시류 탓으로만 돌리는 건 약한 변명이라고 생각한다. 여전히 베스트셀러 목록은 나오고 끊임없이 충실한 문제작은 나오지 않는가. 나는 살아야 하고 창조해야 한다. 눈물이 날수록 더욱 살아야 한다고 한, 까뮈의 의지로 우리가 정진한다면……. 돌파구가 왜 없겠는가.

이 지상에 계시지 않지만, 그날의 증인이었던 가장 친밀한 친구 순화도 이미 이 세상 사람이 아니지만, 만우 선생님과 한 약속을 지키고 싶다. 누구나 작가는 작가가 되는 순간 첫 마음으로 자신과 약속을 한다. 그 첫 눈 같고 불꽃같은 열정의 약속을 지키기 위해 작가는 시대가 어떻게 변한다 해도 그 무엇에도 막힘없이 마이 웨이를 가야 할 것이다.

'만우'와 함께한 시간

김 대 규

"시를 쓰겠다고 스스로 다짐하고도 대학에 들어간 것은 4분의 1 내 인생의 가장 큰 오산이었다. 대학에 시인을 만들어 주는 요소가 있다면, 그것은 강의에 있지 않고, 그 고리타분하고 고식적인 분위기에의 구토에 있다. 나는 입학 기념식장에서는 불합격자들에게 미안했고, 졸업식장에서는 랭보에게 미안했다. 지금 돌아보건대, 고무신을 신고 4년을 마쳤다든지, 교모 대신 밀짚모자를 쓰고 다녔다든지, 강의실보다 문학회실에서 일과를 보냈다든지, 교수와 맞서 이론 언쟁을 즐겼다든지 하는 것은 내가 자진하여 대학을 내동댕이치지 못했다는 비굴감 앞에서는 하나도 떳떳한 게 못 된다. 그러나 하여튼 나는 대학이 싫었고, 시간에 염증을 냈고, 강의에 불만이 컸으며, 동년배들을 시시하게 여겨서 모두들 강의실로 들어간 뒤, 나는 만날 사람이

*1960년 연세대학교 국어국문과 입학. 시인.

있어 어두침침한 문학회실로 갔다. 거기 침울한 구석 의자에는 언제나 랭보가 보들레르, 니체, 러셀과 더불어 이야기를 나누고 있었고, 나는 그들과 하루 종일 떠들다가 저녁 때 천안행 통학열차를 타고 '안양 양지동 946번지' 로 내려왔다."

좀 길다 싶은 위의 인용문은 1967년에 출간한 나의 제3시집 『양지동 946번지』 자서의 일부다. 대학을 졸업한 지 얼마 되지 않아, 아웃사이더적인 객기와 미숙한 이상의 낭만기가 주도하던 시절이지만, 그래서 더 그리운 추억이 되는지 모르겠다. 앞에 소개한 시집에 다음과 같은 작품도 있다.

평론 리포트
200자 원고지 30매짜리 숙제를
단 1매에

"한국현대비평은 '문단' 이라는 공중변소의 4면 벽에 '낙서를 하지 말자' 라고 갈겨 쓴 또 하나의 낙서에 지나지 않는다."고 써냈더니,

평소에는 친분이 두텁던 교수님이
D학점을 주셨다.

—「성적표」 전문

여기서 말하는 '평소 친분이 두텁던 교수님' 이 바로 만우 박영준 선생

님이다. 최현배, 양주동, 권오돈, 김윤경, 이가원, 박창해, 김동욱, 유창돈……. 1960년대 초반, 연세대 국문과 출강 교수님들의 리스트는 그 이름만으로도 학문과 인품의 위의가 대단했던 분들이다. 그 기라성의 별자리에 소설가 박영준, 시인 조병화 교수님의 이름도 추가된다.

고등학생 때부터 시인임을 자처해 온 터라서 소설가 교수님보다는 시인 교수님을 선호할 수밖에 없었음은 당연한 일로 여긴다(여기서 편운 조병화 선생님과의 남다른 관계에 대해서는 언급하지 않겠다).

나도 선생 노릇을 해 봐서 실감하는 일이지만, 사실 얼마 되지 않는 학창 시절의 관계만으로 '사제지간' 운운하는 것은 낯 뜨거운 일이다. 스승과 제자가 되려면 졸업 이후 더 많은 인생행로에서 정신적 교감이 이뤄져야 하겠기 때문이다. 그런 의미에서 박영준 선생님과의 관계가 대학 생활을 중심으로 이루어질 수밖에 없었음은 내 인생의 크나 큰 손실이었다고 생각한다. 그러나 그 큰 손실에 위안이 될 수 있는 대학 생활에서의 에피소드가 있어 회상의 보람을 삼고자 한다.

'만우'와 함께한 시간에서 가장 먼저 떠오르는 것은, 1963년도 선생님께서는 국문학과장님이셨고 내가 연세문학회 회장이었을 때, '전국 남녀 고교 문학작품 현상모집' 행사를 처음으로 구상하고 학과장님의 재가를 얻기 위한 면담 시의 인상적인 말씀들이다.

첫 번째 만났을 때 과장님은 "야, 그런 걸 해서 뭘 하나?"는 투로 가볍게 반대하셨다. 의외의 반응에 기분이 상한 나는 그대로 나와서 며칠간 대책을 궁리한 끝에 다시 찾아뵙고 그 배경을 설명드렸다. 지금 생각해 보면, 문학적 재능의 조기발견을 통한 천재 육성, 전국 최초의 고교 문학

행사 개최를 통한 대학의 이미지 제고, 연세문학회의 활성화 계기 등에 대해 열을 올리며 브리핑한 것 같다. 나의 태도에서 쉽게 물러설 것 같지 않은 느낌을 받으셨던지, 과장님께서는 이렇게 말씀하셨다.

"그래? 너희들의 열망감은 인정한다. 그러나 다른 예술과 문학은 근본적으로 다른 거야. 천재? 물론 문학의 천재도 있지. 하지만 문학은 재주로 하는 게 아니야. 오랜 인생의 체험, 그 체험의 진실이 녹아들어야 문학이 되는 거야. 고등학생들이 인생에 대해 뭘 알겠나? 감성뿐이지. 그래도 '연세문학'을 위해서 그 행사가 필요하다면 한 번 해 보도록 해. 그러나 큰 기대는 하지 마."

더 길게 말씀하셨지만 요지는 '문학과 인생의 진실성'이셨다.

호사다마랄까, 어렵사리 성황을 이룬 행사였는데, 시 부문 최우수상 수상 작품이 시상 후에 표절로 밝혀져 과장님의 꾸중을 들어야 했다.

나의 문학 생활과 관계된 고백성 일화가 있다. 이 일을 떠올리면 선생님께는 공연한 죄의식이 솟는다. 4학년 때(1963년), 나는 연세문학상(제2회)을 수상했다. 시상식을 마치고 교수님께서 다녀가라고 하셨다. 교수님께서는 다시 한 번 수상을 축하하신다며 이렇게 말씀하셨다.

"김대규, 너는 이미 시집도 냈고, 나름대로 활동을 하지만, 그래도 시인으로 공인받는 과정을 거치는 게 좋을 거야. 내가 이미 박목월 선생께 말씀을 드렸으니 《현대문학》을 통해 추천을 받도록 해. 목월 선생을 한번 찾아가 봐. 알겠지?"

나는 그때 '교수님'이 아니라 부정 같은 따스함, 아니면 큰 형님의 보살핌 같은 혈연의 끈끈함을 느꼈다.

대답은 "네. 감사합니다!"였지만, 가슴 속에서는 갈등이 일기 시작했다. 그때는 이미 관계가 깊어진 조병화 선생님과 문단 진출에 관해서는 서부의 건맨처럼 홀로 설 것을, 신춘문예나 추천 제도를 거치지 않아도 스스로의 운명으로 훌륭한 시인이 될 수 있음을 증명해 내야 할 사명감을 완수하기로 수차례 언약을 한 터였기 때문이었다.

그래도 나는 만우의 인간적인 배려를 일차적으로 이행하기 위해 박목월 선생님을 찾아갔다. 작품도 서너 편 지참했다. 목월은 박영준 선생님의 말씀을 들으셨다며 차후 연락을 주시겠노라고 했다. 그러나 그 이후 아무런 연락을 받지 못했다. 작품이 목월의 눈에 들지 못해서일 것이다. 그랬을 것이다. 목월을 만나는 일로 갈등을 겪던 나는 그때까지 써 놓은 시 작품 가운데서, 일반적인 경향의 것이 아닌, 더 적극적으로 말한다면 목월의 눈에는 선뜻 들지 않을 것으로 여겨지는 원고들을 골라 갖고 갔던 것이다. 다른 작품이라고 곧바로 추천을 받는다는 보장도 없겠지만, 하여튼 나의 마음은 만우나 편운 두 분 교수님을 함께 만족시켜 드려야겠다는 생각에서 그런 발상을 했던 게 사실이다. 세 분 모두 세상을 떠난 지금, 죄스러운 마음 하소연할 길도 없으니 안타까움만 웃자란다.

그런데 위의 두 가지 개인적인 만남을 통한 선생님의 체취보다 왜 나는 자꾸만 강의 시간의 '소설가'에 대한 인상을 더 지울 수 없을까. 그것은 우리가 선생님을 교수님으로 만나기 이전에 이미 소설가로서 이미지 메이킹이 된 까닭이겠는데, 거기에는 밭고랑처럼 깊게 패인 주름살의 호상虎像이 영향을 끼쳤으리라고 생각한다.

2년 넘게 강의를 들었지만 지금 뇌리에 강하게 남아 있는 것은 6·25 이후 그 어렵던 때, 남대문 근처에선가 마늘 장사를 하셨다는 체험담이다. 그 시간에 소설가는 진실은 체험임을, 그 체험은 농부나 서민들의 것임을 강조하셨다. 시골 출신의 시인 지망생은 얼마나 감동을 받았던지.

그러하다. 사제지간의 척도는 지식의 전수가 아니라 감화의 농도로 형성되는 것이다. '흙'을 통해 인간 영혼의 승화를 구가하려던 나의 시 세계에 선생님은 실천자로서의 '모범 경작생'이었던 것이다.

4·19 세대 60학번인 우리들(1941년생)과 선생님(1911년생)과는 꼭 30년, 한 세대의 연차가 있다. 그리고 서거 30주년을 맞아 대학시절을 회상해 보려니, 그때의 선생님은 지금의 우리들보다 15년이나 젊으신 50대 초반이셨구나. 이 나이인데도 그때의 선생님만한 인생의 진실에는 끝내 못 미치고 있구나.

집안에 어른이 안 계시면 늙은 소라도 한 마리 있어야 한다고 했는데, 지금 우리의 주변에는 '만우'와 같은 사람 냄새의 어른을 찾아보기 정말 어렵다. '만우'와 함께 했던 시간이 그리운 까닭이 거기 있다.

만우 박영준 선생

김 석 득

우리 근·현대 문학사 상의 큰 나무, 만우 박영준 선생은 순수하고 어질고 진실하며, 창의적인 스승의 모습으로 우리 마음속에 자리 잡고 있다. 21년이란 오랜 세월을 함께 지내면서 겪었던 몇 가지 일들을 이제 되새겨 만우 선생의 그러한 모습을 나름대로 그려 본다.

만우 선생으로부터 처음 가르침을 받은 것은 1955년 4학년 때 수강한 '소설론'이었다. 소설론의 강의 내용은 창작의 이론 추론의 바탕이 되는 '사람의 진실한 삶의 이야기'였다. 늘 창밖만을 응시하며 강의하시는, 세상에 이름난 소설가 만우 선생의 참 멋은, 자신의 몸에 배인 진실한 삶의 토로가 우리의 마음을 울려 주는 바로 그곳에 있었다. 「모범 경작생」 이후의 저 많은 창작물엔 사람 만우의 '진실한 삶의 강'이 한결같이 도도히 흐르고 있는 것은 아닌가. '진실한 삶', 이것은 문학하는 이들의 영역을 넘

*1952년 연세대학교 국어국문과 입학. 외솔회 회장, 연세대학교 명예교수.

어 뭇 사람의 삶의 이상까지를 품어 안는 개념이기에, 말의 이치를 갈닦아 오는 내 마음속에까지 그것은 이제껏 뚜렷하게 새겨져 있다.

1958년 나는 한양공과대학(그때는 아직 종합대학이 아니었다) 전임이 되었다. 그런데 1960년인가, 어지러운 세태 아래서, 만우 선생은 한양대학교 국문학과(종합대학이 되면서) 과장으로 오시게 되었다. 이 대학의 국문학과는 이렇게 시작되고 그 바탕은 만우 선생이 이룩하신 것이다. 그런데 1961년에, 만우 선생은 연세대 모교로 다시 돌아오시고, 나도 그 이듬해에 연세대로 자리를 옮겼다. 만우 선생이 문과대학 학장의 일을 맡으실 때부터는 나는 만우 선생과 같은 연구실을 쓰게 되었다. 그때는 교수 연구실의 공간 사정이 여의치 않아서 대체로 두 교수가 한 연구실을 같이 쓰던 때였지만, 학장실이 따로 있어 만우 학장은 양쪽 방을 두루 이용하셨다. 말하자면 나는 얼마 동안 만우 선생과 같은 연구실을 쓰면서 이모저모 보살펴 드린 셈이다. 그렇지만 이제 생각하면 나의 모자랐음이 새삼 느껴지기도 한다.

정몽헌(현대 집안의 아들) 군이 국어국문학과에 입학한 지 얼마 뒤의 일이다. 정 군은 허술한 옷차림에 헌 구두를 끌고 다니는 아주 검소하고도 진실한 학생이었다. 학장 만우는 그의 정신세계를 읽어서였을까, 그때에 절실하게 필요한 한글타자기의 운을 뗐다. 정군은 집안에 이야기한 듯, 그는 한글타자기 두 대를 기증했다. 한 대는 국어국문학과에, 또 한 대는 문과대학 사무실에 놓게 되었다. 지금으로 보면 별것 아닌 듯하다, 그때로는 이것이 만우 학장의 밝은 현실 감각에 따라 이 공간에 이루어진 최초의 기계화라 할 만했다.

해마다 세종날(5월 15일)이 오면 연세대학교 국어국문학과 학생들은 여주 영능에 참배했다. 젊은 기운 탓이었겠지만, 언젠가 한번은 그 성역인 영능에서 일부 학생들의 벗어나는 언행이 도를 넘어섰었다. 지도교수인 나도 젊었던 탓이었을까, '욱' 하는 생각으로 이내 학교로 돌아와 이 일에 대하여 학장에게 심각하게 의논드렸다. 그러나 만우 선생은, 사람사회에서는 필연적으로 있을 수밖에 없는 다양한 역기능에 대하여 슬기롭게 새김질하는 힘, 그것도 열 번 바뀌고 발전을 거듭할 젊은 '배울이' 들의 '올적(미래)' 을 내다보아야 하는 아량 등, '세상 사람이 살음을 사는 이야기' 로 나의 생각을 마침내 주저앉혔다. 만우 선생의 어진 마음과 앞을 내다보는 밝은 눈과 넓은 아량을 젊은 교수에게 보이신 값진 깨우쳐줌이었다.

새해아침마다 북아현동 자택으로 세배를 갔다. 때로는 엎드려 글을 쓰시다가 세배꾼을 맞는다. 만우 선생은 엎드려 글 쓰는 것이 버릇처럼 되셨던 것 같다. 세배꾼 가운데는 '가화(문학)파' 가 많았던 것으로 안다. 선생은 퇴근하면 젊은 문학 지망생과 대화할 곳으로 가화다방(이제의 프라자호텔 뒤쪽에 있었던)을 택한 것이다. 물론 문학인이 아닌 다른 이들도 그곳은 만우 선생과의 마음을 나눌 수 있는 맞춤의 얼안(공간)이었다. 이래서 나는 이곳을 찾는 이들을 '가화(문학)파' 라 나름대로 불렀다. 이들은 이제 우리나라의 '만우 문학파' 를 이루고 있는 것은 아닌가, 나는 생각한다.

오늘날 대학입시에서 논술(글짓기) 문제는 예삿일을 훨씬 넘는 매우 중요한 과제이요, 주된 말머리이다. 만우 선생은 연세대학 입시에서 글짓기(작문) 문제를 맨 처음으로 내세워, 이를 실행토록 했다. 이 글짓기 시험은 우리나라에서는 처음으로 실행된 것이며, 이는 드디어 나라 안 모든 대학으로 번져 갔다. 오늘의 '논술 시험'은 그 역사적 선 위에서 진행되고 있는 것이다. 만우가 힘 있게 내세운 글짓기의 근본 목적은, 논리적 생각의 맥이 끊긴, 다만 불연속으로 나열된 낱덩이만을 외우게 하는 창의성 없는 교육을, 이어진 논리적 생각의 융합으로 말미암은 지적인 창의 능력 교육으로 바꾸어야 한다는 데서 출발한다. 그리고 그러한 목적의 이루어짐은 '글짓기 교육'에서 찾아야 한다고 판단한다. 다시 말하면, 대학 입시에서 글짓기 시험은 창의 능력을 재어 보는 것이요, 이 능력을 재는 일은, 마침내 각급 학교의 교육을 창의적 교육의 길로 이끌어 내는 데까지 그 힘이 미쳐야 한다고 보는 것이다. 만우 선생은 글짓기 출제위원으로 며칠간 자유 없는 출제 공간에서 스스로 수고하셨다. 그때의 글제는 〈허물어진 탄광 안에 오랫동안 갇혀 견디다가 살아나온 아무개의 삶〉에 대한 내용으로 기억난다. 이는 우리나라 대학 입시에서 보인 첫 번째의 글제일 것이다. 이때부터 특히 고등학교에서는 다양한 '시사' 문제와 그 논리적 펴기 능력 교육에 큰 관심을 보이기 시작했다. 오늘의 논술 논論은 만우 선생의 슬기의 소산을 그 역사적 기점으로 한다고 본다. 글짓기의 교육은 학부 교양국어에서도 강조되었다. 그 결과 연세대에서 '작문 교재'가 따로 꾸며지고, 이 또한 다른 학교로 퍼져 나갔다.

만우 선생은 작품에서 여성 3인칭 단수의 표현으로 '그미'를 쓴다. 외솔 최현배 선생은, 우리나라 말에는 고유한 3인칭 단수 표현이 없어, 김동인 이후 '그녀'로들 써 오고 있으나, 이 표현은 말 만들기에 어긋날 뿐 아니라, 그 말소리의 울림까지 마땅치 않음을 지적, 이 문제를 논제 삼아, '그미'로 함이 이치에 맞음을 언어학적으로 논증했다. 외솔의 이 '그미'를 만우는 스스로의 글에 신념으로 받아들인 것이다. '그녀'가 주춤거리기 시작한 것은 이때부터인가 한다.

만우 선생은 담배를 자주 피우셨다. 특히 글을 쓸 때는 담배를 물어야 생각이 잘 풀린다고 하셨다. 1973년, 프랑스 파리에서는 제8차 동양학자 대회가 열렸었다. 이는 남북한의 학자들이 동양학의 각 분야에서 불이 튀는 논전을 편 첫 번째의 학술토론회였다. 이 대회에 나도 한몫 끼게 된 것을 아시고, "프랑스에는 뒤퐁(라이터)이 있다는 데, 나 그것 하나 구해다 줘."라고 부탁을 하셨다. 나는 잊지 않고 그것을 사다 드렸다. 원하던 것을 얻고 기뻐하시던 순진한 모습이 이제도 선하다.

1976년 어느 날 위중하시다는 연락을 받고, 세브란스 중환자 방을 들어섰다. 숨이 몹시 급하다. "이 분을 어떠한 일이 있어도 살려 내!" 옆에 있던 이우주 총장의 다급한 불호령이 담당 주치의에게 떨어졌다. 안타까워서 내리쳐 본 호령이었지만 이미 때는 지나, 만우는 몰아쉬는 숨을 이내 거두셨다.

몸은 비록 가셨어도, 그 어질고, 순진하기까지 하면서, 진실로 사리를 꿰뚫어 보는 슬기와 창의의 힘을 바탕으로, 근·현대 한국문학사의 큰 나무를 이루었으니, 만우 박영준 선생의 진실한 삶은 영원하시다.

스승님과의 당구

박 양 호

만우晩牛 박영준 선생님을 뵙게 된 것은 내가 대학 3학년 때이다. 그러니까 1970년이었다. 서라벌예술 초급대학 문예창작과(2년제)를 졸업하고 그때 막 새로 인가를 받는 4년제로 편입학을 한 후였다. 김동리, 이호철, 손소희 선생님과 함께 만우 선생님이 소설실기를 담당하고 계셨다. 박영준 선생님의 호를 누가 지었는지는 잘 알지 못하지만 선생님의 성품과 아주 딱 잘 들어맞는 것 같다. 당시에 문예창작학과의 과장은 김동리 선생님이셨는데 만우 선생님과의 친분으로 우리 대학에 강의를 나오셨다. 선생님은 당시에도 연세대학교 국문과에서 후학을 지도하고 계셨다. 그러니까 연세대학에 계시면서도 서라벌 예술대학에 출강을 하고 계셨던 셈이다.

만우 선생님의 첫인상은 근엄함, 성실함 등등의 단어로 요약할 수 있었다. 그런 성품 때문에 학생인 나로서는 좀 접근하기 어려운 선생님이셨

* 소설가, 전남대학교 교수.

다. 게다가 아주 꼼꼼하게 작품을 살펴보시는 스타일 때문에 두려운 선생님이셨다. 학생들과 막걸리라도 한잔 하시는 분 같으면 그런 자리에서 그 어렵고 두려운 문제를 토로할 수도 있었으련만 그 무렵에 선생님은 지병 때문에 일체 술을 잡숫지 않는 분이셨다.

그때 일주일에 네 번씩이나 소설실기 시간이 있었는데 대략 15명의 학생 중에서 매주 부지런히 소설을 써 오는 사람은 2, 3명뿐이었다. 지금은 어떤지 모르지만 그때의 문예창작과 학생들이라는 것이 대개 신둥터져서 3학년쯤 되면 이미 반 작가 행세를 하고 있었다. 중 · 고등학교 시절에 전혀 습작 경험이 없이 대학 들어가서 소설쓰기 공부를 시작한 나로서는 그저 열심히 소설을 써서 수업시간에 발표하는 것이 제일이라고 생각하고, 또 그렇게 실천하고 있었다. 좌우지간 그런 식으로 한 달에 몇 편씩 단편소설을 써내니까 4학년 1학기가 되자 소설실기 시간에는 내가 쓴 형편없는 소설을 가지고 태반이나 수업을 하게 되는 이상한 현상이 벌어졌다.

그러던 중 4학년 1학기에 '전국대학 문화예술축전'이라는 행사가 있었다. 그 전까지는 문화공보부 신인 예술상이라는 제도가 있었는데 그게 바뀐 행사였고 나는 「호랑이똥」이라는 단편소설을 거기 응모했다. 박영준 선생님이 심사위원장이셨는데 수업시간에 열심히 써 대는 나를 어여삐 여겨 당선을 시켜 주셨다. 그 덕분에 저 사람은 방송과나 연극영화과를 가야 할 사람이 문예창작과로 잘못 왔다는 선후배들의 인식을 바꿀 수 있는 계기가 되었다.

그때 받은 상금 중의 일부로 금반지 하나를 선물해 드린 일이 있다. 아무리 생각을 해도 '현금'으로 인사를 하는 것보다는 그것이 좋을 것 같아서였다.

대학을 졸업하고 나는 김동리 선생님의 배려로 학과의 조교를 하게 되었고 그때 미아리에서 흑석동으로 옮긴 서라벌예술대학에 여전히 박영준 선생님이 출강을 하고 계셔서 본격적인 소설수업을 하게 되었다.

선생님이 잘 다니시던 곳 중의 하나가 무교동에 있던 가화다방이었다. 마담이 예쁘장하게 생긴 여자였는데 어쨌든 선생님은 가끔 그곳에 가시곤 하셨다. 나와 또 선생님에게 소설을 배우는 사람 한두 명이 합석을 해서 조용조용하게 얘기하시는 선생님의 말씀을 듣곤 하였다. 가화다방에서 커피를 마실 때에 선생님은 설탕 대신으로 조그만 알약을 하나씩 타셔 드셨다. 그게 무엇이냐고 내가 묻자 약은 아니고 설탕 대신 사용하는 것이라고 했다. 당뇨병으로 고생하고 계셔서 선생님을 술을 안 하시고 그렇게 커피를 즐겨하신 것으로 알고 있다.

그 다음으로 내가 가끔 찾아갔던 곳은 연세대학교 문과대학 학장실이었다. 당시 나는 대학원 과정에서 논문을 쓰고 있었는데 그 제목이 〈김동리 소설의 사상적 배경에 관한 연구〉라는 다소 거창한 것이었고 그 논문을 쓰기 위해서 김동리 선생님의 '다솔사'를 두 번이나 찾아다녔다. 지금은 어떻게 변했는지 잘 모르지만 당시 연세대 문과대학은 아주 낡아 보이는 붉은 건물에 담쟁이 넝쿨이 건물의 반을 덮고 있는 아주 고색창연한 것이었다. 내가 논문 때문에 찾아가면 선생님과 역시 커피를 마주 두고 얘기를 나누었었다.

아현동에 있는 한옥인 선생님 댁도 학교의 심부름 또는 내가 쓴 소설의 강평을 들으러 다녔다. 심부름이란 방학 중에 나오는 강의료를 전달하러 가는 길이었고 소설을 갖다 놓고 또 그 평을 들으러 다니곤 했다. 아현동의 선생님 댁 방 한편에 예의 만우당이라는 선생님의 아호가 달려 있는 작은 현판이 하나 있었다.

김동리 선생님 아래에서 조교를 하고 있었고 소설 공부를 하고 있었지만 김동리 선생님은 당시 추천을 하지 않으셨고 대학 4학년 때에 이미 선생님과 인연이 있는 나를 박영준 선생님께 맡겨서 공부를 하게 하셨다.

소설을 보시고 난 다음에는 꼭 '1, 1' 하고 그 강평을 적어 주셨다가 말씀을 하시곤 했다. 기실 그렇게 꼼꼼하게 평을 하시는 바람에 설렁설렁 혹은 어물어물이라는 말은 통할 수가 없었다.

그런 선생님이 가진 취미중의 하나는 '당구' 였다. 키가 큰 박목월 선생님과 당구를 치시면서 소 웃음을 웃으시던 모습이 지금도 생생하다. 허나 내가 보기에 선생님의 당구 실력은 150, 그도 아니면 겨우 200 정도였다. 고등학교 3학년 때 바람이 나서 당구 300(그때는 이 정도라면 거의 프로의 수준이었다)을 쳤으나 대학 때에 손을 놓은 내가 보기에는 선생님의 그 당구 취미에 비해서 실력은 그저였다. 그러던 어느 날 가화다방에서 커피를 마시고 난 후였다.

"선생님 저하고 당구 한 게임 하실래요?"

"박 군 당구 칠 줄 알아?"

그렇게 말하는 선생님의 표정은 아주 밝고 순박하셨는데 막상 당구 치기 시작하자 안색이 변하셨다. '이거 아무래도 잘못 걸렸군…….' 하는 표정이셨다. 세 판을 쳤지만 고점자하고 둘이 치는 당구에서는 하점자가 이길 수가 없는 법이다. 일본말로 '겐세이' 즉 방해한다는 것이 있는데 내가 점수를 올릴 만큼 올리고 상대방은 점수를 못 따게 하는 기술이 300쯤 되면 고도로 발달해 있기 때문이었다.

"당구는 내가 박 군한테 배워야 하겠구먼."

조금 화가 나신 표정으로 선생님이 그 말씀을 하셨을 때 나는 웃음을 참느라고 혼이 났었다.

그만큼 박영준 선생님은 소박하신 분이셨다. 그리고 가식이 없는 분이셨다. 또한 검소하시었다. 한옥집인 아현동집의 서재에도 전혀 꾸밈이라고는 없었다. 마루를 사이에 두고 안방과 건넌방이 있었는데 그 건넌방에 그냥 책을 차곡차곡 쌓아 놓으신 것을 보면서 그분의 성품을 미루어 짐작할 수가 있었다.

당대의 작가들 중에서 작품 활동도 사실 소처럼 꾸준히 하신 분이었다. 말년에 이르기까지 성실하게 작품을 생산해 내신 분이다. 따지고 보면 학계에도 유행 비슷한 것이 있어서 어떤 작가의 작가론이나 작품론이 집중되는 경향이 있다. 만우 선생님의 소설적 업적은 기실 그런 시대적 편향으로부터 한 발 뒤에 위치하고 있는 것 같다. 그 모든 것들이 정말 만우晩牛라는 아호와 기가 막히게 들어맞는 것 같다.

순박한 소처럼 경거망동하지 아니하고 꾸준히, 그리고 천천히 자신이 선택한 길을 소걸음처럼 믿음직스럽게 걸어가신 분이 선생님이다.

나는 조교를 하면서 대학원에 입학을 했고 대학원 석사논문 지도교수님도 역시 만우 선생님이셨다. 그리고 이어서 《현대문학》에 추천도 해 주셨다.

몇 해 전 만우 박영준 선생님을 기리는 '만우문학상'을 타게 되었을 때 소위 수상 소감에서 나는 이런 말을 했다. 스승의 내리사랑은 이렇게 끝이 없는 것 같은데 내가 스승을 위해 한 일이라고는 아무것도 없어 그저 몸 둘 바를 모르겠다고…….

이제 선생님이 쓰신 글들이 모두 모아져서 전집이 나오게 되면 선생님의 문학적 업적에 대한 평가가 활발해지리라고 믿는다. 동시대의 작가들이 대개 환갑 무렵에 자천, 혹은 타천으로 전집을 간행했고 선생님도 그럴 뜻이 있었다면 진작 전집이 간행되었을 것이다. 그러나 선생께서는 앞서 말한 대로 가식이 없는 순박한 분이시라 모든 일들이 이렇게 늦어지는 것 같다.

다행히 선생님의 후학들이 뜻을 모아 선생님이 그간 발표하신 글들을 전집으로 간행한다 하니 반갑기 그지없고, 그 책 앞에서 4배를 올려 내리사랑을 몸소 실천하는 수밖에…….

내가 아는 만우 선생님

성 낙 수

좋은 대학에 입학한다는 일은, 장래가 보장될 것이라는 기대를 가지게 하는 것일 뿐만 아니라, 훌륭한 교수님들을 만나 좋은 가르침을 받게 된다는 점에서 가슴 벅찬 경험이다. 더군다나 고등학생일 때부터 존경하고 흠모하던 분들을 직접 뵙는다는 것만으로도 얼마나 영광스런 일인지 모른다. 특히 나같이 시골에서 초등학교, 중학교, 고등학교를 다닌 사람으로서는 더 말할 나위가 없다.

어릴 때부터 문학을 하고 싶었던 나는, 고등학교에 들어가서 문학회에도 가입했을 뿐만 아니라, 도서관에 있는 책을 마음대로 빌려다가 읽을 수 있었는데, 그때 세계의 명작이나 우리나라의 명작들을 읽고, 나도 그런 문학가가 되리라는 꿈을 지니게 되었다. 그리고 그런 꿈을 이루려면 유명한 문인들과 학자들이 많이 살고 있는 서울로 가야 한다고 생각했으

---

*1967년 연세대학교 국어국문과 입학. 한국교원대학교 교수.

며, 서울에 있는 대학 중에서도 연세대학교가 가장 마음에 들었다. 그 대학은 학생들이 모두 부자고, 멋쟁이고, 무엇보다도 훌륭한 교수님들이 많이 계시다고 들었기 때문이다. 그리하여 마침내 연세대의 국어국문학과에 입학하게 되었다.

내가 만우 박영준 선생님을 처음 뵌 것은 모교에 합격하고 면접을 하는 자리에서였다. 그때 문과대학 1층에 있는 두 방을 각각 세 분씩의 교수님들이 차지하고 앉아 면접을 하고 계셨지만, 합격이 이미 결정된 사람들이었기 때문에 긴장감이나 두려움이 가득 차 있는 그런 자리는 아니었다.

만우 선생님은 무언가 자료를 들여다보시더니 나에게 "자네는 (입학시험) 국어 성적이 좋구먼. 그런데 대학에 와서는 무엇을 공부하려는가?" 이런 요지의 질문을 하셨다. 나는 정말 국어국문학과에 문학을 하고 싶어 왔지만, 막상 소설을 쓴다거나 시를 쓸 계획은 가지지 않았으므로, "평론을 하렵니다."라고 대답을 하였다. 만우 선생님은 그 특유의 '입을 일자로 닫으며 약간 비웃는 말투'로 "평론은 아무나 하나?"라는 말씀을 하셨는데, 개학이 된 후 교양국어를 들으면서 그 이유를 알 수 있었다. 그분은 작가로서 터무니없이 남의 작품을 깎아내리기만 하는 평론가들이 가장 못마땅하다는 거였다. 또한 평론가들은 '남의 작품은 잘 비판하면서 자기들은 작품을 하나도 쓰지 못하니, 결국은 작가가 될 능력이 없어서 평론을 쓰는 사람들'이라는 말씀이었다.

만우 선생님은 내가 이미 「모범 경작생」이나 「체취」를 통하여 알고 있는 작가였다. 그런 분에게서 교양국어를 배운다는 것은 영광스러움을 넘어 숨이 넘어갈 만큼 감격스런 일이었다. 게다가 대학에 들어와서 처음으로 듣는 과목 중 하나가 교양국어인데, 나는 그분에게서 그 과목을 들으면서 정말 많은 것을 배울 수 있었다. 그 중의 하나는 문장을 쓸 때에는 아주 신중하게 써야 한다는 진리였는데, 그분은 모 선배의 예를 들면서, 학과에서 일등으로 졸업했다는 사람이 논문의 첫 문장이 비문법적이고, 뜻도 잘 통하지 않는 글을 썼다고 그 특유의 '불독의 표정'으로 비웃는 거였다. 그러니 '아이구! 글을 잘못 썼다가는 저렇게 망신을 당하겠구나.' 하는 가르침을 절로 알게 되었다.

그분이 가르쳤던 교양국어책을 나는 지금도 소중히 간직하고 있는데, 그 속에는 편지 봉투를 쓸 때, 누구에게는 '에게, 앞, 전'을 쓰고, 누구에게는 '귀하貴下' '귀중貴中' '안하案下' '께' '인형仁兄' '학형學兄' '사형詞兄' '궤하机下' '옥안玉案' '사백詞伯' 등을 써야 한다는 예들이 적혀 있는데, 이는 지금도 나의 귀중한 지식이 되어 사용되고 있으니, 참으로 고마운 일이다. 그뿐만 아니라, '가친家親' '엄친嚴親' '춘부장春府丈' '선대인先大人' 등의 호칭어, '백부伯父' '중부仲父' '계부季父' '가형家兄' '영식令息' '영애令愛' 등의 지칭어에 관한 것, 각종 작문에 관한 것, 문예작품에 관한 내용들이 적혀 있는데, 그 학기에 만우 선생님한테서 배운 이와 같은 것들이 내 삶의 자양분이 되었음을 알 수 있다.

그런데 그분이 주시는 학점은 아주 '짜서' 국어를 같이 들은 국어국문학과, 사학과 두 과의 학생들 중에서 'A' 학점은 단 한 사람만 주신 까닭에 지금도 그 친구가 'B' 학점을 받았던 나를 만나면, 자기가 나보다 공부를 잘했다는 자랑을 늘어놓는 빌미를 주셨다. 학점에 관한 인연은 그 후에도 계속되어, 3학년 때인가 역시 그때에도 데모를 해서(다 아는 것처럼 60년대 후반에는 3월에 등록을 하고 빈둥빈둥 놀다가, 4월부터는 데모를 시작하고, 5월쯤에는 조기 방학, 9월에 등록을 하고 10월부터 데모, 11월에 조기 방학 이런 악순환이 계속되었다), 조기 방학이 되어 서울에 남아 있는 이들을 대상으로 보강을 받게 되었다. 만우 선생님의 강의를 신청하였던 나도 열심히 출석하였는데, 선생님은 "보강에 열심히 나온 사람들은 학점에 반영하겠다."는 약속을 하셨다. 그러나 개학 후에 받은 학점은(물론 시험도 안 봤는데) 'D' 였다. 그리하여 그 학기는 조금만 잘 했더라면 장학금을 받을 수 있었는데, 그 과목 때문에 망쳐 버렸다.

3학년이 되면서 나는 '방언연구회'라는 동아리의 회장을 맡았는데, 우리들은 일 년에 서너 번 답사를 나가는 게 상례였다. 그때마다 우리들은 교무처나 학생처, 대학이나 학과에서 보조금을 받았는데, 그 부서들이 꽤 많았다. 회장인 나 혼자 모두 그 부서들을 찾아다닐 수는 없어서, 몇 분의 부장들과 나누어 다니기로 했더니 국어국문학과의 학과장님이시던 만우 선생님이 크게 노하셨다는 보고를 받았다. 회장이 직접 오라신다는 말씀에 선생님을 찾아갔더니, "야, 너는 보조금을 요청하면서, 어떻게 학과장에게 부장을 보내느냐. 회장이 안 오고……."라는 꾸중을 듣고, 사죄를 드린 다음에야 보조금을 받을 수 있었다.

선생님은 가끔 세무구두를 신고 싶다고 하셨는데, 그 이유는 닦지 않아도 된다는 것이었다. 나중에 아현동인가에 사시는 선생님 댁에 세배를 가 보고야 그 까닭을 이해할 수 있었다. 정말 검소하게 살고 계셨는데, 생전에 세무구두를 한 켤레라도 신어보고 가셨는지 궁금하다.

만우 선생님과 나의 인연은 학부 졸업 후에도 계속된다. 그것은 내가 학부를 졸업하자마자 대학원에 진학을 했기 때문이다. 그때 국어국문학과는 우리들이 알지 못하는 어떤 복잡한 사정이 있었던 듯한데, 나는 문학이 아닌 국어학을 전공하게 되었으므로, 만우 선생님과의 직접적이고

개인적인 관계는 많이 이루어지지 않았다. 다만 처음으로 치루는 대학원 종합시험에 선배 한 분이랑 어찌어찌 해서 만우 선생님이 출제하신 〈1930년대 소설에 관하여〉라는 문제를 아주 진지하고 풍부한 내용으로 써서 좋은 평가를 받은 기억이 있다. 그리고 나와는 간접적으로, 다른 사람들과의 관련을 통해서 알고 있는 만우 선생님의 인품은, '가식보다는 진실, 포용보다는 비판, 맹목적인 애정보다는 질책'을 통해서 타인을 대했다는 것을 알 수 있다.

나는 그분의 마지막 고별 강연을 잊을 수 없다. 그분은 그때, 그 동안 선생님이 겪어 왔던 모교에서의 일을 소상히 밝히려 노력하셨다. 나는 그분의 이야기에서 내가 알지 못하던 과거의 역사를 통해서 "이분도 상당히 부당하고 억울한 대우를 받은 적이 있구나!"라는 점을 이해할 수 있었다.

이제 내가 그때의 만우 선생님 나이를 따라잡는 시기에 과거의 일을 반추하는 경험을 자주 하게 된다. 그러면서 그동안에 아끼고 사랑했던 사람들과, 반대로 미워하고 싫어했던 사람들에 대하여 생각해 보는 것은 어떤 면에서 즐거운 일이다. 또한 그런 애증의 차이가 무슨 의미가 있는지도 생각해 본다.

그리고 아마도 작품들에 고스란히 남아 있는 만우 선생님 소설의 주인공들처럼 그분도 이제는 하늘나라에서도 그렇게 소탈하고 인간스럽게 살고 계시리라 믿는다.

만우 선생님

유 태 영

대학에 입학하고 나서야 나는 만우 박영준 선생님이 연대 교수로 재직하고 계시다는 것을 알았다.

고등학교 때 '박영준의 「모범 경작생」'은 외우고 있었지만, 교과서에 나오는 작품의 작가를 직접 뵐 수 있다는 것이, 더구나 그분의 강의를 직접 들을 수 있다는 것이 촌놈인 나로서는 여간 신기한 것이 아니었다. 시골에서 중·고등학교를 마친 나는 그때까지 단 한 번도 문인들을 직접 만난 적이 없었기 때문에 대학에 들어오면서 뵙게 되는 박영준 선생님은, 그분이 학교에 계시다는 것만으로도 황홀한 일이 아닐 수 없었다.

더구나 선생님은 《현대문학》지의 추천 위원이었기 때문에 이분에게 잘 보이면 《현대문학》을 통하여 등단할 수도 있으리라는 은근한 기대로 자못 가슴 설레는 1학년 생활이 시작되었다. 소설을 쓰겠다는 꿈을 안고

*1963년 연세대학교 국어국문과 입학. (전)광주대학교 문예창작학과 교수.

국문학과를 선택한 나로서는 그야말로 절호의 기회를 맞은 셈이었다.

그러나 선생님을 가까이서 대할 기회는 좀처럼 찾아오지 않았다. 연구실로 찾아가는 것이야 언제든지 할 수 있었지만, 그때나 지금이나 주변머리가 없는 나로서는 습작품 하나라도 들고 가야 할 것 같은, 그래야 선생님과 대화를 나눌 수 있을 것 같은 압박감에 쫓겨, 말하자면 선생님을 찾아갈 여건을 만들지 못하고 애만 태우고 있었다. 1학기가 다 가도록 선생님과 직접 대화를 나누어 볼 기회는 결국 만들지 못하고 말았다. 그래서 나는 어떻게든 작품 하나를 만들어 보자는 생각을 하고 여름방학 때 쓴 작품이 「창백한 웃음」이라는 단편이었다. 완성을 하고 읽어 보니 문장이나 구성에서 걸리는 곳이 한두 군데가 아니었지만, 어쨌든 선생님을 만날 조건 하나를 만든 것으로 나는 만족했다. 시간을 두고 퇴고를 본 다음 선생님을 찾아가자고 마음을 먹었다.

늦가을, 나는 마침내 몇 번의 퇴고를 끝낸 원고를 들고 선생님의 연구실로 찾아갔다. 선생님은 내가 내미는 원고를 한 번 훑어보고는 놓고 가라고 말씀하셨다. 그리고 달력을 뒤적이며 다시 올 날짜를 지정해 주셨다. 과연 어떤 평을 들을 것인가? 난생 처음 쓴 작품에 대해 평을 듣는다는 것이 두렵기도 하고 한편으로는 기대가 되기도 했다.

약속한 날짜에 나는 선생님의 연구실로 찾아갔다.

싸늘한 늦가을이었다. 언더우드 동상 곁을 지나 담쟁이 잎이 제 빛을 잃어 가는 문과대학 건물로 올라가는 내 발걸음은 묘한 흥분으로 들떠 있었다. 그때가 오후 세시쯤 되었을까. 층계를 다 오른 나는 무심코 뒤를 돌아보았다. 학생들의 발길이 거의 끊긴 교정과 긴 백양로, 가을날 청명한 햇빛을 받고 드리운 백양나무의 그림자가 한눈에 들어왔다. 백양로에 비친 햇빛과 적막, 나는 잔잔한 흥분 가운데 온몸을 휘감던 그때의 그 고요를 지금도 기억하고 있다. 흥분 가운데 지켜본 그 적막이 수십 년이 흐른 지금도 바로 엊그제 일처럼 다가온다.

선생님은 책을 보고 계셨다. 내가 안으로 들어서자 앉으라고 한 다음 선생님은 뜨거운 물을 컵에 붓고 책상 아래 서랍을 열고는 찻잎을 엄지와 검지로 집어내어 그것을 컵에 띄우셨다. 변변한 다기를 갖추지 못한 선생님은 그런 식으로 차를 즐기시는 것 같았다.

나는 다소곳이 앉아 선생님의 선고(?)를 기다렸다. 선생님은 몇 모금 차를 마신 다음, 문장은 괜찮다는 말로 말문을 여셨다. 문장이 괜찮다니, 그럼 그것으로 끝난 것이 아닌가? 순간 치솟는 기쁨을 가눌 길이 없었다. 나도 모르게 얼굴이 달아올랐다. 선생님은 접어놓은 서너 곳을 펼치면서 잘못된 문장을 지적해 주셨다. 그러시면서 이런 것은 조금만 주의를 기울이면 간단히 처리될 문제라시면서 문장은 괜찮다는 말을 다시 되풀이하셨다.

그때 나는 무슨 생각이 들었던지 당돌하게도 이걸 《연세춘추》에 실으면 안 되겠느냐고 말했던 것 같다. 그러자 주름진 선생님의 얼굴에 더 깊은 주름이 잡히면서,

"몇 번이나 써 보았나?"

하고 물으시었다.

"처음입니다."

"이제 1학년이니까 너무 서두르지 말게. 소설을 쓰는 사람은 좋은 소설을 쓰는 데에만 정성을 쏟아야 돼. 발표하겠다는 욕심을 먼저 가지면 안 돼. 우선 정성 들여 써 보는 거야. 남에게 보여 칭찬 받을 생각도 하지

말고 빨리 발표하겠다는 조바심도 내지 말고. 습작을 별로 하지 않은 것 같은데 먼저 습작을 많이 해 보게. 알겠나?"

이렇게 선생님은 좀 냉정한 어조로 말씀하셨다.

나는 크게 낙담하지 않을 수 없었다. 문장이 괜찮다는 말만 듣고 괜한 말씀을 드렸다가 코만 뗀 셈이었다. 문장이 괜찮다는 칭찬은 그 낙담에 묻혀 빛을 잃고 은근히 야속한 마음만 솟아올랐다. 발표하겠다는 욕심을 가지면 안 된다니, 그럼 작품은 왜 쓰느냐는 반감이 솟았다. 작품을 쓰면 의당 발표하는 데 의의가 있다고 생각한 나였기 때문에 그런 반감은 나로서는 너무도 자연스런 반감이었다.

이것이 박영준 선생님과 나의 처음 만남이었다. 그 후 강의 시간에 자주 뵈었지만, 나는 선생님의 충고대로 소설 습작을 많이 하지 못했다. 생활이 나에게 그럴 시간을 허락하지 않은 탓이었다. 나의 대학 생활은 그야말로 생존을 위한 투쟁이었지, 여유를 갖고 작품을 구상하고 그것을 원고지에 옮길 만큼 한가롭지 못했다. 만일 선생님 말씀대로 온 정성을 다해 습작을 많이 했더라면 나는 오늘날 유명한 작가가 되었을지도 모른다.

선생님께서 주신 그 충고는 실상 소설쓰기의 전부나 다름없다는 것을 나는 나중에야 깨달았다. 그리고 선생님처럼 나는 다시 학생들에게 그 비슷한 이야기를 들려준다. 일단 소설을 쓰기로 마음먹었으면 소설쓰기에 온 정성을 다 쏟으라고.

있는 만큼만 보여 주신 선생님

이 종 순

박영준 선생님 기념문집 원고 청탁을 받고 나자 40년 전 일들이 생생하게 떠올랐다. 내용이 인쇄된 노란 편지지를 펴 드니 신기하게도 그 먼 세월이 훌쩍 내 곁으로 왔다. 고마울 수밖에 없었다. 그러나 아쉽게도 재학 4년 동안의 풍경이 많이 남아 있지 않다. 세월이 너무 많이 흘렀나 보다. 몇 가지 정경만이 강하게 떠올라 머무른다. 지금이 그 시절인 것처럼.

지금 본관은 67년 입학했을 때 학관으로 불렸다. 문과대학 건물로 국문과 전공수업은 그 안에서 거의 다 이루어진 걸로 기억된다. 돌계단을 올라 일층 왼쪽 첫 번째 연구실이 선생님이 계신 곳이었다. 거기에 조교 테이블도 같이 있었다. 선생님 연구실은 드나들기가 그렇게 어렵지 않았다. 제자들에게 어렵게 대하지 않으신 탓이지 싶다. 그러나 남자동창들은 생각이 다른지도 모르겠다. 선생님이 무섭다고 하는 소리를 들은 기억이

---

*1967년 연세대학교 국어국문과 입학.

난다. 선생님 연구실을 떠올리면 맨 먼저 학생들과 이야기하고 계신 선생님 모습이 보인다. 고개를 안으로 당기시고 눈을 치켜뜨신 자센데 입가의 깊은 주름과 함께 이마에도 굵게 주름이 지신다. 그건 학생들이 좀 못마땅하실 때 지으시는 표정으로, 말씀하시면서 눈을 흘기신다. 그런데 신기한 건 그 연세이신데도 그 표정이 엄하다기보다 은근한 응석이 담겼던 걸로 기억한다. 나무람을 들은 학생이 겁이 나서 쩔쩔매지는 않을 정도로 말이다. 나만 그렇게 본 건지도 모를 일이다. 아니면 추억이 지난 일을 관대하게 생각하게 만들었거나. 그보다는 선생님이 자그마하신 체구로 과한 욕심이 없으셨던 탓에 어린이 같은 마음을 잃지 않으셔서 그런 게 아닐까.

작년 7월에 동문회관에서 있은 서거 30주년 및 전집 출간기념회에 참석했다. 선생님은 계시지 않고, 선생님을 그리워하는 그때 재직했던 교수님들과 자녀분들, 문인들, 제자들이 모였다. 참석자들이 선생님과의 일화를 이야기하는 차례가 있었다. 선생님과 가까웠던 에피소드들이 이어지며 어느새 누가 더 선생님 마음에 드는 제자였을까 하는 궁금증을 유발했다. 그때 나는 특별한 이야깃거리가 없었다. 선생님에게 특별히 칭찬을 들은 적도 없다. 그렇다고 많이 못마땅해 하셨을 거라는 생각은 안 한다. 다행히 나한테 순서가 돌아오지는 않았다. 그때 나에게 한 가지 일화가 떠올랐다.

2학년 봄 소풍에 준비해 간 도시락과 간식을 여학생들이 들고 가게 하고 남학생들은 앞서 가 버린 일이 있었다. 음식보따리를 든다는 건 여자들이나 하는 일이지 남자로선 하면 안 되는 일로 여기는 남학생도 있었다. 지금부터 40년 전 얘기다. 그게 도저히 용서가 안 돼 그 다음부터는 소풍을 가지 않았다. 3학년 가을 소풍에선가 과 학생들이 선생님도 같이 가시자고 하니까 선생님께서 소풍 안 가는 일부 여학생들이 가면 가시겠다고 하셨다. 과 행사에 협조 안 하는 게 마음에 안 드셨던 것이다. 그때 선생님은 가을 소풍에 가셨을까. 일부 여학생들은 여전히 소풍을 가지 않았는데 말이다.

4학년 초, '고대시가론' 시간에 향가를 공부하면서부터였다. 일 년만 지나면 졸업인데 그동안 너무 공부를 하지 않았다는 생각이 들었다. 이두 해석하는 게 재미있어서 졸업논문 주제를 향가에서 찾기로 했다. 그전에 논문 지도교수로 박영준 선생님을 정했기에 선생님에게 말씀드려야 했다. 학관 일층 연구실에 과 학생들과 함께 있는 자리였다. 남은 일 년 동안 공부를 제대로 해 보고 싶어서 논문 주제를 '향가 연구'로 바꾸겠다고 말씀드리면서 나는 아무 문제가 없을 줄로 알았다. 그러나 선생님은 현대문학 전공한 사람이 논문을 고대시가로 쓰다니 말이 되느냐며 역정을 내셨다. 그때 아마 입가와 이마에 굵은 주름을 지으시며 눈을 흘깃 흘기셨을 것이다. 나는 공부하겠다는 의지를 가상하게 여기시어 칭찬해 주실 거라 내심 믿고 있다가 나무람을 들어 난처했다. 지금 향가 공부를 하겠다는 마음을 바꾸면 더 이상 기회는 없을 것이고. 내 입에선 생각지 못한 말이 튀어나왔다.

"선생님, 그래서 지금 저한테 화내시는 거예요?"

내 딴에는 참 여러 가지 생각이 뒤섞여서 한 말인데 어찌 들으면 버릇없는 말이 되었다. 그랬더니 선생님은 웃음을 터뜨리시며 "나도 모르겠다." 하셨다. 그렇게 선선하게 허락을 받았으나 선생님의 말씀대로 현대문학을 전공하던 터라 향가를 연구해서 논문으로 쓰기에는 인내심이 턱없이 부족했다. 다시 유턴해서 선생님께 논문 지도를 부탁드렸을 때 이번에도 선선하게 허락하셨다. 선생님은 권위를 내세우신다든가 선생님의 판단을 앞세우시며 학생들에게 까다롭게 하시지 않으신 것 같다. 그건 선생님 스스로 삶에 있어서나 문학에 있어서나 진실을 중시하시고 그것에 가치관을 두고 계셨기에 나머지 일에 자유로우셨던 게 아닐까. 그런 분을 스승으로 모실 수 있었던 것은 제자로서 큰 복이다. 이제야 알게 됐지 그땐 잘 몰랐다.

선생님과 제일 처음 대면은 대입 면접고사에서였다. 면접고사 때 곁에 계시던 동료 교수님이 우리 학교에 박영준이라는 소설가가 있는 걸 아느냐고 하셨다. 나는 아무 생각 없이 모른다고 했다. 이분이 바로 박영준 교수님이라고 가르쳐 주었을 때 얼마나 무안하고 죄송스럽던지. 동료 교수님의 짓궂은 언행에도, 응시자의 무지에도 선생님은 별다른 반응을 보이지 않고 덤덤하셨다. 나는 재학 시절 소설 창작에 뜻이 있었으나 선생님께 사사 받지는 않았다. 첫째는 게으름 탓이다. 둘째는 선생님이 농촌소설 등 소외된 서민들의 이야기를 주로 쓰셨고, 나는 현대적이고 감각적인 지식인이 등장하는 글을 쓰고 싶어 한 탓이다. 지금 생각하면 좁은 소견이었다. 기초를 제대로 배우면 그 뒤 자신의 취향은 얼마든지 살릴 수 있는 걸 말이다. 이렇게 선생님에 대한 일들을 찾다 보니 새삼 선생님의 가치를 알게 되었다. 요즘처럼 모든 것이 급변하고 물질을 우선시 하고 과시하기를 좋아하는 시대에 살다 보면 자주 자주 주변과 삶에 염증을 느끼게 된다. 그러다 선생님을 기억해 보니 가지신 만큼만 보여 주시며 잘난 사람보다 어려움을 겪고 있는 사람에게 마음이 먼저 가시던 소탈하시고 든든하신 모습이 새삼 귀하게 여겨진다. 어느 제자든 선생님을 찾아뵈면 반갑게 맞아 주실 것 같은 기대감. 세파에 찌든 머릿속이 잠시 정화된다. 40년 전 그때도 그랬다. 한여름, 선생님 연구실 열린 창문 앞에 서면 굴다리에서부터 백양로를 거침없이 달려온 바람이 시원하게 땀을 식혀 주었다.

71년, 결혼식 때 선생님이 주례를 서 주셨다. 결혼사진을 찾아보니 조끼까지 단정하게 챙겨 입으신 모습이다. 졸업앨범에서보다 나이는 더 들어 보이시고 더 깔끔하시다. 신혼여행을 다녀와 아현동 댁으로 인사드리러 가서 해 주시는 덕담을 들었다. 그 후 1976년 조간신문에서 별세하셨다는 기사를 봤으나 안타깝기만 할 뿐 지방에서 사는 관계로 장례식에 참석하기 힘들었다. 2000년엔가 마침 서울에 있을 때 선생님 기일을 맞아 추도식에 참석하기로 여자동기와 약속을 하고 집을 나섰었다. 그 날따라 얼마만의 폭우라 하면서 지하철이 침수되어 묘소에 갈 수가 없었다. 그러고 보니 신혼여행 뒤에 인사드리러 가서 뵌 게 마지막 뵙는 일이었다. 그렇게 생각하니 새삼스럽다.

좋은 스승님으로 기억하게 해 주신 선생님께 감사드립니다.

어느 불발탄의 추모

정 건 영

만우 박영준 선생님을 회고하면 나는 늘 내 자신을 불발탄으로 떠올린다.

군대 시절, 해병대 특수 교육대에서 수류탄 투척 교관을 한 일이 있는데, 탄착 지역에 떨어진 불발탄은 그것을 제거해야 할 입장의 교관으로서는 보통 마음 쓰이는 일이 아니다. 그렇다고 불발탄이 꼭 불량탄이란 말은 아니다. 떨어지면서 공이에 진흙이나 모래가 끼여 기폭제에 불을 붙이지 못해 제 몸을 산화하지 못하고 그대로 머물러 있을 따름이다.

나는 1959년 국문과에 입학하였다. 내가 연세대학교를 지원한 이유는 박영준 선생님이 계셔서 소설을 지도받을 수 있다는 오직 그 한 가지 희망에서였다.

---

*1959년 연세대학교 국어국문학과 입학. 소설가.

중 · 고등학교 시절 문학소년 아닌 사람이 어디 있겠냐만, 나는 그 정도가 조금 심했었다. 고등학교에 진학하자 동급생들과 '창窓'이라는 문학 동인을 만들고, 여고와 사범학교 교무실로 찾아가 문예반 지도 선생님을 만나 각기 2명씩의 여학생을 동인으로 추천받아 내는 열정까지 있었다. 남녀교제가 금기시되었던 1956년, 그 시기에 선뜻 제자들을 내보낸 그 선생님들도 평범한 분들은 아니었던 듯싶다. 대전문화원장 정훈 시인을 찾아가 방을 한 칸 빌려 토요일 오후에는 주로 주말 토론회를 열었다. 현대문학에서 1편, 동인 작품에서 1편을 뽑아 토론 대상으로 삼았다. 당시 소설가 권선근 선생님, 시인 이재복 선생님의 지도를 받을 수 있었던 것은 그 시대만이 가질 수 있는 낭만이었다. 지금이라면 코흘리개 고등학생들에게 문학 지도를 할 그런 대가들이 어디 있겠는가.

그렇게 3년이 지나는 동안 우리의 동인지는 5집까지 쌓이고, 3학년 때에는 《중도일보》 학생신춘에 내 단편 「트럼펫」이 당선되기도 했다. 국어 선생님들의 충고도 있고, 이제는 소설을 취미로 쓸 것이 아니라 전공하라는 운명적 계시라는 판단에까지 이르게 되었다. 그리하여 선배와 문예반 담당 교사의 '박영준 선생님의 지도'라는 강력한 추천으로 연세대 국문과에 원서를 넣었고, 자랑스러운 연세대 학생이 되었다.

그러나 아뿔싸! 입학식을 마치고 오리엔테이션 후 수강 신청을 하는 과정에서였다. 강좌 목록에 박영준 선생님의 함자는 눈을 씻고 보아도 없었다. 이게 무슨 날벼락인가. 나의 대학에 대한 청운의 꿈은 크게 좌절하고 의기소침하였다. 수소문해 보니 선생님이 글을 대중잡지에 기고하셨는데 그것이 교수의 품위에 크게 손상이 되어 재단 이사회로부터 면직 처분을 받으시고, 한양대학교로 가셨다 한다. 지금이라면 그런 고루한 처분이 있을 수 있는 일인가.

국문과 신입생 환영회라는 것이 있었다. 학생식당에서 주임교수를 비롯해 선배들이 나와 과자, 음료수를 놓고 서로 안면을 익히는 절차였다.

그 자리에서 주임교수는 "국문과는 지구상 대한민국에만 있고, 대한민국에는 최현배, 김윤경, 장지영 교수가 있는 연세대 국문학과가 가장 으뜸이다. 그러니 신입생 여러분들은 세계에서 가장 뛰어난 학과의 학생이라는 자부심을 가지라."는 제법 삼단논법에 딱 들어맞는 훈화가 있었다. 얼마나 논리 정연한가. 이어 신입생들은 돌아가며 입학 소감과 앞으로의 학문 연구의 포부를 이야기했다. 세계의 으뜸 학생들은 훈화에 감동하여 '열심히 학문 연마' '미래를 이어나갈 사명' 등을 피력했다.

내 차례가 왔다. 나는 입학 후 실망감을 솔직히 말했다. "나는 소설을 공부하러 연세대학에 왔다. 그런데 교과목과 교수님들이 모두 기역, 니은 뒤풀이이고, 소설을 지도하실 선생님은 안 계신다. 앞으로 내가 어떻게 해야 할지 모르겠다." 내 불손한 발언으로 분위기는 어수선해졌고, 사회자는 서둘러 모임의 끝을 내렸다. 마지막 정리는 주임교수가 맡았다. 이 당돌한 아이를 그대로 두었다가는 학과에 암세포가 퍼지리라는 생각이 들었던 모양이다. "지금 한 학생이 소설을 쓰러 여길 왔다는데, 그 학생 당장 학교 관둬! 대학은 학문을 하는 곳이야. 소설은 학문이 아니야!" 나에게 당장 대학을 그만두라는 삼단논법식 폭탄선언으로 그날의 신입생 환영회는 막을 내렸다. 나는 주위의 따가운 눈총을 받고 의기소침과 오기가 뒤범벅이 되었다. 자퇴하고 재수라도 해야 하나. 이런 번뇌는 처음 겪는 것이었다.

나는 구원을 얻으려는 심정으로 아현동의 조산원 간판이 붙은 박영준 선생님 댁을 찾아갔다. 선생님은 밤중에 찾아온 까까머리 신입생을 맞아 방에 앉혀 놓고 담담히 내려다보셨다. 조용하고, 인자하고, 무뚝뚝한 친근감이 있었다. 이것이 선생님과의 첫 대면이었다. 답답한 심경을 고백하자, 선생님은 가라앉은 어조로 "그래도 소설을 열심히 써 보라."는 충고를 주셨다. 나를 데리고 나와 정연희 선생님 댁으로 갔는데 거기서 차 한 잔을 얻어 마시고 이렇게 아름다운 분도 소설을 쓰는가 하는 놀라움이 있었다. "샤프하게 생겼네요. 잘 길러 보세요." 이 말이 정연희 선생님의 나에 대한 촌평이었다.

국문학과가 아무리 나에게 이질적으로 대면해도 연세대학은 다닐 만하다는 희망을 주었다. 서클 활동 '연세문학회'가 있고, 학보 《연세춘추》 견습기자에 합격해 대학생활의 새 활로를 열었기 때문이었다. 나는 4년 내내 이 두 곳을 맴돌며 대학을 마친 셈이다. 그렇지만 소설쓰기를 게을리 하지는 않았다. 《문우》《연세문학》 등의 출판물과 《연세춘추》의 소설 연재를 통해 꾸준히 작품을 발표했다. 선생님과는 '가화다방'에서 자주 뵈었지만 작품을 드리고 직접 지도받지는 않았다. 학보와 대학 출판물을 꾸준히 우송해 소설을 쓰고 있는 자신의 모습만 보여드렸다.

대학 4학년, 그제야 선생님은 연세로 복귀하셨다. 그 기쁨이라니. 그러나 그때는 이미 소설보다는 불확실한 미래를 내가 어떻게 대처하느냐 하는 번민이 더 많던 시기였다. 4학년 말, 선생님의 지도 없이 63년 동아일보 신춘문예에 작품을 한 편 던졌고 낙선하였다. 졸업 후 바로 해병대 장교로 입대하였다. 복무 기간이 3년으로 가장 짧고 3개월 후 임관한다는 매력 때문이었다. 그러나 큰 오산이었다. 3개월 임관 후 장교 기초반 6개월 훈련이 기다리고 있었고, 제대 무렵이 되자 우리는 전역이 전면 중지

되고 부대를 휩싸 월남전으로 파병되었다.

월남전에서의 그 뜨거운 전투의 일정이라니. 그 참상과 인간이 동물화해 가는 과정은 일일이 기술하지는 않겠지만 여하튼 나는 큰 충격 속에 소설의 역할에 대해 회의하기 시작했다. 이념이나 국가 정책, 사회 제도, 전쟁 등은 이것을 감당하는 구성원 개개인에게 어떤 존재인가. 소설은 여기에 무슨 공헌을 하고 있나. 전쟁의 야만적 폭력 앞에 문학이 무슨 역할을 할 수 있단 말인가. 문학은 한낱 나약한 감상에 지나지 않지 않은가. 월남에서 나는 선생님께 이런 서신을 올린 일이 있고 위로의 답장을 받은 일이 있다. 귀국 후 제대, 취직. 선생님은 여전히 '가화'에 계셨고, 동창 김춘석 군과 자주 선생님은 뵈러 거기에 갔었다. 우리는 화창한 날에는 도봉산에 등산 가고, 운치 있게 주말을 지내려면 소래 포구에서 배를 빌려 망둥이 낚시를 했다. 나는 이유가 분명하게 소설을 포기를 하고 있었다. 그런데도 선생님은 "너 그렇게 생각이 짧니. 너 정말 소설 안 쓸거니?" 하는 채근이 없으셨다. 이 불발탄을 그저 물끄러미 쳐다보고만 계셨다. 1976년 나의 스승 만우 박영준 선생님은 작고하셨다. 그리하여 나는 영원히 선생님에 의해 소설의 뇌관이 터지는 일은 없게 되었다. 나의 치졸하고 사려 깊지 못함이여.

결국 그 불발탄은 엉뚱한 데서 터졌다. 선생님도 작고하신 1980년, 고등학교 시절의 문학동인 하나가 그해에 신춘문예에 시로 등단했다고 나를 찾아왔다. 이상한 호기심이었다. 나는 그해 여름방학에 심심파적으로 피서 겸 동네 다방에 나가 단편 한 편을 완성하고 그 친구에게 읽어보라고 준 일이 있었다. 단편 「임진강」이었다. 그리고는 6개월을 까맣게 잊고 지냈다. 그러던 어느 날 갑자기, 《소설문학》이란 문예지에서 연락이 왔다. 당선하였으니 당선 소감을 써 오란 것이다. 이 친구는 무슨 취미인지 그 단편을 잡지사에 투고했던 모양이었다. 나중에 안 일이지만 그도 그 사실을 잊어버리고 지냈다 한다. '그건 안 되는데. 그건 안 돼!' 잡지사에 내 답변은 이것이었다. 내가 뒤늦게 소설로 세상에 노출된다는 것은 자신을 배반하는 부끄럽기 이를 데 없는 일이었다. 무려 17년 만에 써 본 소설이고, 내 나이가 40이었다. 수염 난 사람의 초등학교 입학이었다. 그러나 문예지는 나왔고 나는 세상에 공개되고 말았다. 그러자 문학의 정서 환기를 통한 근본적인 기능을 다시 떠올리게 되었고, 부끄러움을 만회하기 위해서도 신명을 바친다는 각오로 쓰기 시작했다.

이 무지하고 게으른 제자여. 선생님께 나는 탄착 지역에 떨어진 영원한 불발탄일 따름이다. 그리고 지금은 돌아온 탕자일 뿐이다.

1972년, 다행히 나는 생애의 오직 한 분 스승 박영준 선생님을 주례로 모시고 결혼을 했다. 우리의 결혼 생활은 번쩍이고, 바글바글 끓는 생기발랄함은 없다. 선생님을 닮아 무던하고, 말하지 않아도 서로 아는 속 깊은 의리로 36년을 살아오고 있다. 자식 둘을 낳아 그럭저럭 평범한 시민으로 길러 다 성가시켰으니, 그것도 선생님의 자상하신 보살피심이리라.

만우 선생님을 그리며

조 남 철

만우 박영준 선생님이 떠나신 지도 어느새 32년이 되었다. 참 긴 시간이다. 그러나 선생님의 그 느리지만 따뜻한 미소를 떠올리면 어제처럼 마음이 편하다. 내 마음속의 선생님은 겉으로 드러내지는 않으셨지만, 느리고 따뜻하게 제자를 사랑하셨던, 인자한 할아버지 같은 분이셨다.

스승으로 필자가 선생님을 처음 뵌 것은 1971년, 연세대학교에 입학한 직후였다. 소설가를 꿈꾸던 필자에게 선생님은 마음속에 가득 빛나는 우상, 먼발치에서 바라다만 볼 꿈같은 역사적인 존재였다. 그런 선생님을 처음 뵈었을 때 엄격하신(?) 외모와 달리 마음 가득 따뜻한 애정을 느낀 건 무슨 까닭인지 모를 일이었다. 연세문학회에 가입하고 수업을 들으면서 자연스레 선생님을 모실 기회가 많았다. 당시 선생님의 연구실에는 기라성같이 즐비한 선배들이 자주 드나들어 조금 조심스러웠는데 그런 필

*1971년 연세대학교 국어국문학과 입학. 방송통신대학교 국어국문학과 교수.

자를 선생님은 늘 가까이 불러 주시고 또 잘 챙겨 주셨다. 게다가 가끔은 이런저런 심부름을 시키시기도 했는데 선생님의 연구실 한 구석에서 선생님과 선배들의 이야기를 듣는 것만으로도 행복했던 필자에게 선생님의 심부름은 황홀한 경험일 수밖에 없었다.

한번은 그 유명한 북창동의 가화다방을 데리고 가셨다. 선생님께서 《신동아》에 원고료를 받을 것이 있으니 가서 받아 오면 맛있는 것을 사 주시겠다고 해서 쫓아간 것이었다. 말씀대로 《신동아》에 들러 원고료를 받아 전해 드리니 근처 중국집에서 몇 가지 요리와 고량주를 사 주셨다. 선생님의 심부름을 하는 것만으로도 행복하기 그지없었는데 맛있는 요리까지 사 주셨으니 그 날 필자는 천하라도 얻은 듯 행복했고, 그 날의 감동을 일기장에 적어 남겼다.

선생님의 솔직하고 담백한 사랑을 특히 절감한 것은 필자가 조그마한 사고로 병원에 입원했을 때였다. 마침 연고전 기간인지라 병실을 지키는 것이 죽기보다 싫었다. 그때 놀랍게도 선생님께서 병문안을 오셨다. 2학년이었을 때이니 선생님을 뵌 지가 일 년은 넘었지만 그래도 교수가 학생의 병문안을 오신다는 것은 결코 쉬운 일이 아니었다. 죄송스러워 쩔쩔매는 필자에게 선생님께서 놀라운 제안을 하셨다. 오늘 연고전 농구가 있으니 함께 가자고 하시는 것이었다. 그러면서 예의 그 느리면서 편안한 미소를 지으셨다.

그 날 선생님께서 필자의 평상복을 미리 들고 나가셨고, 병원 한 구석에서 선생님의 도움으로 옷을 갈아입고는 농구 경기가 열리는 장충체육관으로 함께 도망(?)쳤다. 농구 경기의 승패는 지금도 잘 기억이 나지 않는다. 선생님과 함께 농구 경기를 보는 필자를 부럽게 바라보던 동료들의 시선과 어린 제자를 위해 농구 표를 들고 제자의 병실을 찾아오신 선생님의 그 따뜻한 사랑과 병원 한 구석에서 옷을 갈아입는 필자를 위해 망을 봐 주신 선생님의 천진난만한 동심(?)이 새삼스러울 뿐이다.

선생님은 참 따뜻한 분이셨다. 예의 느리지만 편한 미소로 제자들의 어려움을 잘 만져 주셨다. 10월 유신으로 휴교령이 내려져 학교가 문을 닫은 10월 어느 날의 기억이다. 우연히 교문에서 학교에 들어가지 못하시고 발길을 돌리시는 선생님을 뵐 수가 있었다. 자연스레 학교 근처 찻집에서 선생님과 말씀을 나눌 수 있었다. 이런저런 이야기를 나누다 선생님께서 단풍구경이나 가자고 하셨다. 어차피 학교가 오랫동안 문을 닫을 것 같으니 어디 산이나 다녀오자는 말씀이었다. 그러면서 혹시 좋아하는 여학생이 있으면 이번 기회에 같이 다녀오는 것이 어떻겠느냐고 넌지시 말씀하시는 것이었다. 그 해 10월 휴교령으로 심란한 서울을 떠나 선생님을 모시고 여학생 2명과 다녀온 내장산으로의 1박 2일의 여행은 내 인생에서 가장 신나고 또 신나는 여행이었다. 필자를 배려하시느라 자주 여학생들에게 농담도 하시고 적지 않은 여행경비도 도와주신 선생님의 그 따뜻한 마음이 지금도 고맙고 감격스러울 뿐이다.

세상에는 인연이란 질긴 끈이 있다. 마음을 가득 채워 주었던 인연은 언젠가는 그 질긴 정체를 드러내는 법이다. 중국의 동포문학에 관심을 가지고 동포 학생들을 돕기 위한 조그마한 장학 사업을 하면서 선생님과의 인연의 질긴 끈을 다시 만나게 된 것은 결코 우연이 아니라고 생각한다.

중국 길림성의 성도 장춘에서 자동차로 4시간 남짓 달려가면 반석이라는 조그마한 마을이 있다. 대부분의 길림성 농촌이 그런 것처럼 이곳에도 조선족 동포만을 위한 조선족 중학교가 있다. 지금은 '홍광중학교'로 이름을 바꿨지만 예전에는 '반석 조선족중학교', 그보다 더 해방 전 일제 시대에는 '반석중학교'라고 했다. 무슨 인연인지 아는 사람의 부탁으로 몇 년 전부터 매년 작은 금액을 장학금으로 도와주고 있다. 중국 땅에서 '조선족'이라는 소수민족으로 살아가면서도 조선 사람으로서의 '민족적 정체성'을 지키려는 노력이 고마웠기 때문이다.

일제 강점기에 조선에서 많은 이들이 선생으로 왔다는 교장 선생의 이야기를 듣고 선생님의 연보를 살펴보니 만주 반석 등에서 교사로 학생들을 가르쳤다는 기록이 뚜렷하다. 교장 선생님으로부터 학교의 역사에 대해 설명을 들을수록 선생님이 재직했던 학교가 바로 이 학교라는 확신이 섰다. 세상에, 이런 인연이 있다니, 70년도 더 전에 선생님이 근무했던 학교에 다시 찾아올 수 있다니, 새삼 선생님과의 인연의 끈이 얼마나 소중하고 질긴가를 절감하는 순간이었다.

선생님이 떠나신 지 어느새 32년, 엄격하시지만 느리고 편한 그 미소가 새삼 그리운 것은 위선과 거짓, 허세가 판치는 세상을 어린 아이처럼 편하고 순수한 미소로 주변을 따뜻하게 해 주신, 세상의 모든 것을 다 안으신 선생님의 끝없이 넓은 성품 때문일 것이다. 씨—익, 느리지만 편한 선생님의 그 미소가 마음 깊은 곳에서 금방이라도 손에 잡힐 것처럼 선하다.

선생님, 늘 편안하십시오.

스승 20년 추모 30년

최 기 준

생존의 박영준 선생님과의 사제 간의 인연은 20년간이었다. 1955년에 연희에 입학한 나는 국문학과 2학년 때 선생님의 첫 강의를 듣는 데서부터 1976년 7월 14일 서거하실 때까지 선생님과의 만남 속에서 끈끈한 인연을 맺어 왔다.

그런데 선생님께서 타계하신 지 30년을 맞게 되었으니, 흐르는 세월을 탓해 무엇 하랴만, 내 가슴 속에는 아직도 선생님의 호흡과 모습이 생생하기만 한 것을 또한 어찌하랴. 추모의 사은이 가득하기만 할 뿐이다.

사제 간 인연, 20년의 시작

선생님은 1954년 봄에 시인 박두진 선생님과 함께 국문과에 오셨다. 당

---

*(전)연세대학교 상임이사, (전)유한학원 재단이사장, (현)CBS 재단이사장, (현)성공회대학교 이사장.

시 선생님은 단편집 『그늘진 꽃밭』으로 제1회 아시아 자유문학상을 수상한 뒤라, 시와 소설을 공부하고자 하는 문학도들에게는 크나큰 희망이었다.

선생님은 말씀이 적으셨을 뿐 아니라 아끼시는 편이었고, 표정은 소박하고 덤덤하지만 빙그레 웃는 미소로 가리웠고, 행동은 느슨하셨으나 마음은 언제나 따사롭고 넉넉하셨다.

나는 국문과 학생이면서도 《연세춘추》 기자로서 선생님을 뵐 수 있는 기회가 잦아지면서 선생님과의 관계가 스스럼없이 가까워질 수 있었다.

당시 선생님을 뵐 수 있는 때는 수업시간 전후뿐이었다. 그 시간을 놓치면 시내 명동의 다방이었다. 그래서 오후 시간에 명동으로 선생님을 찾아 갔었고, 그때 운이 좋으면 커피 한 잔을 먹을 수 있었는데, 그 커피 맛이 일품이었다. 그곳에 모이는 사람들은 선생님을 비롯한 문인 작가들이었고, 신문사 문화부 기자와 문학 지망생들로 북적거렸다.

나도 그 시간이 되면 자연스레 찾아뵙고 주변 이야기로 시간을 보낸 적이 적지 아니하였다. 그런데 선생님은 말씀이 많지 않으셨다. 묻는 말씀에 겨우 대답하셨다. 그런데도 늘 흐뭇한 정을 느낄 수가 있었다. 그 입가에 슬며시 웃는 미소에 인자하심이 가득하셨다.

북아현동 자택으로 찾아뵙는 때도 더러 있었다. 선생님은 이른 새벽에 이부자리 속에서 작품을 쓰신다고 하셨다. 그래서 아침 일찍 찾아뵙는 것은 무척 조심스러웠다. 그 대신 저녁에는 자연스러웠다. 마침 영문학과의 이봉국 선생님이 북아현동 이웃에서 신혼살림을 차렸을 때였다. 선생님과 함께 이봉국 선생님 댁에서 자주 만나곤 하였다.

《연세춘추》 편집인으로 오시다

선생님과의 끈끈한 인연은 1962년부터였다. 1962년 10월에 연세춘추 편집인으로 오셨다. 나는 당시 연세춘추 주간으로 있었던 때였다. 1964년 9월에 국문학과 과장으로 자리를 옮기시기까지 2년 동안 연세춘추사에서 함께 고락을 같이 하였다.

선생님은 늘 "기사는 사실대로 진실을 알리는 데 초점을 두어야 하며, 기사는 간결하고 정확하게 써야 한다."고 강조하셨다. 특히 문장의 구성과 문체에 많은 지도와 가르침을 주셨다.

1964년 새 학기 들어서면서 부정입학의 문제가 캠퍼스를 뒤흔들었다. 쉽게 가라앉을 기미가 보이지 않았다. 연세춘추 기자들도 부정입학의 문제를 다뤄야 한다는 의견을 강력히 제기했다. 신문기사를 작성하고 편집인인 선생님께 승낙을 받아야 했다. 선생님께서는 난감한 표정으로 먼 산만 바라보시다가 "진실은 밝혀야지, 정확하게 다뤄야 해." 하고 승낙하셨다. "부정입학 드디어 표명화"라는 표제의 톱기사로 보도함으로써 캠퍼스는 요동을 쳤고, 신문사에는 모든 행정적 압력이 가중되었다.

엎친 데 덮친 것이 그 무렵 정국은 6·3사태로 계엄령이 선포되고 캠퍼스 안에는 계엄군이 진입했고, 신문은 휴간되면서 연세춘추사는 대학당국의 기구개편의 소용돌이 속으로 휘감겼다. 3개월간의 신문 휴간 속에서 진통하다가 1964년 9월 7일 신문이 속간되면서 선생님은 연세춘추사를 떠나 국문학과 과장으로 취임하셨다.

2년 동안 연세춘추사 안에서의 선생님과의 인연은 열린 마음으로 트였었다. 오전과 오후, 만날 때마다 커피 한잔을 나누며 학교와 사회 주변의 이야기로 늘 생각을 같이 하면서 시간도 함께 나눴다. 그러던 어느 날 아침, 커피타임에 선생님 건강 문제가 화제가 되었다. 요즘 컨디션이 좋지 않다고 하셨다. 체중도 조금씩 준다고 하시면서 피곤함을 느낀다고 하셨다. 그래서 병원에 가시겠느냐고 여쭈었더니 나를 물끄러미 쳐다보면서 무슨 말을 하느냐는 표정이셨다. 그래도 병원에 가셔서 진찰해 보시자고 반 강제로 모시고 갔더니, 의사는 당뇨병의 증세라고 진단하면서 검사를 받고 치료를 서두르게 되었다.

이 무렵 선생님은 근거지를 명동에서 소공동으로 옮기셨다. 교통도 편리하고 다방 이름도 아름다운 가화嘉禾다방이었다. 이때(1965년) 선생님은 중앙일보에 『새벽의 송가』를 연재하셨고, 1969년에는 동아일보에 『고속도로』를 연재하셨다. 따라서 선생님을 뵙고 싶으면 가화다방을 찾았었다. 그때에는 다방의 커피뿐만 아니라, 저녁밥으로 자장면을 사 주셨다. 주변이 중국촌이기는 했지만, 신문 연재소설의 일주일분의 원고를 건네주고 원고료도 받을 때인지라, 자장면 값은 부담스럽지 아니하셨다. 명동의 커피 한 잔에서 소공동의 자장면으로 격상되는 기나긴 세월이 흐르면서 선생님과의 인연이 두터우리만큼 두터웠다.

박영준의 문학적 위상

나는 1965년 연세대학교 80주년을 맞아 『연세대학교 80년사』를 편찬하는 일에 참여하게 되었다. 1) 연세학생운동 2) 연세종교활동 3) 연세문학활동 4) 연세연극활동 5) 연세음악활동 그리고 6) 연세체육활동을 정리할 기회를 얻었었다.

그때 연세문학활동을 정리하면서 연세에서의 '박영준의 문학적 위상'을 찾을 수가 있었다. 연세 80년사에서 나는 이렇게 기술하였다.

“1930년대의 연희문학에 박영준의 등장은 획기적 사실이다. 그는 연희가 낳은 최초의 작가였다. 그는 1934년 연희전문학교 졸업을 석 달 앞두고 그해 정월 조선일보 신춘문예 현상모집에 단편 「모범 경작생」이 수석으로 당선되어 연희에서 수학한 문학 공부가 졸업과 함께 작가 생활의 첫 출발을 삼게 되었다. 그뿐 아니라, 《신동아》 신춘문예 현상모집에서 장편소설 『일년一年』과, 꽁트 「새우젓」이 당선되므로 작가로서의 재질과 능력을 충분히 인정받게 되었다.”

문학 생활 40주년 기념 『一年』 출간

1968년부터 나는 연세대학교 출판부에서 일하게 되면서 ‘대학문고’를 기획 간행하였다. 첫째 권으로 홍이섭의 『한국근대사』, 둘째 권이 김하태의 『자아와 무아』, 여섯째 권이 홍이섭의 『한국정신사서설』 등이었다.

나는 대학문고 안에 선생님의 작품집을 편입할 계획을 세우고 선생님을 몇 차례 찾아뵈었다. 내가 『연세 80년사』에서 문학사를 정리했던 생각이 언제나 ‘박영준의 문학적 위상’을 만드는 기회를 스스로 간직하고 있었던 터였다.

그래서 선생님께서 1934년에 문단에 데뷔하면서 당선된 작품 「새우젓」과 「모범 경작생」 그리고 『일년』을 한데 묶어 대학문고에 편입할 계획을 세웠다. 선생님을 찾아뵙고 간행 취지를 설명하고 응낙을 받았으나 『일년』의 작품을 구할 수 없다고 하시기에, 하동호 선배를 찾아서 의논하니 소장하고 있는 《신동아》에서 복사할 수 있다고 해서 그 작품을 힘들게 구하였다.

대학문고 일곱 번째로 『일년』이라는 제목으로 출판(1974년)하였다. 참으로 의미 있는 출판이었다. 선생님은 연희전문학교를 졸업한 최초의 문인이었다. 그 이전에는 노산 이은상, 청마 유치환 등이 연희를 다니기는 하였으나, 모두가 졸업까지는 하지 못한 분들이었다. 선생님께서도 흐뭇함을 감출 수가 없었던 것 같다. 서문에 이렇게 서술하셨다.

> "1934년 봄 「새우젓」(콩트-신동아) 「모범 경작생」(단편-조선일보) 및 『일년』(장편-신동아)이 함께 당선되었다. 지금으로부터 꼭 40년 전의 일이다. 이런 것을 알았는지 몰랐는지 연대출판부에서 이상 당선 작품을 묶어 출판을 해 주겠다고 했다.
>
> 나는 고맙게 생각지 않을 수가 없었으며, 이 출판을 나의 문학 생활 40주년 기념으로 생각했다. …… (중략)…… 이 작품집을 출판하게 된 것을 나는 다행으로 생각하며, 이 책을 출판하는 데 가장 큰 일을 해 준 연세대출판부의 최기준 출판과장에게 진심으로 감사를 드린다……."

문과대학장에 취임하시다

선생님은 1975년 12월에 문과대학장으로 취임하셨다. 무척 기분이 좋으셨다. 행정에 별로 관심이 없으시고 책임 있는 일에 손대기를 거부하셨지만 문과대학장의 보직을 받으시고는 기분이 무척 좋으셨다.

나는 연세에서 선생님이 좋은 기분을 지니셨던 첫 번째 기억이 떠오른다. 교수 발령을 받고 선생님은 나를 찾으셨다. 오늘 참 기분이 좋으니 어디 가서 저녁이나 먹자고 하셨다. 잘 아시는 문인 한 분을 초청하셨다. 그때 선생님은 "나같이 소설이나 쓰는 사람에게 대학 교수의 발령을 주니 정말로 모교가 고맙고 한없는 애정과 모교 애를 느낀다."고 하시면서 기뻐하셨다. 이런 일이 있은 뒤 문과대학장이 되셨으니 정말 보람스러웠으리라고 믿는다.

추모의 사은 30년

선생님은 장수하시지 못하셨다. 1976년 7월 14일, 정년(65세)을 채우지 못한 채, 당뇨병으로 세상을 떠나셨다. 나는 그때 대학 총무처장으로 재직하고 있었는데, 당시 이우주 총장께서 "자네 스승이시니 각별히 장례를 잘 모시라."고 당부하셨다.

나는 진심으로 선생님의 서거하심을 애도하며 맏상제인 박승열 동문과 의논하면서 선생님의 마지막 가시는 길에 사은의 정을 다 받쳤다.

장례를 치르고 얼마 뒤에 유족(사모님과 박승열 동문)들이 감사의 뜻으로 학교 발전기금을 가져왔다. 어디에 쓸까 하고 고민하다가 '연세춘추 문화상' 중에 문학상이 있는데, 소설 부문의 상을 '박영준문학상'으로 제정할 것을 제안하였다. 그래서 연세춘추 문화상 안에 '박영준문학상'(소설)과 '윤동주문학상'(시)이 제정되고 지금도 매년 수상하고 있다. 그리고 2000년에 들어서면서 선생님의 전집 간행사업이 추진될 때 편집위원으로 참여하게 되었고, 2002년『만우 박영준 전집(6권)』을 출판하게 되었다. 이는 한국 문단에 '박영준의 문학적 위상'을 높이는 결정적 성과이기도 하였다.

선생님과의 만남이 20년 동안 계속되는 가운데 스승의 문하에 있으면서 비록 문학의 뜻을 이루지는 못했지만, 선생님의 생각과 뜻과 그 문체를 이어받기 위해 노력한 흔적은 적지 아니하였다고 믿는다. 그리고 선생님이 가신 지 30년 동안 '박영준의 문학적 위상'을 세우는 일에 적은 정성이나마 바치면서 선생님과의 영원한 인연이 끈끈하게 이어가기를 기도하며, 오늘도 선생님을 추모하고 있다.

어둠만이 가득 찼습니다

최 인 호

육년 전, 갓 결혼해서 십만 원 짜리 단칸방에서 살림하고 있을 때였습니다. 어느 날 아침 박 선생님이 갑자기 나를 찾아오셨습니다. 예고도 없는 방문이라 깜짝 놀라 허둥지둥 일어나 옷을 입고 있는 내게 박 선생님은 들어오시더니 대뜸 드라이브 가자고 말씀하셨습니다.

박 선생님은 나와 내 아내를 데리고 북악 스카이웨이를 한 바퀴 도셨습니다. 한 바탕 뜻 모를 드라이브를 시켜 주시더니 동리 냉면집에서 박 선생님은 우리 부부에게 냉면을 사 주셨습니다.

나는 살아생전에 누구보다도 박 선생님에게 귀여움을 받았었습니다. 나 역시 박 선생님이 아버님만큼이나 좋아서 야구 구경도 같이 가고 축구 구경도 늘 같이 다녔었습니다. 선생님은 내가 "이회택이보다는 정강지가 더 잘해요." 하면 다음 날부터 주위에 앉은 관객들에게 "이회택이보다는

---

*1964년 연세대학교 영어영문학과 입학. 소설가.

정강지가 더 나은 축구 선수야."라고 한마디 하시곤 했었지요.

내 딸년이 돌 맞기 전 폐렴에 걸려 다 죽어 갈 때에 박 선생님은 후배 녀석 시켜서 과일 통조림을 사다 주시면서 걱정을 해 주셨습니다.

돌아가시기 전 입원하셨다가 퇴원하셨을 때 찾아뵈었더니 선생님은 그 좁은 방에 앉으셔서 이제 서독제 알부민을 한 대 맞을 참이라고 말씀하셨습니다. 내가, "선생님, 그것 맞고 쾌차하시면 또 등산 가요, 네?" 하고 떼를 썼더니 등산은 무리고 야구 구경을 가자고 약속하셨었습니다. 그 약속도 허사가 되고 말았습니다.

가엾은 내 선생님, 올 새해던가 나보다 박 선생님을 더 좋아하는 아내가 내의를 사가지고 와서, "여보, 올해도 다 갔는데 지금 사가시면 언제 입으시란 말인지 쑥스럽네요." 하기에, "올해 못 입으시면 내년에 또 입으시겠지." 하고 학교로 박 선생님을 찾아 뵌 적이 있었습니다.

그런데도 선생님은 가셨습니다. 바보 같이. 내가 사 드린 내의도 입지 못하시고. 아아, 가엾은 내 선생님.

살아생전에 번거로움을 싫어하시던 선생님의 영전에 비까지 오시고 수많은 사람들이 꽃을 바쳤는데 선생님, 멋을 모르는 선생님이 유일하게 자랑하시던 던힐 라이터와 고급 우산 두 개는 도대체 어떻게 하시고 가셨습니까.

그 펄펄 뛰는 두 다리로 연고전 대학 농구 때에는 공격수로 활약하시던 선생님께서 도대체 이게 어떻게 된 일인지 정말 모르겠습니다.

한번은 좋아하시는 커피를 '가화다방'에서 마시실 때 늘 갖고 다니는 사카린 대신 설탕을 두어 스푼 넣으시기에 "내가 선생님, 그건 설탕 아닙니까?" 하고 놀라 했더니 "쌍, 두어 숟갈 먹는다구해서 죽기야 할라구, 헷

헤 헤." 하시더니 "아이 맛있다." 하셨는데 갑자기, 정말 갑자기 불과 두어 주일 전까지도 종강하시고 나하고 사진 찍고 우리 애들 안부 물어보시고 아내에게 활짝 웃으시면서 들어와, "들어와서 앉아." 하시던 선생님이 도대체 잠깐 사이에 어떻게 되셨는지……. 찾아뵈니 상갓집 절차 모르는 내가 절 두 번 해야 하는 것을 절 한 번 반 하게 만드시고는 꽃 더미 속에 누워 계셨습니다. 선생님, 어떻게 되신 겁니까, 선생님.

삼 년 전이었던가요. 원주에 지방 강연 가셨을 때 제가 따라갔었는데 깊은 밤중에 잠이 든 선생님이 노래를 부르셨습니다.

"불 밝던 창에 어둠 가득 찼네. 내 사랑 니나 병든 그때부터……."

그렇습니다, 선생님은 주무시면서 노래를 부르고 계셨습니다. 깜짝 놀라 선생님이 깨신 후에 여쭈어 보니 선생님은 빙그레 웃으시면서 "자면서 노래 부르는 게 내 버릇이지." 하셨습니다. 일제 강점기 감옥소에 독서회 사건으로 끌려들어가 한 반 년가량 고생하셨을 때 생긴 버릇인데 꿈속에서 노래를 부르시는 버릇은 그 후로 계속되어 오셨다는 것이었습니다. 꼭 노래도 명곡만 부르신다는 것이었습니다.

다음 날 나는 잠을 한 잠도 안 잤습니다. 선생님의 노래를 듣기 위해 마치 알 놓은 닭을 보기 위해 밤을 새우는 아이처럼 나는 밤을 새웠습니다. 새벽녘이었던가요, 선생님은 노래를 부르시기 시작했습니다. 평소의 그 두껍고 중유 같던 목소리는 더 짙고 둔중한 목소리가 돼서 도도히 흘러가듯 노래를 부르셨습니다.

"불 밝던 창에 어둠 가득 찼네. 내 사랑 니나 병든 그때부터……."

나는 왜인지 자꾸 눈물이 나왔습니다. 선생님도 자신이 노래를 부르시는 것을 느끼셨던지 노래 중반에 눈을 뜨셨습니다. 선생님 눈가엔 눈물이 고여 있었습니다.

"선생님 깨셨어요?" 하고 내가 말을 거니까 선생님은 눈물을 닦으시며, "최 군 들었군, 또 들었어. 잠 안 자고." 하시며 군밤을 한 대 쥐어박아 주셨습니다.

선생님을 볼 때마다 이상하게도 그 노랫소리가 잊히지 않습니다.

선생님이 즐겨 부르시듯 불 밝던 창에 어둠만이 가득 찼습니다.

이제 선생님은 주무시면서 노래를 부르시지 못하십니다. 아아, 가엾은 내 선생님.

그러나 선생님, 묻히신 그 자리는 바로 선생님이 영원히 주무실 그 자리이십니다. 달 뜨고 해 뜨고, 풀벌레 우는, 선생님이 좋아하시는 그곳은 침상寢牀이십니다.

그곳에서 노래를 부르세요. 선생님의 노랫소리를 바람결에 듣고 내가 운다고 해도 선생님은 군밤을 때려 주시지는 못하겠지만요.

이 글조차도 헛되고 헛됩니다. 선생님의 기억을 어떻게 몇 줄의 글줄로 써내려 가겠습니까. 살아 계신다면 선생님은 "쓸데없는 짓 하구 있다." 하시면서 또 군밤 때리실 터이신데. 단지 제가 섭섭한 것은 선생님을 사랑했고 또 선생님이 누구보다 아껴주셨던 저도 세월이 가면 선생님을 잊으리라는 그 교활한 망각이 슬픈 것입니다.

그렇습니다. 선생님, 선생님은 저 세계로 가셨습니다. 이제 죽은 사람의 고집대로 호명되지 않는 자리에 편히 쉬시옵소서.

바라옵건대 뒤돌아보지 마시고 훨훨 가시옵소서.

(1976. 9. 현대문학)

만우 박영준 선생님의 추억

한 광 구

1963년 봄 가난했던 젊은 시절에 선생님은 연세대학교 본관 1층에 환하게 불을 밝히고 계셨던 분이다. 그때 연세대학교 국문과는 어학이나 고전문학이 학문의 주가 되고 현대문학은 학문으로서는 백안시하는 풍토였다. 만우 박영준 선생님은 그때 연세대학교에 문학이라는 불을 환하게 밝히고 계셨다. 우리가 입학하자 선생님은 맨 처음 정구종의 소설을 발탁하여 연세춘추에 연재하여 우리들의 주위를 일깨워 주었다.

우리들은 '습지대' 동인을 만들고 시화전을 하고 때로는 시를 써서 서로 토론도 하곤 했으나 그것이 그리 진지한 건 아니었다. 박영준 선생님은 이런 우리들의 모습을 말없이 그냥 지켜보실 뿐이었다. 그 시절 우리는 너나없이 가난에 시달리고 있었고 그나마 운 좋으면 초중학교 학생들의 과외지도로 버텨 가던 시절이었다. 일학년이 지나고 유홍종, 박기동이

*1963년 연세대학교 국어국문학과 입학. 시인, 추계예술대학교 문예창작학과 교수.

차례로 군에 가고 나는 당시 꼬박 일 년 동안 과외를 해서 모은 돈을 고구마 장사로 날려 버리고 실의에 빠져서 가끔은 김철을 만나고, 가끔은 박동진과 함께 선배인 김용운 목영도 등과 술타령으로 세월을 보내다가 3학년이 되어서야 정신을 차리고 박목월 선생님을 만났다. 나는 그분의 열강에 빠져 들어서 그때부터 시를 진지하게 쓰려고 했다. 그때 박목월 선생님은 강의를 마치신 후 늘 박영준 교수실에 들리시었는데 나는 가끔 시를 써서 조심스럽게 박목월 선생님께 보여 드리려 박영준 교수님의 방을 찾으면 그때마다 선생님은 그냥 은근한 웃음으로 지켜봐 주시곤 했다. 다행히 박목월 선생님은 내 시에 관심을 가져 주셨지만 나는 ROTC를 하느라 많은 시간을 빼앗겨야만 했다.

ROTC 장교로 임관되어 전방 포병부대에서 GP와 포대를 오가며 근무하다 제대 무렵 나는 학교를 찾으니 그때는 박기동 유홍종이 복학하여 학교에 다니고 있었고 학교의 문학적 분위기도 훨씬 활기차 보였다. 박영준 교수실을 찾아가니 박기동이 반갑게 나를 맞아 주어 박영준 선생님께 인사를 드렸고 때마침 그 자리에 계셨던 박목월 선생님께도 인사를 드렸다. 제대 후 나는 매주 박기동과 유홍종의 집을 오가며 그들의 문학적 분위기에 빠져들었고 시를 같이 쓰기도 했다. 그들은 그동안 나와는 달리 시를 써서 원효로 박목월 선생님 댁을 찾아가곤 했다는 것이다. 그 무렵 유홍종은 졸업도 전에 《여원》이란 잡지사에 다니기 시작했고, 박기동은 박영준 교수님의 총애를 받고 뒤늦은 학생 생활에 재미를 만끽하는 듯싶었다. 나는 주로 박기동을 통해 박영준 선생님의 근황을 듣곤 했는데 그분은 정말 만우라는 아호처럼 늦지만 꾸준하고 분명하게 연세대학교에 현대문학의 길을 활짝 여시고 계셨고 제자들을 기르고 계셨다. 선생님의 총애를 받던 박기동이 신춘문예에 '소설'로 당선되고 유홍종 역시 '시'와 함께 '소설'로 등단하고, 나는 박목월 선생님의 추천으로 유한양행 광고부에 입사를 하게 되었다.

후에도 우리는 틈만 나면 만나서 소공동의 가화다방으로 박영준 선생님을 찾아뵙고 우리끼리 어울려 생맥주를 마시곤 했다. 그러던 어느 날 박기동이 내게 전화를 해서 선생님께서 나를 만나자고 하신다고 전해 왔다. 나는 약속을 하고 일을 하다가 갑자기 광고부 전체회의가 있어 꼼짝없이 잡혀 있는데 속절없이 시간은 흐르고 약속 시간은 다가오는데 혼자 자리에서 빠져나올 수가 없어서 애를 태우다가 겨우 선배에게 사정을 말하고 노량진에서 택시를 타고 허겁지겁 달려갔으나 약속시간보다 십오 분이 지나고 선생님께서는 계시지 않았다. 카운터에 물으니 선생님께서는 다녀가셨다는 대답이다. 나는 너무 죄스러워서 말도 못 하고 있다가 박기동에게 이 사실을 말하니 그는 선생님께 잘 말씀드리겠다고 해서 다소 위안이 되었다.

이후에 선생님을 뵈었을 때 선생님께서는 그때 일을 잊으신 듯 특유의 미소로 푸근하게 맞아 주시었다. 그 일 후에 나는 선생님의 둘째인 승언 씨와 같이 일하게 되었고 박기동과 더불어 북아현동에 선생님 댁으로 세배를 다니기도 했다. 하지만 선생님은 지병 때문에 갑자기 건강이 쇠약해지셨고 끝내 정년을 못 넘기시고 하늘나라에 가셨다.

만우 박영준 선생님은 평소에 말씀이 없으셨다. 그분은 소처럼 우직하게 앉아 계셨고 늘 부드러운 눈으로 우리를 바라보셨다. 그러나 안으로는 단호한 신념과 정열을 안으셨고 아주 다정다감한 인간미를 안고 계신 분이다. 만우란 아호가 어쩜 그리 잘 어울리실까. 말년에는 박기동과는 낚시를 다니시고, 야구장에 가서 야구를 즐겨 보시기도 하셨다. 나는 학생 시절보다 졸업 후에 선생님과 가까워졌고 그분의 푸근하시고 정 깊으신 인간미를 맛볼 수가 있었다. 그러나 그 기간은 너무 짧게 지나갔다.

편히 쉬시옵소서

박 승 렬

나의 아버지!

그리운 나의 아버지!

1975년 여름, 65세를 일기로 하늘나라에 가신 아버지.

어느새 30년이 훌쩍 넘었습니다. 그때 제 나이가 마흔이었고 지금 일흔셋입니다.

고희가 지나서야 글을 드립니다. 사랑하는 아버지. 아시지 않습니까? 워낙 부침이라곤 하나도 없던 아들 아닙니까? 그러니 불쌍히 여기시고 저의 중심을 보시며 용서하여 주시기 바랍니다.

"참 어지간하구나." 하고 말씀하시겠지요. 하지만 빙그레 웃으시고 용서하여 주실 줄 믿습니다. 제가 얼마나 아버지를 사랑했던지 아시리라 여기기 때문입니다. 저는 요즈음도 아버지 꿈을 꾸곤 합니다. 어떨 때는 며

*만우 박영준의 맏아들.

칠에 한 번씩 또 어떨 때는 몇 달에 한두 번씩. 예나 지금이나 꿈을 꿉니다. 무뚝뚝한 자식, 말수가 적으신 아버지—얼마나 대화가 없었으면 꿈에서조차 한 마디 말씀도 없으신지, 그때마다 안타깝지만 그것이 우리 부자지간이었던 것 같습니다. 언제나 그냥 씁쓸하게 웃으시는 그 얼굴. 살아생전 나눈 대화라야 손가락으로 꼽을 정도였겠지만 그러나 이렇도록 자주 꿈을 꾸는 것을 보면 저도 아버지를 사랑했었나 봅니다. 꿈에서도 아버지는 언제나 외롭게, 저만치서 말 한 마디 없이 씁쓸하게 웃으시는 그 모습뿐입니다. 꿈은 자주 꾸는데 늘 안타까움입니다.

그립고 그리운 아버지.

살아 계실 때, 사랑한다는 말 한번 해 본 일이 없고, 살아 계실 때 '아버지를 좋아 한다.' 는 표현 한번 못 해 본 저입니다. 그러면서도 아버지를 무척이나 좋아했나 봅니다.

아버지 기억하시겠지요? 1945년 해방이 되었을 때, 아버지는 "나라가 해방되었다"며 그리도 기뻐하시었고 빨리 서울에 가야겠다며 서둘러 지린성吉林省을 떠나실 때, 끝까지 따라가겠다고 기차 정거장 고빼차까지 따라가서 울던 저를 기억하시겠지요? 아버지는 그때 몇 번이나 그 고빼차를 탔다 내렸다 하시면서 저를 타이르고 또 내려와서 타이르곤 끝내는 함께 울고 헤어졌던 일 말입니다.

"넌 엄마와 동생들을 돌보아 주어야 한다. 나는 너를 믿고 떠나는데 네가 굳센 모습을 보여 주어야지."

제 나이 열한 살이었습니다. 그 후, 우리 식구는 늘 아버지를 그리워하며 따라다녔던 것 같습니다. 해방 후 만주에서 서울까지의 피난길이 그랬고, 6·25 때도 서울에서 대구까지의 피난길이 또한 그랬으니까요. 아버지는 종군작가로 군대를 따라 다니셨지만 우리 식구, 어머니와 두 동생(당시 8세, 4세)은 무거운 쇠바퀴 손수레를 끌고 추풍령을 넘어 대구大邱까지 걸어가서야 아버지를 만났던 일—그때, 아버지를 보고 도망치듯 밖으로 나가서 소리 없이 흐느끼던 저를 아버지는 기억하시겠지요? 이해하시지요? 그때 열여섯 살이었습니다. 한 가지만 더 이야기하지요. 제가 어머니 뱃속에 있을 때, 아버지는 고향 강서의 '독서회 사건'에 연루되어 유치장에 계셨다고 들었습니다. 그래서 유치장 안에서,

"나처럼 되지 말고 맵고 강하게 승리하라."고 제 이름을 승렬勝烈이라고 지으셨다지요.

창경원에서 저를 안고 찍은 사진. 어머니가 그러셨지요.

"독서회 사건에서 풀려나와 처음 너를 보았을 때 찍은 사진이다."

아버지 없이 태중에 있었고 아버지 없이 태어나서 필요할 때 아버지를 보지 못한 저였다고 들었습니다.

그래서일까요? 제게 아버지는 늘 그리운 분이었습니다. 멀리 계실 때는 물론 가까이 계셔도 그리운 사람이었습니다. 아무리 콧구멍만 한 집이라고는 했지만 돌아가신 그 북아현동 집, 제1회 '아시아 자유문학상'을 타면서 받은 30만 원에 어머니가 5만 원인가를 보태서 아버지 실력으로는 평생에 처음이요 마지막으로 샀던 단 한 번의 그 집. 그래서인지 아버지께서는 그 집을 무척이나 대견스럽게 여기셨고 아무리 작아도 늘 만족해하셨지요. 그런 북아현동 집—아버지의 건넌방과 저의 문간방이 지척이긴 했지만 그때도 저는 그리움이었습니다. 어쩌다 제 친구만 와도 어머니는 늘 "조용히 해라. 아버지 글 쓰시는 데 방해된다."였고 저는 "이 집이 절간이지 어디 가족이 사는 가정이라 할 수 있겠느냐."였지요. 제가 무뚝

뚝하기도 했겠지만 말씀이 없으신 아버지셨으니 더욱 그랬겠지요. 드라마 〈세종대왕〉에서 왕자인 충령이 아버지 태종에게 '그립다'는 말을 쓰더군요. 왕과 왕자, 우리는 왕가도 아니고 아주 작고 초라한 작가의 18.5평 한옥인데도 그렇게 늘 그리워하며 살았습니다.

서울 시청 뒤 가화다방. 모처럼 아버지와 제가 차 한 잔 마신 일이 있었습니다. 그때 아마 한 시간쯤이었을 텐데 거의 말 한 마디 없이 그냥 음악만 들으며 앉아 있다가 헤어진 일이 있지요. 왜 수다를 떨며 아버지를 기쁘게 해 드리지 못했던지 두고두고 후회했습니다. 비록 대화가 없고, 비록 표현할 줄 몰랐던 저이고, 다시 만나도 마찬가지이겠지만 마음 가운데에는 그래도 아버지를 사랑하는 마음이 있었음은 아셨을 거라 자위해 봅니다.

사랑하는 나의 아버지.

평생 문학과 학교(母校)밖에 모르셨던 아버지.

학교야 그 캠퍼스에서 배우셨고 그 캠퍼스 재학 중에 등단하셨고 또 그 캠퍼스에서 제자들을 양육하셨으니 각별하셨으리라 짐작이 되지만 왜 문학을 그리도 좋아하시면서 왜 그리도 고독해 하셨는지 모르겠습니다. 소외된 홀어머니, 저의 할머니가 농촌에서 수탈당하고 이용만 당하는 모습을 보시며 자라 농민소설로 출발한 것이 그리 된 것인지, 초등학교에서부터 전문학교까지 십 수 년을 고학으로 자란 것이 원인인지, 우리 자식들이 잘 자라 주지 못해서 그랬던 것인지, 아니면 원래 문학이라는 게 그렇게 고독한 것인지 저로선 잘 알 수가 없습니다만 아버지는 '문학이란 외로운 것이셨고, 문학이란 홀로 싸우는 농사'이셨습니다. 그리고 이 세상에서 가장 소중한 것이었습니다.

아무튼 평생 외로우셨던 아버지.

그 외롭고 쓸쓸하셨던 모습을 빼고 아버지를 생각할 수 없으니 결국은 그 외로운 아버지의 아들이 어떻게 방방 뛰는 명랑 소년이 될 수 있었겠습니까?

외로운 아들이 얼마나 아버지를 사랑했던지 한 가지만 이야기해 보지요. 일생을 아버지와 어머니는 소리내어 싸우신 일이 한 번도 없으셨지요. 싸울 일이 있으면 편지로 싸우셨지요. 편지를 안방에서 건넌방으로, 건넌방에서 안방으로 던지면서 싸우셨지요. 그런 아버지가 어느 날 보따리를 싸가지고 나기시면서

"승렬아, 나 집 나간다. 잘 있거라" 하셨습니다.

눈치를 챈 제가 무어라 했었는지 기억하실 겁니다.

"아버지 나가시려면 한 열흘이나 한 달간 계시다 돌아오세요. 그러지 않고서는 어머니를 다스리지 못하십니다."

그 말을 했다가 제가 어머니한테 얼마나 당했는지 아버지는 모르십니다.

그런데 아버지는 그날 저녁에 들어오셨지요. 대문에서 계속 부스럭거리는 소리와 "음, 음." 하는 소리가 나기에 대문을 열어봤더니 아버지가 서 계셨습니다.

"아니 왜 여기 계세요? 한 열흘 후에 돌아오시지."

아버지는 제 앞에서 무슨 죄인인 듯,

"나가긴 나갔는데 갈 곳이 없어."

"아, 여관이라도 갔다 며칠 후에 오셔야지 그래가지구서야 어떻게 어머니를 다스리겠어요?"

"그래두 갈 곳이 없는걸."

해서 아버지를 안아 드린 일, 기억하시지요? 아버지는 제게 꼭 안기셨지요.

"아아, 이 아버지가 우리 아버지구나. 내가 이 아버지를 모르고 있었구나."

이런 아버지를 저는 사랑할 수밖에 없었고 또 그런 아버지셨기에 저는 행복했습니다.

순진하고 착하셨다는 이야기를 하자니 대천 해수욕장 생각이 납니다. 아버지는 산을 좋아하셨지만 더러는 바다에도 가셨습니다. 저는 동아일보사에 있었고 동아일보사는 대천 해수욕장에 휴양관을 가지고 있었기에 원하면 언제든지 대천엘 갈 수 있었습니다.

"얘, 나 대천 해수욕장 한번 데려가라 거기 좋다던데."

바쁘다는 핑계로 거절을 했더니 막 화를 내시는 겁니다. 진짜로 화를 내시는 겁니다. 그래서 모시고 갔습니다. 휴양관에선 작가분이 오셨다면서 '특실을 드린다'고 했습니다. 동아일보에 『고속도로』를 집필하시던 때인가 그런데 이번엔 특실 준다는 말에 또 화를 내시는 겁니다.

"특실은 무슨 특실, 보통실이면 됐지."

"아버지 한 번 모시기 힘드네요. 특실이면 좋지 왜 화를 내세요?"

'특별히'라든가 '무시'라든가 그런 말을 어지간히 싫어하셨습니다. '특별히'는 불편해서 싫고 '무시'는 원래 그 말의 어원이 일본어인데다가 그런 표현 자체가 싫다는 말씀이었습니다. "저를 대단히 무시하시네요."라는 말을 한 번 썼다가 대단히 혼난 기억이 있습니다. 그래서 보통 방을 배정받았습니다.

"아버지, 보통 방 배정받아서 좋으시겠습니다."

"좋구말구 얼마나 편하냐? 마음대로 발도 뻗구. 아, 편하다."

제가 카세트를 가져갔었습니다. 음악을 틀었습니다. 기분 좋으시라고요. 그랬더니 또 야단을 치시는 겁니다.

"넌 왜 그리 유치하냐? 맨날 팝송이나 틀구."

"아버지 그거 팝송 아니에요. 〈엘 콘도르 파사〉라구 남미의 민요예요. 아버지 우리의 〈아리랑〉 같은 거라구요."

"아니야, 내 귀엔 팝송이야!"

그 아름다운 고집. 저러시니…….

이튿날 새벽 매운탕을 끓여 주셨습니다.

"아니 이 이른 아침에 생선이 어디서 나셨어요?"

"대천항 새벽 장에 다녀왔지. 어떠냐? 맛있지?"

어지간히도 착하시고 순진하시던 아버지. 저는 야단을 맞아도 기분이 좋았고 내가 왜 이런 아버지를 자주 모시지 못했을까 후회도 많이 했었습니다. 무엇이든 조금만 잘해 드려도 어린아이와 같이 좋아하시던 아버지. 언젠가 저의 라이터를 보시면서 무어냐고 물으시기에 '아 또 걸렸구나' 하며 뜨끔했습니다.

"아, 그거 던힐 라이터인데 드릴까요?"

"이게 뭔데?"

"가지세요. 그거 던힐 라이터라구 순은 통인데 아버지 드리려구요."

"뭐 순은? 그런 것도 있나? 정말 나 주는 거야?"

어린아이처럼 기뻐하시던 아버지, 면피하려고 드린 것인데 나중에 들어 보니 그렇게 자랑을 하고 다니셨더군요. 저는 지금도 그 생각을 하면 얼굴을 들 수가 없습니다.

착하신 아버지, 저는 정말 불효자였습니다. 그렇게 산을 좋아하셨는데도 단 한 번 아버지를 모시고 산에 가 본 일이 없었습니다. 아니 딱 한 번 같이 갔던 일이 있었습니다만 그것은 제가 모시고 간 일이 아니라 아픈 마음이었습니다. 돌아가시기 전해였지요. 서울 근교 청계산에 아버지의 강권으로 식구들이 함께 갔습니다. 산만 보면 그리 기뻐하시는 아버지이시기에 당연히 아버지가 앞장서셨습니다. 그런데 그리 높지 않은 산인데도 중간쯤에서 쉬자고 하셨습니다. 뒤따르던 저는 눈치가 없었습니다.

"아니 얼마나 왔다고 벌써 쉬어요?"

"아니야, 아이들이 힘들 거야. 여기서 쉬며 커피나 한 잔 마시고 가자구. 너 아버지 커피 못 마셔 봤지?"

"야아, 아버지 커피 한 잔 마셔 보게 됐네. 버너 가져오셨어요?"

당뇨가 심하여 노인이 되어 버린 아버지, 그 낮은 산도 힘들어 하시던 아버지를 읽지 못한 저였습니다. 뒤돌아서서 눈물을 삼키며 마시던 그 아버지의 커피. 내가 왜 이리도 못났단 말인가? 후회도 많이 했고 지금도 그 생각을 하면 마음이 아픕니다. 그렇게 선하신, 그런 아버지에게 기쁨을 드리진 못할망정 슬픔과 괴로움만 드렸을까. 왜 외로운 아버지를 더욱 외롭게 만들었을까. 가슴이 찢어집니다. 아버지. 모든 게 제 탓이요 모든 게 제 불찰이었습니다. 정말 가슴이 찢어집니다.

사랑하는 아버지.

돌아가신 후에도 저는 아버지 슬퍼하실 죄를 많이 지었습니다. 그러나 힘들게 살아온 저입니다. 그러니 불쌍히 여기시고 모든 것을 용서해 주시옵소서. 죄를 많이 지었으나 아버지를 잊은 적은 없사옵니다. 그러니 사랑으로 감싸 안아 주시며 위로해 주시옵소서. 잘못된 일이 있으면 화를 내시고 꿈속에서라도 저를 야단쳐 주시고 일깨워 주시옵소서. 돌아가신 지 30년이 넘었건만 지금도 그 선하신 얼굴, 그 웃으시는 모습이 이 가슴에 선명히 살아 있습니다.

그리운 아버지시여, 사랑하는 나의 아버지시여.
아버지를 진정 사랑합니다.

외로움도 슬픔도 없는 하늘나라.
고독과 싸우지 않아도 되는 나라.

하늘나라에서 훨훨 날아다니시옵소서.
하늘나라에서 편히 쉬시옵소서.

아버지를 생각하며

박 경 림

얼마 전, 큰 오빠로부터 아버지를 생각하는 글을 써 보라는 말을 들은 후부터 마음이 떨리고 마치 오랫동안 헤어졌던 아버지를 다시 만나러 가는 듯 마음이 설레었습니다.

아버지가 세상을 떠나신 지 벌써 30년이 넘었습니다.

제가 1975년에 미국으로 온 지 일 년 후에 아버지가 돌아가셨으니 아버지를 못 뵌 지가 32년이 되어 가네요. 아버지가 돌아가신 후 이 년 만에 어머니도 돌아가셔서 일찍(?) 고아가 되었습니다. 제가 한국에 계속 살았다면 나의 생각이 어떨지 모르겠지만 외국 땅에 오래 살아서 그런지 지금도 부모님과의 이별이 얼마 안 된 듯 아직도 부모님 생각을 하면 가슴이 저립니다.

칠 남매를 낳으셨던 부모님은 일찍이 이남 이녀를 어렸을 때 잃으시

---

*만우 박영준의 딸.

고 지금의 저의 두 오빠와 저, 그렇게 이남 일녀를 키우셨습니다. 아버지는 외동딸이라고 저를 특별히 예뻐하셨습니다. 오빠들보다는 저를 많이 데리고 다니시고 제 또래의 친구들 중에 어느 누구보다도 특별한 사랑을 아버지에게서 받으며 자랐습니다.

어머니는 경상도 분이시고 성격도 그리 사근사근하지 않으셨으며, 양반집 맏따님답게 근엄하시고 의롭다는 인상이셨고 저에게조차 그리 다정다감한 면은 없으셨습니다. 어머니에 비해 아버지는 감성이 풍부하신 분이라 그랬는지 비록 말씀은 별로 없으셔도 그분의 사랑이 내게 넘친다는 기분을 느낄 정도로 저를 사랑해 주셨습니다.

제가 아주 어렸을 적 생각을 해 봅니다.

어렸을 적부터 저의 어머니는 아주 실용적이셔서 옷도 유행 타는 것은 외면하고 백화점보다는 주로 재래시장에서 옷을 사 입히셨는데 아버지가 가끔씩 그 시대의 유행하는 예쁜 옷을 사 주시곤 하던 기억이 납니다. 제가 중학교에 갔을 때 코르셋corset을 사 주셨던 기억이 나네요. 그 당시의 저의 어머니는 구식이고 아버지는 깨어 있는 신식 사람이라고 생각했지요.

제가 기억하는 아버지와의 추억 중 지금도 가슴 아픈 일이 생각납니다.

제가 고등학교 입학시험에 떨어져 죽고 싶도록 창피하여 어쩔 줄 모르고, 부모님께도 면목이 없었을 때 아버지가 저를 데리고 나가셔서 양식집에 가서 햄버그스테이크를 사 주시고(당시로는 굉장히 고급 식당에서) 저더러 스케이트를 가지고 나오라고 하시면서 저를 창경원에 있는 스케이트장에 데리고 가셨습니다. 그리고 아버지는 벤치에 앉으시고 저더러 스케이트를 타라고 하셨습니다. 그때 제 기분이 스케이트를 탈 기분이 아니었지만 그 당시는 아버지가 무서워 싫다고도 못 하고 그 자리에 있었던 것 같아요.

저도 이제 두 딸을 낳아 키웠고 그 아이들이 장성하였기에 자식을 키우는 부모의 마음을 조금은 알 수 있지만 그때의 저는 아버지 심정을 정말 모르고 당황했습니다. 차라리 나를 야단치시지 왜 이리 나를 부끄럽게 만드시나 하고 생각했던 것 같습니다. 인생에서 첫 실패를 맛본 딸을 위로하신 아버지였습니다.

그다음 제가 고등학교를 졸업하고 대학교에 다닐 때 아버지는 저를 연극, 영화, 운동 경기 등을 많이 데리고 다니셨고 주말에는 등산도 갔으며 특별히 여름방학, 겨울방학 때는 지방으로 여행을 함께 다닌 적도 많았습니다.

지금 같으면 여대생이 아버지와 단둘이 여행한다면 이상하게 생각할지 모르겠지만 저는 대학 1,2학년까지는 여러 번 아버지와 단둘이 여행을 했었습니다. 제 기억으로는 대학 1학년까지는 별 일이 없었던 것 같습니다.

2학년인가 3학년 여름방학에 아버지와 부산을 거쳐 거제도, 통영, 진주 등으로 여행을 한 적이 있었습니다. 그때는 여관 같은 곳에서 잠을 잤던 것 같은데 부산에서부터 시작하여 가는 곳마다 일하는 사람들이 이부자리를 하나만 펴 주는 것이었습니다. 처음에는 의아하게 생각했는데 가는 곳마다 그러니(사람들이 우리를 부녀로 보지 않고 이상하게 생각한 것이었지요) 아버지가 점점 화를 내시고 저도 민망했지요. 아마도 그것이 우리 부녀의 마지막 여행이 되었던 것 같습니다. 사실 저 자신은 그리 섭섭하지 않았던 것 같은데 아버지는 자식이 이렇게 컸구나 하는 사실 앞에 한편 대견하지만 섭섭한 마음도 있으셨으리라 생각됩니다.

제가 아버지를 마지막으로 슬프게 한 일이 또 하나 있었습니다.

제 남편과 결혼하고 저희 부부가 미국으로 이주할 계획으로 미국 대사관에서 그 당시는 받기 어려운 비자를 받은 후 저는 기뻐서 아버지께 전화를 드렸습니다. 그 전화를 받으시고 아버지는 많이 슬퍼하셨고(나중에 알았지만), 제가 남편과 미국으로 떠나던 날 바빠서 공항에 못 나오겠다고 하시고 학교에 계셨는데 제가 비행기를 타는 시간쯤 그리도 슬퍼하셨다고 들었습니다. 아버지의 마음을 여러모로 아프게 했던 철없던 면목 없는 딸이지요. 제가 잘못할 때 소리쳐 야단치지 않으시고 늘 묵묵히 저를 인정하시고 받아주시던 아버지는 정말 좋으신 아버지라고밖에 표현할 수가 없습니다. 그 아버지 앞에 늘 부끄럽고 많이 죄송하지만 저를 자식이기에 그리 사랑해 주신 아버지의 크신 사랑에 다만 감사할 뿐입니다.

아버지하면 저는 무엇보다 가슴이 따뜻하셨던 아버지라는 생각이 듭니다.

제가 부모님이 돌아가신 후 기독교인이 되었는데 육신의 아버지의 사랑을 풍족히 받아서인지 저는 하늘 아버지(하나님)의 사랑에 관해 다른 사람에 비해 긍정적이고 그 사랑을 감사하며 누리고 있습니다.

아버지와 사랑의 관계가 하나님과의 사랑의 관계에 영향을 많이 준 것 같습니다. 육신의 아버지가 세상을 떠나신 후, 정말 효도 한 번 못해 가슴이 쓰리지만 이제는 영원하신 하나님을 아버지라 부르며 살게 되어 저는 정말 복 받은 사람이라 생각됩니다.

이제 아버지가 세상을 떠나시던 그 나이가 저도 되어 가고 있습니다.

아버지 떠나신 지 30년이 넘었는데도 아버지를 기억하시는 분들이 이렇게 많다는 것이 저는 놀랍고 아버지가 다시 자랑스럽습니다.

훌륭히 인생을 살다 가신 아버지,

자신의 영역을 확실히 자리매김하시고 떠나셨기에 아직도 여러분들의 기억 속에 있다고 생각하며, 언젠가(곧) 천국에서 자랑스러운 아버지와 어머니를 다시 만날 그 날을 그려 보며, 그때까지 좀 더 부끄러움이 없는 삶을 살다 가기를 바라며 살겠습니다.

아버지, 어머니, 사랑합니다!!!!!

큰아버님을 추모하며

박 승 일

큰아버님 추모하는 글을 써달라는 부탁을 2007년 4월 6일에 박승렬 형님으로부터 순하게 응하기로 하였습니다.

1

큰아버님은 제 선친의 둘째 형님이셨는데 왜정 시 연희전문에 다니실 때 얼마쯤 아우 되신 제 선친의 도움을 받아 학비를 조달하셨다고 합니다.

"내가 학교 마치고 취직하면, 네가 공부할 학비를 대줄게."

이런 약속을 하셨다고 합니다.

그런데 아우 되시는 제 선친이 먼저 하늘나라로 가시고 말았습니다.

그래서 저를 보시고,

*만우 박영준 조카. 목사, 아동문학가.

"네 아버지에게 갚지 못한 거, 네게 갚아야지."

하시며 경제적으로 도움 주시길 원하셨습니다.

2

제가 중학생 때 여름방학을 맞아 승렬 형님과 함께 어느 친척집에 가게 되었는데 도둑을 맞아 전 재산이 다 없어졌을 때, 잃어버린 제 선친의 일기장과 설교 원고가 우연히 그 친척의 서가에 꽂힌 것을 발견하게 되었습니다. 깜짝 놀라 가만히 승렬 형님에게 이야기하자,

"음, 분명 작은아버지 필체다."

하고 그 내용 역시 확인하였습니다.

순간 나는 그것을 훔치고 싶은 마음도 없지 않았으나 그 후 귀가하여 큰아버님께 편지로 그 사실을 알리고 그것을 찾을 수 있게 힘을 써 주십사고 부탁을 올렸고 다행히 그것을 찾게 된 일이 있습니다.

소화昭和 18년 3월 24일 일기부터 1950년 10월 15일까지의 깨알같이 작은 글씨로 쓰신 일기와 설교 원고!

큰아버님 함자가 새겨진 전용 원고용지를 양장본으로 제책한 그것에 일기를 쓰시었는데, 큰아버지께서도 그 친척집에 가서 서가에서 그것을 발견하고,

"이제 그 아들이 컸으니 돌려주셔야 하지 않겠습니까? 제가 가져다가 승일이에게 주겠습니다."

하고 가져다 제게 주셨습니다.

워낙 깨알같이 잔글씨로 쓰셔서 저는 돋보기를 끼고도 잘 안 보여 확대경까지 사용하여 새 원고지에 옮겼는데 1,900여 매를 7년 걸렸습니다.

그리고 그것을 기독교 출판사인 '예찬사'에 맡겨 『산 밑의 백합화』라는 유고집을 2005년 4월 11일 초판, 4월 31일 재판을 찍어 여러 목사님들과 성도님께 보급하였습니다.

이 책을 받으신 유영희 장로님(기독교대한감리회 교육국에 오래 계셨던 분)이,

"자네 참 효자네. 이 귀한 일을 했으니!"

하고 송구스러운 칭찬의 말씀을 주셨습니다.

선친의 장례식(1952년 9월 28일)에 참석하셨던 유일한 생존자이셨던 분. 아마 큰아버님의 도움이 없었다면 제 선친의 일기장과 설교 원고는 영영 저에게 돌아오지 않았을지 모릅니다.

3

중3 때인지, 고1 때인지(과거의 일기장들을 뒤져 보면 알 수 있겠지만) 기억이 정확치 못하나 하여간 그때쯤 저는 어줍지 않게 단편소설 하나를 써서 농민작가 박경수 씨(큰아버님의 추천을 받아 문단에 나오신 분)에게 먼저 보여 드리고 조언을 부탁했더니 칭찬을 많이 해 주셔서 저는 나름대로 의기양양해서 그 작품 「세 아들의 어머니」를 큰아버님께 보여 드렸더니 다 읽으시고,

"이것도 글이라고 썼느냐!"

하면서 내팽개치시는 게 아니겠어요!

순간 섭섭한 생각이 많이 들었습니다. 그 후론 소설 쓰는 일을 접고 말았습니다.

더러 쓰더라도 큰아버님껜 보여 드릴 용기가 전혀 나지 않았습니다.

그냥 그때 큰아버님의 그 꾸중을 약으로 여기고 잘 사숙했었더라면 좋았을 것을…….

얼마만큼 세월이 흐른 뒤 무슨 말씀 끝에,

"너 요샌 글 안 쓰냐?"

물으시기에,

"예."

하고 대답했는데 나중에 큰어머님께 들으니 큰아버님께서 매우 섭섭해 하시더라고 하셨습니다.

"그때 내가 너무 심했나?"

하시더라고요.

4

1961년 2월 인천사범학교 본과 3년을 졸업했으나 3월에 발령을 받지 못하였습니다. 그 해가 5·16 혁명이 일어난 해여서 각계각층이 어수선하여 혼란스러웠기 때문입니다.

저는 하루라도 빨리 발령을 받아 직장생활(교단)을 해야 어머니와 동생의 생활비와 학비를 낼 수 있겠는데…….

그래서 큰아버님께 인천 창영동에 있는 사립국민학교인 영화초등학교(영화중·고교의 부설)나 서울 서대문에 있는 사립국민학교인 추계초등학교(중앙여중·고교의 부설)에 취직되게 해 주십사고 부탁을 했는데, 그때 큰아버님이 애써 주셨으나 뜻과 같이 되지는 못하였습니다.

5

큰아버님이 연세 세브란스병원에 입원해 계실 때 병문안을 하였을 때 일입니다. 야간 신학대학에 다니고 있던 제가 강의 시간에 쫓겨 서둘러 병실을 물러나려 하자,

"좀 더 이야기하다 가면 안 되니?"

하시며 무척 아쉬워 하셨습니다.

낮에는 수원에 있는 초등학교 선생 노릇, 밤에는 야간 신학대학 학생으로 참 바빴던 저였습니다. 좀 더 시간의 여유를 가지고 말씀을 나누며 지냈으면 좋았을 것을…….

큰아버님 두 손을 꼬옥 잡고 기도해 드리면 그렇게 좋아하셨는데.

겉은 무뚝뚝하셨으나 속은 따뜻하셨던 큰아버님.

다시 살아오시면 제대로 문학수업을 받고 싶은 생각입니다. 꾸중하셔도 노여움 타지 않고 사숙할 수 있을 것 같습니다. 이제는…….

어쩌면 조카인 제게 문학의 대를 잇기 원하셨던 것이 아닌지 모르겠습니다.

속 좁은 조카.

큰아버님의 깊은 속을 헤아려 볼 혜안이 떠지지 못했었습니다. 그땐.

큰아버님 용서해 주세요!

6

평택 중앙초등학교 재직 때 일입니다.

제 전 재산이 8만 원쯤 되었습니다.

그런데 12,000평짜리 밭이 12만 원에 나왔어요. 6,000평은 배나무가

심겨진 밭이었어요. 4만 원이 부족했습니다.

어머니께 상의했습니다.

"어머니, 처음이자 마지막으로 큰아버님께 4만 원만 빌려 달라고 하면 안 될까요?"

"내 생전 남의 빚 모르고 살았는데 그건 안 될 말이다. 남의 돈 그거 무서운 줄 알아야 된다."

하시며 반대하시는 바람에 포기하고 말았습니다.

그런데 딱 한 달 만에 바로 그 밭 옆으로 산업도로가 뚫리고 밭 값이 꼭 10배로 올라 120만 원이 된 것입니다.

그때 제가 우기고 큰아버님께 처음이자 마지막으로 4만 원 빌려주십사 하고 부탁 말씀 올렸다면 어떻게 하셨겠어요?

아마 가지고 계셨다면 쾌히 빌려주셨으리라 생각합니다.

그때 4만 원 빌려 그 밭 샀더라면 그 4만 원 갚고, 제 돈 8만 원도 되찾고도 98만 원이란 거액이 남는다는 계산이 나옵니다. 부자 될 기회를 놓치고 만 아쉬움이 있지요. 아마 그렇게 해서 부자가 되었다면 어떻게 되었을까 심심하면 회상해 보며 씨익 웃어 봅니다.

그게 제게 득이 되었을지, 혹 화가 되었을지 알 수 없지요.

가까운 사이일수록 돈 거래는 안 하는 게 좋다고, 자칫하면 돈 잃고 사람 잃기 쉽다고 하지 않습니까.

안 빌리길 잘 한 것 같아요.

대한예수교장로회 춘천교회 담임목사 겸 아동문학가인 조카 승일이 썼습니다.

천국에서 뵙겠습니다.

책으로 둘러싸인 뿌연 골방의 할아버지

박 창 규

할아버지—. 당장에라도 달려가서 할아버지의 덥수룩한 수염에 까끌까끌했던 그 느낌으로 안기고 싶다. 갑자기 할아버지에 대한 옛 추억을 떠올리다보니, 이미 40에 접어든 내 나이도, 이미 중학교 2학년생이 되어버린 큰딸, 초등학교 6학년짜리 둘째 딸아이의 아버지의 모습도 아니다. 단지, 30여 년 전 사춘기도 지나기 전 소년의 모습이 생생하다. 할아버지는 내가 초등학교 5학년 때, 그러니까 12살 때 더운 여름에 돌아가셨다. 연대의 담쟁이덩굴이 한창인, 할아버지가 계셨던 제일 멋있는 건물 앞에서 비가 주륵주륵 내리는 날에 장례식을 했던 것도 기억이 난다. 난 돌아가신 할아버지의 의미를 알지 못한 채, 할머니에게 그저 새로 나온 소년중앙이라는 월간지를 사달라고 졸랐던 기억이 난다. "요단강 건너가 만나리……."란 찬송을 부를 때 갑자기 슬퍼지고 눈물이 났다. 할아버지를 다

---

*만우 박영준의 맏손자. 건국대학교 섬유공학과 교수.

시는 볼 수 없다는 생각이 밀려왔다.

할아버지가 돌아가시는 날 나도 세브란스 병원에 갔었다. 할아버지는 눈을 감으시고 거친 숨을 들이쉬고 계셨다. 물론 나도 못 알아보셨다. 난 할아버지 손을 잡고 있었는데, 할아버지 손이 너무 거칠어 보였다. 할아버지 손의 잔주름들을 펴 주려고 잡아 올렸는데, 올라간 피부가 내려가지 않는 것이었다. 난 깜짝 놀랐다. 할아버지 손이 왜 이렇지? 잠시 뒤에 나보고 나가 있으라고 했다. 곧이어 할머니와 가족들의 울음이 터져 나왔다. 그때 할아버지의 손이 내 기억의 살아계셨던 마지막 모습이다.

며칠 전 신문에서 전 연세대 이우주 총장의 별세 소식을 접했다. 난 '예전에 벌써 고인이 된 줄 알았는데, 참 오래 사셨구나!' 라는 생각이 들었다. 우주란 이름이 참 신기해서 어린 나이였지만 기억이 난다. 할아버지 장례식장에서 하얀 머리에 무언가를 읽으시던 모습이……. '다들 할아버지를 따라 가시는 구나…… 할아버지께서 다들 천국에서 하나 둘씩 만나시겠구나.' 란 생각이 들었다.

난 할아버지의 피를 이어받아서 그런지 글 쓰는 데는 별로 거부감이 없다. 우리 집안에서 유일하게 이공계 대학을 졸업한 나로서는 연구계획서나 보고서를 쓴다거나, 발표 자료를 만든다든가, 칼럼을 쓰는 일 따위에 나름대로 튀는 편이다. 역시 창작과 글쓰기 전문인 소설가 집안의 유전자는 공학 전공인 나에게도 영향을 끼치는가 보다.

할아버지는 나와 무척 잘 통했다. 할머니보다는 아니지만 물론 예뻐해 주시기도 하셨고, 대견해 하셨다. 할아버지는 무릎에 곧잘 앉혀 주시곤 했다. 할아버지랑 산에 종종 가곤 했던 기억이 난다. 채 초등학교에 입학하기 전에도 난 할아버지랑 아버지를 따라 높은 산에 올랐다. 얼마나 높은 산인지는 몰라도 어른들의 제법 갖춘 등산 복장과 땀에 흠뻑 젖은 사진을 보면 그냥 동네 언덕쯤은 아닌 듯싶다. 내 기억엔 내가 산에 제일 씩씩하게 올랐다. 할아버지는 그런 나를 대견해 하셨다. 지금 전혀 산을 안타는 나로서는 정말 할아버지랑 산에 다시 오르고 싶다. 어떤 대화를 나누었는지 기억이 나지 않지만, 만약 지금 오르면 할아버지께 정말 삶에 대해 진지하게 대화를 나누었을 것이다. 그리운 할아버지, 할아버지가 보고 싶다.

할아버지를 떠올리면 참으로 안타까운 기억이 하나 있다. 나는 장손이라 그런지 내가 할아버지 댁에 가면 할머니는 늘 나를 위한 맛있는 반찬, 갈치조림이랑 닭 간(이상하게 어렸을 때 난 닭고기는 안 먹고 닭 간만 먹었다)을 차려 주셨다. 그런데…… 한 가지 내가 손댈 수 없는 것이 있었다. 조그만 양은냄비에 너무나 맛있게 볶아진 소고기 다진 것…… 이건 할아버지만 드셨다. 왜 난 먹으면 안 되지? 제일 맛있게 생겼는데…… 결국 난 한 번도 그걸 먹어 본 적이 없다. 나중에 안 일이지만 할아버지 당뇨 때문에 아무 간도 안 한 그냥 싱겁기 그지없는 소고기 볶음이라고 아버지가 알려주셨다. 그래도 한번 먹어 보고 싶었는데……. 할아버지랑 소공동에서 소고기 만두를 먹은 것도 잊을 수 없는 추억이다. 내가 만두를 너무 잘 먹으니까 할아버지가 3인분 정도 시켜 주신 것 같다. 성장한 뒤에 할아버지가 사 주셨던 만두가 먹고 싶어서 가 봤는데 어디인지 도저히 못 찾아서 그냥 발걸음을 돌렸다.

할아버지는 내가 책 읽는 것을 정말 좋아하셨다. 책도 아주 많이 사 주셨다. 거의 우리 집에는 오시지 않았지만, 어쩌다 한번 들르시면 문학전집들을 사다 주시곤 하셨다. 그 덕에 난 우리 초등학교에서 제법 문학소년, 글쓰기 왕으로 명성이 나 있었다. 학교 대표로 전국 글짓기 대회도 나가고, 시에 소설에 독후감에……. 전공 없이 그냥 학교 대표였다. '……책장을 넘기니 백두산 호랑이가 통일을 외치네…….' 라는 글로 세종 글짓기 대회에서 금상인가를 받았던 기억이 아직도 난다. 할아버지는 내가 상을 받을 때마다 무릎에 앉히시고는 액수는 기억이 나지는 않지만 한 1,000원쯤 하는 두둑한 상금을 주셨다. 할아버지는 손자가 소설가의 명맥을 이을 수도 있겠다는 기대를 하셨을까?

난 중학교 때부터 국어 책에 나오셨던 할아버지 덕에 늘 학교에서 특히 국어 선생님께 주목받는 아이로 자랐다. "다음 중 농촌작가가 아닌 사람은?" "다음 중 작가와 작품이 올바르게 연결된 사람은? ① 박영준—모범 경작생……" 같은 문제는 거저먹기였다. 난 자라면서 할아버지가 궁금해졌다. 어떤 분이셨을까? 나중에 안 일이지만 할아버지는 시계 같은 분이셨다고 한다. 할아버지가 늘 새벽부터 담배연기 뿌연 책으로 삼면이 둘러싸인 골방에 엎드리셔서 원고지에 세로로 막 뭔가를 쓰시곤 하셨던 모습이 선명하다. 또한 할아버지는 검소하셨다. 학교에서 나오는 승용차도 마다하시고 늘 버스를 타고 다니시고……. 하긴 할아버지가 사시던 북아현동 집은 나중에 내가 신혼살림을 차렸던 곳이기도 하지만 너무 좁았다. 한때 어린 마음에 '할아버지도 돈 좀 많이 벌어놓으시지.' 란 생각을 해 본 적이 있다. 부끄럽게도.

난 할아버지가 많이 부럽고 자랑스럽다. 할아버지 같이 살 수 있다면 얼마나 좋을까? 얼마 전 큰 아이가 다니는 숙명여자중학교에 할아버지 전집 한 질을 기증하러 갔다. 교장 선생님께서 너무 감사하다고 했다. 또 한

번 할아버지가 자랑스럽고 보고 싶은 순간 이었다. 며칠 전 아이들과 인터넷에서 할아버지를 검색하니까 검색 결과가 우후죽순으로 떴다. 아이들이 더 놀랐다. '증조할아버지'가 진짜 유명하신 분이구나! 인명사전에도 증조할아버지 이름이 나오고 중학교 필독도서에도 「모범 경작생」이 나오고…….

할아버지— 나중에 천국에서 뵐게요. 그리고 할아버지께 부끄럽지 않은 손자가 되도록 열심히 떳떳하게 살게요. 할아버지 늘 지켜봐 주세요.

2007년 5월 18일

건국대학교 연구실에서.